Mark Franley
Dem Tod verpflichtet

Das Buch

»Da ich das männliche Mordopfer mit dem Tattoo aus dem See habe und bei Ihnen nun ebenfalls ein Mordopfer mit dem gleichen Tattoo im Kühlhaus liegt, spricht doch viel für eine Zusammenarbeit.«

Im Abstand von wenigen Tagen werden zwei entstellte Leichen gefunden. Ruben Hattinger, Sonderermittler bei der Bundespolizei, erkennt sofort, dass ein alter ungelöster Fall und der neue Leichenfund zusammenhängen. Die Körper der Toten zieren riesige Tattoos. Mit einem Team von Spezialisten reist der unkonventionelle Hauptkommissar zum Tatort bei Nürnberg.

Dort untersucht Kommissar Mike Köstner den mysteriösen Mordfall einer jungen Frau, die am Vortag umgebracht wurde. Seine Zusammenarbeit mit dem eigenwilligen Sonderermittler Hattinger birgt zunächst erhebliches Konfliktpotenzial. Zu unterschiedlich sind die beiden Charaktere. Aber nur wenn sie ihr Know-how bündeln, werden sie dem perfiden Serienkiller auf die Spur kommen …

Der Autor

1972 in Nürnberg geboren, ist Mark Franley bis heute seiner Heimat treu geblieben. Mit den spannenden Fällen um seine Kommissare Mike Köstner, Lewis Schneider und Ruben Hattinger hat der Bestsellerautor Hunderttausende Leser in seinen Bann geschlagen.

MARK FRANLEY

DEM
TOD
VERPFLICHTET

EIN **KÖSTNER-HATTINGER**-THRILLER

EDITION
M

Deutsche Erstveröffentlichung bei
Edition M, Amazon Media EU S.à r.l.
38, avenue John F. Kennedy, L-1855 Luxembourg
April 2021
Copyright © der deutschsprachigen Ausgabe 2021
By Mark Franley

Umschlaggestaltung: bürosüd⁰ München, www.buerosued.de
Umschlagmotiv: © BABAROGA/ Shutterstock; © Runrun2 / Shutterstock
1. Lektorat: Kanut Kirches
2. Lektorat und Korrektorat: Rotkel Textwerkstatt
Gedruckt durch:
Amazon Distribution GmbH, Amazonstraße 1, 04347 Leipzig /
Canon Deutschland Business Services GmbH, Ferdinand-Jühlke-Str. 7,
99095 Erfurt /
CPI books GmbH, Birkstraße 10, 25917 Leck

ISBN 978-2-49670-709-0
www.edition-m-verlag.de

1

»Happy Birthday.«

Nina hörte die Worte wie durch Watte, konnte sich aber keinen Reim darauf machen. Was im ersten Augenblick wie ein Traum wirkte, wurde schon beim nächsten Satz zum Albtraum. Die männliche Stimme klang beinahe sympathisch, doch sie sagte: »Die ist für dich. Aber dieses Mal darfst du sie nicht wieder kaputt machen.«

»Darf Sam malen?«, fragte jemand verunsichert. Die Stimme klang sehr jung.

Das ergab keinen Sinn.

»Ja, Sam soll sogar malen«, antwortete die erste Stimme.

Es folgte etwas, das wie Händeklatschen klang. Ein kurzes surrendes Geräusch setzte ein, dann spürte Nina eine Berührung. Finger, es waren Finger, die zuerst durch ihr Haar strichen, dann verschwanden und sich völlig unvermittelt um ihren Hals legten.

»Vorsichtig«, mahnte die älter klingende Stimme. Der Griff lockerte sich etwas.

Ninas erster Reflex, sich wegzudrehen, scheiterte. Der zweite, den Mund zu schließen, ebenfalls. Ihre tastende Zunge fand eine glatte Kugel, die ihren Mund offen hielt. Sie machte die Augen auf, doch es blieb dunkel. Sie versuchte, ein Bein anzuziehen, es rührte sich nicht. Sie spürte die Kälte und ihr wurde klar, dass sie komplett nackt war. Ihr Schrei endete als jämmerliches Stöhnen und die ersten Tränen brannten in ihren Augen.

»Wird wach … wird wach.«

Die Stimme klang erfreut, aber auch ein wenig nuschelig. Nina versuchte, sich einen Reim auf ihre Situation zu machen. Ihre letzten Erinnerungen waren das laute Wummern der Bassboxen, flackernde Lichter, tanzende Menschen.

Der, der nicht Sam hieß, fragte: »Willst du schon jetzt ein bisschen mit ihr spielen?«

Wieder folgte aufgeregtes Klatschen. »Ja, ja, ja … und malen. Sam will malen.«

»Alles klar«, bestätigte der andere und fügte hinzu: »Aber nicht kaputt machen. Hörst du? Das ist wichtig!«

Nina war noch nicht wach genug. Neben der Angst schien ihre Gedanken noch etwas anderes zu lähmen. Außerdem begannen ihre Gliedmaßen inzwischen zu schmerzen und dieses Ding in ihrem Mund trocknete ihren Rachen aus.

Das Tuch fühlte sich nass an und der nächste Atemzug brannte ihr in den Lungen. Sie versuchte, die Luft anzuhalten, was ihr für einige Sekunden gelang. Doch irgendwann übernahm ihr Überlebensinstinkt die Kontrolle. Sie spürte, wie sich der Atemreflex ihrem Willen entzog. Es folgte wieder dieser scharfe Geschmack, dann glitt sie zurück in die Dunkelheit.

Der erste Sinneseindruck war Wärme. Doch nicht etwa, weil sie wieder Kleidung anhatte, sondern weil die Luft jetzt deutlich wärmer war. Und noch etwas hatte sich verändert. Als sie nun die Augen aufschlug, versetzte ihr die Helligkeit einen Stich in die Netzhaut. Außerdem lag sie nun nicht mehr auf dem

Rücken, sondern auf dem Bauch. Ihre Bewegungsfreiheit war weiterhin eingeschränkt. Aber wenigstens war der Knebel verschwunden und sie konnte ein wenig Speichel herunterschlucken. Nina blinzelte, während sich ihre Augen an die Helligkeit gewöhnten.

Die Details formten sich nur langsam aus einem unscharfen Brei; es war, als hätte sie eine viel zu starke Brille auf.

Erst nach und nach konnte sie Einzelheiten wahrnehmen. Da war der Boden aus grobem Stein oder Beton. Eine Wand aus roten Ziegeln, unterbrochen von zwei Stützbalken aus Holz. Zwischen diesen Balken hing ein großes Spinnennetz, in dessen Zentrum das fette Tier auf seine Beute lauerte. Direkt unter ihm befand sich ein metallenes Gestell. Erst jetzt fiel ihr bei seinem Anblick auf, in welch seltsamer Position sie lag.

Ihr Gesicht steckte in einem Loch, dessen Ränder sich weich anfühlten. Ihre Brüste drückten dagegen hart gegen die Auflage, auf der man sie offenbar festgeschnallt hatte. Diese Fixierung war auch nötig, da ihr gesamter Körper beziehungsweise der Tisch oder auf was auch immer sie lag, der Länge nach stark zur Seite geneigt war.

»Geschenk wach?«, hörte sie die jüngere Stimme nuschelnd fragen. Ihre Erinnerung an das erste Gespräch kehrte zurück und noch immer ergab nichts einen Sinn. Nina versuchte ein leises Räuspern und hörte sich dann selbst ängstlich fragen: »Wer ... wer bist du? Wo bin ich?«

Es folgte ein reibendes Geräusch und ein Reifen erschien in ihrem Blickfeld. Dieser wurde seitlich gedreht, und als sie Beine, zwei Füße und einen weiteren Reifen sah, begriff sie, dass es sich um einen Rollstuhl handelte.

Das Gesicht erschien so unerwartet vor ihrem, dass sie einen Schrei nicht unterdrücken konnte. Der Junge oder junge Mann hatte sich zu ihr heruntergebeugt, sein grinsender Mund tauchte nur wenige Zentimeter vor ihren Augen auf. Er sagte:

»Kuckuck«, wobei seine Augen wie ein Scanner hin und her huschten.

Nina versuchte, den Kopf wegzuziehen, was ihr keinen Zentimeter weit gelang. »Wer bist du?«, fragte sie gezwungen ruhig und mit unterdrückter Panik.

Das Grinsen wurde breiter. Er leckte sich mit der Zunge über die Lippen, deutete auf sich, sagte: »Sam«, deutete mit einer ungelenken Bewegung zu dem Spinnennetz und erklärte: »Spinne auch Sam. Willst du sehen, wie ich Sam füttere?«

Nina spürte, noch während sie ihren Mund öffnete, wie ihre labile Fassade zusammenbrach. Und sosehr sie sich auch um einen ruhigen Ton bemühte, es wurde doch ein ängstlich wütender Schrei daraus. Sie sah diesem behinderten Typen, den sie nicht einschätzen konnte, in die Augen und fauchte: »Nein, Sam, das will ich nicht. Ich will, dass du mich freilässt.«

Dieser ließ sich nicht beeindrucken, stupste ihr auf die Nase, schüttelte den Kopf und erwiderte mit einem unfassbaren Selbstverständnis in der Stimme: »Mein Spielzeug. Schönes Spielzeug. Sam behält es!«

Noch siegte die Wut über ihre Angst. Sie rüttelte an ihren Fesseln, was der Tisch mit einem leichten Zittern quittierte, und brüllte: »Ich bin kein Spielzeug. Hast du das gehört? Du lässt mich jetzt sofort frei!«

Sams Gesichtsausdruck veränderte sich und Nina hoffte inständig, dass das, was sie darin zu erkennen glaubte, nicht die Wahrheit war. Im selben Augenblick wurde aus dem spielerischen Nasestupsen eine andere Berührung. Nun legte er seine Handfläche an ihre Wange, strich sanft bis zu ihren Lippen und flüsterte: »Schönes Spielzeug. Wirklich sehr schönes Spielzeug.« Seine Augen bekamen einen gierigen Glanz.

Noch bevor sie etwas sagen konnte, verschwand erst sein Gesicht, dann der Rollstuhl aus ihrem Sichtfeld. Sie hörte die

Gummireifen auf dem Boden, wusste aber nicht, wo er sich gerade befand.

Nun siegte die Panik. Sie zwinkerte eine Träne weg, drückte ihren Kopf erneut gegen die Riemen und schrie: »Was machst du? Komm wieder her, ich will dich sehen können.«

Statt einer Antwort spürte sie eine warme Hand auf ihrem nackten Rücken und die Richtung, in die sie strich, ließ jeden einzelnen ihrer Muskeln verkrampfen. Nina stieß einen Schrei aus, doch es gab kein Entkommen.

Die Berührung wurde differenzierter, vielleicht nur noch mit zwei, drei Fingern, die sich langsam ihrem Hintern näherten. Kurz vor ihrer Poritze hielt der Typ inne. Sie hörte etwas, das klang, als würde er an ihr schnuppern, dann sagte dieser Psycho zu sich selbst: »Gutes Material. Sam muss gleich anfangen.«

»Womit? Mit was zum Teufel muss Sam anfangen?« Nina hörte selbst, wie panisch ihre Stimme klang, konnte aber nichts dagegen tun. Sie wiederholte die Frage und bekam nur Schweigen als Antwort. Aus den einzelnen Tränen wurden mehr, viele mehr und sie fragte sich wieder, in was sie hier hineingeraten war. Und vor allem warum.

Zwei, es waren zwei Typen. Einer schien mehr oder weniger normal, der andere, dieser Sam, war offenbar behindert. Aber was wollten sie von ihr? Sie kannte weder ihre Stimmen noch fiel ihr sonst irgendein Grund für diesen Wahnsinn ein.

Der andere hatte gesagt, Sam dürfe sie nicht kaputt machen. Nina wusste nicht so recht, ob das ein gutes oder ein schlechtes Zeichen war.

Hinter ihr begann etwas zu brummen und unterbrach ihre Gedanken. Dieses Mal schrie sie seinen Namen, bis sie begriff, was es mit dem Malen auf sich hatte.

Eine Stunde später war aus ihren anfänglichen Schreien ein leises Wimmern geworden. Auch wenn sich ihr Rücken anfühlte, als würde er in Flammen stehen, war es mehr der Wahnsinn, der sie zermürbte. Das Tattoo musste sich inzwischen von ihrer Poritze bis zu ihrem Hals erstrecken und auch die gesamte Breite ihres Rückens einnehmen. Gestochen von einem behinderten Irren und ohne dass er ihr auch nur eine Minute Pause gönnte.

So ging es weiter. Minute für Minute, Stich für Stich, was auch immer da auf ihrem Rücken entstand. An der Grenze zur Ohnmacht bekam sie irgendwann mit, wie sich Schritte näherten. Es folgten ein anerkennendes Pfeifen und die Aussage: »Sam, du bist ein Künstler. Also wirklich, das ist … das ist einfach großartig. Und ich hoffe, es geht später nicht kaputt.«

Das Brummen erstarb und dieser Sam gab ein glucksendes Kichern von sich, bevor er erwiderte: »Ich will es sehen … will alles mit ansehen.«

»Na klar, ich habe es dir doch versprochen.«

Nina riss sich zusammen, leckte sich über ihre spröden Lippen und fragte gebrochen: »Warum kaputt? Warum sollte mein Rücken kaputtgehen? Was habt ihr vor?«

Schritte kamen näher, Beine tauchten in ihrem Sichtfeld auf, und als der andere Mann sich zu ihr herunterbeugte, sah sie ein bekanntes Gesicht.

Sie erinnerte sich endlich wieder an die letzten Minuten in dieser Disco. Sie erinnerte sich daran, dass sie sich von dem Typen einen Drink hatte ausgeben lassen. Hauptsächlich, weil sie selbst kein Geld mehr gehabt hatte.

Der junge Mann neigte den Kopf etwas zur Seite und sah ihr lange in die Augen. Dann wischte er ihr mit dem Rücken des Zeigefingers eine Träne aus dem Gesicht und sagte sanft: »Du hast das Schlimmste überstanden. Sam braucht einfach ab und zu ein Spielzeug und mir liegt wirklich viel daran, ihn glücklich zu machen. Du wirst jetzt noch ein wenig schlafen und später lasse ich dich frei.«

Nina kam nicht mehr dazu, das Gehörte einzuordnen. Wieder legte sich ein Tuch über ihre Nase und ihren Mund und wieder weigerte sie sich einige Augenblicke lang, den stechenden Geruch einzuatmen. Kurz darauf tat sie es doch und das Brennen auf ihrem Rücken verschwand zusammen mit ihrer Angst.

2

Johann genoss die Stille. Er schälte sich wie an jedem Werktag um sechs Uhr aus dem Bett, zog sich im Badezimmer die Laufklamotten an und ging hinunter. Paulus begrüßte ihn mit heftigem Schwanzwedeln und ließ sich bereitwillig das Halsband anlegen.

Johann deaktivierte die Alarmanlage durch Auflegen seiner linken Hand, in der sich unter der Haut ein kleiner Computerchip befand, hängte sich die Leine um den Hals und trat hinaus in die noch frische Morgenluft.

Die tägliche Runde führte ihn über sein Grundstück, durch den Wald bis zu einem entfernten Weiher und wieder zurück.

Hier fühlte er sich so frei wie sein Jagdhund, der immer wieder den Spuren der nächtlichen Waldbewohner folgte. Johann hatte einen guten Tag und fand schnell in seinen Takt. An schlechteren Tagen verweilte er kurz an dem Gewässer, heute lief er den Uferweg entlang, bog auf einen Trampelpfad ab und machte sich gleich wieder auf den Rückweg. Während er den ersten Teil der Strecke auf einem breiten Waldweg gelaufen war, konnte er nun mit warmen Muskeln diesen anspruchsvolleren Teil in Angriff nehmen. Hier gab es kleine Mulden, umgestürzte Bäume und andere Herausforderungen.

Nach etwa zwanzig Minuten kam sein modernisiertes Fachwerkhaus wieder in Sichtweite. Er reduzierte seine Geschwindigkeit, um auch den Puls langsam herunterzufahren, und lief die letzten Meter bis zu seinem Grundstück im lockeren Trab. Kurz vor dem Tor, das die hohe Mauer unterbrach, blieb er stehen und machte noch einige Dehnübungen.

Der alte amerikanische Briefkasten, den er nur für Werbung und die Tageszeitung hatte aufstellen lassen, zeigte durch das hochgestellte Fähnchen, dass er bereits befüllt worden war. In der ersten Zeit hatte sich der Zeitungsausfahrer noch geweigert, jeden Morgen die Extrarunde bis zu seinem Grundstück in Kauf zu nehmen. Erst seit sich Johann direkt an dessen Chef gewandt hatte, funktionierte die Lieferung reibungslos.

Nach der letzten Übung holte er den Inhalt aus dem Briefkasten, klappte das Fähnchen zurück und ging gefolgt von Paulus zurück zum Haus.

Wieder erfüllte der winzige Chip seine Aufgabe, entriegelte das Schloss und sorgte dafür, dass die Eingangstür von allein aufschwang.

Johann zog sich die Schuhe aus, wischte sie mit dem bereitliegenden Tuch ab und stellte sie zurück in das gut sortierte Regal. Die Zeitung landete im Vorbeigehen auf dem Küchentresen, wobei ein kleiner schwarzer Umschlag halb herausrutschte, vermutlich eine aufwendige Werbebeilage.

Er gab Paulus sein Futter, ging wieder nach oben, zog die Laufkleidung aus und stellte sich unter die wohltuende Dusche.

So wie jeden Tag kam Claudia auch an diesem Morgen ins Bad, als er gerade aus der Dusche stieg. Johann lächelte seine Frau an, sagte: »Guten Morgen, mein Schatz«, und zog sie nass, wie er war, an sich.

Noch bevor sie sich wehren konnte, verschloss er ihren Mund mit einem Kuss und streifte ihr dabei das dünne

Nachthemd über die Schultern. Seine Frau folgte dieser unausgesprochenen Einladung gerne.

Nach einer weiteren Dusche gingen beide gut gelaunt hinunter in den Wohnbereich, wo sie von Alina mit ihrem mürrischen Teenagergesicht erwartet wurden.

Im Gegensatz zu Johann ließ sich seine Frau davon wenig irritieren, sagte: »Hallo mein Engel«, und strich ihrer Tochter dabei über die langen blonden Haare.

Alinas einzige Reaktion war der Ausspruch: »Kommt ihr auch schon? Ich muss in zehn Minuten los.«

Johann nahm die Tageszeitung, zuckte gut gelaunt mit den Schultern und erwiderte: »Ich brauche nur noch einen schnellen Kaffee, dann können wir gehen.« Dann nahm er von Claudia die Kaffeetasse entgegen und schlug die Zeitung auf, wobei der schwarze Umschlag herausrutschte. Sein erster Impuls war, die vermeintliche Werbebeilage sofort wegzuwerfen. Trotzdem öffnete er den Umschlag und zog eine kleine Karte hervor, die auf den ersten Blick leer war. Er drehte sie um und spürte einen leichten Druck im Magen.

Es konnte nur Zufall sein! Der Aufdruck in der Mitte zeigte beinahe exakt das gleiche Bild wie der Aufkleber, der seinen ganz speziellen Laptop zierte. Es bestand aus einem Dreieck, in dessen Mitte ein Auge abgebildet war, von dem aus dünne Strahlen nach außen gingen.

Johann drehte die Karte noch einmal um, nahm den Umschlag zur Hand. Nichts! Es gab keinen Hinweis, worum es bei dieser Werbung gehen könnte oder wer sie gestaltet hatte.

Tief in Gedanken versunken löste er erst den Blick von der Karte, als Felix die Familienrunde vervollständigte. Er steckte sie zurück in den Umschlag, erinnerte sich an das Verhalten seiner Tochter und fragte seinen kleinen Sohn etwas gereizter als gewollt: »Auch so gute Laune wie deine Schwester?«

Felix sah ihn irritiert an, kletterte auf einen der Stühle am Esstisch und erwiderte wie selbstverständlich und mit einem kurzen Blick zu Alina: »Ach, das. Ich glaube, ihr Freund hat gestern Schluss gemacht. Mich hat sie auch schon angemault.«

Johann und Claudia wechselten einen kurzen Blick, wobei sie sich das Grinsen verkneifen mussten. Natürlich wollten sie nicht, dass ihre Tochter Kummer hatte. Trotzdem war keiner von ihnen traurig, diesen hübschen, aber neunmalklugen Markus nun vielleicht los zu sein.

Claudia sah ihre Tochter einen Augenblick lang an und fragte dann einfühlsam: »Möchtest du darüber reden?«

Alina bedachte ihren Bruder mit einem vernichtenden Blick, keifte: »Lasst mich einfach in Ruhe«, stand auf und ging in den Flur, um sich für die Schule anzuziehen.

»Sag einfach nichts« waren die ersten Worte, die Johann im Auto von seiner Tochter hörte. Er deutete ein Nicken an, sah zu, wie sich das Garagentor hob, und fuhr schweigend los. Vor der Ausfahrt seines Grundstücks mussten sie erneut warten, bis das Tor langsam zur Seite weggerollt war. Er nutzte die Zeit, schaltete das Radio ein und fragte: »Welcher Sender?«

»Ist mir egal«, lautete die pampige Antwort. Er schaltete auf Antenne Bayern und ein getragenes Liebeslied erklang.

»Den nicht«, maulte Alina sofort, drückte auf den Touchscreen des Porsche und wechselte zu einem moderneren Sender.

Während seines Laufes waren noch helle Streifen am Horizont zu sehen gewesen, doch inzwischen hatte ein ekliger Nieselregen eingesetzt. Johann schaltete den Scheibenwischer ein, lenkte den Wagen über die geschotterte Zufahrt zur nahen Landstraße und gab dort Gas. Wegen der zweiten Dusche mit seiner Frau waren sie tatsächlich etwas spät dran und natürlich wollte er nicht, dass Alina zu spät am Wendelsteiner Gymnasium ankam.

Die zunächst normal breite Landstraße führte über eine Brücke, hinter der sie in einem Waldstück deutlich schmäler wurde. Johann, der die Strecke Richtung Nürnberg fast täglich fuhr, kannte hier jede Kurve. Während er bremste und sich scharf rechts hielt, um einem entgegenkommenden Wohnmobil Platz zu machen, wunderte er sich noch über einen Kleintransporter, der entgegen seiner Fahrtrichtung auf dem rechten Seitenstreifen stand. Nachdem sie das Wohnmobil passiert hatten, gab er wieder Gas.

Es geschah so schnell, dass er erst gemeinsam mit seiner Tochter aufschrie, als es bereits zu spät war. Genau auf Höhe des Kleintransporters sah er für einen winzigen Moment ein Gesicht auf die Windschutzscheibe zukommen. Es folgte ein entsetzlicher Schlag, gefolgt vom Bersten der Scheibe. Johann dachte nicht, sein Fuß trat von allein auf die Bremse. Er sah im Augenwinkel, wie der Kopf seiner Tochter wie der seine erbarmungslos nach vorne gedrückt wurde, während ihm der Sicherheitsgurt die Luft nahm. Der Porsche rutschte über den nassen Asphalt, schlingerte in der nächsten Kurve von der Straße und war zum Glück nicht mehr besonders schnell, als ein Baum seine Fahrt stoppte. Der Airbag warf Johanns Kopf wieder ein Stück zurück und raubte ihm kurz die Sinne. Einen Sekundenbruchteil später erschlafften die beiden weißen Säcke und alles, was noch zu hören war, war das rhythmische Klicken der Warnblinkanlage, die sich von allein eingeschaltet hatte.

Für einige Augenblicke konnte Johann keinen klaren Gedanken fassen. Sein Gesicht brannte vom Airbag, ansonsten fühlte sich sein Körper unversehrt an. Nach einem Blick zu der zerbröselten und blutverschmierten Windschutzscheibe erinnerte ihn ein leises Stöhnen an seine Tochter. Er drehte den Kopf, was leicht im Nacken zog.

Alina schien ebenfalls unverletzt, saß aber einfach nur da und starrte regungslos nach vorne. Er legte seine Hand sanft auf ihre Schulter, wobei er unsicher fragte: »Alles in Ordnung, mein Schatz? Geht es dir gut?«

Sie begann zu zwinkern, was er für ein gutes Zeichen hielt. Er musste seine Frage noch zweimal wiederholen, bis sie endlich den Mund öffnete und leise fragte: »Was ... was war das? Hast du jemanden überfahren?«

Dass draußen inzwischen zwei weitere Autos angehalten hatten, begriff er erst, als er den Aufschrei einer Frau hörte. Kurz danach klopfte jemand an die Seitenscheibe, was ihn zusammenzucken ließ. Die Tür öffnete sich und ein junger Mann fragte: »Alles okay bei Ihnen? Sind Sie verletzt?«

»Geht schon ... geht schon«, wiegelte Johann ab, löste erst seinen, dann den Gurt seiner Tochter und stieg mit wackligen Beinen aus. Die helfende Hand des Mannes lehnte er erst ab, nahm sie nach einem leichten Anflug von Schwindel aber doch in Anspruch.

»Zu meiner Tochter«, bat er, worauf ihn der Ersthelfer um den demolierten Porsche herumführte.

Nachdem sie auch Alina aus dem Wagen geholfen hatten und diese an der Fahrbahnkante saß, blickte Johann sich zum ersten Mal um.

Seltsamerweise fiel ihm als Erstes auf, dass der Kleintransporter nicht mehr da war, bevor er das Opfer wahrnahm. Er ging mit leicht torkelnden Schritten darauf zu und fragte sich, warum eine gut gekleidete Frau nur danebenstand und nicht half. Erst als er sich der am Boden liegenden jungen Frau bis auf einige Meter genähert hatte, begriff er das Ausmaß seines Unfalls.

Ihr Blick war starr in den Himmel gerichtet, keine einzige ihrer Gliedmaßen befand sich in einer natürlichen Lage. Hinzu kam, dass die linke Gesichtshälfte komplett zerschmettert war.

3

Mike mochte weder die erste Stunde nach dem Aufstehen noch die Aussicht auf einen Einsatz bei einem vermeintlichen Autounfall. Er war gerade auf dem Weg zum Präsidium, als die Kollegen von der Verkehrspolizei jemanden von der Mordkommission anforderten. Und da sein neuer Chef, Kriminalrat Kleinschrot, die Sache als ruhigen Einsatz einschätzte, schickte er Mike in den Außendienst.

Im Grunde war er seit seinem leichten Handicap für jede Gelegenheit, das Präsidium verlassen zu können, dankbar. Aber so eine Lappalie war wirklich unter seinem Niveau.

Nun saß er im Dienstwagen und verzweifelte an der dritten roten Ampel, die in jeder Grünphase nur vier Autos durchließ. Zwei Minuten später beschloss er, dass zwar kein Grund zu echter Eile bestand, aber man ein Unfallopfer trotzdem nicht ewig auf der Straße herumliegen lassen sollte. Er öffnete die Seitenscheibe, drückte das mobile Blaulicht auf das Dach, schaltete das Martinshorn ein und nutzte die freie Gegenspur. Auf der Stadtautobahn ging es dann deutlich schneller, da um diese Zeit alle nach Nürnberg hinein, aber nur wenige hinauswollten.

Fünfzehn Minuten später durchquerte er den winzigen Ort Sperberslohe in Richtung Allersberg und fuhr noch an einigen

Wiesen und Äckern vorbei, bevor am Anfang eines Waldstücks bereits das Absperrband seiner Kollegen in Sicht kam. Dort bremste er, öffnete die Seitenscheibe und erfuhr, dass sich der Unfall circa einen Kilometer weiter ereignet hatte.

Es war ein milder, aber verregneter Vormittag. Mike stieg aus dem Wagen, atmete die duftende Waldluft ein und wünschte sich zurück in das kleine Haus in der Fränkischen Schweiz, das er lange hatte bewohnen müssen. Das Häuschen war ein Unterschlupf gewesen, den er heute nicht mehr brauchte. Der auf ihn angesetzte Killer war selbst Opfer eines Verbrechens geworden und mit ihm war auch die Bedrohung gestorben.

»Mordkommission?«, riss ihn ein uniformierter Beamter der Verkehrsüberwachung aus seinen Gedanken.

»Jep«, antwortete Mike, gab dem Mann die Hand und fügte hinzu: »Kriminalhauptkommissar Köstner.«

»Polizeimeister Lindner«, stellte sich der Mann ebenfalls vor und deutete zu einem ehemals hochwertigen Porsche, dessen Motorhaube von einem Baum ziehharmonikaartig verformt worden war. »Das ist der Unfallwagen. Eigentümer und Fahrer ist ein gewisser Herr Johann Pohl. Herr Pohl wohnt einige Kilometer weiter und wollte seine Tochter zur Schule fahren. Er selbst betreibt drei Apotheken in Nürnberg. Beide wurden zur Untersuchung ins Klinikum in Langwasser gebracht, sind aber vermutlich glimpflich davongekommen.«

Mike schätzte kurze Zusammenfassungen, fragte aber trotzdem schlecht gelaunt dazwischen: »Und warum wurde die Mordkommission eingeschaltet? Ich sehe ein kaputtes Auto und dort hinten unter eurem Zelt liegt vermutlich das Opfer. Sieht für mich nach einem schweren, aber durchaus normalen Unfall aus.«

»Dachten wir auch erst«, bestätigte der andere. »Aber Herr Pohl bestand felsenfest darauf, dass er gerade an einem alten weißen Kleintransporter vorbeifuhr, als sich die Sache ereignete. Er hatte den Eindruck, dass das Opfer direkt aus dem Kleintransporter vor seinen Wagen gestoßen wurde.«

»Ist das plausibel?«, fragte Mike wenig überzeugt. Und als der Kollege nicht sofort antwortete, fügte er hinzu: »Ich meine, die Sicht ist heute nicht die beste, der schicke Porsche dort drüben verleitet sicher zum Schnellfahren und diese Straße ist mit ihren Kurven ziemlich unübersichtlich.«

»Das waren auch meine Gedanken«, bestätigte der Polizeimeister. »Und an Ausreden habe ich auch schon so einiges gehört. Allerdings konnten wir den Beginn der Vollbremsung und die ungefähre Flugbahn der Frau bereits eingrenzen. Wenn Sie mir bitte folgen wollen.«

Mike ging hinter dem Mann her, wobei sie an der zugedeckten Leiche vorbeikamen. Er machte den Job schon lange, aber an solche Anblicke wollte er sich nicht gewöhnen und so spürte er auch dieses Mal wieder den leichten Druck im Magen.

Circa zwanzig Meter weiter blieb sein Kollege stehen und deutete auf den Bereich neben der Fahrbahn. Der Streifen, der den Wald vom Asphalt trennte, war von flachen Pflanzen überwuchert. In der Mischung aus Gräsern und Blaubeersträuchern zeigten sich deutliche Reifenabdrücke.

»Es wird ja doch noch interessant«, murmelte Mike, holte sein Handy heraus und machte Fotos aus unterschiedlichen Perspektiven. Danach wählte er die Nummer der Spurensicherung und orderte ein Einsatzteam. Als das erledigt war, deutete er auf den Boden und erklärte: »Das ist jetzt ein Tatort. Bitte sorgen Sie dafür, dass niemand mehr dieses Areal betritt.«

Der Kollege nickte, winkte einen jüngeren Kollegen heran und wies ihn ein. Anschließend ging er mit Mike zu dem vermeintlichen Unfallopfer.

Mike duckte sich unter das kleine pavillonartige Zelt, ging in die Hocke und zog die Folie weg. Das Alter der jungen Frau war aufgrund der Verletzungen nicht leicht zu schätzen. Irgendwas um die zwanzig. Sie war komplett bekleidet, nur eine Tasche oder Ähnliches konnte er nicht entdecken. »Wurde sie schon durchsucht?«, fragte er über die Schulter, worauf der Polizeimeister mit etwas Stolz in der Stimme antwortete: »Nein. Nach der Aussage des Unfallfahrers habe ich Anweisung gegeben, alles so zu lassen, wie wir es vorgefunden haben.«

»Gut gemacht«, bestätigte Mike, zog sich Handschuhe über und tastete damit die Hosentaschen ab. Kurz darauf zog er einen Personalausweis heraus und las laut: »Nina Hoffmann, geboren am 17.3.1999.« Er presste kurz die Lippen aufeinander und sagte: »Einundzwanzig, kein Alter zum Sterben.« Er suchte weiter, fand aber weder ein Handy noch sonst irgendwelche persönlichen Gegenstände.

Auffällig war die Aufmachung der jungen Frau. Die Fingernägel waren lackiert und die Kleidung, auch wenn diese schmutzig war, wirkte zu gut für einen Waldspaziergang. Obwohl gut ein eher unpassender Begriff war. Der schwarze Minirock gab ihr zusammen mit dem tiefen Ausschnitt ihrer Bluse ein insgesamt recht nuttiges Aussehen. Hinzu kamen die zerlaufenen Schminkreste in grellen Farben, die ihr Gesicht nicht gerade seriöser erscheinen ließen.

Mike sah der Toten noch einmal ins Gesicht, atmete tief durch, stand auf und drehte sich einmal im Kreis. Um ihn herum war nichts als Wald, die nahe Autobahn war nur als Hintergrundrauschen zu hören. Er holte sein Handy heraus und öffnete eine digitale Landkarte. Diese zeigte ihm, dass im Grunde nur der kleine Ort Sperberslohe in fußläufiger

Entfernung war, zumindest wenn man davon ausging, dass die junge Frau nicht über die sechsspurige A 9 und die parallel dazu verlaufenden ICE-Gleise gelaufen war.

Mike schloss Google Maps und wählte eine Nummer im Hauptpräsidium, wo sein Kollege Tom abhob und gut gelaunt stichelte: »Guten Morgen, Mike. Na, wie ist es bei der Verkehrspolizei?«

»Du mich auch«, brummte Mike. »Ich habe einen Anfangsverdacht auf ein Kapitalverbrechen. Kannst du bitte kurz den Namen Nina Hoffmann, geboren am 17.3.1999, überprüfen?«

Es folgte das leise Klappern einer Tastatur, bis sein Kollege antwortete: »Nina Hoffmann, da haben wir sie ja. Die Frau wohnt in der Norikerstraße 19 in Nürnberg. Das dürften die weniger schicken Hochhäuser am Wöhrder See sein. Zu ihr gehört, nein, gehörte das Kind Pascal Hoffmann. Der Kleine ist aber nur … Moment … sieben Monate alt geworden und letzten Herbst verstorben.«

»Okay«, nahm Mike das Gehörte zur Kenntnis. »Noch etwas?«

Dieses Mal vernahm er die Klickgeräusche der Computermaus, bevor Tom sagte: »Sie ist uns nicht ganz unbekannt. Zwei kleine Drogendelikte und einmal Beamtenbeleidigung. Alle Verfahren wurden aber wegen Geringfügigkeit eingestellt.«

»Gut«, antwortete Mike und bat: »Und jetzt bitte noch Johann Pohl. Er wohnt irgendwo zwischen Wendelstein und Allersberg und ist Inhaber dreier Apotheken in Nürnberg. Mehr weiß ich im Moment leider nicht.« Mike hielt inne, sah zu dem Porsche und sagte: »Ach Quatsch. Warte, ich gebe dir das Kennzeichen seines Wagens durch.«

Nachdem das geschehen war, dauerte es nur einige Sekunden, bis Tom erklärte: »Der Mann ist einundvierzig, verheiratet und hat zwei Kinder. Ansonsten haben wir keine weiteren Einträge zu ihm.« Nach einer kurzen Pause fragte Tom: »Was ist eigentlich los bei dir? Ich habe heute Morgen noch mitbekommen, dass man dich zu einem Verkehrsunfall geschickt hat.«

Mike blickte zwischen dem Porsche und der Toten hin und her. »Kann ich noch nicht sagen. Fakt scheint zu sein, dass Herr Pohl diese Nina Hoffmann überfahren hat. Allerdings behauptet er, sie wäre ihm quasi vor das Auto geworfen worden, und einige Spuren sprechen tatsächlich dafür.«

»Klingt spannend«, reagierte Tom etwas emotionslos und fragte: »Brauchst du sonst noch etwas?«

»Nein, das war es fürs Erste. Ich warte noch auf die Kollegen der Spurensicherung und fahre dann zu Herrn Pohl und seiner Tochter ins Krankenhaus. Sag dem Chef, dass ich frühestens heute Mittag im Büro sein werde.«

Die beiden langjährigen Kollegen verabschiedeten sich. Mike steckte das Handy weg und blickte noch für einige Minuten in die Richtung, aus der der Porsche gekommen war. Dabei zündete er sich eine der wenigen Zigaretten des Tages an und versuchte, sich den Ablauf des Unfalls vorzustellen.

4

Mike hatte das Glück, die Pohls noch anzutreffen. Vater und Tochter saßen nebeneinander im Wartebereich der Notaufnahme.

Nachdem ihn eine Krankenschwester zu den beiden geführt hatte, stellte er sich kurz vor und fragte dann: »Wie geht es Ihnen?«

Herr Pohl sah ganz anders aus, als Mike sich einen typischen Apotheker vorstellte. Irgendwie hatte er dabei einen kleinen, etwas untersetzten Mann mit Brille vor Augen, doch dieser hier war groß, trug einen eleganten Anzug und wirkte körperlich sehr fit. Anstatt auf Mikes Nachfrage einzugehen, antwortete Herr Pohl mürrisch: »Ich bin ja selbst im Gesundheitssystem tätig, aber bei solchen Wartezeiten wie hier wäre ich längst pleite.«

Mike dachte an den großen Porsche, der das Gegenteil von pleite verkörperte, deutete ein Nicken an und gab sich verständnisvoll: »Ja, das kenne ich. Aber wenn jeder mit einem Schnupfen in die Notaufnahme rennt, ist das eben so.«

Anschließend wandte er sich an die Tochter, deren Outfit auf eine Hochphase der Pubertät schließen ließ, und fragte auch sie: »Alles okay bei dir? Muss ein ziemlicher Schock gewesen sein.«

Das Mädchen atmete einmal tief ein, bevor es mit belegter Stimme fragte: »Ist sie … es war doch eine Frau, oder …? Ist sie, ich meine, hat sie …«

Mike schüttelte den Kopf. »Nein, leider nicht.«

»Haben Sie den weißen Lieferwagen gefunden?«, mischte sich Herr Pohl wenig einfühlsam ein.

»Nein.«

»Aber Sie glauben mir, dass er da war?« Die leichte Panik in der Stimme des Mannes war verständlich.

»Es gibt Hinweise darauf.« Mike blieb mit Absicht vage. Natürlich wusste er, dass bei der Strafe, die der Mann zu erwarten hatte, viel davon abhing, wie sich der Unfall ereignet hatte. Aber er brauchte jetzt möglichst unverfälschte Aussagen, daher bat er: »Sind Sie damit einverstanden, wenn ich mich mit Ihrer Tochter kurz allein unterhalte? Ich möchte mir ein Bild von den Ereignissen machen. Da sie aber noch minderjährig ist, können Sie das selbstverständlich auch vorerst ablehnen.«

Anstelle einer Antwort fragte Herr Pohl seine Tochter: »Glaubst du, du schaffst das?«, und als diese ein Nicken andeutete, erhob er sich und ging zu einem der Kaffeeautomaten.

Eine halbe Stunde später verließ Mike die Klinik mit zwei fast identischen Aussagen zum Unfallhergang. Beide bestätigten, dass ihnen erst ein Wohnmobil entgegengekommen war, sie dann an einem weißen Kleintransporter vorbeigefahren waren und im selben Moment der Aufschlag erfolgt war. Leider konnten sich beide nur noch daran erinnern, dass das Wohnmobil vorne oben den Schriftzug »Highway to Hell« getragen hatte. Welches Kennzeichen es gehabt hatte oder aus welchem Land es stammte, wussten sie nicht. Im schlechtesten Fall waren diese wichtigen Zeugen für immer verschwunden.

Wieder im Dienstwagen, lehnte Mike sich zurück, massierte die lange Narbe an seinem rechten Oberschenkel und beschloss, dass es einen Versuch wert war. Folglich sagte er zu dem kombinierten Navigations- und Entertainmentsystem des Wagens: »Anruf.« Die Computerstimme bestätigte: »Anruf, bitte wählen Sie einen Telefonbucheintrag.«

Mike kam sich immer komisch vor, wenn er mit einem Auto sprach, sagte aber: »Kripo-Sammelnummer«, was die Computerstimme bestätigte und den Anruf startete.

Dieses Mal hatte er seine Kollegin Sabrina in der Leitung. Er erklärte ihr kurz, um was es ging, und bat sie, alle Campingplätze im Umkreis anzurufen. Zusätzlich sollte sie auch die Bundespolizei, die für die Grenzsicherung zuständig war, darüber informieren, dass ein Wohnmobil mit der von den beiden Zeugen genannten Aufschrift gesucht wurde.

Als das erledigt war, startete er den Wagen und fuhr erst einmal zu einer Filiale einer einschlägigen Bäckereikette, um das verpasste Frühstück nachzuholen.

Einen Kaffee und ein Salamibrötchen später erfuhr er durch einen Anruf, dass die Verstorbene bereits in die Gerichtsmedizin eingeliefert worden war. Und da er im Augenblick keinen Sinn darin sah, zurück ins Präsidium zu fahren, beschloss er, seine Aufmerksamkeit zunächst auf das Opfer zu richten. Irgendetwas war an der Sache faul, und da er aufseiten des Apothekers im Moment keine Ansatzpunkte erkennen konnte, war diese Nina Hoffmann seine einzige Spur.

Mike holte sich noch einen Kaffee zum Mitnehmen, verließ die Bäckerei und fuhr zur nächsten Autobahnauffahrt. Unterwegs informierte er seine Kollegen, was er vorhatte, und erfuhr, dass er im Moment nicht auf Unterstützung zu hoffen brauchte. Während die eine Hälfte der Mordkommission sich am heutigen letzten Schultag vor den Pfingstferien auf den Urlaub einstellte, ermittelte die andere Hälfte in einem üblen Mordfall, der eine ganze Familie das Leben gekostet hatte.

Gott sei Dank oder auch leider passierte in Nürnberg relativ wenig, weshalb man keinen Sinn darin sah, die Abteilung personell aufzustocken.

Dank langjähriger Erfahrung bei der Mordkommission kannte Mike das gerichtsmedizinische Institut in Erlangen fast so gut wie das Hauptpräsidium in Nürnberg. Er stellte den Wagen vor dem Betonbau mit dem Charme einer Lagerhalle ab. Und da er wie so oft im absoluten Halteverbot stand, legte er noch die Plastikkarte, die das Auto als Dienstwagen auswies, hinter die Windschutzscheibe.

Aus dem morgendlichen Nieselregen war inzwischen schwülheiße Luft geworden und die wenigen Meter bis zum Eingang genügten, um ins Schwitzen zu kommen.

Im Inneren des Gebäudes folgte er dem Flur, der zu den Obduktionsräumen führte. Da alle Türen geschlossen waren und zunächst niemand zu sehen war, drückte er auf einen kleinen Klingelknopf und wartete.

Zwei Minuten später kam eine ihm unbekannte Frau aus einer der Türen und ihm wurde bewusst, wie lange er schon nicht mehr hier gewesen war. Die kleine zierliche Frau stand im größtmöglichen Gegensatz zu dem Professor, der ihn hier früher begrüßt hatte. Als er sie fragte: »Sind Sie neu hier?«, sah sie ihn prüfend an, blieb kurz an der Narbe in seinem Gesicht hängen und gab ihm, nachdem er sich als Hauptkommissar ausgewiesen hatte, die Hand. Danach ging ihr Blick zu einer Wanduhr und sie erklärte in leicht gehetztem Tonfall: »Ja, mein Vorgänger ist vor einigen Monaten in den Ruhestand gegangen. Also, Herr Köstner, was kann ich für Sie tun? Unangemeldete Besuche sind immer ein bisschen schwierig, da ich oft Studenten hierhabe, die betreut werden wollen.«

Mike mochte die noch junge Ärztin, die sich ihm als Doktor Seifert vorstellte. Er wischte sich den Schweiß von der Stirn und erklärte: »Sie haben vor Kurzem neue Kundschaft hereinbekommen. Die junge Frau erlag einem Verkehrsunfall. Wäre es möglich, dass wir uns die Leiche kurz zusammen ansehen und Sie mir eine erste Einschätzung geben?«

Während Mike das Wort Kundschaft schon bereute, lächelte die Frau, wobei sie zu einem Fotorahmen an der Wand sah. »Ich sehe schon, Sie hatten offenbar viel mit unserem guten alten Prof zu tun. Für ihn waren alle Leichen Kundschaft. Ich bevorzuge das Wort Verstorbene.« Anschließend ging ihr Blick erneut zu der Uhr, die zwanzig Minuten vor elf zeigte. Sie deutete ein Nicken an und sagte: »Ja, ich weiß, welche Verstorbene Sie meinen, aber um elf muss ich bei meinen Studenten sein.« Damit drehte sie sich um und führte ihn in einen der komplett gefliesten Obduktionsräume.

Dort deutete sie auf einen fahrbaren Tisch und erklärte: »Ist gerade erst reingekommen. Ich konnte sie noch nicht einmal in die Kühlung bringen.«

Das Öffnen eines Leichensacks erzeugte bei Mike noch immer komische Gefühle. Bei der Ärztin offenbar nicht, denn sie tat es so, als würde sie den Reißverschluss eines Koffers öffnen.

Obwohl er die verunglückte Frau bereits am Morgen auf dem Asphalt hatte liegen sehen, hatte der jetzige Anblick etwas Endgültiges. Die Hämatome in ihrem Gesicht traten durch die fahle Hautfarbe noch stärker hervor.

Doktor Seifert zog den Wagen neben einen der Obduktionstische und bat: »Dort drüben sind Handschuhe, wenn Sie bitte mit anpacken würden.«

Mike ging zu der Pappschachtel, zog ein Paar Handschuhe heraus und streifte sie über. Anschließend griff er die kalten Fußgelenke der Verstorbenen und hob sie gemeinsam mit der Ärztin auf den Tisch.

Die Zeit verging schneller als gedacht und genügte gerade, um Frau Hoffmann oberflächlich zu inspizieren. Um Punkt elf Uhr beschloss Doktor Seifert: »Warten Sie kurz«, warf ihre Handschuhe in einen Mülleimer und verschwand. Einige Minuten später tauchte sie mit drei jungen Leuten im Schlepptau wieder auf und reagierte auf Mikes skeptischen Blick mit der Aussage: »Keine Sorge. Erstens werden wir nicht ins Detail gehen und zweitens sind auch meine Studenten zur Verschwiegenheit verpflichtet.« Sie wandte sich an die kleine Gruppe aus zwei Frauen und einem Mann und sagte: »Sie ziehen sich jetzt bitte die Kittel über und sehen uns einfach nur zu.« Dann deutete sie auf Mike und erklärte weiter: »Wir haben vorhin diese junge Frau hereinbekommen und Herr Hauptkommissar Köstner hat mich gebeten, eine erste Einschätzung abzugeben.«

»War es ein Gewaltverbrechen?«, fragte prompt eine der beiden Studentinnen.

Doktor Seifert reagierte ausweichend. »Darum geht es im Moment nicht. Wir schauen uns die Verstorbene einfach nur an und bewerten dabei, was wir sehen.«

5

Mike trat ein Stück zurück und sah zu, wie Doktor Seifert ein von der Decke hängendes Mikrofon zu sich zog. Anschließend nahm sie den Fotoapparat und machte erste Bilder, wobei sie jedes davon in das Mikrofon kommentierte.

Bei den Händen der Toten angekommen, machte sie Nahaufnahmen und erklärte: »Bild Nummer fünfzehn. Linke Hand. Fingernägel in schlechtem Zustand. Ungepflegt. Leichter Abrieb zu erkennen.« Es folgte ein weiteres Bild. »Handgelenk linke Seite. Minderwertige Armbanduhr. Leichte Druckstellen zu erkennen.« Sie wechselte zur anderen Seite des Tisches, begann gleich mit dem Handgelenk und diktierte in das Mikro: »Rechtes Handgelenk. Kein Schmuck, aber ebenfalls leichte Druckstellen erkennbar. Mögliche Ursache: Fixierung oder fester Griff.«

Mike hatte die drei Studierenden inzwischen ausgeblendet und fragte dazwischen: »Meinen Sie, die Verstorbene könnte gefesselt gewesen sein?«

Die Ärztin sah zu ihm auf, presste die Lippen aufeinander und wiegte den Kopf leicht hin und her. »Ja, möglich. Allerdings war es kein Seil oder Handschellen, dafür sind die Druckstellen zu gleichförmig, zu breit und die Mikroverletzungen sind zu schwach. Sehen Sie …«

Mike trat an den Tisch und nahm die übergroße Lupe in Empfang. Die schmalen Handgelenke der Toten zeigten tatsächlich eine schwache, durchgehende Einblutung. »Wie von einem Riemen«, bestätigte Mike und gab die Lupe zurück.

Man konnte Doktor Seifert sicher nicht nachsagen, dass sie sich hetzen ließ. Nachdem sie die bekleidete Leiche einmal abgearbeitet hatte, begann sie, die Verstorbene Stück für Stück zu entkleiden. Auch hier erfolgte bei jedem Schritt ein Kommentar in das Mikrofon.

Unter dem Minirock trug die Frau einen knappen Stringtanga, der im Prinzip nur aus drei Stoffstreifen bestand, dann knöpfte Doktor Seifert die dünne Bluse auf.

Als die junge Frau beinahe nackt auf dem glänzenden Obduktionstisch lag, wodurch sie noch verletzlicher wirkte, bat eine der beiden Studentinnen, kurz an die Luft gehen zu dürfen.

Nachdem sich die automatische Schiebetür hinter der angehenden Ärztin geschlossen hatte, murmelte Doktor Seifert etwas von »natürlicher Selektion«, winkte den jungen Mann an den Tisch und bat: »Sie heben den Oberkörper hoch und ich ziehe die Bluse aus.«

Der Stoff klebte etwas am Rücken der Toten, was allerdings nicht an einer durch den Unfall verursachten Wunde lag. Der Student sah lange auf den Rücken der jungen Frau, wechselte einen kurzen Blick mit der Ärztin und stellte einigermaßen abgebrüht fest: »Wirklich eine klasse Arbeit.«

Mike trat nun ebenfalls an den Tisch und fragte, nachdem er das Kunstwerk einen Augenblick betrachtet hatte: »Ist das dieses … wie heißt es doch gleich?«

»Das allsehende Auge«, half ihm der Student, während er das riesige Tattoo auf dem Rücken der Frau weiterhin betrachtete. »Und wenn Sie mich fragen, ist es wirklich gut gestochen.«

31

Auch Mike konnte sich nur schwer von dem Anblick des Auges, das von einem Dreieck und einer Vielzahl an strahlenförmigen Strichen umgeben war, lösen.

Die Ärztin war deutlich pragmatischer und holte die beiden aus ihrer Faszination. »Wenn die Herren nichts dagegen haben, würde ich trotzdem bei der üblichen Reihenfolge bleiben.« Damit übernahm sie den Oberkörper und legte die Tote wieder auf den Rücken.

Nachdem sie mit der Untersuchung der Vorderseite fertig war, verkündete sie: »Ich kann mich natürlich erst nach der Öffnung der Toten festlegen und sie wird mit Sicherheit auch innere Verletzungen erlitten haben, aber ich gehe davon aus, dass allein die Kopfverletzungen zum Tode geführt haben.« Dann winkte sie erneut den Studenten zu sich, wobei sie sagte: »Also dann zu diesem Kunstwerk.«

Sie drehten die Frau mit geübten Griffen um und auch Mike kam einen Schritt näher. Der Rücken zeigte einige Hämatome, und doch stach das Tattoo eindeutig heraus. Es erstreckte sich fast über den kompletten Rücken und wirkte beinahe dreidimensional.

Nach den obligatorischen Fotos nahm der Student einen Wattetupfer, fragte: »Darf ich?«, und tränkte ihn, als Doktor Seifert ihre Zustimmung signalisierte, mit einer Flüssigkeit. Danach beugte er sich über den Rücken der Toten und strich über verschiedene Stellen des Tattoos, wobei er den Tupfer immer ein Stück weiterdrehte. Anschließend zeigte er Mike und der Ärztin den komplett rot gefärbten Tupfer und erklärte: »Dieses Kunstwerk wurde nicht nur vor wenigen Stunden gestochen, sondern auch an einem Stück. Und das macht in dieser Größe kein seriöser Tätowierer, dem die Gesundheit seiner Kunden am Herzen liegt.«

Mike nahm das Gehörte zur Kenntnis und fragte: »Sie sind vom Fach?«

Der Student zuckte mit den Schultern. »Vielleicht sollte man eher sagen, ich habe es versucht, bin aber an meiner Fingerfertigkeit gescheitert.«

»Hm«, brummte Mike. »Dann hoffe ich, Sie wollen nicht Chirurg werden.« Der junge Mann schenkte ihm nur ein müdes Lächeln, daher fragte er, um wieder zum Thema zu kommen: »Können Sie Ihre Einschätzung bezüglich des Zeitpunkts konkretisieren?«

Der Student warf Doktor Seifert einen unsicheren Blick zu, nahm die große Lupe und untersuchte den Rücken ein weiteres Mal. Schließlich sagte er: »Frau Doktor Seifert hat sicher Verfahren, um es genauer zu bestimmen. Da aber nur getrocknetes Blut und kaum Entzündungszeichen zu erkennen sind, würde ich die letzte Nacht annehmen.«

»Einwände?«, fragte Mike an die Ärztin gewandt. Diese nahm die Lupe nun selbst zur Hand und bestätigte: »Ja, gut möglich. Tattoos sind nicht gerade mein Fachgebiet, aber es gibt bestimmt Methoden, das Alter zu bestimmen. Ich werde alles Nötige in die Wege leiten.«

»Sehr schön«, befand Mike. »Ist Ihnen sonst noch etwas an der Verstorbenen aufgefallen, was über den Verkehrsunfall hinausgeht?«

»Ja, außer den Druckstellen an den Handgelenken deuten einige streifenförmig verfärbte Hautstellen auf weitere Fixierungen hin. Und da sich diese nur auf der Rückseite finden, würde ich vermuten, dass sie auf dem Bauch lag. Sehen Sie …« Die Ärztin zeigte Mike einen Streifen über dem Becken der Frau, an dem die Hautfarbe leicht verändert war. Außerdem gab es weitere Verfärbungen an den Waden und der Rückseite der Oberschenkel.

Danach beschloss sie: »Wie es in den Körperflüssigkeiten der Frau aussieht, müssen natürlich erst Laboruntersuchungen zeigen. Ich würde Ihnen die Ergebnisse per Mail zukommen lassen.«

Mike schaffte es, trotz der Anwesenheit einer Leiche zu lächeln. Er bedankte sich und sagte zum Abschied: »Der Professor hat den Laden in wirklich gute Hände übergeben.« Doktor Seifert winkte ab und begann, noch während Mike hinausging, ihren verbliebenen beiden Studierenden Anweisungen zu geben.

Vor dem Gebäude atmete Mike tief durch, bekam aber nur schwülheiße Luft in die Lungen. Trotzdem zündete er sich eine Zigarette an und bot der blassen Studentin, die auf einem kleinen Mäuerchen saß, ebenfalls eine an. Diese nahm dankend an und erklärte ungefragt: »Es ist nicht wegen der Toten da drinnen, ich habe einfach nur das Frühstück nicht vertragen.«

Mike gab ihr Feuer, sah zu ihr herab und sagte schlicht: »Man gewöhnt sich dran. Sie werden sehen.« Nach einem weiteren Zug an seiner Kippe fügte er noch hinzu: »Sie sollten dann wirklich wieder reingehen. Ich glaube, Doktor Seifert beginnt gerade mit dem wirklich interessanten Teil.«

Die junge Frau sah ihm kurz in die Augen, stand auf und sagte im Gehen: »Da haben Sie recht, und ich liebe es, Körper aufzuschneiden.« Mike lachte kurz über seine eigenen Vorurteile, drückte die Kippe in den Aschenbecher neben dem Ausgang der Gerichtsmedizin und ging zum Wagen.

Der dichte Verkehr und die zahlreichen Baustellen ließen die Fahrt zum Präsidium eine ganze Stunde dauern. Dort angekommen, genügten Mike die wenigen Schritte vom Parkplatz bis in das Gebäude, um sich zu fühlen, als käme er aus der Sauna.

Im Büro entledigte er sich der dünnen Jacke, unter der er seine Waffe verbarg, zog das Holster vom Körper und hätte sich am liebsten auch noch die Schuhe ausgezogen, was ihm seine gute Erziehung verbot.

Danach ging er in die kleine Teeküche, wo er auf Tom traf. Dieser sah ihn an und fragte nach einer kurzen Begrüßung: »Kommst du aus der Sauna oder warst du mit Klamotten schwimmen?«

Mike winkte ab, füllte ein Glas mit Wasser und trank es halb leer. »Das ist kein Sommer, das ist eine Strafe.« Er ließ das restliche Wasser folgen, bevor er fragte: »Ich habe Sabrina vorhin um die Fahndung nach einem Wohnmobil gebeten. Weißt du zufällig, wie da der Stand der Dinge ist?«

»Das ergab, soweit ich weiß, noch keinen Treffer«, erwiderte Tom. »Aber du kannst sie gleich selbst fragen, sie ist nur kurz zur Toilette. Was ist denn bei dir eigentlich los?«

Mike hörte die Bürotür ins Schloss fallen und bat seinen Kollegen: »Komm mit rüber, dann muss ich es nicht zweimal erzählen.«

6

Während ihr Vater den Arztbrief entgegennahm, tippte Alina Nachrichten an ihre beste Freundin Paula. Sie hasste diese Halskrause schon jetzt, da diese sie zwang, das Handy unnatürlich hoch zu halten.

Hinzu kam das leichte Zittern ihrer Hand. Einmal glaubte sie sogar, den Augenblick, als diese Frau vor ihr gegen die Windschutzscheibe krachte, auf ihrem Handydisplay zu sehen. Sie zuckte zusammen, schloss die Augen, doch so leicht war es nicht. Ganz im Gegenteil. Das Bild vor ihrem inneren Auge wurde noch plastischer.

Sie versuchte, sich auf etwas anderes zu konzentrieren, was zur Folge hatte, dass ausgerechnet Markus den Platz in ihrem Kopf einnahm. Sie waren vor gerade einmal zwei Monaten zusammengekommen und bis gestern hatte sie an seine Liebe geglaubt. Und auch wenn er ihr inzwischen gefühlt hundert Mal geschrieben hatte, dass er sich nicht erklären konnte, wo das Bild von ihm und dieser Bitch Tina herkam, es war nun einmal da. Wer es letztendlich verbreitet hatte, konnte sie nur raten. Vermutlich aber Tina, die sie bloßstellen wollte. Und diese Aktion zeigte Wirkung, das bewies ein Blick auf ihr

Instagram-Profil. Ihr enger Freundeskreis war entsetzt und der Rest verhöhnte sie.

»Hast du in der Schule Bescheid gesagt?«, hörte sie ihren Vater fragen.

»Was?«, reagierte sie abwesend.

»Die Schule. Weiß die Schule, dass wir einen Unfall hatten?«

»Äh, ja. Nein, nicht direkt.«

»Ja, was denn nun?« Da war etwas in seiner Stimme, was sie innehalten ließ. Im Normalfall war ihr Vater ein gelassener Mensch, doch seine Anspannung ließ sie vorsichtig werden.

Alina sperrte das Handy, steckte es ein und antwortete, während sie die Klinik verließen: »Ich habe es Paula geschrieben, und die sagt es meinem Lehrer. Allerdings werden die das vermutlich noch schriftlich wollen.«

»Ja klar, kein Problem«, erwiderte er, bevor er sich erkundigte: »Wie geht es dir mit der Sache von heute Morgen?«

Alina wusste nicht so recht, was sie sagen sollte, und beließ es zunächst bei der Aussage: »Schöne Scheiße.« Dann besann sie sich und fragte: »Meinst du, du bekommst Ärger deswegen?« Und als er daraufhin nur sagte: »Keine Ahnung, aber irgendeine Strafe werde ich schon bekommen«, erkundigte sie sich vorsichtig: »Hast du die ... also das Opfer auch gesehen?«

Die nächsten Meter herrschte erdrückendes Schweigen, bis sie hörte, wie er tief einatmete und schließlich zugab: »Ja, habe ich.«

»Und wie alt ist ... war sie? Ich habe das Gesicht nur für eine Sekunde gesehen.«

»Etwas älter als du. Vielleicht zwanzig«, gab er zögernd zu, dann wechselte er das Thema: »Wir müssten noch kurz in die Hauptfiliale fahren. Ist das okay für dich?«

So schweigsam kannte Alina ihren Vater zwar nicht, sie nutzte die Stille im Taxi aber, um sich wieder ihrem Handy zu widmen. Nachdem sie Markus eine weitere wütende Nachricht geschrieben hatte, antwortete der nur noch: »Glaub doch, was du willst«, danach herrschte Funkstille.

Die Erkenntnis, dass ihre Beziehung zu Ende war, kam so plötzlich, dass sie die Tränen nicht zurückhalten konnte, und natürlich bemerkte auch ihr Vater die schnelle Bewegung ihrer Hand zum Auge. Sie drehte ihr Gesicht zur Scheibe und sah dort ihr eigenes Spiegelbild, was alles nur noch schlimmer machte.

War sie zu hässlich oder lag es am Sex? Mit Markus hatte sie ihr erstes Mal gehabt, und obwohl sie es inzwischen einige Male gemacht hatten, war sie kürzlich wieder ziemlich unentspannt gewesen. Aber konnte das der Grund sein, dass er sich in die Arme dieser Tina fallen ließ? Sie wusste es nicht. Wusste gar nichts mehr.

»Alles okay?«, hörte sie ihren Vater fragen, hob aber nur die Hand, um ihn zum Schweigen zu bringen. Trotzdem fragte er noch: »Ist es wegen dem Unfall oder wegen deinem Freund?«

»Der ist ein Arsch«, lautete ihre knappe Antwort, da es ihr Vater hasste, wenn man nicht antwortete. Und im selben Moment, in dem sie das Thema auch für sich selbst abhaken wollte, erschien wieder das Gesicht vor der Windschutzscheibe vor ihrem inneren Auge. Der Gedanke an die junge Frau, die jetzt sicherlich schon in einem Plastiksack lag, wie man es aus dem Fernsehen kannte, löste weitere Tränen aus.

Die erste Apotheke, die ihr Opa väterlicherseits damals eröffnet hatte, diente als Firmenzentrale. Alina war von Kindesbeinen an hierhergekommen, und so ging sie auch heute wie selbstverständlich in den Aufenthaltsraum für die Mitarbeiter. Dort setzte sie sich an den Tisch und zog das Handy heraus.

Ihr Vater unterhielt sich noch kurz mit seiner Stellvertreterin, bevor er in seinem Büro verschwand.

Erneut in den Tiefen der sozialen Netzwerke versunken, bemerkte sie die Anwesenheit des jungen Mannes erst, als dieser ihre Halskrause mit »Wow, was für ein Schal« kommentierte.

Der Typ stand an der Tür und wirkte trotz des frechen Spruches unsicher. Alina brauchte einen Augenblick, um die Lage zu realisieren. Und da sie den anderen nicht kannte, fragte sie pampig: »Wer bist du und was willst du hier?«

Er ließ sich nicht aus der Ruhe bringen und erklärte höflich: »Das Gleiche wollte ich dich auch gerade fragen. Dieser Raum ist nur für das Personal und du siehst nicht aus, als würdest du hier arbeiten.«

Alina scannte den Jungen. Groß, schlank, volles dunkles Haar und vielleicht ein oder zwei Jahre älter als sie. Markus und ihre Nackenschmerzen traten etwas in den Hintergrund. Sie brachte Haltung in ihren jetzt doch leicht schmerzenden Körper, fuhr mit dem Finger unter der Halskrause durch, um diese etwas zu lockern, und sagte provokant: »Ich gehöre tatsächlich nicht zum Personal, aber meinem Vater gehört der Laden.«

Anstatt spätestens jetzt zusammenzuzucken, lächelte er, trat an den Tisch und streckte ihr seine Hand entgegen. »Hi, ich bin Sascha.«

Sein Händedruck fühlte sich warm und stark an. Alina schaffte es nicht, ihre gespielte Ablehnung gegen alles und jeden aufrechtzuerhalten, und sagte etwas versöhnlicher: »Ich bin Alina.«

Nach einem kurzen Augenblick des Schweigens fragte sie: »Und was machst du hier? Ich habe dich noch nie gesehen.«

»Praktikant«, gab er einsilbig zurück, erklärte aber einen Moment später auf ihren fragenden Blick hin: »Ich habe letztes Jahr Abi gemacht und kann mich nicht entscheiden, was ich machen will. Also versuche ich, so viele verschiedene Jobs wie möglich kennenzulernen. Allerdings ist das heute meine letzte Schicht und damit auch mein letzter Tag in diesem Laden.«

Es war schwer, diesen Jungen mit seinem offenen Blick nicht zu mögen, trotzdem sagte sie ausweichend: »Wenn du noch bleiben willst, kann ich gerne mit meinem Vater reden.«

»Nicht nötig.« Keiner von beiden hatte mitbekommen, dass dieser bereits in der Tür stand.

»Hallo Herr Pohl«, sagte Sascha, er wirkte etwas verlegen. Alina sah zu, wie der Junge zu ihrem Vater ging und auch ihm die Hand gab. Dieser blickte dabei erst zu ihr, dann zu seinem Praktikanten, bevor er sagte: »Wie ich gehört habe, seid ihr schon bei dem Thema, über das ich mit Ihnen sprechen wollte. Kommen Sie bitte mit in mein Büro?«

Sascha drehte sich noch einmal um und sagte: »Tschüss, war schön, dich kennenzulernen.«

»Dich auch«, erwiderte sie, wobei sie ihre eigene Freundlichkeit selbst etwas überraschte.

Zwei Stunden später brachte sie ein Taxi zum Porschehändler, wo bereits ein Leihwagen bereitstand.

Alina setzte sich auf den Beifahrersitz, wartete, bis ihr Vater sich in den Verkehr eingeordnet hatte, und fragte schließlich: »Und?«

Dieser löste den Klettverschluss seiner Halskrause, warf diese auf den Rücksitz und blickte kurz zu ihr herüber. »Was und?«

Sie tat es ihm gleich, musste dabei aber feststellen, dass ihre Halswirbel wenig dankbar reagierten. »Na, dieser Sascha. Bleibt er noch?«

»Warum interessiert dich das?«, fragte er mit diesem Unterton, der andeutete, dass er die Antwort schon kannte.

»Papa«, sagte sie drohend, da sie genau verstand.

Mit dem ersten Lächeln seit dem Unfall am Morgen verriet er ihr: »Ja. Mir sind gerade gleich drei Mitarbeiter ausgefallen und Frau Kimmel ist mit dem Jungen sehr zufrieden. Also haben wir vorhin aus seinem Praktikantenvertrag eine befristete Arbeitsstelle gemacht. Er darf zwar nicht beraten, aber wir haben noch genügend andere Aufgaben.«

7

»Also, was denkt ihr?« Mike sah erst zu Sabrina und danach zu Tom. Dieser atmete hörbar aus und warf noch einen Blick auf das Bild des Tattoos. Mike hatte, noch während er seine Kollegen informierte, eine Mail der Gerichtsmedizinerin erhalten und die Bilder auf das Smartboard projiziert.

Schließlich brummte Tom: »Hm«, und sagte dann: »Im Grunde wissen wir nichts. Wir können weder mit Sicherheit sagen, ob dieser Kleintransporter wirklich zu dem Zeitpunkt dort stand, noch, ob er, falls er dort stand, etwas mit der Toten zu tun hat. Für wie glaubwürdig hältst du die Aussagen dieses Apothekers und seiner Tochter? Ich meine, sie hätten ja genügend Zeit gehabt, sich abzusprechen.«

»Du meinst, die haben das Szenario nur erfunden, um von einer Unaufmerksamkeit abzulenken?« Mike schüttelte den Kopf. »Kann ich mir nicht vorstellen.« Er dachte an das, was er heute gesehen und gehört hatte, und fügte hinzu: »Das war nicht nur ein Blechschaden und beide dürften nach dem Aufprall unter Schock gestanden haben. Sich in dieser Situation eine solch komplexe und außergewöhnliche Geschichte auszudenken, halte ich für mehr als unwahrscheinlich.« Er nahm die Fernbedienung und öffnete ein Bild, auf dem das Gesicht der toten Nina Hoffmann zu sehen war. »Ich gehe eigentlich schon davon aus, dass es wirklich so passiert ist. Also, dass diese Frau aus dem Lieferwagen vor das vorbeikommende Auto von Johann Pohl gestoßen wurde. Und wenn es so ist, dann haben wir es mit Mord zu tun.«

»Sehe ich auch so«, bestätigte Sabrina. »Allerdings wirft das eine Reihe von Fragen auf. Abgesehen von denen nach dem Mord und dessen Hintergründen auch die, ob der Apotheker ein Zufallsopfer war.«

»Guter Einwand«, bestätigte Mike, notierte das und realisierte bei einem Blick auf seine bisherigen Notizen, dass es einiges zu tun gab. Daher fragte er: »Wie sieht es bei euch aus? Könnt ihr mich unterstützen?«

Tom schüttelte den Kopf. »Ist im Moment schwierig. Dieses Familiendrama, an dem wir gerade arbeiten, betrifft auch einen hohen Politiker. Und du kannst dir denken, was jetzt beim Chef Vorrang hat.«

»Und die Kollegen drüben?« Mike nickte zu der Scheibe, hinter der sich das Großraumbüro der Mordkommission befand.

»Musst du fragen«, befand Tom. »Allerdings ist heute der letzte Schultag vor den Pfingstferien, was die Sache nicht leichter macht. Seit wir einige jüngere Kollegen dazubekommen haben, sind die Ferienzeiten wieder sehr beliebt für Urlaub.«

Sabrina kannte Mike schon lange und hatte ihm einiges zu verdanken. Daher bot sie an: »Wenn du willst, könnte ich zumindest ein paar Überstunden machen und einige Recherchearbeiten übernehmen.«

»Wäre gut«, stimmte dieser zu und bat gleich: »Kannst du mit diesem Tattoo anfangen? Vielleicht haben wir etwas dazu in unseren Datenbanken. Dass es offenbar kurz vor dem Mord an Nina Hoffmann gestochen wurde, ist kein Zufall, glaube ich. Es erscheint mir wie ein Hinweis des Täters. Dazu könnte auch das

Motiv passen. Das allsehende Auge als Aussage, wenn ihr wisst, was ich meine.«

»Stimmt«, bestätigte Sabrina, sah auf die Uhr und beschloss: »Ein paar Minuten haben wir noch bis zu unserem nächsten Termin. Ich werde das Bild gleich an die Kollegen weitergeben, damit die es durch die Vergleichsdatenbank laufen lassen können.«

»Prima.« Mike stand auf und erklärte: »Und ich werde mir ein, zwei Kollegen der KTU schnappen und zu Nina Hoffmanns Wohnung fahren. Vielleicht erfahre ich dort mehr über die Frau.«

Mike informierte seinen Chef, Kriminalrat Kleinschrot, über seine Ermittlungsergebnisse. Dieser stufte die Sache ebenfalls als möglichen Mordfall ein und gab ihm weitgehend freie Hand. Allerdings nicht, ohne dabei auf die dünne Personaldecke hinzuweisen.

Mike hatte kein Problem damit, sich erst einmal allein mit dem Fall zu beschäftigen. Seit der Explosion, bei der seine damalige Lebensgefährtin umgekommen war, und der Zwangspause danach wurde er fast ausschließlich im Innendienst eingesetzt. Und auch wenn sein Gesicht eine unschöne Narbe zierte und sein rechtes Bein Probleme machte, fühlte er sich zu jung, um im Präsidium zu versauern. Folglich war er einfach froh, wieder raus ins Leben zu kommen.

Der Wöhrder See lag mitten in Nürnberg. Sein Wasser glitzerte in der Nachmittagssonne und ließ den angrenzenden Hochhauskomplex noch hässlicher erscheinen.

Während die zwei Kollegen der KTU ihre Taschen aus dem Kofferraum holten, ließ Mike seinen Blick über das Wasser schweifen und dachte an den See in Finnland, an dem sein Glück vor langer Zeit ein so schreckliches Ende gefunden hatte. In solchen Momenten war es schwer, die Vergangenheit auszublenden. Seine frühere Familie, Jenny und einige gute Freunde … all das gehörte unwiderruflich der Vergangenheit an.

Der eingehende Anruf riss ihn aus seinen Gedanken. Er nahm ihn an, hörte kurz zu und erklärte seinen beiden Begleitern dann: »Die Richterin hat zugestimmt, wir können loslegen.«

Aufgrund der vielen Klingelschilder dauerte es etwas, bis Mike den richtigen Knopf gefunden hatte. Er drückte ihn dreimal und holte, als sich nichts rührte, den Schlüssel der toten Nina Hoffmann heraus.

Der Eingangsbereich des Hochhauses begrüßte sie mit latentem Uringeruch und zum Teil völlig überfüllten Briefkästen. Sie gingen zu einem der beiden Fahrstühle, dessen Kunststoffknopf zur Hälfte geschmolzen war. Mike kannte das Phänomen, verstand aber nicht, warum man, während man wartete, ein Feuerzeug an diese Knöpfe halten musste.

»Wenn sie wenigstens Talent hätten«, sagte der ältere Kollege von der KTU, während er im Aufzug diverse Graffitis betrachtete.

Der Fahrstuhl fuhr ohne Unterbrechung bis zum achten Stockwerk durch und entließ sie dort in einen Hausflur, in dem allerlei undefinierbare Essensgerüche durcheinanderwaberten. Mike rümpfte die Nase und sagte mit einem Blick zu seinen Kollegen: »Riecht nicht gerade nach einem Spitzenkoch.«

Der Jüngere winkte ab: »Da haben wir schon ganz andere Gerüche kennengelernt. Hier ist übrigens die Wohnung von Nina Hoffmann.«

Mike klingelte und klopfte an die Tür, wartete und verwendete erneut den Schlüssel. Dann öffnete er die Tür einen Spaltbreit und rief: »Hier ist die Polizei, ist jemand zu Hause?« Nach einigen Sekunden fügte er noch hinzu: »Wir kommen jetzt rein!«

Während er die Wohnung betrat, warteten seine beiden Begleiter, bis er sein Okay geben würde. Die kleine Einzimmerwohnung war in keinem guten Zustand. Alles hier wirkte, als wäre die Bewohnerin mit dem Leben überfordert gewesen. Auch wenn sich die Unordnung in Grenzen hielt, zeigte der Schmutz in allen Ecken, dass hier seit Langem nicht mehr geputzt worden war. Hinzu kam ein Stapel ungeöffneter Briefe und Werbeprospekte.

In der winzigen Küche lagen die Reste von Fast-Food-Mahlzeiten, die offenbar mit reichlich billigem Wein heruntergespült worden waren. Das Zimmer war mit alten Möbeln ausgestattet, die so gut in den Raum passten, dass Mike ein bereits möbliertes Apartment vermutete. Er traute der Bewohnerin eine so durchdachte Einrichtung nicht zu.

Auf dem ausgeklappten Schlafsofa lagen achtlos hingeworfene Kleidungsstücke, daneben standen ein voller Aschenbecher und eine halbe Flasche Wodka.

Dekoration gab es nur in Form eines einzigen Bilderrahmens. Das Foto zeigte das Gesicht eines Babys und über eine Ecke des Bildes war ein schwarzes Band gezogen. Mike kannte das, in seiner eigenen Wohnung standen gleich vier solcher Bilderrahmen, die an seine verstorbenen Liebsten erinnerten.

Er drängte die Erinnerung ein weiteres Mal beiseite, kontrollierte noch das kleine Badezimmer und rief seine Kollegen herein.

Der Ältere nahm den ersten Eindruck in sich auf, war aber zu sehr daran gewöhnt, in dem Chaos anderer Menschen zu stöbern, um schockiert zu sein. Er wandte sich an Mike und fragte: »Wonach sollen wir suchen?«

Mike zuckte mit den Schultern und antwortete in Ermangelung einer konkreten Spur: »Versucht, das Leben der Frau, die hier wohnte, nachzuvollziehen. Ich muss mir ein Bild von ihr machen. Ach ja, eine konkrete Sache hätte ich doch:

Achtet bitte darauf, ob es irgendeinen Zusammenhang mit der Apothekenkette von Johann Pohl gibt. Also Medikamente, Rechnungen oder Ähnliches.«

»Alles klar«, bestätigte der andere Mann, wobei Mike noch einfiel: »Und Tattoos. Sucht nach Motivvorlagen oder irgendetwas, was darauf hinweist, ob die Frau vorhatte, sich tätowieren zu lassen.« Ein weiteres Klingeln seines Handys unterbrach seine Ansage. Mike ging hinaus auf den winzigen Balkon, sah einen anonymen Anruf auf dem Display und nahm ihn an.

8

Während er wartete, strich Ruben mit dem Finger nachdenklich über das Foto auf seinem Monitor, das ihm sein Kollege, der Internetforensiker Habermann, vor wenigen Minuten weitergeleitet hatte. Nach dem fünften Freizeichen wurde abgehoben, doch der Angerufene meldete sich nur mit einem schlichten: »Ja?«

Ruben räusperte sich. »Hier spricht Hauptkommissar Ruben Hattinger von der Bundespolizei in Bamberg. Und mit wem spreche ich?«

Der Mann am anderen Ende der Leitung klang zwar gut gelaunt, trotzdem antwortete er etwas provokant: »Sie haben doch meine Nummer gewählt, also sollten Sie auch wissen, wen Sie angerufen haben.«

»Hauptkommissar Köstner. Oder?«, antwortete Ruben.

»So ist es. Der bin ich höchstpersönlich. Was kann ich für Sie tun und warum ruft mich jemand von der Bundespolizei mit unterdrückter Nummer an?«

Ruben ahnte, was los war, und fragte: »Wurde Ihnen meine Nummer nicht angezeigt? Der Techniker war schon zweimal hier, findet aber keine Fehler in der Telefonanlage. Bitte entschuldigen Sie, ich kann unterdrückte Rufnummern auch nicht leiden.«

»Nein, wurde sie nicht«, bestätigte Köstner. »Aber ich glaube Ihnen trotzdem, dass Sie Polizist sind. Also, was kann ich für Sie tun?«

Rubens Blick fiel wieder auf das Foto, bevor er erklärte: »Sie haben eine Suchanfrage gestellt und ich kann Ihnen da vielleicht weiterhelfen.«

»Und wie?« Der Kollege schien nicht gerade redselig zu sein. Aber Ruben akzeptierte die meisten Menschen, wie sie waren. Er stellte sich darauf ein und antwortete ebenso einsilbig: »Ich kenne noch so ein Tattoo.«

Nach einer kurzen Phase der Stille fragte der andere: »Das allsehende Auge? In welchem Zusammenhang?«

Ruben zog ein weiteres Foto auf dem Monitor neben das der toten Frau und sagte: »Es handelt sich um einen meiner Altfälle. Neunundvierzigjähriger Mann. Wurde vor etwa einein- halb Jahren aus einem See gezogen und hatte fast exakt das glei- che Tattoo auf dem Rücken. Ich nehme an, die Trägerin dieses Bildes lebt auch nicht mehr. Und wenn es so ist, wurde ihres auch erst kurz vor dem Ableben gestochen?«

Nun schien sich der Mann am anderen Ende der Leitung etwas zu öffnen: »Ja. Es geht um eine junge Frau, die bei einem zweifelhaften Verkehrsunfall ums Leben kam. Nach der ers- ten Einschätzung unserer Gerichtsmedizinerin entstand das Kunstwerk wenige Stunden vor dem Tod der Frau.«

Das genügte Ruben fürs Erste. Er wechselte am Monitor kurz zu seinem Terminkalender und fragte: »Hätten Sie mor- gen Vormittag Zeit? Ich würde gerne zu Ihnen kommen, um die beiden Fälle miteinander zu vergleichen.« Und als der Nürnberger Kollege zustimmte, erkundigte er sich noch: »Sind Sie im Hauptpräsidium tätig?«

»Ja, aber ich kann Sie auch irgendwo abholen. Wie reisen Sie an?«

»Mit dem Zug«, erklärte Ruben und fügte noch hinzu: »Aber lassen Sie mal. Ich mag Nürnberg sehr und vom Bahnhof aus sind es zu Fuß höchstens zwanzig Minuten.«

Die beiden verabschiedeten sich. Ruben legte auf, wählte eine Nummer und informierte seinen Chef über die Pläne.

Danach stand er auf und ging in das neu eingerichtete Nachbarbüro.

Hauptkommissarin Eva Lange stand gerade vor einem kleinen Wandspiegel und verteilte ordentlich Salbe auf ihrer linken Wange. Ruben hatte auch einige Monate nach dem Einsatz in Thüringen immer noch ein schlechtes Gewissen. Eva war ihm damals gerade frisch als Partnerin zugeteilt worden und hatte sich bei einem Einsatz so schwer verletzt, dass ihr Leben auf der Kippe gestanden hatte.

Trotzdem, und dafür zollte er ihr Respekt, hatte sie sich entschlossen, weiter mit ihm an seinen meist etwas speziellen Fällen zu arbeiten.

Er vermied es, die großflächige Brandnarbe auf der linken Gesichtshälfte anzusehen, und fragte: »Hast du Zeit? Aus einem Altfall ist vielleicht ein aktueller geworden.«

Eva brachte ihre Salbung zu Ende, wischte sich die Finger an einem Küchentuch ab und erklärte gut gelaunt: »Dafür bin ich doch da.«

Ruben deutete ein Nicken an. »Und Schober?«

»Der ist mit Habermann in der Kantine Kuchen essen.«

»Na, da haben sich zwei gefunden«, murmelte Ruben, für den es noch immer ungewohnt war, ein Team um sich zu haben. Aber sein Chef und die Umstrukturierung der Bundespolizei hatten ihm keine Wahl gelassen. Ihm war vor einigen Monaten nur geblieben, sich zwischen zwei Alternativen zu entscheiden: entweder mit Eva und dem KTUler Schober ein Team zu bilden oder von seinem Chef irgendwelche fremden Kollegen zugeteilt zu bekommen.

»Könntest du die beiden holen?« Ruben mochte keine Menschenansammlungen und in der Kantine waren zur Kaffeezeit eindeutig zu viele Leute.

Eine Viertelstunde später saßen sie in ihrem Besprechungsraum und Habermann, sein Mann für alles Digitale, projizierte den tätowierten Rücken einer Wasserleiche auf eine Leinwand.

Ruben nahm den Laserpointer, leuchtete auf die Wand und erklärte: »Ich würde euch den Mann gerne vorstellen, wir wissen aber leider bis heute nicht, wer er ist. Er wurde vor etwa anderthalb Jahren von einem Angler aus den Tiefen des Neubertsees bei Hirschaid gezogen. Laut Gerichtsmedizin dürfte sein Bad circa eine Woche gedauert haben. Der Mann wies keine äußeren Verletzungen auf und dürfte, da sich Wasser in der Lunge befand, ertrunken sein. In seinem Blut konnten noch Spuren von Kokain festgestellt werden, die Konzentration der Droge war aber unbedenklich. Außerdem war der Mann Drogen aller Art gewohnt, wie die toxikologischen Untersuchungen belegen. Der Fall ist nur aufgrund dieses auffälligen Tattoos bei mir gelandet, das sehr kurz vor seinem Ableben gestochen wurde. Die Obduktion hat aber ergeben, dass sich kein Fremdverschulden nachweisen ließ.«

»Und was hat sich jetzt geändert?«, fragte Schober, dessen Vollbart noch immer vom Genuss eines trockenen Kuchens zeugte.

Ruben bedachte ihn mit einem Blick, der ihn zum Schweigen brachte. Dann sagte er zu Habermann: »Nächstes

Bild bitte.« Dieser klickte auf seine Maus und das Foto aus der Suchanfrage der Nürnberger Kollegen erschien.

Eva bedachte es mit einem schlichten »Wow« und Habermann stellte fest: »Auf dem Rücken einer Frau sieht das wirklich gut aus.«

»Ein wahrer Künstler«, bestätigte Schober.

Ruben ignorierte die Aussagen. »Das hier ist der Rücken der einundzwanzigjährigen Nina Hoffmann. Sie ist heute Morgen mutmaßlich vor ein Fahrzeug gestoßen worden, was leider zum Tod führte. Abgesehen davon, dass wir es mit dem gleichen Motiv, einem sogenannten allsehenden Auge, zu tun haben, das in ähnlicher Qualität gestochen wurde, gibt es weitere Parallelen. Auch dieses Kunstwerk entstand erst kurz vor dem vermeintlichen Unfall.« Ruben endete und eine nachdenkliche Stille setzte ein, bis Eva Habermann bat: »Kannst du die beiden Fotos nebeneinander anzeigen?«

Der Internetforensiker klickte kurz auf seinem Laptop herum, dann erschienen die Fotos nebeneinander, worauf Eva feststellte: »Der Künstler oder die Künstlerin hat sich entwickelt. Das Bild auf dem Rücken der Frau ist deutlich feiner strukturiert.«

»Kann aber auch an dem Umstand liegen, dass der Mann so lange baden war«, warf Schober ein.

»Guter Hinweis«, erklärte Ruben. »Das lässt sich aber sicher noch verifizieren. Ich fahre morgen mit Eva nach Nürnberg. Und bis dahin möchte ich, dass ihr euch zunächst auf das Motiv konzentriert. Versucht, so viel wie möglich darüber herauszufinden. Also zum Beispiel, ob es symbolische Hintergründe gibt oder ob Tätowierer es auf ihren Internetseiten anbieten.«

»Ich bin Kriminaltechniker und kein Ermittler«, murrte Schober.

»Und wo ist da der Unterschied?«, fragte Ruben.

»Na, ihr macht Recherche, befragt Leute, geht zu Einsätzen und so. Und ich sehe mir Tatorte und Beweise an.«

Ruben schüttelte den Kopf. Schober verstand zwar etwas von seiner Arbeit, aber manchmal war seine Denkweise recht eindimensional. Er nickte erneut zu der Leinwand und sagte: »Der Mann war ja nicht nackt, als man ihn fand. Also geh doch einfach in die Asservatenkammer und lass dir dort alle Gegenstände aushändigen, die er bei sich trug. Dann hast du etwas zum Untersuchen.«

Schober deutete ein Nicken an. »Und was ist mit Nürnberg? Dort gibt es bestimmt auch Beweismittel, die gesichtet werden müssen. Vielleicht finden sich sogar irgendwelche Parallelen zwischen den beiden Opfern.«

Ruben wusste, dass Schober nicht gerade zu den Frühaufstehern gehörte, und so bereitete es ihm eine diebische Freude zu verkünden: »Also gut. Du kommst auch mit. Wir treffen uns dann morgen früh um sieben Uhr am Bahnhof. Kommt bitte in Uniform, damit wir ohne Tickets fahren können, sonst müssen wir für die Fahrtkosten eine extra Spesenabrechnung erstellen.«

»Keine Chance«, warf Schober nun deutlich weniger euphorisch ein. »Ich habe meine Uniform das letzte Mal vor zwei Jahren bei der Beerdigung eines Kollegen getragen. Und inzwischen bin ich, wie man so schön sagt, etwas herausgewachsen.«

Ruben konnte sich ein weiteres Kopfschütteln nicht verkneifen, sagte schlicht: »Ist gut«, und verließ den Raum.

»Wie lange dieses Mal?«

Ruben vermied es, seiner Frau ins Gesicht zu sehen, und antwortete ausweichend: »Bestimmt nicht lange. Ich habe mich über den Nürnberger Kollegen informiert. Sollte ein gemeinsamer Fall daraus werden, können wir ihn bestimmt schnell aufklären. Der Mann scheint gut zu sein.«

»Hm«, brummte Pia und fügte wenig begeistert hinzu: »Und Eva begleitet dich?«

Ruben hatte Eva, um ebendieses Misstrauen zu vermeiden, seiner Frau vorgestellt. »Ja, natürlich.« Er wollte schon anmerken, dass sie schließlich ein Team waren, verkniff es sich aber, diese Formulierung zu verwenden, und erklärte schnell: »Schober und Eva werden mich begleiten.«

Elisa, die von der subtilen Spannung in dieser Unterhaltung nichts mitbekam, sah ihren Vater an und fragte sichtlich interessiert: »Um was geht es denn da?«

Ruben war froh über diese Ablenkung und sofort wieder in seinem Element. »Wissen wir noch nicht so ganz. Es gibt zwei Tote, die beide das gleiche Tattoo haben. Daher suchen wir jetzt nach dem Zusammenhang. Der eine lag in einem See ...«

»Ruben!«, ging Pia dazwischen.

Ruben fand das Interesse seiner Tochter an Kriminalfällen toll, vergaß dabei aber gerne, dass sie erst sechzehn war.

»Also«, griff seine Frau das Thema wieder auf. »Wenn daraus ein Fall wird, werdet ihr drei dann, wie bei eurem letzten Fall, dort zusammen übernachten?«

Er verstand immer weniger, wo dieses Problem mit Eva plötzlich herkam. Und als er nicht mehr als einen gestammelten Erklärungsversuch herausbrachte, begann Pia plötzlich zu lachen. Sie nahm ihn in den Arm und erklärte immer noch kichernd: »Ich wollte nur sehen, ob deine feine Spürnase auch zu Hause funktioniert.«

Ruben verstand nicht und schlug vor: »Ich könnte ja zwischen Bamberg und Nürnberg pendeln.«

Sie drückte ihn ein Stück weg, sah ihm in die Augen und sagte fröhlich: »Dummerchen. Wenn ich dir da nicht vertrauen würde, wären wir entweder geschieden oder du würdest einen anderen Job machen.«

»Dann hast du kein Problem mit Eva?«

»Nein, habe ich nicht. Wir sind uns sogar vor ein paar Tagen in der Stadt begegnet und haben einen Kaffee zusammen getrunken.«

»Warum weiß ich davon nichts?«, fragte er ein wenig bockig.

Sie stupste ihm auf die Nase: »Weil es dich nichts angeht, wenn wir über dich lästern.«

»Mama«, mischte sich nun wieder Elisa ein.

Pia blickte zu ihrer Tochter. »Ja, mein Schatz?«

Diese winkte sie zu sich und flüsterte ihrer Mutter etwas ins Ohr. Daraufhin wandte sich Pia wieder zu ihrem Mann und erklärte: »Wir lassen dich in Nürnberg ermitteln. Aber nur unter einer Bedingung.«

»Wird das Erpressung?«, entgegnete Ruben.

»Nein, wir wollen nur Schadensersatz für deine Abwesenheit.«

»Was?«

»Solltest du dort länger bleiben müssen, schuldest du uns danach einen schönen Einkaufsnachmittag mit einem abschließenden Abendessen in Nürnberg.«

»Und ich will dann alles über den Fall wissen, sonst schlage ich Mama noch ganz andere Entschädigungen vor«, fügte Elisa nun doch erpresserisch hinzu.

Nun konnte sich auch Ruben das Lachen nicht verkneifen und stimmte erleichtert zu.

9

»Herr Möller?«

Friedrich drehte sich um und sah sich einem jungen Mann gegenüber, der einen leeren Rollstuhl schob. »Ja.«

»Herr Friedrich Möller?«

Der Parkplatz neben dem Restaurant, in dem in den letzten Stunden der Leichenschmaus für seine verstorbene Frau stattgefunden hatte, war menschenleer. Große Motten flogen in unregelmäßigen Abständen gegen die beiden Laternen, deren milchig gelbes Licht der Nacht kaum etwas entgegenzusetzen hatte. Friedrich drückte auf den Knopf der Fernbedienung und entriegelte damit die Türen seines Wagens. Er musterte den Mann und fragte im Gegenzug: »Wer sind Sie? Ich kenne Sie nicht.«

Sein Gegenüber nickte. »Ja, da haben Sie recht. Aber ich soll Ihnen etwas ausrichten und dafür muss ich wissen, ob Sie wirklich Friedrich Möller sind.«

Friedrich runzelte die Stirn. »Hören Sie, ich habe vor ein paar Stunden meine Frau beerdigt und jetzt wirklich keinen Sinn für irgendwelche Ratespiele. Also sagen Sie mir, was Sie zu sagen haben.«

Der junge Mann sah ihm ein wenig zu lange in die Augen, bevor er mit dem leeren Rollstuhl, den er schob, noch einen Schritt näher kam und leise sagte: »Also gut.« Dann blickte er kurz hinauf zum sternenklaren Himmel und fragte: »Glauben Sie, Patricia sieht jetzt auf uns herunter?«

Friedrich verspürte plötzlich den Drang, seine Krawatte zu lockern, und reagierte barsch: »Lassen Sie das!«

Doch anstatt darauf einzugehen, redete der Mann einfach weiter. »Doch, ich glaube schon, dass Patricia uns sieht. Und ich glaube auch, dass sie das, was ich gleich tun werde, gutheißen würde.«

Friedrich griff hinter sich und suchte nach dem Türgriff. »Ich sagte, Sie sollen das lassen. Sie haben kein Recht, über meine Frau zu reden, und jetzt verschwinden Sie, bevor ich die Polizei rufe.«

Nun begann der Mann zu grinsen, fuhr den Rollstuhl bis knapp vor Friedrichs Knie und erwiderte: »Ich glaube nicht, dass Sie das tun werden«, dann nickte er zu dem Rollstuhl und fragte: »Möchten Sie sich setzen?«

Friedrich wurde die Sache zu dumm, seine Hand fand den Türgriff und zog daran. Einem stechenden Schmerz an seinem Hals folgte ein weiterer, alles lähmender Schock, der seine Hand, die zum Hals wollte, genauso paralysierte wie seine Beinmuskulatur. Er sank ohne Kontrolle zusammen und nur der Rollstuhl verhinderte, dass er zu Boden stürzte. Die Stimme des Fremden hörte er nur wie aus weiter Ferne, als ihn dieser in die richtige Position schob und dabei sagte: »Sehen Sie, jetzt sitzen Sie ja doch.«

Obwohl die Schmerzen etwas nachließen, musste er machtlos zusehen, wie er sich von seinem Wagen entfernte. Die Räder des Rollstuhls hoppelten über eine kleine Kante und das Licht der Laternen wurde schwächer. Ein Stück weiter erlangte er langsam wieder Macht über seine Nerven und Muskeln. Er wartete eine weitere Bordsteinkante ab, ließ sich nach vorne fallen und versuchte, einfach davonzukrabbeln. Dass die beiden Elektroden des Elektroschockers noch immer in seinem Hals steckten, bekam er erst mit, als ein weiterer Stromschlag folgte.

»Ich hoffe, Sie liegen einigermaßen bequem.«

Friedrich versuchte zu schlucken, musste aber erst ein wenig Spucke sammeln. Nachdem ihm das gelungen war, nahm er einen tiefen Atemzug, stellte allerdings fest, dass irgendetwas seinen Brustkorb blockierte.

Selbst das Öffnen der Augen funktionierte nicht auf Anhieb. Tränen hatten die Lider verklebt und er musste einige Male blinzeln, bis sich ein scharfes Bild einstellte. Jeder Versuch, sich zu bewegen, scheiterte an Widerständen. Er hob den Kopf ein wenig an. Breite Lederriemen spannten sich über seine Fußgelenke, die Hüfte, die Brust und die Handgelenke. Doch was ihn beinahe noch mehr erschreckte, war, dass man ihn komplett entkleidet hatte.

Er schluckte ein weiteres Mal, sah zu dem jungen Mann, der in einer Ecke des Raumes stand und den er sofort wiedererkannte. Dieser blickte ihn ungerührt an und fragte schließlich: »Gefällt es Ihnen? Auf mich hat dieser Keller immer eine beruhigende Wirkung.«

Friedrich war kurz davor, einfach loszuschreien. Er schloss die Augen, atmete einige Male durch und schaffte es schließlich, halbwegs ruhig zu fragen: »Wo sind wir hier und was soll das alles? Habe ich Sie irgendwie verärgert?«

»Verärgert?«, erwiderte der Mann. »Nein, nicht persönlich. Patricia haben Sie verärgert. Man könnte auch sagen, Sie haben sie tödlich beleidigt.«

»Was meinen Sie? Ich habe keine Ahnung, wovon Sie reden.« Friedrich glaubte, sich daran zu erinnern, dass man mit seinen Entführern kommunizieren sollte.

Nun kam der junge Mann näher, tippte ihm unangenehm fest auf die Schulter und erklärte: »Glauben Sie wirklich, dass das hier der richtige Ort ist und Sie in der richtigen Position sind, um selbst jetzt noch Spielchen zu spielen? Denken Sie wirklich, Sie wären jetzt hier, wenn wir nicht wüssten, was Sie getan haben?«

»Aber Patricia hat es gewollt. Sie war schwer krank.«

Das Gesicht des Fremden kam näher und schwebte nur wenige Zentimeter über ihm, als er sagte: »Ich wiederhole mich nur ungern, aber Sie sollten mir wirklich keine Lügen auftischen. Leider erfahren wir immer erst nach der Tat von diesen Dingen, sonst würde Ihre Frau noch leben.«

Friedrich drückte erneut gegen seine Fesseln. Wut und Angst vermischten sich, aber als Geschäftsmann war er harte Verhandlungen gewohnt. Also ging er auf Konfrontation und hob den Kopf so weit wie möglich, um seinem Gegner noch näher zu sein, wobei er beinahe schreiend fragte: »Was zur Hölle wollen Sie? Geht es Ihnen einfach um meine Demütigung oder wollen Sie Geld?«

Der Mann hielt die kurze Distanz aufrecht, legte sich den Zeigefinger vor den Mund und schüttelte dabei leicht den Kopf. »Sie sollten das wirklich nicht tun, Herr Friedrich Möller. Wirklich nicht. Sie beleidigen mit solchen Aussagen nicht nur mich, sondern auch meinen kleinen Bruder. Und der hat deutlich weniger Manieren.«

»Sam, Sam, Sam.« Die Stimme kam aus einem Bereich, den Friedrich nicht einsehen konnte. Er zuckte zusammen, versuchte, seinen Kopf in die Richtung zu drehen, kam aber nicht weit genug. Das Erste, was er danach wahrnahm, war ein undefinierbares schabendes Geräusch. Kurz darauf tauchte der

Rollstuhl auf, mit dem er selbst entführt worden war. Darin saß nun ein behinderter Junge, dessen Alter schlecht zu schätzen war. Zwischen sechzehn und zwanzig Jahren war alles möglich. Sein Entführer trat einen Schritt zurück, legte seine Hand auf die Schulter des Rollstuhlfahrers und sagte: »Darf ich vorstellen? Das ist mein kleiner Bruder Sam. Und ich kann Ihnen sagen … der Typ ist ein wahrer Künstler. Ein bisschen grob, aber auf jeden Fall ein Ausnahmetalent.«

Friedrich wurde in diesem Augenblick bewusst, dass er gerade viel zu viel von seinem Entführer erfuhr. Das war nicht gut … überhaupt nicht gut!

Die Angst siegte über seine Wut. Er ließ seinen Hinterkopf zurücksinken und bat: »Bitte, Jungs. Egal was es ist, es muss sich doch irgendwie aus der Welt schaffen lassen. Ein neuer besserer Rollstuhl oder Geld für eine Operation … irgendetwas.«

Nach einem Augenblick der Stille hörte er diesen Sam seinen Bruder fragen: »Was ist das für einer? Mädchen hat Spaß gemacht, aber der da ist komisch.«

Friedrich sah von seiner liegenden Position aus, wie der andere zu seinem Bruder heruntersah, ein Nicken andeutete und schließlich sagte: »Ja, Sam, du hast recht. Manche verwechseln Geld mit Leben. Zeig ihm doch mal, was sonst noch so zum Leben gehört.« Mit diesen Worten trat er zurück in die Ecke, zog einen Joint aus der Tasche seiner dünnen Jacke und zündete ihn an. Anschließend lehnte er sich lässig an die Wand.

Der Rollstuhlfahrer strahlte nun über das ganze Gesicht und drehte sich mit seinem Gefährt zu einem Regal, das an der Wand stand. Dort griff er nach einem sehr kleinen Päckchen, das in Papier eingeschlagen war. Und während er es öffnete und eine glänzende Rasierklinge herauszog, erklärte er geradezu eifrig: »Sam macht aus Schmerz Kunst. Hat noch nicht viel geübt, wird aber bestimmt gut.« Damit drehte er sich zurück zum Tisch.

Friedrich spürte, wie ihm Tränen in die Augen schossen und sein Hals trocken wurde. Er sah, wie dieser Sam nach etwas griff, was oberhalb seines Kopfes und damit außerhalb seines Blickwinkels sein musste. Dann spürte er das Lederband auf seiner Stirn und es war zu spät. Behinderung hin oder her, der Junge wusste, was er tat. Das Leder spannte sich und presste seinen Hinterkopf schmerzhaft auf die Platte, auf der er lag. Es folgten zwei Holzklötze, die links und rechts an seine Wangen geschoben wurden und sein Gesicht endgültig fixierten.

»Toll, unser Tisch. Oder?«, tönte es aus der Ecke, während eine Wolke Marihuanageruch Friedrichs Nase erreichte. Seine Gedanken rasten, doch das Einzige, was ihm einfiel, war: »Ich muss pissen. Bitte, ich muss wirklich dringend aufs Klo.«

Der Mann in der Ecke lachte. »Ja, verstehe ich. Würde mir nicht anders gehen.« Er trat an den Tisch und löste irgendwo einen Hebel.

Friedrich fühlte sich im ersten Moment selbst wie im Drogenrausch. Die gesamte Platte, auf der man ihn festgebunden hatte, schwang entlang der Längsachse schlagartig herum. Nun wurden die Lederriemen zu Halteseilen, die sich schmerzhaft in seine Haut drückten. Nachdem die Tischplatte ausgeschwungen hatte, hing er mit dem Gesicht nach unten, sein Körper befand sich nur noch wenige Zentimeter über dem Boden. Über sich hörte er die beiden Psychos lachen. Dann wurde ein schmutziger Eimer unter ihn geschoben und der Ältere sagte vergnügt: »Und jetzt einfach laufen lassen.«

Friedrich gab sich tatsächlich Mühe. Auch um nicht als Lügner dazustehen, doch mehr als ein paar Tropfen kamen einfach nicht.

»Gut, dann nicht«, sagte der junge Mann. Er betätigte wieder einen Hebel, woraufhin etwas einrastete. Danach drehte er an einer Kurbel und Friedrich wurde wieder um die Längsachse nach oben gedreht. Dieses Mal stoppte die Platte allerdings nicht in einer waagrechten Position, sondern leicht schräg, sodass sein Gesicht nun zu dem behinderten Jungen zeigte. Dieser sah ihn eine Weile an und verkündete schließlich in wichtigem Ton: »Das wird eine gute Skarifizierung.« Dann hob er die Rasierklinge an und setzte den feinen Schnitt für die erste Ziernarbe direkt unter Friedrichs linkem Auge.

10

Die Pfingstferien begannen für Alina am Samstagvormittag mit der schmerzhaften Erinnerung an den gestrigen Unfall. Sie war schon in der Nacht oft aufgewacht, mal wegen eines Albtraums, mal wegen der Schmerzen, doch so richtig weh tat ihr Hals erst, als sie aufstand. Früher hatte sie Menschen, die eine Halskrause trugen, immer für Wichtigtuer gehalten, jetzt war sie froh, das nervige Ding nach dem Duschen wieder anlegen zu können.

Zwanzig Minuten später ging sie hinunter in den Wohnbereich. Felix, ihr kleiner Bruder, saß vor dem Fernseher und spielte irgendein Spiel. Von ihrer Mutter war nichts zu sehen, doch ihr Vater war erstaunlicherweise noch da.

Alina liebte Milchkaffee. Sie murmelte: »Guten Morgen«, und fragte auf dem Weg zum Kaffeeautomaten: »Willst du auch noch einen Kaffee und warum bist du noch hier?«

Ihr Vater hob den Blick von seinem Tablet, auf dem er vermutlich gerade irgendwelche Nachrichten las. Er erwiderte erst den morgendlichen Gruß und erklärte dann: »Eure Mutter musste noch einige Besorgungen machen und ich habe es heute nicht eilig. Also bin ich bei Felix geblieben. Wie geht es deinem Hals? Der Baum war eindeutig härter als wir, das zieht noch ganz schön in den Kopf, oder?«

»Tut es«, bestätigte sie, wunderte sich ein wenig, wie ihr Vater so abgeklärt von dem Unfall reden konnte, drückte auf einen Knopf der Maschine und fragte erneut: »Du auch?«

»Ja, schwarz bitte.« Er legte das Tablet auf den Tisch und drehte sich zu seiner Tochter. »Ich muss nachher noch kurz nach Nürnberg in die Apotheke. Willst du vielleicht mit?«

Sein anzüglicher Gesichtsausdruck gefiel ihr nicht. Allerdings konnte sie diesen Sascha tatsächlich nicht ganz ausblenden. Daher tat sie gelassen. »Ich weiß nicht. Bei dem schönen Wetter wüsste ich nicht, was ich in der Stadt soll.«

»Nun«, begann ihr Vater zögerlich. »Ich hatte eigentlich gehofft, dass du meinem Praktikanten die anderen beiden Filialen zeigen könntest. Er soll in Zukunft Botengänge machen und war bisher nur in der Zentrale. Und du kennst meine Leute und könntest ihn dort vorstellen.«

Sie hielt inne, sah ihn an und fragte ziemlich scharf: »Willst du mich verkuppeln?«

»Also bitte«, erwiderte er mit einem Kopfschütteln.

Sie glaubte ihm die Empörung nicht so recht und stichelte: »Wenn du Angst hast, dass ich Markus wieder anschleppe, kann ich dich beruhigen. Mit dem bin ich durch. Und ja, ihr hattet recht, der Typ ist ein Arsch.«

»Arsch sagt man nicht«, rief Felix aus der riesigen Wohnlandschaft herüber, was sie mit einer Grimasse quittierte.

Ihr Vater atmete durch, nahm den Kaffee entgegen und sagte versöhnlich: »Nein, ich will dich natürlich nicht verkuppeln. Aber ich würde mich freuen, wenn du dich ein wenig ins Geschäft einbringst. Und da ich gestern den Eindruck hatte, dass du dich mit Sascha ganz gut verstehst, hielt ich es für eine gute Idee. Aber wenn du nicht magst, ist das auch okay. Du hast schließlich Ferien und bist kurz vor dem Abi.«

Alina war hin- und hergerissen. Einerseits interessierte sie der Typ wirklich, andererseits wollte sie sich keine Blöße geben.

Daher fragte sie ausweichend: »Wie lange willst du denn in Nürnberg bleiben?«

»Nicht ewig. Ich muss noch ein paar Telefonate erledigen und den Dienstplan fertigstellen. Am frühen Nachmittag sind wir wieder hier.«

Saschas Grinsen hätte nicht breiter sein können, als sie gegen elf Uhr die Apotheke betrat. Alina gab sich alle Mühe, ihn zu ignorieren. Erst als er sie direkt ansprach, wobei er sich nach ihrem Hals erkundigte, musste sie reagieren. Sie strich ihre langen Haare nach hinten, deutete auf die Halskrause und erklärte: »Das Ding nervt, hilft aber.«

Sascha wollte gerade etwas erwidern, doch Alinas Vater bat: »Kommt ihr bitte kurz mit ins Büro?« Dort deutete er auf eine kleine versiegelte Kunststoffbox und erklärte: »Die müsste in unsere Filiale am Plärrer.« Dann stockte er, sagte: »Entschuldigung«, und deutete auf Alina. »Ich weiß, ihr kennt euch schon ein wenig, aber fürs Protokoll: Das hier ist meine Tochter Alina. Ich habe sie vorhin gebeten, Ihnen unsere anderen beiden Filialen zu zeigen und Sie dort vorzustellen. Da Sie jetzt länger bei uns bleiben, werden wir Sie öfter einmal zwischen den Standorten hin- und herschicken.«

Sascha deutete ein Nicken an und sagte einfach: »Alles klar.« Dass ihr Vater den Jungen siezte, fühlte sich für Alina allerdings komisch an.

Sascha nahm die kleine Box schwungvoll auf, doch ihr Vater stoppte ihn sofort mit den Worten: »Nicht schütteln, nicht fallen lassen und möglichst schnell zustellen. Einige der Medikamente sind kühlungspflichtig.«

»Wow«, scherzte Sascha. »Das ist ja fast wie in diesen Actionfilmen, wenn jemand einen hochexplosiven Sprengstoff befördern muss.«

»Ganz so schlimm ist es nicht«, erwiderte ihr Vater trocken und fügte hinzu: »Ihr solltet jetzt auch los. Einige der Mittel müssen um zwölf Uhr zur Abholung bereitliegen.«

»Da entlang«, bestimmte Alina draußen in der Fußgängerzone und deutete nach rechts.

Sascha folgte ihr. »Bist du in Nürnberg aufgewachsen?«

Sie schüttelte den Kopf, sah ihn kurz von der Seite an und dachte an Markus, der sie weiterhin mit Kurznachrichten bombardierte. Doch dieser Sascha machte es ihr einfach, standhaft zu bleiben. Markus hatte seinen Bonus verspielt und der Junge neben ihr gute Chancen. Trotzdem konnte sie ihre Zickigkeit nicht ganz ablegen und antwortete schnippisch: »Nein, und ich bin auch froh darüber. Hier ist es viel zu voll, zu laut und es gibt eindeutig zu viel seltsame Menschen.« Zehn Meter weiter murmelte sie: »Oh nein, nicht der schon wieder.«

Ein junger Rollstuhlfahrer kam mit einem Gesichtsausdruck, der wohl ein Grinsen darstellen sollte, aus einer kleinen Seitenstraße und rollte direkt auf sie zu. Als er auf gleicher Höhe mit ihnen war, fragte er an sie gewandt: »Kann ich telefonieren? Nur kurz, mit deinem Handy.«

»Heute nicht«, reagierte sie schroff, doch Sascha blieb stehen.

»Ganz kurz. Wirklich. Guthaben ist weg.«

Alina atmete genervt ein, drehte sich zu ihm um, schaffte es aber, einigermaßen höflich zu bleiben, als sie sagte: »Dann müssen dir deine Eltern oder Pfleger oder wer auch immer mehr Guthaben geben.«

»Du kennst ihn?«, fragte Sascha dazwischen. Alinas Blick wechselte zu ihm. Obwohl der behinderte Junge sie hören konnte, antwortete sie: »Ja, er wollte schon letzte Woche mit meinem Handy telefonieren. Scheint mir regelrecht aufzulauern.«

»Nein, nein, nein. Nicht auflauern. Sam ist oft hier. Leute geben Sam etwas Geld.«

»Du musst betteln?«, fragte Sascha schockiert.

»Bisschen. Habe nicht … kann oft nicht Freundin anrufen. Sie …« Der Junge musste offenbar nach den richtigen Worten suchen und stammelte: »Wir treffen uns. Aber sie weiß nicht, wann und wo.«

»Das Gleiche hat er mir letzte Woche erzählt«, warf Alina gelangweilt ein. »Außerdem müssen wir weiter und die Medikamente abgeben.«

Sascha schüttelte den Kopf. »So viel Zeit muss sein.« Dann zog er sein Handy aus der Tasche, entriegelte es und gab es dem Jungen. Dieser nahm es mit einem etwas verzogenen Grinsen entgegen, holte sein verkratztes Gerät hervor und erklärte: »Sam braucht Nummer.« Nachdem er auf beiden Geräten herumgedrückt hatte, hielt er sich Saschas Handy ans Ohr.

Das Gespräch dauerte tatsächlich nicht lange. Anschließend drückte er wieder auf dem Display herum, gab das Handy Sascha zurück und bedankte sich: »Danke schöönn. Du bist sehr nett.«

Sascha nickte und sagte: »Alles klar«, und wandte sich wieder an Alina: »Siehst du, hat gar nicht wehgetan, und wenn wir einen Schritt schneller laufen, bemerkt keiner die kurze Pause.«

11

Mike hatte kein Problem damit, an einem Samstag zu arbeiten, auch wenn er gerne noch etwas länger geschlafen hätte. Bevor er rauf ins Büro ging, stellte er sich noch in die Raucherecke des Nürnberger Hauptpräsidiums und genoss die Morgensonne. Der kurze Small Talk mit einigen Streifenbeamten tat nach der Stille seiner kleinen Zweizimmerwohnung gut.

Fünf Minuten später ging er in die Abteilung der Mordkommission, machte sich einen Kaffee und startete den Computer. Die wenigen Kollegen in dem Großraumbüro nebenan nahmen kaum Notiz von ihm und das war ihm auch ganz recht.

Er setzte sich mit seiner Tasse, die die Aufschrift »Superbulle« trug, an den Schreibtisch und scrollte durch die Einsatzberichte der letzten Nacht. Probleme mit betrunkenen Jugendlichen, häusliche Gewalt und Verkehrsunfälle; es gab nichts, was in seine Zuständigkeit fallen könnte.

Mike trank den letzten, bereits ziemlich kalten Schluck Kaffee und dachte über die weiteren Schritte im Fall der überfahrenen Nina Hoffmann nach.

Was nun folgte, war klassische Ermittlungsarbeit. Die Kriminaltechnik hatte inzwischen alle gefundenen Beweisstücke

bewertet und alles in die entsprechenden Programme einge-
pflegt. Das Gleiche galt für den Bericht der Gerichtsmedizin.
Seine Aufgabe war es nun, die Berichte zu sichten, zu bewerten
und richtig einzuordnen.

Eine gute Stunde später – Mike war so in seine Arbeit vertieft,
dass er alles andere ausgeblendet hatte – klopfte jemand an die
Glastür des Büros, das er sich sonst mit Sabrina und Tom teilte.

Er hob den Blick und glaubte erst, irgendwelche Bürger
hätten sich verlaufen. Vor der Tür stand ein großer schlanker
Mann in Cordhose und einem eher unglücklich gewählten
Poloshirt. Direkt dahinter eine junge Frau mit einer vernarbten
Wange und neben ihr ein dicklicher Mann mit ziemlich feistem
Gesicht.

Mike deutete mit einer Geste an, dass die drei eintre-
ten sollten. Der Mann öffnete die Tür und sagte: »Wenn das
Namensschild und das Bild im Polizeisystem stimmen, müssen
Sie Herr Hauptkommissar Köstner sein.«

Mike dachte einen Augenblick nach, hatte aber keine
Ahnung, mit wem er es zu tun hatte. Er erwartete nur den
Kollegen Ruben Hattinger von der Bundespolizei, den er
sich als gestandenen Mann vorstellte, und keine komplette
Ermittlungsgruppe. Folglich stand er auf und erwiderte: »Ja,
der bin ich. Und mit wem habe ich das Vergnügen? Dies hier ist
kein öffentlicher Bereich.«

Der Mann sah an sich herab. »Oh, tut mir leid, wir haben
auf die Uniformen verzichtet.« Dann holte er eine Plastikkarte
aus seiner altmodischen Tasche, streckte sie Mike entgegen
und erklärte: »Ruben Hattinger. Kriminalhauptkommissar der
Bundespolizei. Und das sind meine Kollegen Hauptkommissarin
Eva Lange und Kriminaltechniker und Kommissar Gerhard
Schober.«

»Ganz schön viel Personal für einen Verdachtsfall«, stellte Mike fest, beschloss aber, der Truppe eine Chance zu geben, und streckte seine Hand aus. Dieser Hattinger winkte ab, wobei er feststellte: »Nehmen Sie es bitte nicht persönlich, aber ich halte nichts von diesem westlichen Brauch. Aber meine Kollegen sehen das lockerer.«

Mike notierte innerlich ein paar Minuspunkte für den Mann, sagte: »Na gut«, und schüttelte erst der Kommissarin, dann dem KTUler die Hand.

Während Mike den beiden einen Kaffee aus der Maschine ließ, bat Hattinger darum, den Wasserkocher benutzen zu dürfen.

Zehn Minuten später saßen sie in einem der Besprechungszimmer. Mike startete das große Smartboard und fragte: »Wie kommt es, dass Sie gleich zu dritt angereist sind?«

Sowohl der Blick der Kommissarin als auch der des KTUlers gingen zu ihrem Chef und so antwortete Hattinger eigenartig offen: »Also, erstens hat mein Chef beschlossen, dass ich in einem Team arbeiten muss. Und wie Sie unschwer erkennen können, sind wir ein solches. Außerdem glaube ich, dass hinter der Sache mehr steckt als ein bloßer Verdachtsfall. Daher hielt ich es für sinnvoll, die Ermittlungen, wie soll ich sagen, offensiv anzugehen.«

»Okay«, sagte Mike etwas lang gezogen. »Und woran arbeiten Sie sonst? Ich meine … nein … anders, ich finde es ehrlich gesagt etwas ungewöhnlich, dass sich die Bundespolizei mit so etwas befasst.«

»Wir arbeiten an fast allem, bei dem wir um Hilfe gebeten werden«, lautete die schlichte Antwort. Dann nahm dieser Hattinger einen Schluck Tee und wurde doch noch ausführlicher. »Also in der Regel ermittle ich … Entschuldigung … ermitteln wir bei Altfällen. Ab und zu werden wir aber auch hinzugerufen, wenn die örtlichen Beamten nicht weiterkommen.«

»Alles klar, das ergibt ein Bild«, bestätigte Mike und öffnete sein Benutzerprofil auf dem Smartboard. Er klickte auf einige Ordnersymbole und eine Übersicht des aktuellen Falles erschien. Danach wandte er sich an die Runde und schlug vor: »Ich beginne mit dem gestrigen Vorfall und würde danach etwas über die Beweismittel erzählen.« Alle drei deuteten ein Nicken an, das Hattinger mit »Gerne« unterstrich.

Nach der Schilderung des vermeintlichen Unfalls, infolge dessen Nina Hoffmann verstorben war, schloss Mike die gezeigten Skizzen und Fotos von der Unfallstelle.

Bevor er jedoch zu den Beweismitteln wechselte, drehte er sich wieder zu den Bamberger Ermittlern und erkundigte sich: »Haben Sie Fragen dazu?«

»Ja«, bestätigte Hauptkommissar Hattinger. »Mich interessiert in diesem Zusammenhang vor allem, wie wahrscheinlich die Existenz dieses ominösen weißen Lieferwagens ist. Konnte diesbezüglich schon etwas ermittelt werden?«

Mike öffnete zunächst ein Foto mit den Reifenabdrücken. »Laut unseren Kriminaltechnikern stand auf dem Rasenstreifen neben der Fahrbahn auf jeden Fall ein Fahrzeug. Wann genau, können sie ebenso wenig verifizieren wie die Reifenmarke.«

»Warum nicht?«, mischte sich nun der Kriminaltechniker Schober ein.

Mike sah ihn an. Der Mann wirkte, als wäre er gerade aufgewacht. »Was meinen Sie mit ›Warum nicht?‹?«

Nun brachte der KTUler mehr Haltung in seinen wuchtigen Körper und erklärte: »Na, aus meiner Sicht sollte sich zumindest der Zeitpunkt, zu dem dieser Wagen dort stand, ziemlich gut eingrenzen lassen. Wenn es ein Kleintransporter war, kennen wir das ungefähre Gewicht. Und die Witterungsverhältnisse sind uns ebenso bekannt wie der genaue Zeitpunkt, wann diese Fotos von den umgebogenen Grashalmen aufgenommen wurden. Folglich können wir das ziemlich gut nachstellen und brauchen dann nur noch abzuwarten, wie lange es dauert, bis sich das Gras wieder so weit aufrichtet, wie es auf dem Foto erkennbar ist.«

»Guter Ansatz«, bestätigte Mike. »Wenn Sie wollen, würde ich Sie nachher rüber zu unseren Technikern bringen. Dann können Sie das mit denen besprechen.«

»Gute Idee«, bestätigte Hattinger, der offensichtlich das Sagen hatte. »Gibt es sonst noch Erkenntnisse?«

»Nicht viel. Bleibt nur noch dieses Wohnmobil, das dem Apotheker kurz vor dem Unfall entgegengekommen sein soll. Ich habe die Überprüfung der umliegenden Campingplätze bereits angeordnet und auch der Grenzschutz ist informiert. Bisher leider ohne Erfolg.«

Hattinger brummte etwas Unverständliches, bevor er laut sagte: »Wie soll man ein x-beliebiges Wohnmobil finden? Oder ist das Kennzeichen bekannt?«

»Nein«, entgegnete Mike. »Aber das Fahrzeug hatte am Aufbau über der Fahrerkabine einen großen Aufkleber mit der Aufschrift ›Highway to Hell‹, was dann doch ziemlich markant ist.«

»Welch Ironie«, erwiderte Hattinger, und da sonst keine Fragen mehr kamen, öffnete Mike den Ordner mit den Berichten der Gerichtsmedizin und ordnete die Fotos der Toten auf dem Smartboard an.

Mike wollte gerade mit seinen Ausführungen beginnen, da hob sein Kollege die Hand und bat: »Warten Sie, ich will das erst ein wenig auf mich wirken lassen.« Mike tat ihm den Gefallen und sah zu, wie der Bamberger Kommissar scheinbar in eine Art Starre verfiel.

Während seine Kollegen einfach nur interessiert auf die Fotos schauten, schien dieser Herr Hattinger jedes einzelne Bild in sich aufzunehmen.

In den ersten Minuten hatte Mike ein gewisses Verständnis dafür, da er sich selbst nicht gerne stressen ließ, wenn es darum ging, Sachverhalte zu ergründen. Weitere fünf Minuten später fragte er sich allerdings, ob der Kollege nicht vielleicht einfach irgendwelchen Tagträumen nachhing. Um diese zu durchbrechen, räusperte er sich und war schon fast erstaunt, dass dieser eigenartige Kommissar darauf reagierte. Allerdings anders als erwartet.

Mike sah dabei zu, wie der Mann sich erhob, mehr zu sich selbst als zu den Anwesenden sagte: »Ich brauche einen Tee«, und den Besprechungsraum verließ. Und als wäre dieses Verhalten nicht schon absonderlich genug, begannen seine beiden Kollegen mit Blick zu ihm nun auch noch zu kichern.

Mike schwankte zwischen Wut, Unverständnis und Fassungslosigkeit, was sich vermutlich auch in seinem Gesicht zeigte. Beinahe aggressiv fragte er die jüngere Kommissarin: »Was wird das hier? Will der mich verarschen? Und warum zum Teufel kichern Sie so albern?«

Erstaunlicherweise schien ihm die Angesprochene den Tonfall nicht übel zu nehmen und antwortete ruhig: »Lassen Sie sich nicht irritieren. Ruben, also ich meine Hauptkommissar Hattinger, hat so seine Eigenarten, ist aber vielleicht genau deshalb ein wirklich guter Ermittler.« Danach deutete sie kurz auf den KTUler Schober und erklärte weiter: »Uns ging es mit ihm am Anfang genauso. Man braucht etwas Zeit, um sich an den Kollegen zu gewöhnen.«

Mike wusste nicht recht, wie er mit diesen Informationen umgehen sollte, als sich die Tür wieder öffnete und Hattinger mit einer dampfenden Tasse Tee in der Hand eintrat. Er setzte sich, als wäre nichts gewesen, zurück auf seinen Stuhl, nickte zu dem Smartboard und bestimmte wie selbstverständlich: »Kann losgehen.«

»Sicher?«, stichelte Mike.

»Ja, warum nicht?«

»Na, vielleicht brauchen Sie noch eine weitere halbe Stunde. Wir sehen Ihnen wirklich gerne beim Starren zu.«

Täuschte sich Mike oder bildete sich um den Mund des Herrn Hattinger gerade ein Lächeln? Als ihm dieser dann auch noch freundlich erklärte, dass dieses Starren eine mentale Technik zur Informationsaufnahme sei, fiel ihm einfach nichts mehr dazu ein. Er nahm den Laserpointer, ließ auf dem ersten Bild einen kleinen roten Punkt erscheinen und begann: »Wie Sie unschwer erkennen können, handelt es sich hier um die tödlich verunfallte Frau Nina Hoffmann am Fundort.«

»Einspruch«, rief Hattinger wie bei Gericht dazwischen, worauf Mike hörbar ausatmete. Doch bevor er nachfragen konnte, bat sein Kollege: »Können Sie mir vielleicht eben die von der Gerichtsmedizin festgestellten Verletzungen in Kurzfassung vorlegen?«

Mike öffnete ein Dokument, das alle Verletzungen mit je einem Link für weitere Informationen auflistete. Hattinger las es überraschend schnell durch, stand auf, stellte sich hinter den Stuhl, stützte sich an der Rückenlehne ab und fragte an die Anwesenden gewandt: »Was stimmt bei dieser Aufzählung nicht?«

Mike schnaubte ein weiteres Mal. »Hören Sie, ich arbeite wirklich gerne mit anderen Menschen zusammen, aber für Ratespiele fehlt mir leider die Zeit. Wenn Sie uns jetzt also mit Ihrer Theorie beglücken könnten.«

Hattinger zuckte ungerührt mit den Schultern. »Also gut. Ich rege meine Kollegen zwar gerne zum Mitdenken an, aber das mag nicht jeder. Auf was ich hinauswill, ist, dass …«

»Ich glaube, es zu wissen«, sagte Frau Lange dazwischen und so langsam fragte sich sogar Mike, was er übersehen hatte.

Hattinger nickte seiner Partnerin aufmunternd zu, worauf diese erklärte: »Es fehlen die typischen Beinverletzungen. Klar hat die arme Frau Abschürfungen und ihre Beine sind an der Hüfte ausgekugelt, aber das reicht nicht. Jeder, der einmal bei der Verkehrspolizei war, kennt Autounfallopfer. Sie haben fast zwangsläufig gebrochene Beine. Je nach Fahrzeugtyp, mit dem man sich als Fußgänger anlegt, sind entweder die Knie oder die Oberschenkel betroffen.«

Nun verstand Mike, las sich selbst die Liste der Verletzungen noch einmal aufmerksam durch und stellte schließlich an Hattinger gewandt fest: »Ihr Einspruch bezog sich auf meine Aussage: tödlich verunfallte Frau. Diese Frau ist, wie ihre Verletzungen zeigen, mit ziemlicher Sicherheit nicht verunfallt, sondern wurde seitlich und von einem erhöhten Standort aus vor den Wagen geschubst oder geworfen.«

Hattinger deutete ein Nicken an und sagte mit Begeisterung in der Stimme: »So sehe ich das auch. Und da ich das männliche Mordopfer mit dem Tattoo aus dem See habe und bei Ihnen nun ein Mordopfer mit dem gleichen Tattoo im Kühlhaus liegt, spricht doch viel für eine Zusammenarbeit.«

»Ach du Scheiße«, murmelte Mike, fügte aber lauter hinzu: »Ich werde das mit meinem Chef besprechen.«

12

»Ein wenig mürrisch, dieser Herr Köstner«, stellte Ruben fest, nachdem der Nürnberger Kommissar ihnen den Weg zur Kantine des Hauptpräsidiums gezeigt hatte und selbst zurück in sein Büro gegangen war.

»Könnte an dir liegen«, entgegnete Eva. »Ich habe mich bei unserem ersten Fall auch nicht gerade über deine Mitarbeit gefreut.«

»Das Gefühl kenne ich«, schloss sich Schober an und maulte beim Betreten der Kantine: »Warum denken die von der Verwaltung eigentlich, dass man an einem Samstag nichts zu essen braucht?«

Ruben ignorierte die Aussagen, ließ seinen Blick über die kaum bestückte Auslage schweifen und entschied sich für das letzte Vollkornbrötchen mit Gurke und einer Scheibe Gouda.

Eva verzichtete ganz auf feste Nahrung und ging gleich zum Kaffeeautomaten, von wo sie Ruben »Fertigen Tee oder nur heißes Wasser?« zurief.

»Nur Wasser«, antwortete Ruben und sah zu, wie sich Schober ein Schmalzbrot und ein Fleischsalatbrötchen griff.

»Wie geht es jetzt weiter?«, fragte Schober mit vom Schmalz glänzenden Lippen. Ruben musste bei dem Anblick schlucken, fischte seinen Teebeutel aus der Tasse und schob den Ständer mit den Servietten unmissverständlich seinem Kollegen zu.

Erst danach erklärte er: »Wenn der Chef der hiesigen Mordkommission zustimmt, rufe ich Kriminalrat Winkler an. Und sollte unser Chef ebenfalls sein Okay geben, ermitteln wir.« Ruben hatte noch nicht ausgesprochen, da erklang aus der Innentasche seiner dünnen Jacke eine buddhistisch klingende Melodie. Er zog sein Smartphone heraus, nahm das Gespräch an und hörte kurz zu. Am Ende sagte er nur: »Wir brauchen aber zehn Minuten, sonst muss Herr Schober sein Brötchen runterschlingen und er hat es eh schon mit dem Magen.« Dann legte er auf und erklärte: »Manchmal glaube ich, wir werden abgehört. Das war unser Chef. Wir, Kommissar Köstner und dessen Chef haben in zehn Minuten eine Videokonferenz.«

»Und was sollte das mit dem Brötchen?«, beschwerte sich Schober, worauf Eva ihn anlächelte und im Tonfall einer wohlwollenden Tochter sagte: »Ruben hat doch recht. Gut gekaut ist halb verdaut, Herr Kollege.«

Zurück im Konferenzraum, fanden sie Kommissar Köstner laut schimpfend vor einem Laptop, auf dessen Monitor immer nur »NO SIGNAL« aufblinkte.

»Diese Dinger sind wahre Verbrechen an der Menschheit«, stellte Ruben fest, wobei er Eva zunickte, Köstner zu helfen. Diese trat neben ihn und fragte: »Darf ich?«

Er nahm ihr Angebot dankbar an und schob ihr das Gerät zu. Eva setzte sich, veränderte mit wenigen Klicks einige Einstellungen und schon erwachte die große Leinwand des Smartboards zum Leben. Zwei weitere Klicks und das Board zeigte sowohl den Nürnberger Kriminalrat Kleinschrot als auch den Bamberger Leiter der Einsatzgruppe für gesamtdeutsche Straftaten, Kriminalrat Winkler. Danach richtete Eva den Monitor des Laptops, in den ebenfalls eine Kamera integriert war, so aus, dass alle im Raum zu sehen waren, und gab das Bild frei.

Schober, der hinter ihr stand, brauchte einige Sekunden, bis er sich bewusst wurde, dass die beiden Kriminalräte ihn nun sehen konnten. Er wischte sich noch schnell einen Brotkrümel aus dem Mundwinkel und setzte ein etwas debil wirkendes Grinsen auf.

Trotz des bereits fortgeschrittenen Samstagvormittags saß Köstners Chef in einem teuer aussehenden Bademantel vor der Kamera. Kriminalrat Winkler wirkte dagegen, als käme er gerade aus der Oper. Bisher hatte Ruben immer geglaubt, dass die Fliege, die sein Chef stets im Büro trug, ihm mehr Autorität verschaffen sollte. Aber offenbar trug er diese selbst zur Gartenarbeit oder was auch immer er am Wochenende so tat.

»Gut«, eröffnete Kriminalrat Winkler die Skype-Konferenz und begann, ohne Umschweife zu erklären: »Herr Kriminalrat Kleinschrot, ich stelle Ihnen jetzt kurz meine Mannschaft vor. Der Mann mit dem bunten Shirt unter der braunen Jacke ist mein Spezialist für Kapitalverbrechen, der örtlichen Ermittlern in ganz Deutschland aushilft, wenn diese Unterstützung benötigen, Herr Kriminalhauptkommissar Ruben Hattinger. Die Dame im Vordergrund ist Hauptkommissarin Eva Lange. Sie unterstützt Herrn Hattinger seit etwa einem halben Jahr. Kommissar Schober, der Mann dahinter, ist Spezialist für Kriminaltechnik und ein wirklich ausgezeichneter Spurenleser. Zusammen mit einem weiteren Kollegen, dem Internetforensiker Thomas Habermann, der nicht anwesend ist, bilden die vier ein Ermittlerteam.«

Kriminalrat Kleinschrot nickte in seine Kamera und sprach Winkler zum Erstaunen aller mit Vornamen an. »Danke, Thomas. Bleibt mir nur noch, Hauptkommissar Köstner vorzustellen. Wie vielleicht bekannt ist, hat Herr Köstner jahrelang Jagd auf den Psychopathen Wodan Döring gemacht, was ihm neben einem guten Ruf leider auch einige körperliche Einschränkungen einbrachte.«

Eva zuckte kurz zusammen, schaffte es aber, sich nicht an ihre Gesichtsnarbe zu fassen.

Als Kleinschrot fortfuhr, wurde seine Stimmlage eindringlicher: »Gut, nach diesem förmlichen Teil möchte ich auch gleich auf den Punkt kommen. Nachdem mich Herr Köstner vorhin über Herrn Hattingers Wunsch nach einer Zusammenarbeit informierte, setzte ich mich umgehend mit Thomas ... also Kriminalrat Winkler in Verbindung.«

»Das geht ja alles ungewöhnlich schnell für Ihre Besoldungsstufe«, warf Ruben ein, bevor Eva das Mikrofon deaktivieren konnte.

Sofort stand Anspannung im Raum, doch Kleinschrot ließ sich von dieser frechen Aussage nicht irritieren. Stattdessen deutete er ein Nicken an und entgegnete dem ihm noch weitgehend unbekannten Hattinger diplomatisch: »Wir wissen in unserer Position Prioritäten zu setzen.« Danach zeigte die Videoaufnahme, wie Kleinschrot nach etwas außerhalb des Kamerawinkels griff und gleich darauf ein Buch in die Kamera hielt. Das durchaus schön gefertigte Cover zierte ein Motiv, das heute alle schon einmal gesehen hatten, wobei der Kriminalrat erklärte: »Das ist der Grund für unsere Eile. Das allsehende Auge ist ein Symbol der Freimaurer und einer kleinen mafiösen Vereinigung. Und der Umstand, dass es jetzt in unserem Großraum gleich zweimal auf den Körpern von Leichen aufgetaucht ist, treibt uns Sorgenfalten auf die Stirn.«

Dieses Mal war es Köstner, der noch vor Ruben einwandte: »Aber dieses Symbol ist doch kein unbekanntes und ich könnte mir durchaus vorstellen, dass es jemand zum Beispiel bei einem Rachefeldzug verwendet. Es hat ja durchaus eine gewisse Symbolkraft.«

»Völlig richtig«, schaltete sich nun Rubens Vorgesetzter Winkler ein. »Doch diese Möglichkeit sollte uns nicht davon abhalten, die Sache ernster als einen einfachen Mordfall zu nehmen. Auch Ihnen dürfte bekannt sein, dass allerlei kriminelle Clans in Deutschland auf dem Vormarsch sind. Und weder Manfred ... Entschuldigung ... Herr Kleinschrot noch ich werden zulassen, dass wir hier sizilianische Verhältnisse bekommen.«

»Gut«, ging Ruben dazwischen, da er die Dinge gerne auf den Punkt brachte. »Ich schließe daraus, dass wir das Okay für eine Zusammenarbeit haben. Sehe ich das richtig?«

Die beiden Herren nickten in ihre Kameras, wobei Winkler erklärte: »Das haben Sie. Und ich lasse Ihnen freie Hand, wie Sie und Ihr Team die Zusammenarbeit mit Herrn Köstner gestalten wollen.«

Ruben, der es sowieso satthatte, ständig für irgendetwas um Erlaubnis bitten zu müssen, verkniff sich jeden Kommentar. Dafür fragte dieser etwas zu bodenständige Kommissar Köstner an seinen Chef gewandt: »Halten Sie so ein großes Team zu diesem Zeitpunkt wirklich für nötig? Ich meine, ich könnte doch erst einmal ...«

»Nein!«, lautete Kleinschrots Antwort, noch bevor sein Kommissar ausreden konnte. »Thomas' ... Herrn Winklers Team hat einen ausgezeichneten Ruf.« Und etwas bissig fügte er hinzu: »Etwas Teamarbeit ist kein Schaden und Sie waren so lange im Innendienst, dass es Zeit für ein bisschen Abwechslung ist.«

Ruben beobachtete den angesprochenen Kommissar genau und glaubte, in seiner Mimik einen inneren Kampf zu erkennen. Dass der Mann ein Problem mit ihm hatte, war kaum zu übersehen, aber die Verlockung eines großen Falles schien zu überwiegen. Ruben zählte wortlos bis drei und bekam genau das, was er vorhergesehen hatte: Köstner stimmte mit einem wenig begeisterten »Ist gut« der Zusammenarbeit zu.

Sein Chef lächelte zufrieden, bevor er erklärte: »Also dann an die Arbeit. Thomas und ich erwarten übermorgen, also am Montag, eine Aussage, wie Sie die Zusammenarbeit gestalten möchten. Wenn Sie, Herr Hattinger, und Ihr Team für die Zeit gerne in Nürnberg bleiben möchten, können wir Ihnen eine unserer Wohnungen anbieten, in denen wir sonst übergangsweise gefährdete Zeugen unterbringen.«

»So machen wir das«, bestätigte Kriminalrat Winkler sichtlich zufrieden. Danach wünschte er ein schönes Wochenende und trennte auch schon die Verbindung.

Dass sich Kommissar Köstner nun beinahe freundlich an ihn und sein Team wandte, wunderte Ruben ein wenig. Er kam oft in fremde Präsidien und nicht selten begegnete man ihm in den ersten Tagen mit unprofessioneller Ablehnung. Aber dieser Mann schien sich beinahe augenblicklich auf die dienstliche Notwendigkeit dieser Zusammenarbeit einzustellen. Köstner trat erst vor Eva, sagte: »So schnell wird aus einem informativen Treffen eine gemeinsame Mordermittlung«, dann streckte er seine Hand aus. »Es mag nicht jeder, aber ich bevorzuge das Du.« Und als sie den Händedruck erwiderte, fügte er hinzu: »Mike, Mike Köstner.«

»Eva, Eva Lange«, antwortete Eva mit einem durch ihre Narbe etwas verzogenen Lächeln, worauf Köstner auf sein eigenes Gesicht deutete und erklärte: »Bombenexplosion.«

Evas Lächeln wurde etwas breiter, als sie ihrerseits auf ihr Gesicht zeigte: »Verpuffung bei einem Hausbrand.«

Es folgte der KTUler Gerhard Schober, der den Kommissar aber belehrte: »Eigentlich Gerhard, aber es sagt sowieso jeder Schober zu mir.«

»Alles klar«, erwiderte Köstner mit einem Lachen.

Ruben sprang über seinen Schatten, erwiderte den Händedruck und gab ehrlich beeindruckt zu: »Ich mag es, wenn jemand das Persönliche außen vor lassen kann. Sie können Ruben zu mir sagen.«

13

Am Sonntagmorgen erwachte Johann aus unruhigen Träumen. Der Wecker zeigte gerade einmal sechs Uhr, doch die Sommersonne zwängte sich bereits durch jeden Spalt des Rollos. Claudia lag friedlich schlafend neben ihm und der Anblick ihres hübschen Gesichts holte ihn ein wenig aus seinen düsteren Gedanken.

Obwohl der Unfall nun schon zwei Tage zurücklag und er eigentlich kein Problem mit dem Tod hatte, ließ ihm die Sache keine Ruhe. Die junge Frau war ihm egal, die Frage, ob es Zufall oder Absicht gewesen war, dagegen nicht.

Natürlich hatte er sie wiedererkannt. Nicht erst, als sie auf dem Asphalt lag. Der kurze Augenblick, in dem ihr Gesicht gegen die Windschutzscheibe gekracht war, hatte genügt.

Seine Frau drehte sich neben ihm um, wobei ein Träger ihres dünnen Nachthemds über die Schulter rutschte und dadurch den Ansatz ihrer linken Brust freilegte. Sein Blick verweilte auf der glatten, leicht gebräunten Haut, doch seine Sorgen gaben der Lust keinen Raum. Er ließ seinen Kopf noch einmal auf das Kissen sinken und versuchte, in Gedanken den Unfall nachzuvollziehen.

Fakt war, dass ihm ein Wohnmobil entgegengekommen war, und auch bei dem Aufkleber mit dem Schriftzug »Highway to Hell« war er sich sicher. Den Fahrer hatte er durch die Lichtreflexion auf der Windschutzscheibe nicht erkennen können.

Fakt war ebenfalls, dass am Fahrbahnrand dieser Kleintransporter gestanden hatte, an dem er aufgrund des entgegenkommenden Wohnmobils ziemlich dicht hatte vorbeifahren müssen. Da er sich aber auf den Gegenverkehr konzentriert hatte, hatte er nicht wirklich auf den abgestellten Wagen achten können. Alles, woran er sich erinnerte, war, dass es sich um einen älteren VW-Transporter gehandelt hatte, der hinten keine Fenster hatte. Folglich wohl eher für Lieferzwecke verwendet wurde … oder um Menschen umzubringen, ging es ihm düster durch den Kopf. Denn daran, dass die Frau direkt aus dem Wagen gestoßen worden war, bestand eigentlich kein Zweifel.

Normalerweise hätte er der Polizei nichts von alldem erzählt, doch dann wäre er vollumfänglich schuld an dem Unfall gewesen. So schlug er vielleicht zwei Fliegen mit einer Klappe. Denn sollte es tatsächlich jemand auf ihn abgesehen haben und das ein gezielter Anschlag gewesen sein, konnte wer auch immer jetzt nicht mehr frei agieren. Außerdem stand er so bezüglich des Unfalls deutlich besser da, schließlich musste man ihm seine Schuld erst nachweisen.

Der einzige Haken an der Sache war die nun sicherlich beginnende Ermittlung. Diesbezüglich war er aber relativ entspannt. Schließlich war immer nur Bargeld geflossen und er hatte auch stets darauf bestanden, dass sich weder sein Handy noch das seiner Kunden in der Nähe befand. Außerdem konnte keiner von ihnen bei der Polizei den Mund aufmachen. Denn das würde auch seine Kunden ohne Umwege direkt ins Gefängnis bringen.

Johann atmete einmal tief durch, drängte die Gedanken beiseite und sah ein weiteres Mal die schlafende Claudia an. Sie und die Kinder waren die leuchtend helle Seite seines Lebens. Er liebte sie alle drei und ganz besonders seine Frau. Wie gerne hätte er jetzt ... doch er zog seine Hand, die schon dicht über ihrer Haut schwebte, zurück. Claudia strahlte eine Wärme aus, die er im Moment nicht ertrug.

Unten im Wohnzimmer freute sich Paulus über die Schlaflosigkeit seines Herrchens. Als Johann auch noch seine Laufschuhe anzog, quittierte dies der Weimaraner mit heftigem Schwanzwedeln.

Johann band sich die Leine um die Hüfte, deaktivierte die Alarmanlage und trat hinaus ins Freie.

Schon die frühen Morgenstunden versprachen einen heißen Tag. Sie verließen das Grundstück durch die schmale Tür neben dem großen Rolltor in der zweieinhalb Meter hohen Mauer, die das gesamte Grundstück umschloss. Nach einigen Dehnübungen sagte Johann zu Paulus: »Auf geht's, mein Großer«, worauf der Hund die gewohnte Richtung einschlug und den Waldrand lange vor seinem Herrchen erreichte.

Ein kurzer Pfad durch den Wald brachte ihn bald auf einen breiteren Forstweg, der nach circa zweieinhalb Kilometern am Weiher endete. Die Hälfte seiner morgendlichen Runde war geschafft. Kurz bevor Johann zu der Landstraße kam, die den Weiher von einem beliebten Ausflugsziel, einem Rotwild- und Wildschweingehege, trennte, blieb er stehen.

Er gab dem Hund ein Zeichen. Paulus ließ sich nicht lange bitten, stürmte über den Uferstreifen und danach mit einem lauten Platschen ins Wasser. Johann selbst machte einige

Liegestütze, pfiff den Hund wieder zu sich und begann den Teil seines Laufes, für den er warme Muskeln brauchte.

Der schmale Pfad zog sich über kleine Hügel und Senken im Wald, führte über einen Bachlauf und als zusätzliche Herausforderung lagen immer wieder umgefallene Bäume im Weg.

Diesen Abschnitt liebte Johann, da es unmöglich war, hier zu laufen und gleichzeitig über etwas nachzudenken. Ihn störten weder die Spinnweben im Gesicht noch die dünnen Äste, die immer wieder gegen seine Schienbeine schlugen. Paulus schien es genauso zu sehen und rannte, durch das Bad im Weiher erfrischt, kreuz und quer durchs Unterholz.

Etwa zweihundert Meter vor dem Waldrand konnte er sein Haus schon durch die Bäume sehen. Zum Abschluss des Laufes gab Johann hier normalerweise noch einmal alles. Auch heute setzte er zu seinem Schlusssprint an, beschleunigte und wäre beinahe über seinen Hund gestolpert. Paulus war nicht wie sonst ebenfalls losgelaufen, sondern stand auf dem Pfad, wo seine Nase hörbar irgendeinen Geruch einsog.

Johann fluchte, befahl: »Komm«, doch der Hund ließ sich nicht beirren. Da auf dem festgetretenen Waldboden nichts Besonderes zu sehen war, nahm er ihn an die Leine und zog ihn mit sich. Dies funktionierte einige Meter weit, bis Paulus erneut stehen blieb. Dieses Mal war es nicht der Boden, der ihn interessierte. Stattdessen stand er einfach nur da, hatte den Blick starr auf ein kleines, sehr dicht bewachsenes Stück Unterholz gerichtet und knurrte leise.

Johann, der nur selten mit dem Hund redete, sagte: »Leg dich nicht mit Wildschweinen an«, und setzte sich mit einem kräftigen Zug an der Leine durch.

Kurz vor dem Waldrand war es er selbst, der abrupt stehen blieb. Genau auf Höhe der letzten Bäume lag mitten auf dem Weg ein silbernes Armkettchen, das er gut kannte.

Gegen acht Uhr herrschte zu Hause für einen Sonntag bereits ungewohnt viel Trubel. Dass sein Zehnjähriger nicht lange schlief, war normal. Bei Alina und seiner Frau sah die Sache anders aus. Für die beiden war der Sonntag heilig und begann normalerweise frühestens um zehn.

Ein Blick auf den Familienkalender erklärte allerdings einiges. Johann hatte wegen des Unfalls völlig vergessen, dass die drei für zwei Tage zu Claudias Eltern ins Allgäu fahren wollten. Doch er war dort erstens nicht besonders gerne gesehen und hatte zweitens am Sonntag ein wichtiges Skype-Meeting mit einem chinesischen Medizinlieferanten, dem das deutsche Wochenende herzlich egal war.

»Guten Morgen, mein Schatz«, begrüßte er erst Claudia mit einem kurzen Küsschen, wuschelte dann seiner Tochter durch die Haare, wohl wissend, dass sie das hasste. Als diese denn auch seine Hand wegschob und zu einem wütenden Kommentar ansetzte, zog er das Armkettchen aus der Tasche und hielt es ihr vor die Nase.

Alina stutzte. »Wo hast du das her?«

»Wo hast du es denn verloren?«, antwortete Johann mit einer Gegenfrage.

Sie sah ihn an. »Es war nach dem letzten Sportunterricht verschwunden. Entweder habe ich es dort verloren oder es hat jemand geklaut.«

»Stimmt wohl beides nicht«, entgegnete Johann, dem sich der Magen zusammenzog, und log: »Es lag hier unter dem Sofa.«

»Ist ja komisch«, entgegnete Alina, nahm das Schmuckstück, das ein Andenken an ihre verstorbene Oma war, entgegen und legte es an.

Für seine Tochter war die Sache damit erledigt. Bei Johann braute sich allerdings ein ungutes Gefühl zusammen. Trotzdem sagte er ruhig: »Pass einfach besser darauf auf«, und beließ es dabei.

Zwei Stunden später ging er mit hinaus, gab Felix zum Abschied einen Klaps auf den Po, schenkte seiner Tochter ein Lächeln und nahm seine Frau in den Arm. Danach sah er zu, wie diese ihren Volvo vom Grundstück lenkte. Er wartete, bis sich das schwere Tor wieder vollständig geschlossen hatte, und ging erst dann zurück ins Haus.

Dort aktivierte er trotz oder gerade wegen seiner Anwesenheit die Alarmanlage, machte sich einen Kaffee und stieg mit der Tasse in der Hand in den Keller hinunter. Paulus, der ihm folgen wollte, schickte er zurück in sein Körbchen.

Er war schon immer vorsichtig gewesen. Natürlich. Doch angesichts der letzten Ereignisse war es klug, noch besser aufzupassen.

Der kleine Laptop, den er im Doppelboden eines alten Koffers aufbewahrte, verfügte über keinerlei technische Möglichkeiten, sich mit dem Internet zu verbinden. Dafür hatte er eine wirklich große Festplatte und der hochwertige Prozessor gab seine Filme absolut ruckelfrei wieder.

Johanns Plan war es, das Gerät an einem besseren Ort außerhalb seines Umfelds zu verstecken. Doch als er das kalte Metallgehäuse berührte, erinnerte er sich an die für ihn zu warme Haut seiner Frau. Heute Morgen hatte er das Verlangen noch ignorieren können, doch nun war die Versuchung einfach zu stark.

Wie ferngesteuert klappte er den Monitor auf und drückte den kleinen Knopf. Er setzte sich in den alten Ledersessel, den er als Student von einer alten Frau vererbt bekommen hatte, der er ein wenig im Alltag geholfen und deren Tod seine Leidenschaft ausgelöst hatte. Die Festplatte des Laptops war voll mit den Zeugnissen seiner Dienste und jeder dieser Filme brachte etwas in ihm zum Schwingen. Aber im Laufe der Zeit hatten sich einige Lieblinge herauskristallisiert, und da diese Dateien mit Sternen markiert waren, wurde er schnell fündig.

Er startete den Film, drehte die Lautstärke voll auf und hörte entzückt zu, wie die Atemgeräusche des kleinen Mädchens langsam leiser wurden. Nach etwa zehn Minuten sah er sich selbst ins Bild treten und konnte noch einmal nachvollziehen, was er damals empfunden hatte.

14

Friedrich Möller war kaum noch Herr seiner Sinne. Seit ihn diese Wahnsinnigen in den Keller gebracht hatten, lag er auf diesen eigenartigen Tisch geschnallt. Seine linke Gesichtshälfte fühlte sich nur noch wie eine undefinierte Fleischmasse an und brannte, als hätte man Säure darübergegossen.

Kaum zu einem klaren Gedanken fähig, hatte er zusehen müssen, wie dieser kleine Scheißer im Rollstuhl Schnitt für Schnitt mit dem Rasiermesser ausführte. Dabei hatte sich dieser Irre wie ein echter Künstler geriert, indem er sich immer wieder ein Stück entfernte, ihn wie eine Leinwand begutachtete, um dann wieder eine kleine Korrektur vorzunehmen. Nur dass er dafür keine Ölfarbe verwendete, sondern die Haut öffnete.

Inzwischen war es ruhig geworden. Der junge Mann war verschwunden und nicht mehr erschienen und der Typ im Rollstuhl irgendwann, dem Geräusch nach, mit einem Treppenlift nach oben gefahren.

Friedrich wusste nicht, wie viele Tränen ein Mensch produzieren konnte, doch noch immer spürte er jede einzelne brennend von Wunde zu Wunde sein Gesicht herunterlaufen.

Er hatte keinen Anhaltspunkt, wie viel Zeit vergangen war. Jeder einzelne seiner Gedanken kreiste um den sicherlich bevorstehenden Tod. Eine ganze Weile lag er, vor Selbstmitleid erstarrt, einfach nur da und spürte dem dumpfen Pochen und Brennen in seinem Gesicht nach. Erst als er von irgendwo oben in diesem Haus eine leise Stimme zu vernehmen glaubte, regte sich der Widerstand in ihm.

Es handelt sich gerade einmal um einen Mann und einen Behinderten, ging es ihm durch den Kopf. Natürlich waren beide wahnsinnig, aber durfte das ein Grund sein, sich dem hier einfach nur hinzugeben? Als Geschäftsmann war er Gefechte, wenn auch auf anderer Ebene, gewohnt … aber das hier war … einfach scheiße, wie seine innere Stimme einsehen musste. Denn dies hier war kein Kampf, der mit Worten zu gewinnen war. Das passende Argument wäre hier ein Faustschlag oder ein Fußtritt gewesen, aber sowohl seine Hände als auch seine Beine waren mit diesen unnachgiebigen Lederriemen gefesselt. Hinzu kam, dass der Tisch, auf dem er lag, noch immer zur Seite geneigt war, wodurch gleichzeitig auch noch die Schwerkraft für ein unangenehmes Gefühl sorgte.

Aus Schwächen eine Stärke machen, kam ihm in den Sinn, worauf sein Hirn tatsächlich damit begann, nach Lösungen zu suchen.

Nachdem er irgendwann einsehen musste, dass es nur eine einzige Chance gab, diesem Irrsinn zu entrinnen, tauchte eine weitere Schwierigkeit auf. Die ersten Tropfen Urin liefen einfach nur heiß über seinen Oberschenkel und tropften dann zu Boden. Es gab nur eine Möglichkeit und die war angesichts der Umstände nur mit einer Art Meditation zu erreichen.

In der Hoffnung, dass ihn die beiden dort oben noch eine Weile in Ruhe lassen würden, schloss er die Augen, achtete erst nur auf seinen Atem und dachte schließlich an den letzten Sex mit dieser jungen, hübschen Prostituierten.

Eine Zeit lang sackte seine Erektion immer wieder zusammen. Erst als er sein Lieblingsspiel visualisierte, ging es besser.

Die Bilder, wie er sie von hinten nahm und ihr gleichzeitig auf das feste Fleisch ihrer Arschbacken schlug, waren intensiv genug. Den kurzen, kostbaren Augenblick, als sein Schwanz sich endgültig versteifte, nutzend, ließ er seinem Urin freien Lauf.

Dieses Mal lief er in die richtige Richtung. Er floss erst seitlich über seine Hüfte und erreichte schließlich das linke Handgelenk, genau dort, wo der Lederriemen ansetzte.

»Ist ja ekelhaft!«

Friedrich hatte den jungen Mann bereits kommen hören und konnte nur darauf hoffen, dass dieser an ein Malheur glaubte.

Nachdem auch das Summen des Treppenlifts verstummt war, sagte der Kerl tadelnd: »Sam, was hast du mit ihm gemacht? Der Typ hat sich wirklich eingepisst.«

»Neue Technik«, antwortete der Rollstuhlfahrer stolz und forderte: »Los. Schau hin. Ist ganz anders als sonst.«

Friedrich schätzte den jungen Mann auf etwa achtzehn oder neunzehn Jahre und er fragte sich, warum ein so gut aussehender Junge so einen Mist machte.

Dieser kam näher, blieb neben seinem Kopf stehen und beugte sich herab, wobei er »Puh, ist wirklich nicht ohne« murmelte. Danach drückte er schmerzhaft auf eine der Schnittverletzungen, wobei er lauter und an seinen Bruder gewandt feststellte: »Wird bestimmt gut aussehen, aber durch die Schwellung ist noch nicht viel zu erkennen.« Dann tätschelte er auch noch Friedrichs Wange, was die Schmerzen explodieren ließ. Der konnte nicht anders und stieß einen Schrei aus, den der Junge zum Anlass nahm, ihm im wahrsten Sinne des Wortes von oben herab zu erklären: »Siehst du, bei uns darf man wenigstens schreien, wenn es dem Ende zugeht.«

Friedrich spürte, dass der Urin den Lederriemen über seinem linken Handgelenk bereits ein wenig weicher werden ließ, was ihm den Mut gab, mit »Leck mich« zu antworten.

Es folgte ein weiterer Schlag mit der flachen Hand, worauf der Schmerz zu einer brennenden Hölle wurde, die ihm jeden Gedanken raubte. Er hörte nur noch, wie dieser Sam fragte, ob er auch noch den Rücken bemalen dürfe, dann fiel Friedrich in eine kurze Ohnmacht.

Was auch immer diese Psychos vorhatten, Eile schienen sie Gott sei Dank nicht zu haben.

Unbestimmte Zeit später öffnete Friedrich seine Augen und war, soweit er es beurteilen konnte, wieder allein in dem Kellerraum. Seine erste Sinneswahrnehmung war der stechende Gestank seines eigenen Urins, den offenbar noch niemand aufgewischt hatte.

Die große Neonröhre über ihm war ausgeschaltet, nur aus Richtung der Tür drang etwas gelbliches Licht in den Raum.

Und auch seine letzte Befürchtung, kurz vor der Ohnmacht, stellte sich als unbegründet heraus. Da der Typ im Rollstuhl etwas vom Rücken gesagt hatte, hatte Friedrich befürchtet, man würde ihn umdrehen und die lockere Handfessel bemerken. Aber er lag noch immer auf dem Rücken und sein Handgelenk ließ sich, im Gegensatz zum Rest seines Körpers, relativ leicht bewegen. Seine Körperwärme arbeitete zusammen mit den Inhaltsstoffen seines Urins gegen das Leder ... ein Hoch auf die alten Soldatengeschichten, in denen es hieß, dass man nur in seine Stiefel pinkeln musste, damit sich diese dem Fuß anpassten.

Friedrich versuchte, die Schmerzen in seinem Gesicht auszublenden, machte eine Faust und drückte gegen den Riemen. Anspannung gefolgt von Entspannung zeigte irgendwann

Wirkung. Er zog den Arm mit aller Kraft zur Schulter und schaffte es tatsächlich, Fleisch und Knochen durch den Riemen zu zerren.

In seiner Erleichterung benötigte er einige tiefe Atemzüge, um sich wieder zu beruhigen, und schon die nächste Bewegung war eine Enttäuschung. Es spannten sich noch insgesamt sechs weitere Riemen über seine Fußgelenke, das rechte Handgelenk, sein Becken, seine Brust und über seine Stirn. Die Befreiung des linken Armes war zwar ein Fortschritt, brachte aber tatsächlich kaum mehr Bewegungsspielraum. Und sollten die beiden zurückkommen, gab es keine Möglichkeit, die Hand wieder in die Schlinge zu quetschen.

Minuten vergingen, ohne dass er nennenswerte Fortschritte machte. Weder der Riemen über seiner Hüfte noch der über seiner Brust ließ sich mit der freien Hand weiten. Erst als er begann, die Unterseite der Platte, auf der er lag, abzutasten, wurde er fündig. Genau dort, wo die nun leere Handfessel befestigt war, befand sich ein kleiner Hebel. Er hatte kaum genügend Spielraum, um unter den Tisch zu greifen, schaffte es aber, den Hebel, oder vielleicht war es auch eine Klemme, umzulegen. Und tatsächlich. Als er nun an dem leeren Lederriemen zog, ließ sich dieser ein Stück herausziehen. Somit konnte er die Hand wenigstens wieder hineinstecken und darauf hoffen, dass niemand etwas merkte.

Das Prinzip des Tisches war ihm jetzt klar, folglich suchte er mit der freien Hand den Hebel für den Hüftgurt. Nach kurzem Tasten spürten seine Fingerspitzen ein Stück Metall, doch sosehr er seinen Arm auch verrenkte, er kam nicht richtig heran.

Friedrich stieß ein frustriertes »Fuck« aus, das kaum mehr als ein Wispern war. Dann besann er sich auf die unbedingte

Notwendigkeit, von hier wegzukommen, und nahm sich etwas Zeit zum Nachdenken.

Nachdem er den bereits erreichten Hebel ein weiteres Mal mit den Fingern erkundet hatte, kam ihm eine Idee. Diese Psychos hatten ihm zwar alle Kleidungsstücke genommen, doch seine Halskette und den schweren Siegelring hatten sie ihm gelassen.

Mit seiner freien Hand kam er bis zum Hals. Dort drehte er die Kette, bis er den Verschluss spürte. Es war nicht einfach, doch nach dem fünften Anlauf gelang es ihm, gleichzeitig den Haken aufzudrücken und die Kette so zu drehen, dass der kleine Ring herausrutschte.

Im nächsten Schritt tastete er erneut nach dem Hebel für den Hüftgurt, merkte sich die Stelle und griff die Kette, die er in der Zwischenzeit mit dem Mund festgehalten hatte.

Jetzt durfte alles geschehen, nur nicht, dass ihm das Schmuckstück aus den Fingern rutschte. Unter Zuhilfenahme seines Mundes fädelte er je ein Ende der Kette zwischen zwei Finger, drückte diese fest zusammen und begann damit, sie unter dem Tisch hin- und herzuschwingen. Einige Male passierte nichts, dann veränderte er die Position seiner Hand ein wenig und hörte, wie Metall auf Metall traf. Konzentriert stellte er sich die Konstruktion unter ihm vor. Er musste die Kette nicht nur um den Hebel legen, sondern auch noch im exakt richtigen Moment anziehen. Nur eine Sekunde zu spät und sie würde wieder zurückschwingen. Also schloss er die Augen, konzentrierte sich darauf, wann das Gold auf den Hebel traf, und fand so zu einem gleichmäßigen Takt.

Beim finalen Versuch drückte er die Hand noch ein kleines Stück weiter unter den Tisch, die Kette schlug dieses Mal nicht mehr gegen das Metall, sondern auf Holz und er zog an. Es funktionierte … fast. Er spürte einen kurzen Widerstand, dann ein kurzes Kratzen von Metall auf Metall und die Kette schwang nutzlos nach unten.

Friedrich ließ seinen Atem ruhiger werden, konzentrierte sich erneut und wiederholte das Spiel. Die Kette schepperte einige Male gegen Metall, er schwang sie etwas weiter und zog an. Sein energisches Vorgehen zeigte Wirkung. Er spürte, wie die Kette etwas nachgab, und im selben Augenblick verschwand der Druck des Riemens auf seine Hüfte.

Die neu gewonnene Bewegungsfreiheit erlaubte es ihm, ein Stück unter den verbliebenen Fesseln auf und ab zu rutschen, was ihn schnell Positionen finden ließ, in denen diese ihre Spannung verloren.

15

Sich von den Riemen zu befreien war anstrengend gewesen. Der Schweiß klebte nicht nur auf Friedrichs Körper, er lief ihm auch schmerzhaft von der Stirn über die vielen kleinen Wunden.

Der Keller beherbergte nicht viele Dinge. Neben etwas Werkzeug, einiges davon sah aus, als hätte man es für Versuche an Menschen missbraucht, gab es auch einen sehr ordentlich aufgeräumten Rollwagen. Auf diesem erkannte er neben der Rasierklinge, mit der man sein Gesicht verstümmelt hatte, eine Tätowiermaschine einschließlich einer Reihe Farbdöschen.

Von seinen Kleidungsstücken fehlte dagegen jede Spur. Nicht nur, dass er sich so nackt völlig schutzlos fühlte, der Schweiß ließ ihn auch bald frösteln. Denn obwohl draußen Hochsommer war, herrschten hier Temperaturen, bei denen man gut Lebensmittel lagern konnte. Und vermutlich hatte man das früher auch, denn alles um ihn herum sprach dafür, dass er sich im Keller eines ziemlich alten Hauses befand.

Friedrich mahnte sich zur Eile, griff einen langen Schraubenzieher als Waffe und schlich auf Zehenspitzen zu dem einzigen Ausgang. Auf dem Weg dorthin kam er an einem Spiegel vorbei, den man offenbar für diesen Behinderten im

Rollstuhl aufgehängt hatte, da er in die Knie gehen musste, um sein Gesicht anzusehen.

Was er sah, ließ ihn zurückschrecken. Bisher hatte genügend Adrenalin seine Empfindungen gedämpft und ihm die Hoffnung vorgegaukelt, dass alles nicht so schlimm war. Jetzt erzeugte schon der eigene Anblick Schmerzen.

Im ersten Augenblick dachte er, die Schnitte wären völlig willkürlich gesetzt. Sie befanden sich alle rund um sein linkes Auge, wobei die Blutverkrustungen ineinander übergingen. Außerdem war das komplette Areal angeschwollen und rötlich verfärbt.

Erst als er sich auf die feinen Schnitte konzentrierte, erkannte er ein Muster. Sein Auge war der Mittelpunkt des Bildes. Darum herum bildete ein tief geschnittenes Dreieck eine Art Rahmen, von dem viele kleine Schnitte wie einfach gezeichnete Sonnenstrahlen abgingen. Er kannte das Motiv, es war das sogenannte allsehende Auge ... und im Kontext mit der Aussage des jungen Typen, der ihn entführt hatte, konnte es nur in Verbindung zu seiner verstorbenen Frau stehen. Doch was in Gottes Namen hatten diese beiden jungen Männer damit zu tun?

Sollten diese Wunden ein Stigma sein, das ihn sein ganzes restliches Leben an seine Tat erinnern würde?

Von oben drang ein leises Poltern zu ihm in den Keller und erinnerte ihn wieder daran, in welcher Gefahr er sich befand. Die Sache mit seinem Gesicht konnte ein guter Chirurg sicher wieder in Ordnung bringen, doch dafür musste er erst einmal überleben. Er löste den Blick vom Spiegel, versuchte, langsam und leise zu atmen, und schlich weiter bis zum Treppenaufgang.

Zu seiner Erleichterung waren die Stufen aus Stein, der keine Geräusche von sich gab, wenn man ihn belastete. Sie führten gerade nach oben, am Ende konnte er den Treppenlift für den Behinderten erkennen. Unten wie oben gab es keine

Tür und der schwache künstliche Lichtschein deutete darauf hin, dass es Abend oder bereits Nacht war.

Friedrich setzte den Fuß auf die erste Stufe, was ihm seine Sehnen und Muskeln übel nahmen. Zu lange hatte er regungslos auf diesem Tisch liegen müssen. Doch Schritt für Schritt ging es besser, sodass ihn kurz darauf nur noch ein Meter von dem Kellerzugang trennte. Dort blieb er stehen, hielt den Atem an und lauschte in das Haus, das sich immer mehr als alte Bruchbude entpuppte. Was er von hier aus erkennen konnte, war alt, vernachlässigt und schmutzig, trotzdem wirkte es nicht verlassen. Die beiden schienen dieses Gebäude nicht nur als Versteck zu nutzen, sondern tatsächlich hier zu wohnen.

Ein schneller Blick nach links in den Flur zeigte eine offen stehende Tür, am vergilbten Lack des Rahmens spiegelte sich das Flimmern eines Fernsehschirms. Schräg gegenüber dem Kellerabgang schien die Küche zu sein. Zumindest passten der Geruch nach altem Pizzakarton und die geflieste Wand dazu. Noch weiter rechts, am Ende des Flures, befand sich die Ausgangstür, vor der mehrere Paar Schuhe standen. Sie war sein Ziel, nur wenige Meter trennten ihn von der Freiheit.

Friedrich atmete langsam und leise tief ein, blickte noch einmal zu dem vermeintlichen Wohnzimmer und ging, als nichts außer leisen Filmgeräuschen zu hören war, los. Er hielt sich dicht an der Wand, versuchte, seine Nacktheit zu ignorieren und nicht vor lauter Panik unbedacht loszulaufen.

Eine gefühlte Ewigkeit später erreichte er die Tür, legte seine Hand auf die Klinke und drückte diese nach unten. Außer einem leisen Knarren passierte nichts. Die Tür war verschlossen.

Im Augenblick schien ihm die Kellertreppe der sicherste Ort, doch kurz bevor er diese erreichte, fiel ihm ein Kabel auf. Die dünne Strippe steckte in einer historisch wirkenden Dose im Flur und ihm war sofort klar, um was es sich dabei handelte. Er folgte dem Kabel in die Küche, wo sich

Fast-Food-Verpackungen und leere Flaschen stapelten. Nur ganz am Ende der langen Arbeitsplatte gab es eine saubere Stelle, die von einigen Arzneimittelpackungen eingenommen wurde.

Sorgfältig darauf achtend, dass seine nackten Füße nicht mit irgendetwas in Berührung kamen, machte er zwei, drei Schritte in die Küche hinein.

Seine Augen fanden das Kabel wieder, folgten ihm und tatsächlich: Das alte Telefon mit Wählscheibe erinnerte ihn an seine Kindheit und er betete, dass es noch funktionierte. Er trat vor das Gerät, das neben dem Kühlschrank an der Wand hing, hob den Hörer vorsichtig ab und drückte ihn an sein Ohr.

Der gleichmäßige Dauerton ließ ihn innerlich jubeln, doch sein Finger zitterte vor Aufregung, als er ihn in das Loch über der Ziffer 1 steckte. Er drehte die Wählscheibe bis zum Anschlag, führte sie langsam zurück und wiederholte den Vorgang. Danach steckte er den Finger in das zweite Loch, drehte wieder und wartete angespannt, ob der Notruf tatsächlich durchkam.

»Rettungsleitstelle, Klarsen am Apparat, wie kann ich helfen?«, dröhnte es aus dem Hörer, den Friedrich bei dem Versuch, die obere Muschel mit der Hand abzudecken, beinahe fallen ließ. Dann flüsterte er panisch »Leise bitte« in die untere Muschel. Er nannte seinen Namen, sagte, dass man ihn entführt habe. Erst danach wagte er es, die Hand vom Lautsprecher zu nehmen, und hörte den Mann, nun Gott sei Dank leiser, fragen: »Wissen Sie, wo Sie sich befinden? Sind Sie verletzt?«

Friedrich sah kurz über die Schulter, versicherte sich, allein zu sein, und raunte: »Nein, ich weiß nicht, wo ich bin. Und ja, ich habe Verletzungen im Gesicht. Man hat mir ein Symbol in die Gesichtshaut geschnitten.«

»Schildern Sie Ihre Umgebung«, forderte der Mann in der Leitstelle.

»Alt … ein altes Haus. Mehr kann ich nicht …« Der Schmerz kam so plötzlich, dass er eigentlich nur Verwunderung auslöste. Und schon einen Wimpernschlag später wurde die bunte Tapete vor ihm erst undeutlich und verschwand dann ganz.

»Wir sollten über das Sterben reden.« Die Worte hallten durch seine Gedanken, wollten aber keinen Sinn ergeben. Friedrich kannte Migräneanfälle, doch der Schmerz war lächerlich gegen das, was sich gerade in seinem Kopf abspielte. Er hörte sich selbst stöhnen, driftete wieder weg, bis kalte Flüssigkeit auf sein Gesicht traf. Er riss die Augen auf, sah sich wieder dem jungen Mann gegenüber, brauchte einen Moment, um zu begreifen, wo er war.

Beim letzten Mal hatte sein Entführer recht entspannt gewirkt. Nun zeigten seine Augen Wut ... abgrundtiefe Wut. Er selbst war an einen schweren Stuhl gefesselt; sein Gegenüber beugte sich zu ihm herab und fauchte: »Du glaubst offenbar noch immer, dass Leben und Sterben eine Art Spiel sind. Dass deine Frau das Spiel gegen dich einfach verloren hat. Dass du und deinesgleichen über dem Leben stehen. Aber weißt du eigentlich, wie es sich anfühlt, langsam und zu jeder Bewegung unfähig dem Tod entgegenzutreiben?«

Friedrich schaffte ein ängstliches Kopfschütteln, was seine Schmerzen explodieren ließ.

Der Mann holte aus, und noch während seine flache Hand auf die verletzte Gesichtshälfte traf, schrie er ihm entgegen: »Aber wir wissen das. Hörst du, du Arschloch? Mein Bruder hat es mitgemacht, hat das Gleiche mitgemacht, was ihr deiner Frau angetan habt. Er kennt den elenden Weg, den sie gegangen ist. Mit dem einzigen Unterschied, dass ich ihn rechtzeitig vor diesem Irren retten konnte und er nun im Rollstuhl sitzt.«

Die Erkenntnis, dass er dies hier nicht überleben würde, setzte plötzlich ein. Und eigenartigerweise versetzte sie ihn nicht in Panik, sie ließ Friedrich ruhiger werden. Er sammelte etwas Spucke und formulierte dann sorgsam die Worte: »Du bist ebenso wenig Gott wie ich.«

Klebeband legte sich über seine aufgesprungenen Lippen. Dann sah er, wie der Behinderte auf ihn zurollte, eine Spritze anhob und leise, beinahe verständnisvoll erklärte: »Das tötet nicht, aber es ist gut für Tag... Tagtr...«

»Tagträume«, ergänzte der andere genervt, korrigierte seine Aussage allerdings: »Genauer gesagt Albträume. Ab jetzt wirst du alles mitbekommen, wirst dich aber nicht mehr artikulieren können. Du wirst dein wahres Wesen kennenlernen und das eines anderen noch dazu. Du wirst um Hilfe schreien wollen, doch kein Laut wird deine Kehle verlassen. Du wirst spüren, was dich tötet, dem aber nicht ausweichen können. Kurzum, du wirst sterben wie deine Frau, nur mit dem Unterschied, dass du weißt, warum du stirbst. Deine Frau ist wegen deiner Gier und Feigheit gestorben. Und so wirst du aus genau denselben Gründen verrecken.«

Die Worte zeigten ebenso Wirkung wie das Mittel, das inzwischen in seinen Adern floss. Der erste Schrei kam ihm selbst unendlich laut vor, doch seine Stimmbänder blieben in Wirklichkeit stumm.

16

»Ihr habt Glück.« Mike fühlte sich wie ein Immobilienmakler. Er stand morgens um acht an der Einfahrt zu dem Einfamilienhaus, wo er auf die Ankunft der Bamberger Ermittler gewartet hatte. Diese waren am Samstagabend noch einmal nach Bamberg gefahren, heute, am Montag, sollte die gemeinsame Arbeit so richtig starten.

Der KTUler Schober hatte den VW-Bus, den ihnen die Fahrbereitschaft zur Verfügung gestellt hatte, neben ihm gestoppt und das Fenster heruntergelassen. Nun nickte der ziemlich korpulente Mann zu dem Haus und fragte begeistert: »Das ist es?«

Mike trat an den Wagen, lächelte Eva Lange, die auf dem Beifahrersitz saß, an und grüßte anschließend auch nach hinten, von wo ihn Hauptkommissar Ruben Hattinger ein wenig unbeteiligt ansah. Danach wandte er sich wieder Schober zu und erklärte: »Ja, das ist es. Wir nutzen das Haus sonst für besonders schützenswerte Zeugen, da es gut zu überwachen ist. Und da sich unsere Chefs offenbar ziemlich gut verstehen, bestand Kriminalrat Kleinschrot darauf, dass ich euch hier einquartiere.«

»Sehr schön«, bestätigte nun auch Eva.

Schober fuhr noch ein Stück weiter auf das Grundstück, damit Mike das hohe, blickdichte Tor wieder schließen konnte.

Nachdem alle ausgestiegen waren, half er dabei, die Taschen seines Teams bis vor die Haustür zu tragen. Danach öffnete er die schwere Holztür, machte eine einladende Geste und verkündete: »Hereinspaziert. Es ist wie im Schullandheim. Der Erste bekommt das beste Zimmer.«

Während Schober und Eva seiner Einladung folgten, blieb Ruben draußen stehen, drehte sich einmal im Kreis.

Mike sah ihm dabei zu und fragte schließlich: »Ist irgendwas nicht in Ordnung?«

Der Mann sah ihn an und antwortete emotionslos: »Unsere Regierung nimmt den Naturschutz nicht ernst.«

»Bitte was?« Mike wusste nicht, ob diese Aussage ein Scherz sein sollte. Er musterte das Grundstück ein wenig verunsichert, fand daran aber nichts auszusetzen.

Anstatt direkt zu antworten, trat dieser seltsame Kommissar nun neben ihn und fragte: »Was sehen Sie?«

Normalerweise hätte sich Mike nie auf so ein albernes Ratespiel eingelassen, doch er war irritiert genug, um mitzuspielen. Er zuckte mit den Schultern und sagte mit Blick auf den Garten, der das Haus umgab: »Ich sehe einen gepflegten Rasen, eine ordentlich geschnittene Hecke und ein paar dieser … wie heißen die doch gleich … Buchsbäume.«

»Richtig, Kollege«, erwiderte Ruben erfreut. »Und genau das ist das Problem, denn wo sollen hier Insekten Nahrung finden und ihre Nester bauen?«

»Was?« Mike fühlte sich ein wenig verarscht, doch dieser seltsame Mann meinte es offenbar todernst, als er ihm erklärte: »Na, wenn unser Staat schon so tolle Grundstücke unterhält, kann er das doch mit aktivem Umweltschutz verbinden. Was wäre denn dabei, hier eine blühende Wildwiese anzupflanzen, es gibt ja noch nicht einmal Kinder, die darauf herumtrampeln. Und ein, zwei schöne Obstbäume wären zusätzlich ein Traum für Insekten.« Es folgten eine ausladende Geste und die Feststellung: »Aber das hier ist einfach nur tot. Ohne jeden biologischen Wert. Schauen Sie sich die Windschutzscheibe des Busses an. Drei tote Tiere nach knapp sechzig Kilometern Autobahn, das ist eindeutig zu wenig, um unsere heimischen Vögel zu ernähren!«

Mike hatte genug gehört. Er drehte sich zum Hauseingang, schlug vor: »Sie können ja ein paar Blümchen kaufen und einbuddeln«, und folgte den anderen beiden ins Haus.

Da er selbst hier schon einige Nächte auf wichtige Zeugen aufgepasst hatte, kannte er die Räumlichkeiten gut und ahnte, wer sich welches Zimmer aussuchen würde. Und so war es dann auch. Seine vorübergehende Kollegin Eva Lange wählte das große, helle Schlafzimmer direkt neben dem Bad. Schober entschied sich für das rustikal eingerichtete Gästezimmer. Blieb für Ruben Hattinger noch ein Kinderzimmer, das allerdings ein normal großes Einzelbett beherbergte, oder die größere Schlafcouch im kombinierten Wohn- und Esszimmer.

Mike erwartete von dem Chef des kleinen Bamberger Teams Protest, doch der Mann trug seine Tasche einfach in das Kinderzimmer und sagte laut durch die offene Tür: »Das ist ja toll, hier gibt es sogar einen aufgeklebten Sternenhimmel.«

Mikes Blick begegnete dem von Eva, die vor dem großen Kleiderschrank stand und aus dem Schlafzimmer zu ihm herüberschaute. Und als sie aufgrund Rubens Aussage zu kichern begann, konnte sich auch Mike das Grinsen nicht verkneifen. Die Frau war ihm auf Anhieb sympathisch und auch der Kriminaltechniker entsprach ihm deutlich mehr als dieser Ruben.

Kurze Zeit später kamen sie im Hauptpräsidium an. Während Mike hier natürlich seinen festen Arbeitsplatz hatte, wies man Rubens Team einen der Besprechungsräume zu, der für die Dauer der Ermittlungen zu ihrer freien Verfügung stehen würde.

Sie vereinbarten, sich in einer halben Stunde zusammenzusetzen, um über das weitere Vorgehen zu beraten. Schober verabschiedete sich in die Kantine, da er, wie er sagte, mit leerem Magen nicht denken konnte. Eva holte sich einen Kaffee und Ruben einen Tee, dann wollten beide ihr neues Büro einrichten.

Mike ging in sein eigenes Büro, das er sich mit Tom und Sabrina teilte, die aber beide mit dem anderen, schweren Mordfall beschäftigt waren. Er erzählte ihnen kurz etwas über seinen Fall und dass ihn Kriminalrat Kleinschrot zur Zusammenarbeit mit den Bambergern verdonnert hatte, dann startete er seinen Computer und begann mit dem, was er am Anfang seiner Schicht immer tat.

Es war eine alte Angewohnheit, die zwar etwas Zeit kostete, aber schon so einige Zusammenhänge zutage gefördert hatte. Er öffnete sämtliche Einsatzberichte des vergangenen Wochenendes und begann, diese zu lesen.

»Herr Köstner … ich meine, Mike?«

Mike zuckte zusammen, blickte über den Rand seines Monitors und sah sich Eva gegenüber. Die etwa zehn Jahre jüngere Kommissarin wirkte ein wenig unsicher, als sie auf ihre Armbanduhr tippte. »Die halbe Stunde ist seit zehn Minuten vorbei. Ruben ist zwar kein Pedant, aber Warten gehört nicht zu seinen Stärken.«

Er ignorierte den Hinweis auf seinen neuen Partner, winkte Eva auf seine Seite des Schreibtischs und deutete auf seinen Monitor. Sie las den Bericht, presste mit einem »Hm« die

Lippen aufeinander und bestätigte: »Hört sich danach an, als wäre wieder jemand mit diesem Motiv verschönert worden.«

Mike, der kurz von dem sanften Geruch nach Rosen abgelenkt war, der von ihr ausging, bestätigte: »Sehe ich auch so. Ich drucke das aus und nehme es mit rüber.«

Nachdem Eva vorausgegangen war, rief seine langjährige Kollegin Sabrina aus ihrer Ecke: »Mike.«

Er drehte sich noch einmal zu ihr um. »Ja?«

»Sie ist zu jung für dich.«

Mike winkte ab, nahm den Ausdruck aus dem Drucker und folgte Eva zum Besprechungsraum. Dort blieb er in der Tür stehen und murmelte: »Was zum Teufel?« Danach fragte er lauter: »Habt ihr keine elektronischen Präsentationsgeräte bei der Bundespolizei?«

Der schlicht, aber modern eingerichtete Raum glich einem Kindergarten, in dem man sämtliche Gemälde der Kleinen an die Wand pinnte. Der Gedanke an kleine Kinder versetzte Mike einen Stich, den er wie gewohnt wegschob. Es waren sehr alte Narben auf seiner Seele, die sich bei manchen Themen bemerkbar machten.

Ruben, der gerade dabei war, ein weiteres Blatt an die Wand zu kleben, sah über die Schulter und erklärte schlicht: »Ich habe gerne das Gesamtbild eines Falles vor Augen.« Er ließ eine Pause folgen und stichelte: »Ich wollte die Zeit, in der ich auf Sie … äh, dich warte, einfach nur sinnvoll nutzen.«

Mike, von Natur aus eine eher ruhige Person, überhörte auch diesen Satz, trat vor einige der Ausdrucke und fragte: »Woher sind die Bilder von der Unfallstelle, an der dieser Apotheker Nina Hoffmann überfuhr? Wir haben doch offiziell noch gar nicht mit unserer Zusammenarbeit begonnen.«

»Du nicht, ich schon«, klärte ihn Ruben auf. »Dein Chef war so freundlich, mich bereits am Samstag nach unserer Videokonferenz für die Akteneinsicht freischalten zu lassen.

Also habe ich alle verfügbaren Unterlagen gestern ausgedruckt. So sparen wir etwas Zeit.«

»Am Sonntag?« war alles, was Mike dazu einfiel. Daraufhin sah er Ruben zum ersten Mal lächeln, als dieser mit beinahe sanfter Tonlage erklärte: »Ich habe eine sehr tolerante Frau, was es mir nicht nur erlaubt, ab und zu an einem Sonntag zu arbeiten, sondern bei meinen Fällen auch dort zu ermitteln, wo sie passieren.«

»Okay«, brummte Mike und dachte laut: »Ich habe mich schon gewundert, warum ihr wegen der gerade einmal sechzig Kilometer von Bamberg bis hierher in das Haus ziehen wollt.«

Ruben klebte den letzten Streifen Tesafilm über eine Ecke des Blattes und drehte sich zu ihm um. »Ich bin gerne am Ort des Geschehens. Erstens kann man die Zeit, die sonst fürs Reisen draufgeht, so besser nutzen, und zweitens schadet es nicht, wenn man die Mentalität der Gegend kennt.«

Die Aussage erschloss sich Mike. Bei seinem letzten größeren Einsatz in Spanien hatte er sich auch erst auf die Eigenheiten seiner spanischen Kollegen einstellen müssen. Was allerdings erneut an seiner Seele kratzte, war Rubens Erwähnung seiner toleranten Frau. Aber dass weder die Mutter seiner ebenfalls verstorbenen Kinder noch seine zweite große Liebe noch lebten, konnte er diesem Mann wohl kaum vorwerfen.

Ruben machte eine Geste zum Tisch, auf dem nun drei Laptops standen, und schlug vor: »Dann wollen wir mal.«

17

Ruben erklärte kurz, welchem Schema sein übergroßes Notizbuch an den Wänden folgte. Gleich links neben der Eingangstür zum Besprechungsraum hing alles, was den vermeintlichen Autounfall von Nina Hoffmann betraf. Danach folgte eine große fahrbare weiße Tafel, bei der Mike sich fragte, wo Ruben die aufgetrieben hatte. An der rechten Wand kamen die Unterlagen von Rubens Altfall, dem Toten aus dem See, in deren Mitte ein Foto des Unbekannten hing, das ihn als unschöne Wasserleiche zeigte.

»Also …«, wollte sein Kollege gerade zur Sache kommen, da hob Mike den Ausdruck in die Höhe und erklärte: »Das hier ist vielleicht zu wichtig, um es hinauszuzögern.«

Ruben sah ihn zwar irritiert an, sagte aber: »Gut, dann erst du.«

Mike räusperte sich. »Ich habe die Angewohnheit, bei Dienstbeginn sämtliche regionale Einsatzberichte der letzten Stunden durchzugehen. Dabei bin ich auf die Mitschrift eines Notrufs gestoßen, der gestern Abend gegen dreiundzwanzig Uhr in der Leitstelle eingegangen ist. Ich lese ihn kurz vor:

Leitstelle: Rettungsleitstelle, Klarsen am Apparat, wie kann ich helfen?

Anrufer: Leise bitte. Mein Name ist Friedrich Möller. Ich bin Opfer einer Entführung geworden.

Leitstelle: Wissen Sie, wo Sie sich befinden? Sind Sie verletzt?

Memo: Kurze Pause

Anrufer: Nein, ich weiß nicht, wo ich bin. Und ja, ich habe Verletzungen im Gesicht. Man hat mir ein Symbol in die Gesichtshaut geschnitten.

Leitstelle: Schildern Sie Ihre Umgebung.

Anrufer: Alt ... ein altes Haus. Mehr kann ich nicht ...

Memo: Dumpfes Geräusch gefolgt von einem Stöhnen zu hören. Danach wurde aufgelegt.«

Mike legte das Blatt in die Mitte des Tisches und lehnte sich zurück. »Für mich klingt das nach einem weiteren möglichen Opfer. Auch wenn der Mann nichts von einem Tattoo sagte. Allein der Umstand, dass er von einem Symbol und nicht einfach von Schnittwunden sprach, ist doch eher ungewöhnlich.«

Eigentlich hätte er sich jetzt von Ruben eine Reaktion erhofft, doch dieser saß mit geschlossenen Augen da und rührte sich nicht. Da Eva aber eine beschwichtigende Geste machte, sagte Mike nichts dazu und wartete einfach nur ab.

Nach etwa zwei Minuten öffnete Ruben die Augen wieder und fragte: »Gab es eine Ortung?«

Mike war das natürlich schon selbst eingefallen, er war aber noch nicht dazu gekommen, dem nachzugehen. Er nahm sein mobiles Diensttelefon, ließ sich von der Zentrale mit dem Verantwortlichen der Leitstelle verbinden, schilderte kurz, um was es ging, und gab die genaue Uhrzeit und den Namen des Kollegen an, der das Telefonat entgegengenommen hatte. Anschließend drückte er auf die Freisprechtaste und alle im Raum konnten mithören, wie erst einige Tasten klackerten und der Dienststellenleiter schließlich erklärte: »Da kann ich leider nichts für Sie tun. Alles, was ich dem technischen

Telefonprotokoll entnehme, ist, dass keine Rufnummer übermittelt wurde und dass es sich um eine echte Festnetzleitung handelt. Also keine Internettelefonie, sondern ein guter alter Hausanschluss.«

»Wann hat Ihr Mitarbeiter wieder Dienst?«, fragte Ruben laut von seinem Platz aus, worauf Mike erst einmal erklären musste, dass noch mehr Leute mithörten.

»Heute Abend ab achtzehn Uhr ist Janek, also Herr Klarsen, wieder an seinem Platz«, sagte der Mann mit etwas Unmut in der Stimme.

»Gut«, rief Ruben. »Dann werden wir ihn später kontaktieren. Ich muss wissen, wie sich der Anrufer anhörte oder ob es noch Hintergrundgeräusche gab.«

»Ist gut«, lautete die schlichte Antwort. Mike entschuldigte sich noch einmal für das unangekündigte Freisprechen und legte dann auf.

»Haben wir eine Serie?«, brach Eva als Erste die eingetretene Stille.

»Keine Spekulationen«, bat Ruben. »Noch haben wir zwei völlig unterschiedliche Opfer mit zwei völlig unterschiedlichen Todesursachen. Ob dieser Anrufer, dieser Friedrich Möller, Nummer drei ist und ebenfalls von demselben Tätowierer verschönert wurde, lässt sich im Moment weder ausschließen noch bestätigen. Trotz allem sollten wir die Sache ernst nehmen.«

»Sehe ich auch so«, beschloss Mike. »Also, wie wollen wir vorgehen?« Sein Blick ging zu den Unterlagen, die die Wand verunstalteten, und er fügte hinzu: »Es wird sicher wichtig sein, dass wir uns alle Fakten noch einmal genau ansehen. Da dieser Friedrich Möller aber möglicherweise in akuter Gefahr ist, sollten wir uns zuerst um ihn kümmern.«

Zu seinem Erstaunen gehörte Ruben offenbar auch zu den Menschen, die eine Sache anpacken und sich nicht hinter ihrem Schreibtisch verschanzen. Denn dieser stand nun auf und schlug vor: »Ich würde gerne mit dem Unfallverursacher, diesem Apotheker, sprechen. Was haltet ihr davon, wenn sich Schober die Spurenlage von der hiesigen Kriminaltechnik zeigen lässt? Mike, Sie und Eva übernehmen die Fahndung nach Friedrich Möller und ich fahre mit unserem Bus zu dem Apotheker Johann Pohl.«

Mike nickte anerkennend: »Klingt effizient. Allerdings waren wir schon beim Du!«

»Na dann.« Ruben ging nicht darauf ein, legte sich sein Holster um, zog eine quietschgelbe Sommerjacke darüber und griff sich die Autoschlüssel sowie die Akte, in der sie alles zu dem vermeintlichen Unfall des Apothekers sammelten.

Mike und Eva gingen rüber zu Mikes Computer, wo die Abfrage im Melderegister zu Friedrich Möller drei Treffer ergab. Den ersten Herrn Möller erreichten sie telefonisch, der zweite Friedrich stellte sich als zwölfjähriges Kind heraus und der dritte war der Inhaber einer Im- und Exportfirma. Diesen erwischten sie nicht telefonisch. An seinem Festnetzanschluss meldete sich nur der Anrufbeantworter, der auch gleich verkündete, dass eine Sprachnachricht aufgrund des vollen Speichers leider nicht möglich sei. Und bei der Handynummer kam sofort die Ansage, dass diese nicht erreichbar sei.

Mike druckte den Meldeeintrag sowie die Daten der Kfz-Zulassungsstelle aus, dann verließen sie die Abteilung für Kapitalverbrechen in Richtung Innenhof des großen Hauptpräsidiums.

Im Beisein der Kollegin versuchte Mike, sich die Probleme mit seinem rechten Bein nicht anmerken zu lassen. Trotzdem fragte Eva, nachdem sie in seinen Dienstwagen gestiegen waren: »Kommt das Hinken auch von dieser Explosion?«

Mike startete den Motor, damit die Klimaanlage schon einmal ihren Dienst aufnehmen konnte, fuhr aber noch nicht los und deutete ein Nicken an. »Ja. Es hat mein Gesicht, meine Rippen und das Bein erwischt.« Erst danach parkte er rückwärts aus und ließ den BMW langsam auf die Schranke zurollen. Diese öffnete sich, nachdem er dem Diensthabenden ein Zeichen gegeben hatte. Auf der angrenzenden Straße bog er nach links ab und verließ kurz darauf den Innenstadtbereich.

»Darf ich fragen, wie das, also diese Explosion, passiert ist?«, nahm Eva das Thema wieder auf.

Mike wollte die Sache nicht hier und jetzt besprechen, daher antwortete er nur knapp: »Es war das Ende eines jahrelangen Katz-und-Maus-Spiels mit einem Psychopathen. Er hat mir mit der Bombe eine Falle gestellt, die meine damalige Lebensgefährtin das Leben kostete.«

Eva schien seine Abneigung gegen das Thema zu spüren. Sie sagte schlicht: »Tut mir leid«, und schlug vor: »Vielleicht kommen wir während dieser Ermittlungen einmal dazu, ein Bier zusammen zu trinken. Ich … ich …«

»Es geht dir um die Narben, die unsere Gesichter zieren. Oder?« Mike hatte eine ganz gute Menschenkenntnis und ihm war aufgefallen, dass diese junge und eigentlich ziemlich hübsche Frau sich beim ersten Treffen genau in dem Augenblick entspannt hatte, als sie sein verunstaltetes Gesicht zum ersten Mal erblickt hatte. Für jemanden mit einem Handicap war es eine Erleichterung zu sehen, dass man sein Schicksal nicht allein trug.

Er schenkte ihr an der nächsten Ampel ein Lächeln und sagte dabei: »Bier klingt gut. Das sollte sich auf jeden Fall einrichten lassen.«

Zehn Minuten später erreichten sie die Meldeadresse von Friedrich Möller. Sie stiegen aus, sahen sich um und Eva stellte bei dem Anblick der steril wirkenden Villa das fest, was Mike dachte: »Mit Geld kannst du dir viel kaufen, guten Geschmack leider nicht.«

Mike lachte. »Da hast du recht. Ungemütlicher geht es kaum. Das Ding sieht aus, als hätte ein Kind wahllos karge weiße Steine aufeinandergestapelt.« Er drückte den übergroßen Messingknopf neben einem hohen Tor. Eine Kamera schwenkte automatisch zu ihnen herüber und eine Computerstimme verkündete: »Signal abgesetzt. Bitte warten Sie.«

18

Während sie darauf warteten, eingelassen zu werden, versuchte Mike, etwas vom Inneren des Grundstücks zu erspähen. Doch sosehr er sich auch streckte, das Tor war zu hoch und bot keinerlei Lücken, durch die man blicken konnte.

Nach etwa einer halben Minute drückte er erneut auf den Messingknopf von der Größe eines kleinen Kochtopfs. Wer auch immer hier wohnte, neigte offenbar zu Größenwahn.

Das rote Licht blinkte einmal auf, dann verkündete die Computerstimme höflich: »Ein weiteres Absetzen des Rufes ist nicht nötig. Bitte gedulden Sie sich noch einen Augenblick.«

»Das wird nichts«, beschloss Eva nach einer weiteren Minute. »Dieser Friedrich Möller ist laut unseren Unterlagen verheiratet. Vielleicht sollten wir uns die Nummer seiner Frau beschaffen.«

»Hm«, brummte Mike, drehte sich zu der verkehrsberuhigten Straße und erwiderte: »Oder man fragt die Nachbarn.«

Eva folgte seinem Blick zur anderen Straßenseite, wo sich eine alte, aber rüstig wirkende Frau scheinbar von der Gartenarbeit erholte, für diese Tätigkeit aber auffallend gut gekleidet war.

»Du meinst …«, begann Eva, doch er unterbrach sie mit den Worten: »Ja, ich bin mir recht sicher, dass sie so ziemlich alles weiß, was hier vor sich geht.«

»Na dann.« Eva wartete nicht weiter ab, überquerte gefolgt von Mike die Straße und begrüßte die Rentnerin mit einem freundlichen »Guten Tag«, das die Frau irritiert erwiderte, wobei ihr die Neugierde anzusehen war.

Eva fragte ansatzlos: »Sie kennen doch sicherlich Herrn Friedrich Möller von gegenüber«, doch so leicht ließ sich die Alte nicht darauf ein, ihr Wissen preiszugeben. Stattdessen reckte sie ihr faltiges Kinn etwas nach vorne, fragte: »Wer will das wissen?«, und fügte trotzig hinzu: »Oder glauben Sie, wir lassen uns hier gegenseitig übereinander ausfragen?«

Mike setzte sein Sonntagslächeln auf, trat neben seine Kollegin und versuchte eine andere Schiene, indem er die Frau bestärkte. »Natürlich nicht und Sie machen das auch toll. Schließlich kann jede Information für potenzielle Einbrecher wichtig sein.« Er zog seinen Ausweis heraus, streckte ihn ihr entgegen und erklärte: »Aber wir sind auf der guten Seite und genau deswegen hier. Herr Möller hat die Polizei vor einer Weile um ein Beratungsgespräch bezüglich seiner Alarmanlage gebeten und wir haben eigentlich einen Termin mit ihm. Wissen Sie vielleicht, ob dort drüben jemand zu Hause ist?«

Die Frau schüttelte den Kopf. »Nein, weiß ich nicht. Seit der arme Herr Möller seine Frau beerdigt hat, habe ich ihn nicht mehr gesehen.«

Mike wurde hellhörig. »Wann war denn diese Beerdigung?«

»Samstag. Genauer gesagt Samstagnachmittag um fünfzehn Uhr dreißig. Und danach gab es den Leichenschmaus in der Gaststätte Vier Linden.«

»Oh, eine wirklich gute Adresse«, bestätigte Mike, der das Lokal nur von außen kannte. »War denn das Essen so gut wie sein Ruf?«

Der Blick der Alten veränderte sich leicht, als sie zugab: »Das weiß ich nicht. Herr Möller hat offenbar vergessen, uns einzuladen.«

»Ach, wie schade«, gab sich Mike weiter einfühlsam, bevor er vorsichtig fragte: »Wissen Sie denn, wie die arme Frau Möller verstorben ist?«

»Herzinfarkt, sagt man. Aber man weiß ja nie«, antwortete die Alte so leise, als würden sie belauscht, und fügte verschwörerisch hinzu: »Die beiden waren selten gut zueinander.«

»Wie meinen Sie das?«, mischte sich Eva ein, doch die Alte winkte ab: »Ach, egal. Man soll nicht schlecht von Toten sprechen.«

»Gab es viel Streit?«, ließ Mike nicht locker, bekam aber nur ein Nicken als Antwort.

Mike dachte kurz über das Gehörte nach und bat: »Können wir Sie noch einmal besuchen, falls wir Fragen haben?«

»Schon«, brummte die Frau nachdenklich. »Aber sagten Sie nicht, Sie wären nur wegen der Alarmanlage hier? Ich wüsste nicht, wie ich Ihnen da helfen kann.«

»Auch wieder wahr«, tat Mike die Sache mit einem gespielten Lachen ab und verabschiedete sich. Eva tat es ihm nach und fragte, zurück vor Möllers Tor: »Klingt alles ein wenig seltsam. Oder?«

»Ja, sehe ich auch so«, bestätigte Mike, wobei er zu dem Haus nickte. »Da kommen wir im Moment jedenfalls nicht rein und für einen Beschluss reicht der Notruf nicht. Zumal wir noch nicht einmal wissen, ob es überhaupt der richtige Friedrich Möller ist. Schließlich könnte es sich bei dem Anrufer auch um jemanden handeln, der nicht von hier kommt.«

»Daran habe ich noch gar nicht gedacht«, gab Eva nach einer kurzen Pause zu, bevor sie fragte: »Und was machen wir jetzt?«

»Es gibt eine Information, der wir nachgehen können.«

Eva drehte sich zu ihm, hob die Hand und sagte mit erstaunlich finsterer Miene: »Tu das nicht! Es genügt völlig, wenn Ruben meint, Ratespiele mit mir spielen zu müssen.«

»Okay, okay«, beschwichtigte Mike, der sich die barsche Reaktion nicht ganz erklären konnte.

Eva wurde sich offenbar bewusst, wie wenig sie ihren neuen Kollegen kannte und dass er vom Rang her über ihr stand. Daher sagte sie etwas versöhnlicher: »Entschuldige, aber auch wenn Ruben ein wirklich guter Kollege ist, er hat auch seine anstrengenden Seiten. Und da ich keine zwanzig mehr bin und schon eine Dienststelle geleitet habe, reagiere ich allergisch auf Überheblichkeit. Also würde ich es befürworten, wenn jeder einfach sagt, was ihm auffällt. Man muss mich nicht zum Nachdenken animieren, denn das mache ich vielleicht sogar zu viel.«

»Verstehe.« Mike gefiel die offene Art und er erläuterte seinen Ansatz: »Die Alte sagte, dass sie Möller seit der Beerdigung nicht mehr gesehen hat und dass der Leichenschmaus im Restaurant Vier Linden stattfand. Also würde ich vorschlagen, dass wir uns dort einmal umschauen.«

Der große öffentliche Parkplatz neben dem Restaurant war um diese Zeit relativ leer. Mike stoppte den Wagen in der Einfahrt, sah zu Eva und diese verstand, ohne dass er fragen musste. Sie holte die Ausdrucke über Friedrich Möller vom Rücksitz, suchte das richtige Blatt, las das Kfz-Kennzeichen vor und fügte »Mercedes SLK« hinzu. Daraufhin gab Mike etwas Gas und ließ den BMW langsam durch die Parkreihen rollen.

Der gesuchte Wagen fiel schon dadurch auf, dass Blätter und kleinere Äste auf ihm lagen. Ein Gewittersturm war in der Nacht von Samstag auf Sonntag über Nürnberg gezogen. Folglich hatte das Auto schon vor dem Sturm hier gestanden.

Mike teilte seine Erkenntnis mit Eva, dann stiegen sie aus und sahen sich den Mercedes genauer an. Nachdem sie ihn umrundet hatten, fragte Mike: »Fällt dir irgendwas auf?«

»Vielleicht.« Eva ging neben dem Wagen in die Knie und deutete auf den unteren Rand der Fahrertür. Mike zog seine Lesebrille aus der Innentasche seiner dünnen Jacke, kniete sich neben sie und sah sich den Kratzer genauer an. Eva wartete nicht auf seine Analyse: »Wir brauchen die Spurensicherung. Der Kratzer ist eindeutig frisch, da, siehst du …« Sie deutete auf das linke Ende des Schadens. »Der abgekratzte Lack hängt sogar noch dran.«

»Stimmt«, murmelte Mike. Er entfernte sich ein Stück, nahm das Gesamtbild in sich auf und fragte sich laut: »Allerdings habe ich keine Ahnung, was den Wagen auf dieser Höhe geschrammt haben könnte. Der Kratzer ist so weit unten, dass mir da absolut nichts einfällt.«

»Ein Einkaufswagen?«, schlug Eva vor.

Er schüttelte den Kopf. »Nein. Ich hatte schon dreimal nach einem Einkauf Dellen in der Tür, das sieht eindeutig anders aus. Und auch die Spaßvögel, die ihren Schlüssel als Lackkiller benutzen, tun das in der Regel auf Hüfthöhe.«

»Und wenn der Sturm etwas dagegengeschleudert hat?«

»Auch das ergibt eher eine Delle als so eine tiefe Schramme.« Mike zog sein Handy heraus und forderte ein kleines Team der Spurensicherung sowie einen Abschleppwagen an. Außerdem bat er darum, dass seine Kollegen den Bamberger KTUler Schober mit ins Boot nahmen.

Nach dem Telefonat fragte Eva: »Du gehst jetzt also davon aus, dass dieser Friedrich Möller den Notruf abgesetzt hat?«

»Sehe ich das falsch?«, antwortete er mit einer Gegenfrage.

»Die Hinweise verdichten sich«, erwiderte sie ausweichend.

Mikes Blick ging von Möllers Auto zu Eva, die er so lange anstarrte, bis diese unsicher fragte: »Habe ich etwas im Gesicht?«

»Ja, eh, nein«, stammelte Mike. Die lange Narbe auf ihrer Wange erzeugte einen Gedanken, den er nicht ganz greifen konnte. Es fühlte sich an, als würden einige Puzzleteile vorbeifliegen, die man nur kurz zu sehen bekam. Erst als Eva erneut »Ist alles in Ordnung?« fragte, riss er sich aus seinen Gedanken und sagte: »Ich kann es dir nicht richtig erklären. Aber wenn wir davon ausgehen, dass wir hier nach dem richtigen Herrn Möller suchen, ist die Sache doch seltsam.«

»Ich kann dir nicht folgen«, gab Eva zu.

»Na ja. Seine Frau stirbt, seine Nachbarin erzählt uns etwas von einer, sagen wir, schwierigen Ehe und nach der Beerdigung wird der Mann entführt.« Nach einer kurzen Pause fügte er hinzu: »Außerdem erzählt er, dass man ihm ein Symbol ins Gesicht geritzt hat, was möglicherweise zu zwei weiteren Leichen passt.«

Eva atmete hörbar aus. »Ruben würde das jetzt als reine Spekulation betiteln. Aber du hast recht, da könnte weitaus mehr dahinterstecken.«

19

Paulus durfte, was ihm sonst sein Frauchen untersagte, im Schlafzimmer übernachten. Als der Wecker am Montagmorgen klingelte, war der Hund sofort wach und saß gleich erwartungsvoll neben dem Bett.

Sein Herrchen brauchte dagegen einen Augenblick, bis ihm wieder einfiel, dass Claudia mit den Kindern bei ihren Eltern war. Er drehte sich schläfrig auf die Seite, vertröstete den Hund mit den Worten: »Gleich, Großer«, und schloss noch einmal die Augen.

Der Versuch, seine Fantasie auf Reisen zu schicken, gelang ihm erst nur leidlich. Das Bild der toten Frau auf dem Asphalt schob sich ein ums andere Mal dazwischen und er schaffte es nicht, sich auf das vermeintlich Schöne zu konzentrieren. Blut und Verletzungen waren einfach nicht sein Ding, da gab es eindeutig andere Verlockungen. Nun dachte er an das, was ihn anmachte. Das, was ihm wahre Freude brachte. Diese Gedanken führten ihn zurück in einen Traum, der ihm erst Erleichterung verschaffte und ihn anschließend noch einmal in einen tiefen Schlaf schickte.

Drei Stunden später wachte er auf, sah erschrocken auf den Wecker und schälte sich mit schweren Gliedern aus dem Bett. Der Umstand, derart verschlafen zu haben, ärgerte ihn.

Paulus honorierte seine Entscheidung, endlich aufzustehen, mit einem zustimmenden Nasenstupser und sah ihm ungeduldig dabei zu, wie er seine Laufsachen anzog.

Es kam selten vor, dass Johann das tägliche Training so schwerfiel, doch es einfach bleiben zu lassen kam auch heute nicht infrage. Sein Vater hatte ihn viel zu lange als Opfer betitelt, und seine Worte wirkten sogar über seinen Tod hinaus. Doch Johann haderte nicht mehr damit, dafür hatte er den alten Mann gebührend verabschiedet und obendrein dessen Apotheke übernehmen können.

Das Haus war ungewohnt still. Paulus folgte ihm die Treppe hinunter, ließ sich bereitwillig das Halsband anlegen und drängte angesichts der späten Stunde hinaus in den Vorgarten.

Jetzt, im Juni, stand die Sonne um zehn Uhr bereits hoch am Himmel. Johann trat einen Schritt hinaus, atmete die schon wieder viel zu warme Luft ein, verschloss die Tür und aktivierte den Alarm. Die Computerstimme bestätigte »Gesichert«, danach wandte er sich in Richtung Auffahrt und machte auf dem Weg dorthin ein paar kreisende Armbewegungen, um den Körper langsam in Schwung zu bringen.

An der hohen Gartentür neben dem Rolltor angekommen, nahm er Paulus zunächst an die Leine und verließ das Grundstück. Draußen wiederholte er das Spiel mit der Alarmanlage, die das Außengelände und die Mauer überwachte, und joggte zunächst langsam los.

Dass irgendetwas anders war, zeigte Paulus an, indem er dem Schotterweg zur nahen Landstraße folgen wollte. Johann war durch den Unfall und den Fund von Alinas Armband vorsichtig geworden und tat das Verhalten seines Hundes nicht gleich als das ab, was es vermutlich war. Auch wenn dieser hier immer wieder Wildschwein- und Rehspuren witterte, gestattete er ihm dieses Mal, der Spur ein Stück weit zu folgen. Anstatt wie üblich gleich in den schmalen Waldpfad abzubiegen, folgte er dem Hund entlang der Zufahrtsstraße. Dort blieben sie stehen und Paulus schien jedes Interesse an dem, was er gerochen hatte, zu verlieren. Er setzte sich neben sein Herrchen und sah es fast schon fragend an. Johann murmelte: »Du bist ein Spinner«, strich dem Tier über den Kopf und beschloss, nun seiner üblichen Strecke zu folgen.

Zurück im Wald, schien für Paulus wieder alles in Ordnung und Johann leinte ihn ab. Danach war alles wie immer. Sie erreichten den Weiher, an dem Johann seine Übungen machte und sich der Hund mit einem Sprung ins Wasser abkühlte. Anschließend erfolgte der Crosslauf über den schmalen, verwilderten Pfad zurück zum Haus.

An der Stelle, wo er am Vortag das Armkettchen seiner Tochter gefunden hatte, blieb Johann kurz stehen. Er sah sich um und fragte sich einmal mehr, wie es mitten in den Wald gekommen sein könnte. Alina verließ das Grundstück nur mit ihm oder um mit dem Rad zur nächsten Bushaltestelle zu fahren. Sie machte keinen Sport oder Spaziergänge außerhalb. Folglich blieb eigentlich nur, dass es ihr jemand geklaut und dann hier hingelegt oder es verloren hatte. Aber wer? Johann kam Markus, Alinas Ex-Freund, in den Sinn. Weder seine Frau noch er selbst mochten diesen Typen. Und so hatte es Johann vor ein paar Tagen als Notwehr betrachtet, als er das Bild dieser Tina von Instagram mit einem Bild von Markus zusammengeschnitten und es über ein anonymes Instagram-Konto in die Welt hinausgeschickt hatte. Natürlich hätte Johann seiner Tochter diese Schmach gerne erspart, aber manchmal musste man seine Kinder eben vor sich selbst schützen.

Der Plan hatte gut funktioniert. Alina hatte Markus in den Wind geschossen und in seinem Praktikanten vielleicht sogar eine ganz passable Ablenkung gefunden. Sollte sich Markus jetzt allerdings als Stalker betätigen, würde er andere Saiten aufziehen müssen.

Paulus hatte sich neben sein Herrchen gesetzt und schien genauso interessiert in den Wald zu blicken. Jetzt stellte er allerdings die Ohren auf. Seine empfindliche Nase begann zu arbeiten und aus dem zunächst leisen tiefen Knurren wurde bald ein Bellen, das Johann aus seinen Gedanken riss. Seine Hand ging reflexartig zum Halsband seines Hundes.

Nach dem Einhaken der Leine gab es kein Halten mehr. Paulus stürmte los, wobei er Johann fast von den Beinen riss. Die Richtung war klar, der Hund wollte eindeutig so schnell wie möglich zum Haus, das in einiger Entfernung zwischen den Bäumen erkennbar war.

Johann war alarmiert und unsicher zugleich. Er brachte den Hund unter Kontrolle und überwand die letzten zweihundert Meter joggend. Kurz vor Erreichen des Waldrands wurde Paulus' Bellen wütender. Johann bremste ab, blieb erneut stehen und sah vorsichtig zu seinem Grundstück hinüber.

An der hohen Mauer war nichts Ungewöhnliches zu erkennen, doch an der Tür, durch die man sein Anwesen zu Fuß betrat, lehnte irgendetwas, was dort nicht hingehörte.

Johann trat verunsichert aus dem Wald, blickte sich nach allen Seiten um, konnte aber sonst nichts Ungewöhnliches erkennen. Paulus war nun kaum noch zu halten und wenige Meter weiter wusste Johann auch warum.

Bei dem Gegenstand, den er zunächst für einen illegal abgelegten Müllsack gehalten hatte, handelte es sich um einen Menschen, dessen Kopf und Oberkörper in einem Stoffsack steckten. Die behaarten nackten Beine und die Form der Füße deuteten darauf hin, dass da ein Mann vor seiner Tür saß.

In der Sekunde dieser Erkenntnis murmelte Johann leise: »Ach du Scheiße«, dann band er Paulus am Tor fest und näherte sich zögerlich dem regungslosen Körper.

»Hallo, geht es Ihnen gut?«, fragte er zunächst aus sicherer Distanz.

Nichts!

»Hallo«, versuchte er es lauter, wobei er inständig hoffte, dass der Mann noch lebte. Nicht dass er grundsätzlich Probleme mit einem Toten gehabt hätte, aber wenn er eines nicht gebrauchen konnte, war das eine weitere Leiche in seinem Umfeld. Dieser vermeintliche Unfall zog schon genügend Aufmerksamkeit auf ihn, hatte bei der Polizei aber sicher einen anderen Stellenwert als ein Toter, den man vor seinem Grundstück abgelegt hatte.

Johann blieb weiterhin auf Abstand. Soweit er es erkennen konnte, trug der Mann keinerlei Kleidung.

Er beugte sich nach vorne und stieß leicht gegen die Stelle, an der er die Schulter vermutete. Dies provozierte nicht etwa eine Regung, der Körper kippte einfach zur Seite weg. Für Johann war dies Bestätigung genug, dass von diesem Mann keine Gefahr ausging. Er trat neben ihn, ging erneut in die Hocke und zog den Sack nach oben weg.

Als das Gesicht des Mannes zum Vorschein kam, begriff Johann, dass ein weiterer Toter ein geringeres Problem gewesen wäre.

Er kannte den Mann. Sein Gesicht bestand halbseitig aus einer einzigen Schwellung, die offenbar von unzähligen kleinen Schnitten verursacht wurde.

Das war noch nicht problematisch an sich. Das Problem war, dass er den Puls des Mannes fühlen konnte und Johann nicht wusste, ob Friedrich Möller ihr kleines Geheimnis bereits verraten hatte. Und selbst wenn nicht: Dass Möller in diesem Zustand einer Vernehmung durch die Polizei standhielt, war mehr als zweifelhaft.

Jede Hoffnung auf irgendwelche Zufälle fiel in sich zusammen. Das hier geschah aus Vorsatz. Irgendjemand wusste von seiner Leidenschaft und für irgendjemanden war das Grund genug, wütend auf ihn zu sein. Seine Auftraggeber konnte er allerdings genauso zuverlässig ausschließen wie die, um die es letztlich in der Sache ging.

Motorlärm von der nahen Landstraße riss ihn aus seinen Gedanken. Die Frage nach dem Warum musste erst einmal warten. Immerhin kniete er hier vor einem verletzten nackten Mann, der an der Tür, durch die man sein Anwesen zu Fuß betrat, lehnte und eindeutig zu viel von ihm wusste.

Johann strich sich verzweifelt durch die Haare, sah über die Schulter in Richtung Landstraße, die hinter einer Biegung des Schotterwegs verlief und von hier aus nicht zu sehen war. Dann fasste er einen Entschluss.

Die hohe Gartentür erkannte seinen Chip, entriegelte das Schloss und schwang zum Garten hin auf. Er packte Friedrich Möller unter den Achseln und zog ihn auf sein Grundstück, wobei ihm ein kleiner Beutel auffiel, den man diesem mit einer Art Piercing am Rücken befestigt hatte.

Johann ignorierte ihn zunächst, holte den Stoffsack und den Hund herein und verschloss die Tür.

Während Paulus sich nun brav zeigte und alles von einem ihm zugewiesenen Platz aus beobachtete, löste Johann den kleinen Beutel von dem Haken, den man Möller unter die Haut geschoben hatte. Obwohl dies höllisch wehtun musste, zeigte der Mann noch immer keine Regung. Eine Sache war allerdings seltsam: Eigentlich hielten Ohnmächtige die Augen geschlossen, doch Möller schien ihm dabei zuzusehen, wie er den kleinen Kulturbeutel öffnete.

Johann war nicht nur als Apotheker Spezialist für Substanzen, die so einen Zustand hervorrufen konnten, er selbst nutzte sie gerne und oft. Und der Inhalt des Beutels bestätigte seinen Verdacht. Neben einer gefüllten Spritze fand er einen kleinen bedruckten Zettel mit dem Text:

> Unser gemeinsamer Freund kann alles sehr aufmerksam verfolgen, nur leider nicht darauf reagieren. Es ist nun an dir, eine Entscheidung zu treffen. Entweder du holst ihn mit dem beigelegten Mittel zurück ins Leben. Dann kann er dir sagen, wer eine offene Rechnung mit dir hat. Oder du löst die Sache anders, dann bleibt alles unter uns und die Polizei wird nichts erfahren.
>
> Viel Glück bei der richtigen Entscheidung. Ab heute klopft jede einzelne deiner Sünden wieder an deine Tür.

20

Ruben folgte den Anweisungen des Navis. Er kannte Nürnberg nur von einigen Einkaufsausflügen, die ihm seine Frau und seine Tochter abgerungen hatten. Die Randbezirke waren ihm völlig fremd und standen wie bei so vielen Städten in großem Kontrast zur Innenstadt. Während die historischen Bauten mit ihrer Schönheit beeindruckten, schockierten die Städtebauer der Siebzigerjahre mit klarer Ignoranz gegenüber allem, was Menschen sich wohlfühlen ließ. Alles war eckig, karg und einfach nur funktionell.

Soviel er wusste, lag sein Ziel ein Stück außerhalb der Stadt, doch das würde noch etwas auf ihn warten müssen. Der Verkehr schob sich in langsamen Wellen durch die Straßen, was auch auf der Stadtautobahn nicht besser wurde. Ruben hatte selten schlechte Laune, und dass er die hatte, fiel ihm erst auf, als er im Radio unbewusst anstatt des Nachrichtensenders klassische Musik auswählte.

Die Junisonne brannte vom Himmel und in den Autos um ihn herum saßen fast ausnahmslos gestresst wirkende Menschen. Da es an der Dauerbaustelle, die den Verkehr staute, sowieso gerade nicht voranging, schloss er kurz die Augen und fühlte in sich hinein. Sein erstes Empfinden war Einsamkeit, was ihn selbst irritierte. Er war seit Langem allein in ganz Deutschland unterwegs, um verschiedenen Polizeistellen bei ihren verzwickten Fällen zu helfen oder um Altfälle aufzuarbeiten. Einsamkeit spürte er dabei eigentlich immer nur dann, wenn er nachts in seinem Hotelzimmer lag und Pia höchstens per Skype bei sich hatte. Doch jetzt war seine Familie gerade einmal eine Autostunde weit entfernt. Er könnte jederzeit heimfahren und trotzdem fehlte ihm irgendetwas.

Es dauerte ein wenig, bis seine Gedankengänge dem Hupen genügend Bedeutung zugestanden. Er öffnete die Augen und stellte fest, dass seine Fahrspur inzwischen frei war. Ganz anders hinter ihm, wo sich Autos mit verärgerten Fahrern stauten. Er fragte sich kurz, warum es alle immer so eilig hatten, legte den Gang ein und fuhr gemächlich weiter. Auf die Drohgebärden der überholenden Fahrer antwortete er mit einem Lächeln. Sein Bus war nicht als Dienstwagen zu erkennen, was ihn gegenüber diesen Unwissenden milde stimmte.

Gerade als die Ausfahrt, die das Navi vorschlug, in Sichtweite kam, staute sich der Verkehr erneut. Ruben überlegte kurz, ob er die Zeit nutzen sollte, um einen Blick in die Akten zu werfen. Seine Hand griff nach dem Pappumschlag auf dem Beifahrersitz, doch genau in diesem Augenblick kam ihm die Erleuchtung. Seine Einsamkeit bezog sich nicht auf seine Familie, es war Eva, die ihm fehlte. Natürlich nicht als Partnerin im zwischenmenschlichen Sinn, also zumindest nicht auf einer Beziehungsebene, sondern als Partnerin im dienstlichen und auch ein wenig im freundschaftlichen Sinn.

Daher war ihm auch vorhin im Präsidium dieser kurze eigenartige Gedanke gekommen, dass irgendetwas falsch war, als er sie mit Kommissar Köstner auf die Suche nach Friedrich Möller geschickt hatte.

Ihre dauerhafte Zusammenarbeit hatte vor einigen Monaten bei einem Fall in Thüringen begonnen und er konnte sich nicht erinnern, wann er seitdem zum letzten Mal ohne Eva ermittelt hatte.

Die Erkenntnis verwirrte Ruben mehr, als er sich eingestehen wollte. Erst musste man ihn zur Zusammenarbeit mit anderen zwingen und jetzt fehlte ihm Eva. Und selbst den gemütlichen Schober wollte er nicht mehr missen.

Ruben versuchte, die Gefühle zu akzeptieren, lenkte den VW-Bus auf die Standspur und fuhr so zügig, wenn auch nicht ganz regelkonform, bis zu der nahen Autobahnausfahrt.

In seinem Navi war die Unfallstelle des Apothekers als Zwischenziel hinterlegt. Ruben fuhr durch ein kleines Dorf, an einigen Feldern und Wiesen vorbei und kam schließlich in den Wald, in dem Nina Hoffmann zu Tode gekommen war. Die Landstraße wurde hier tatsächlich ganz schön schmal, weshalb man vermutlich auf den Mittelstreifen verzichtet hatte.

Nach einem Blick in den Rückspiegel drosselte er die Geschwindigkeit. Ruben verfügte über ein ausgezeichnetes Gedächtnis und so fand er die Unfallstelle aufgrund der Fotos, die er vor wenigen Stunden an die Wand des Besprechungsraums gepinnt hatte.

Er steuerte den Wagen in einen Forstweg, stieg aus und atmete tief durch. Die Luft war nicht so gut, wie man es mitten im Wald erwarten konnte, was einerseits an der vorherrschenden Hitze lag und andererseits an der nahen A 9 nach München. Obwohl die Autobahn laut Google Maps noch ein gutes Stück entfernt war, konnte man sie deutlich hören und riechen.

An der Landstraße wartete er, bis einige Autos vorbei waren, und suchte dann die Stelle mit den inzwischen verblassten Markierungen der Spurensicherung.

Anschließend ging er zu der Stelle, an der der ominöse Kleintransporter gestanden haben sollte, stellte sich an den

Straßenrand und schloss die Augen. In seiner Vorstellung war er nun Nina Hoffmann, die entweder auf die Straße rannte, gestoßen oder geworfen wurde.

Das herannahende Auto nahm er erst wahr, als dieses langsam an ihm vorbeirollte und der Fahrer durch das geöffnete Beifahrerfenster »Sind Sie deppert? Hier gab es gerade erst einen Unfall« brüllte.

Ruben schreckte zusammen, trat instinktiv einen Schritt zurück und machte eine beschwichtigende Geste. Als der Wagen wieder beschleunigte, drehte er sich einmal im Kreis, um die Umgebung in sich aufzunehmen. Da es hier nichts als diese Straße und ringsherum Bäume gab, hielt auch er die Theorie mit dem wartenden Kleintransporter für plausibel.

Die Einfahrt zu Johann Pohls Anwesen hätte unscheinbarer nicht sein können und Ruben bemerkte sie erst, als er schon daran vorbeigefahren war, worauf ihn das Navi zuvorkommend hinwies. Er folgte der Straße noch ein Stück weiter, bis er auf dem Parkplatz eines Wildgeheges gefahrlos wenden konnte. Auf dem Rückweg fuhr er trotz eines Dränglers hinter ihm langsamer.

Der Schotterweg war gepflegt, doch kein Schild wies darauf hin, wohin er führte. Entweder wollten die Bewohner des durchaus eindrucksvollen Hauses, das nun in Sichtweite kam, nicht gefunden werden oder sie liebten einfach nur die Abgeschiedenheit.

Ruben stoppte den Wagen auf halber Strecke. Für ihn war immer alles wichtig und so ein Haus erzählte viel über seine Bewohner.

Darauf, dass das Haus vor ihm vermutlich einmal ein Bauernhof oder Ähnliches gewesen war, deuteten nur noch die sichtbaren Holzbalken des Fachwerks hin. Ansonsten war richtig investiert worden. Die modernen Fenster wirkten nur auf den ersten Blick alt und dürften als Sonderanfertigung eine Menge Geld gekostet haben. Aufgrund der hohen Mauer, die hinter einer Hecke verborgen war, waren nur das obere Stockwerk und das Dach zu sehen. Alles andere entzog sich neugierigen Blicken.

Ruben ließ den Kleinbus langsam auf das ebenso hohe Tor zurollen, brachte ihn zum Stehen und stieg aus. Auch was die Sicherungseinrichtungen betraf, hatte man nicht gespart. Die Kameras auf der Mauer waren winzig und die hochmoderne Gegensprechanlage war mit edlem Holz vertäfelt.

Ruben war wirklich gespannt, wen er gleich antreffen würde. Das hieß, wenn er überhaupt jemanden antreffen würde, da er nicht angekündigt war.

Beinahe im selben Augenblick, in dem sein Finger den Knopf drückte, ertönte irgendwo hinter dem Tor ein kurzer Signalton. Weit weg, aber offenbar im Freien.

Kurz darauf knackte ein Lautsprecher und eine schlecht gelaunt wirkende männliche Stimme fragte: »Was wollen Sie? Ich erwarte heute weder Handwerker noch irgendeine Lieferung.«

Ruben hob seinen Blick zu der Kamera, die ihn vermutlich gerade erfasste. Auf ein Lächeln verzichtend erwiderte er: »Eigentlich erwarte ich etwas von Ihnen. Nämlich ein paar Auskünfte bezüglich Ihres Unfalls. Ich bin Kriminalhauptkommissar Hattinger. Hätten Sie ein paar Minuten Zeit für mich?«

Auf eine anschließende Stille folgte die knappe Antwort: »Moment«, dann knackte der Lautsprecher erneut.

Ganze vier Minuten später wurde das Schloss der hohen Gartentür entriegelt. Ruben wollte gerade nach der Klinke greifen, als die Tür nach innen aufgezogen wurde. Natürlich kannte er das Bild des Mannes bereits aus dem Melderegister, trotzdem kam dessen natürliche Autorität erst jetzt zur Geltung.

Dass Herr Pohl seinerseits auf einen Händedruck verzichtete, kam Ruben gelegen. Er nahm sich einen Augenblick Zeit, um den ersten Eindruck in sich aufzunehmen, und fragte dann erst mit Blick auf das verschwitzte Gesicht des Mannes: »Störe ich Sie bei der Gartenarbeit?«

Dessen Unsicherheit zeigte sich nur in den Augen, die restliche Mimik und Körperhaltung wirkten souverän. »Nein, das heißt, ja, ich habe gerade etwas Erde vom Komposthaufen geholt.«

Ruben blickte an ihm vorbei und sah eine Schubkarre vor einem kleinen Nebengebäude stehen. Er sagte: »Oh, tut mir leid, dass ich Ihre Arbeit kurz unterbrechen muss. Ich würde mich wie gesagt gerne noch einmal über den Unfall unterhalten.«

Herr Pohl neigte den Kopf etwas zur Seite, wobei er feststellte: »Sie sind nicht der Kommissar, dem ich am Unfallort begegnet bin. Können Sie sich ausweisen?«

»Natürlich.« Ruben zog seinen Ausweis heraus und wurde schließlich auf die heilige Seite der beachtlichen Grundstücksmauer gelassen. Er sah sich mit einem schnellen Blick um und erkannte dabei noch etwas außer der Schubkarre, was weder zu Herrn Pohl noch zu diesem gepflegten Grundstück passte. Gleich neben der Tür zum Vorgarten lag etwas, das wie ein leerer Kartoffelsack aussah und vermutlich auch einer war.

21

Nach seinem Waldlauf hatte der Tag eine Wendung genommen, die weitreichende Überlegungen erforderte. Doch Johann war wie gelähmt. Das hier entzog sich seiner Kontrolle, und wenn er etwas hasste, dann, ebendiese zu verlieren. Im Grunde bestand sein ganzes Leben darin, immer die Fäden in der Hand zu halten. Egal ob in seinen Apotheken, in der Familie oder bei seiner Leidenschaft für das Sterben anderer.

Hinzu kam die Wut auf den Mann, der neben ihm im Gras lag und ihn dämlich anstarrte. Johann hatte durchaus eine Ahnung davon, was Friedrich Möller gerade durchmachte. Gefangen im eigenen Körper, geistig hellwach und zu keiner Regung fähig, war er allem ausgeliefert, was man mit ihm machte.

Johann war das herzlich egal. Er betrachtete alle außerhalb seiner Familie als für sich selbst verantwortlich. Freud oder Leid, es interessierte ihn nicht. Schmerz und Angst gehörten zum Leben. Und solange es nicht sein Schmerz und seine Angst waren, kümmerte es ihn nicht.

Was ihn allerdings gewaltig wütend machte, war, dass Friedrich Möller nicht nur sich selbst in eine unmögliche Lage gebracht hatte, sondern jetzt auch zu seinem Problem geworden war.

Eine gute halbe Stunde lang saß Johann neben dem Mann im Gras und schaffte es nicht, einen klaren Gedanken zu fassen. Alles, was er wusste, war, dass jedes Mittel eine begrenzte Wirkungsdauer aufwies. Und da er nicht wusste, wann Möller das letzte Mal etwas verabreicht worden war, musste er handeln. Er zog die Kappe von der Spritze mit dem angeblichen Gegenmittel, dachte kurz nach und entschied sich dann für eine empfindliche Brustwarze. Er brachte sich in eine bessere Position, versenkte die Nadel in dem weichen Fleisch und achtete dabei sehr genau auf Möllers Reaktion. Da dieser noch nicht einmal zuckte, zog er die Nadel wieder heraus, natürlich ohne ihm den Inhalt der Spritze zu injizieren.

Während dem Mann Tränen aus den Augen liefen, stand Johann auf und ging zu seinem Haus. Der kleine Versuch brachte ihm die Gewissheit, dass Möller noch eine Weile durch die Droge außer Gefecht gesetzt sein würde. Trotzdem ließ er die Haustür offen stehen, um immer mal wieder einen Blick hinauszuwerfen zu können.

Im Haus gönnte er sich ein großes Glas Wasser, stellte Paulus sein Futter hin und ging zu seinem Laptop. Er startete die App für das Sicherheitssystem, spulte die Aufnahme der Torkamera zurück und sah schließlich, wie Möller zu ihm gekommen war. Die ganze Aktion dauerte keine zwanzig Sekunden. Bei dem alten Transporter handelte es sich mit ziemlicher Sicherheit um den, der bei dem Unfall am Straßenrand gestanden hatte. Die Nummernschilder waren durch ein breites Klebeband unkenntlich gemacht worden und derjenige, der kurz ausstieg und Möller ablegte, hatte sich eine Art Sturmhaube über den Kopf gezogen. Von der Körperhaltung her tippte er auf einen eher jüngeren Mann, sonst gab es erst einmal keine weiteren Hinweise.

Anschließend stieg er in den Keller hinunter. Eigentlich hatte er die kleine Tasche heute zusammen mit dem Laptop an einen anderen Ort bringen wollen. Jetzt war er froh, dass beides noch da war.

Friedrich Möller lag nackt in der prallen Sonne. Sein Anblick wirkte surreal. Fast, als hätte man eine Skulptur auf den Rasen gelegt. Da er dort natürlich nicht bleiben konnte, musste Johann eine Lösung finden. Dass er ihn unmöglich wegtragen konnte, hatten die wenigen Meter bis auf das Grundstück gezeigt. Möller stand gut im Futter und wog sicherlich deutlich mehr als neunzig Kilo.

Eins nach dem anderen, mahnte sich Johann zur Ruhe, durchquerte den Vorgarten und stellte seine Tasche für spezielle Einsätze neben ihm ab. Ordnung war wichtig. Er musste nicht lange überlegen, griff sich ein Fläschchen, zog eine von seinen eigenen Spritzen auf und injizierte ein Mittel, das Möller sicher freuen würde. Wenige Sekunden später schlossen sich denn auch seine Augen und aus seinem Zustand der wachen Hilflosigkeit war tiefer Schlaf geworden.

Anschließend holte Johann die Schubkarre aus einem kleinen Nebengebäude, in dem sein Gärtner die Gartenwerkzeuge lagerte. Auf den ersten Metern kippte ihm das Gefährt immer wieder zur Seite weg. Derartige Arbeiten waren noch nie sein Ding gewesen!

Möller in die Blechwanne der Schubkarre zu befördern war ein wahrer Balanceakt. Entweder kam Johann selbst ins Straucheln und ließ den Mann unsanft fallen oder die Schubkarre kippte zur Seite weg. Erst als er diese nach vorne gekippt aufstellte, konnte er den leblosen Körper so in die Wanne ziehen, dass das Ganze stabil blieb.

Als alles unter Kontrolle war und Möller abfahrbereit auf der Schubkarre lag, zeigte sich das nächste Problem. Keller, Kofferraum oder Geräteschuppen standen zur Auswahl, denn im Wohnbereich seines Hauses wollte er den Mann ganz sicher nicht haben. Abgesehen davon, dass Claudia jederzeit unangekündigt mit den Kindern zurückkommen könnte, wusste man ja nie, was sonst noch passierte.

Johann entschied sich zunächst für den Geräteschuppen, danach würde er sehen, wie es weiterging.

Möller sah inzwischen nicht mehr gut aus. Die durch die Sonne bereits gerötete Haut schwitzte und sein Gesicht war gleichzeitig ziemlich blass. Ihn anzufassen ekelte Johann derart, dass er sich ein Paar Arbeitshandschuhe griff und überstreifte. Doch selbst durch deren dicke Gummibeschichtung spürte er die Hitze, die von dem Körper ausging. Er lud Möller ab, indem er die Schubkarre erneut an den Griffen anhob und ihn auf den Betonboden gleiten ließ. Dort band er ihm mit der Schnur, die sein Gärtner für störrische Zweige benutzte, die Hände und Füße zusammen, wich ein Stück zurück und betrachtete sein Werk. Eine gute Geschäftsbeziehung sah anders aus.

Das zunächst Notwendigste zu tun hatte ihn in den letzten eineinhalb Stunden vom Nachdenken abgehalten. Als er zurück im Haus und etwas ruhiger war, kamen die bösen Geister dann aber mit Wucht zurück. Die erste Anspannung fiel von Johann ab und machte Kapazitäten für sein eigentliches Problem frei.

Einen halb toten Auftraggeber im Schuppen liegen zu haben war die eine Sache. Jemanden zum Feind zu haben eine ganz andere. Und wenn dieser Feind auch nur einen Bruchteil von dem wusste, was er in den letzten Jahren getrieben hatte, wurde es existenzbedrohend.

Paulus sah seinem Herrchen verständnislos zu, wie dieses im Wohnbereich von einer Wand zur anderen und dann wieder zurückging. Doch sooft Johann den Hund auch nach seiner Meinung fragte, mehr als ein Schwanzwedeln bekam er nicht als Antwort.

Johann versuchte, die Ereignisse im Kopf zu sortieren. Es gab da draußen offenbar irgendjemanden, der von seiner Leidenschaft wusste. Das Positive war, dass dieser Mensch offenbar kein Interesse daran hatte, ihm direkt die Polizei auf den Hals zu hetzen. Das Negative war, dass ihm im wahrsten Sinne des Wortes bereits zwei seiner Kunden vor die Füße gefallen waren. Hinzu kam, dass dieser Jemand augenscheinlich vorhatte, es ihm Stück für Stück schwerer zu machen. Der Unfall mit Nina Hoffmann war eine unschöne Sache gewesen, aber eben doch nur ein Unfall. Ein paar Untersuchungen der Polizei, vermutlich eine Geldstrafe und das war es auch schon.

Da war ein betäubter und misshandelter Friedrich Möller, der an seiner Gartentür lehnte, schon eine andere Nummer. Dieses Mal zwang man ihn zu einer Aktion und sein möglicher Feind wusste vermutlich auch, dass ihm nur eine einzige Option blieb. Das an Möllers Haut befestigte Schreiben brachte es leider auf den Punkt. Entweder er offenbarte sich der Polizei oder … Johann stockte, blieb stehen und ging anschließend zum Esstisch, auf dem der Zettel lag. Er studierte die wenigen Zeilen und brummte: »Du willst spielen. Gut. Dann spielen wir.«

Ein kurzer unverfänglicher Anruf bei seiner Frau bestätigte ihm, dass sie mit den Kindern mindestens bis morgen bei ihren Eltern bleiben würde. Danach meldete er sich in der Apotheke ab und hatte somit mindestens vierundzwanzig Stunden, um sein Problem zu lösen.

Johann fand zu seiner inneren Ruhe zurück. Er stellte auf seinem Fitnesstracker, den er am Handgelenk trug, den Timer auf zwei Stunden ein. So lange sollte Möller auf jeden Fall noch schlafen. Danach ging er in die obere Etage und stellte sich erst einmal unter die Dusche. Das kalte Wasser beflügelte seine Fantasie, und als er zum Handtuch griff, konnte er sich trotz der widrigen Umstände sogar ein bisschen auf die nächsten Stunden freuen.

Die Welt der Chemie gab einem Macht! Als kleiner Junge hatte er gerne im Hinterzimmer der Apotheke seines Vaters gestanden. Damals war noch viel mehr von Hand gemischt worden und Frau Schaminski, die dafür zuständig war, hatte ihm gerne und bereitwillig erklärt, was welches Mittelchen bewirken konnte.

Neben dieser Frau auf dem kleinen Hocker zu stehen wurde zu seiner ganz persönlichen Oase in der von Strenge und Gewalt dominierten Welt. Er lernte schnell, nahm die Leidenschaft mit in die Schulzeit und immer öfter auch winzige Mengen der Substanzen heimlich mit nach Hause. Der kleine Kriechraum im Dachboden seines Elternhauses war das ideale Versteck für seine Versuche, da noch nicht einmal sein Vater von dem Hohlraum hinter der Wandvertäfelung wusste.

Einzig die Temperaturen wurden oft zum Problem. Im Sommer heizte sich die kleine Kammer direkt unter den Dachziegeln elend auf, und im Winter schafften es auch die vielen Kerzen nicht, ein wenig Wärme hineinzubringen.

Trotzdem war der Winter die deutlich bessere Zeit. Als er vierzehn war, brachten seine Forschungen vielen kleinen und größeren Tieren den Tod. Und totes Fleisch hielt sich in der Kälte nun mal besser.

Eine halbe Stunde später kniete Johann neben Möller, dessen Körper noch immer ekelhaft viel Hitze abstrahlte. Bei seiner Frau war das etwas anderes. Sie gab ihm das Gefühl der Geborgenheit, wie er sie viel zu selten bei seiner Mutter erfahren hatte. Bei diesem Mann ekelte ihn das regelrecht an.

Friedrich Möller atmete flach, was angesichts der Drogen in seinem Blut kein Wunder war. Doch so nützte er ihm nichts. Johann sah ihn sich von oben bis unten an, spürte nach der Macht, die er in diesem Augenblick über diesen Körper hatte, und wusste doch, dass es noch nicht so weit war.

Nach dem Überprüfen der Fesseln klappte er die alte Apothekertasche auf. Der erste Schuss sollte das Schlafmittel, das er ihm selbst verabreicht hatte, neutralisieren. Er war im Umgang mit seinen Mittelchen geübt; gekonnt ließ er die dünne Kanüle kurz darauf unter Möllers Haut gleiten. Phase eins dauerte nur wenige Minuten. Möllers Puls beschleunigte sich, der Brustkorb sog mehr warme Luft in seine Lungen und die Augenlider begannen zu flattern.

Bei Phase zwei war sich Johann nicht ganz sicher. Erstens dürfte die Wirkung der durch den Unbekannten verabreichten Substanz langsam nachlassen und zweitens wusste er nicht, welches Mittel man Möller beigelegt hatte.

Er holte die Spritze aus dem Beutel mit dem Drohbrief. Dann drückte er etwas von der trüben Flüssigkeit auf ein sauberes Tuch, roch erst daran und nahm schließlich noch eine vorsichtige Geschmacksprobe. Es handelte sich nicht exakt um das Mittel, das er sonst selbst verwendete, es war ihm aber durchaus bekannt.

Nachdem er halbwegs sicher war, dass es Möller nicht umbringen würde, machte er einen weiteren Stich und drückte etwa ein Drittel des Spritzeninhalts in dessen Armvene.

Zehn Sekunden später riss der Mann die Augen auf, begann, am ganzen Körper zu krampfen, und stöhnte dabei wie ein Eber in der Brunft.

22

Die App seiner Hausüberwachungsanlage hätte sich zu keinem ungünstigeren Zeitpunkt melden können. Johann drückte Möller geistesgegenwärtig das Tuch, auf dem er die Flüssigkeit aus der Spritze getestet hatte, in den Mund und entsperrte mit der anderen Hand sein Handy. Die App zeigte jemanden an, der draußen an der Gartentür klingelte. Er wählte das Icon für Kamera zwei und sah einen Mann, den er noch nie zuvor gesehen hatte. Der Typ stand mit seinem VW-Bus vor der Einfahrt und sah sich neugierig um. Optisch war er der Prototyp eines Staubsaugervertreters, doch selbst die legten eindeutig mehr Wert auf ihr Outfit.

»Nicht jetzt«, fluchte Johann leise und überlegte, einfach so zu tun, als wäre er nicht zu Hause. Da er aber das Garagentor offen gelassen hatte und nicht wusste, ob man das Autodach von außen sehen konnte, kamen ihm Zweifel. Sollte der Typ von der Polizei sein und den Wagen sehen, würde ihn das eventuell verdächtig machen. Daher verstärkte er den Druck auf das Tuch in Möllers Mund, aktivierte die Sprechfunktion und versuchte ruhig, aber bestimmt zu klingen, als er sagte: »Was wollen Sie? Ich erwarte heute weder Handwerker noch irgendeine Lieferung.«

Nun blickte der Typ direkt in die Kamera und antwortete: »Eigentlich erwarte ich etwas von Ihnen. Nämlich ein paar Auskünfte bezüglich Ihres Unfalls. Ich bin Kriminalhauptkommissar Hattinger. Hätten Sie ein paar Minuten Zeit für mich?«

»Gottverdammt«, brummte Johann wütend. Spritze oder Klebeband? Er entschied sich für ein paar Streifen eines Klebebands mit der Aufschrift »AmeisenStopp«, mit dem sein Gärtner sonst die Stämme von Nutzpflanzen umwickelte. Das Zeug klebte wie blöd, war aber Gott sei Dank auf einer Seite mit einer Folie beschichtet, die man erst abziehen musste. Trotzdem bekam er etwas von dem Leim an die Finger.

Den Weg zur Gartentür musste er rennend hinter sich bringen, da er keinen Argwohn erwecken wollte, indem er ungebührlich lange brauchte. Dort atmete er kurz durch, legte seinen Handrücken an den Scanner und zog die Tür auf.

Der Mann sah eindeutig nicht wie ein Polizist aus. Johann wurde mit einem Mal bewusst, wie leichtsinnig er trotz der Umstände handelte. Und als der Mann, anstatt ihm gleich seinen Ausweis zu zeigen, fragte: »Störe ich Sie bei der Gartenarbeit?«, glaubte Johann schon, dem möglichen Entführer von Nina Hoffmann und Friedrich Möller gegenüberzustehen. Trotzdem konnte er nicht ausschließen, dass der Mann tatsächlich Kommissar war, und erklärte: »Nein, das heißt, ja, ich habe gerade etwas Erde vom Komposthaufen geholt.«

Nun blickte der Mann neugierig an ihm vorbei. Johann warf selbst einen Blick über die Schulter. Wie passend, dass er die Schubkarre aus Platzgründen vor dem Geräteschuppen abgestellt hatte.

Der angebliche Kommissar entschuldigte sich halbherzig mit den Worten: »Oh, tut mir leid, dass ich Ihre Arbeit kurz unterbrechen muss. Ich würde mich wie gesagt gerne noch einmal über den Unfall unterhalten.«

Johann winkte ab, bat aber: »Sie sind nicht der Kommissar, dem ich am Unfallort begegnet bin. Können Sie sich ausweisen?«

»Natürlich.«

Da der Ausweis echt schien, blieb ihm keine andere Wahl, als den Mann auf sein Grundstück zu bitten. Er schloss die Gartentür hinter ihm und erkannte seinen Fehler im selben Augenblick, als auch dem Kommissar der Kartoffelsack auffiel, in dem noch vor Kurzem Friedrich Möllers Oberkörper gesteckt hatte.

»Sie bauen Kartoffeln an?« Die Tonlage des Mannes klang eindeutig misstrauisch.

Johann winkte erneut ab. Im Versuch, die Sache ins Lächerliche zu ziehen, machte er eine Geste über seinen englischen Rasen und scherzte: »Dann wäre das der mit Abstand gepflegteste Kartoffelacker der Welt.« Um eine Erklärung zu liefern, fügte er hinzu: »Ich benutze diese Säcke gerne für die Gartenabfälle.«

»Kommen die nicht auf den Komposthaufen?«, wunderte sich der Kommissar laut und ohne auf den Scherz einzugehen. Zum Glück beließ er es aber dabei und fragte stattdessen: »Aber zurück zum Thema. Ich weiß, dass Sie schon eine Aussage gemacht haben, aber könnten Sie mir den Verlauf des Unfalls vielleicht noch einmal schildern?« Und da Johann nicht sofort reagierte, erklärte er noch: »Immerhin kam dabei diese junge Frau zu Tode und da will der zuständige Staatsanwalt natürlich alles haarklein wissen.«

»Ja, schon klar.« Johann konnte den Mann nicht einschätzen. Er warf einen kurzen Seitenblick zum Geräteschuppen und beschloss, den Kommissar von hier wegzubringen. Jemanden zu fesseln gehörte nicht gerade zu seinen Kernkompetenzen und war sonst auch nicht nötig. Normalerweise benutzte er Chemie anstatt Seile. Und sollte Möller jetzt aus diesem Schuppen gekrochen kommen, wäre das schwer zu erklären. Also sah er kurz zum Himmel und schlug vor: »Lassen Sie uns ins Haus gehen. Die Hitze ist dieses Jahr wieder unerträglich.«

»Gerne«, bestätigte der Kommissar und fragte auf dem Weg dorthin ausdruckslos: »Handeln Sie in Ihren Apotheken mit illegalen Drogen?«

Johann zuckte innerlich etwas zusammen, blieb aber nicht stehen und versuchte ein Lachen. »Was?«

»Na, dieses Haus beziehungsweise das ganze Grundstück. Ich kann mir einfach nicht vorstellen, dass man so viel Geld mit zwei, drei Apotheken verdienen kann.«

So langsam ging ihm dieser Mann auf die Nerven. Polizist hin oder her. Er blieb nun doch stehen, sah in ein Paar sehr wache Augen und erwiderte schärfer als gewollt: »Geht es hier um meinen Unfall oder sind Sie von der Steuerfahndung?«

Der Kommissar hielt seinem Blick stand, formte mit seinen Lippen ein Lächeln und sagte nur: »Das ist eine gute Frage, ich mag es, wenn nicht drum herumgeredet wird. Aber nein, mit Ihrer Steuererklärung habe ich nichts zu tun.« Dann ging er weiter, blieb aber aus Höflichkeit vor der offenen Haustür stehen.

Johann hatte das »Vorsicht, Hund« schon auf den Lippen, als Paulus in den Eingangsbereich gerannt kam.

Die einfache Ansage des Kommissars lautete: »Sitz!« Der Hund blieb irritiert stehen und setzte sich, als der Mann nun auch noch seinen rechten Zeigefinger in die Höhe streckte, tatsächlich schwanzwedelnd hin.

Johann gefiel das nicht. Schon gar nicht, weil dieser Polizist zwar wie ein Trottel aussah, aber offenbar ganz und gar keiner war. Er mahnte sich zur Vorsicht, machte eine einladende Geste und schickte Paulus mit dem Befehl »Ab ins Körbchen« weg.

Nachdem er den Unfallhergang ein weiteres Mal geschildert hatte, schloss dieser Kommissar Hattinger seinen Notizblock. Er nahm noch einen Schluck Wasser, ließ den Blick durch den großzügigen Wohnraum schweifen und fragte erneut: »Wirklich keine Drogen?«

Johann konnte den Typen nicht leiden. Er sah einen an, als könnte er einem in den Kopf schauen. Andererseits wollte er der Polizei auch keinen Anlass geben, noch tiefer in seinem Leben zu bohren, also antwortete er wahrheitsgemäß: »Keine Drogen. Mein Vater war ein sehr sparsamer Mensch und die Eltern meiner Frau kann man, zumindest was die eigene Familie angeht, nicht gerade als geizig betiteln. Außerdem können Sie doch sicherlich meine Steuererklärungen einsehen. Diesen werden Sie entnehmen können, dass man von drei Apotheken durchaus ganz gut leben kann.« Er ließ eine Pause folgen und fragte dann, in Anbetracht der Tatsache, dass er einen halb toten Mann in seinem Geräteschuppen liegen hatte: »War es das jetzt? Ich habe noch einiges zu tun.«

»Ja, sicher.« Der Kommissar erhob sich, sah sich ein weiteres Mal um und fragte beiläufig: »Wo ist eigentlich Ihre Familie? Es sind doch Ferien und vielleicht sind Ihrer Tochter noch weitere Details des Unfallhergangs eingefallen.«

»Auf Verwandtenbesuch.« Mehr Auskunft wollte Johann nicht geben.

»Wie lange?«

»Noch ein, zwei Tage. Aber wenn Sie mit Alina, meiner Tochter, sprechen wollen, wäre es gut, wenn Sie vorher anrufen.«

Kurz darauf war er den Kommissar endlich los. Er sah noch dabei zu, wie dieser in den unscheinbaren VW-Bus stieg, diesen wendete und den Schotterweg zurückfuhr. Dann schloss er die Gartentür, lehnte sich mit dem Rücken dagegen und versuchte, seiner Anspannung mit einigen tiefen Atemzügen Herr zu werden.

Minuten später zeigte seine Meditationsübung endlich Wirkung. Der Puls normalisierte sich, die Gedanken flossen wieder in geordneten Bahnen durch seinen Kopf und mit ihnen auch die Erkenntnis, dass dies gerade mehr als eine Routineüberprüfung gewesen war. Ein getötetes Unfallopfer hin oder her, hinter den Fragen dieses Kommissars steckte eine Ermittlung, die sich nicht nur mit einem Verkehrsunfall befasste. Umso wichtiger war es jetzt, einen kühlen Kopf zu bewahren. Johann nahm einen weiteren tiefen Atemzug, richtete sich auf und ging entschlossen zu seinem Geräteschuppen.

Friedrich Möllers Anblick war schockierend. Das Mittel in der Spritze hätte ihn eigentlich wieder zurück ins Leben bringen sollen. Stattdessen lag er gekrümmt auf dem nackten Betonboden. Das Tuch und das Klebeband verstopften den Mund, gelblicher Schaum bahnte sich seinen Weg durch die Nase. Außerdem stank es in dem Raum derart nach Scheiße, dass es Johann den Atem verschlug. Er fluchte: »Gottverdammt«, trat einen Schritt zurück an die Luft und überlegte fieberhaft, was er tun konnte. Möller war ihm im Grunde völlig egal. Was er allerdings brauchte, waren Informationen.

Nachdem die geöffnete Tür den schlimmsten Gestank vertrieben hatte, ging er wieder hinein und kniete sich neben Möller. Kleine, wiederkehrende Schaumbläschen zeigten, dass der Mann noch lebte.

Johann ekelte es derart, dass er sich wieder die Gartenhandschuhe überziehen musste, um das schaumverschmierte Klebeband abzuziehen. Danach folgte der Lappen und nach ein paar Schlägen auf Möllers Wange öffnete dieser tatsächlich die Augen. Sein Blick war trüb und einige geplatzte Äderchen verhießen nichts Gutes. Was auch immer in dieser Spritze gewesen war, es konnte kein reines Gegengift gegen das Narkosemittel gewesen sein. Doch für eine genauere Analyse blieb keine Zeit.

Johann tätschelte den Dahinsiechenden ein weiteres Mal und sagte laut: »Möller. Hören Sie mich? Es wird alles gut, aber Sie müssen mir sagen, wer Ihnen das angetan hat.«

Es folgte schwaches Husten, das den Schaum aus dem Mund beförderte.

»Möller. Es ist wichtig. Konzentrieren Sie sich.«

Wieder Husten, dann ein leises Wort.

Johann blieb keine Wahl, er musste sich überwinden, beugte sich hinunter und brachte sein Ohr bis knapp vor Möllers verschmierten Mund.

Husten, Schaum und das geflüsterte Wort »Rollstuhl« waren die Belohnung für seinen Einsatz.

»Gut, weiter. Rollstuhl ist gut«, versuchte ihn Johann zu motivieren. Möllers Lunge blubberte beim Ausatmen, trotzdem schaffte er noch die Worte: »J… ju…ng, Brü… Brüder, K…k… Kasten … Ka…«

»Kasten? Was für ein Kasten? Meinen Sie Kastenwagen?«, versuchte es Johann.

Möller schaffte noch ein kaum hörbares »Hm«, dann versagte ihm sein Körper den Dienst.

23

»Wo bleibt der nur?«

Eva stellte sich diese rhetorische Frage nun schon zum zweiten Mal, also schlug Mike vor: »Warum rufst du Ruben nicht einfach an?«

Nachdem sie wieder ins Präsidium zurückgekehrt waren, hatte er beschlossen, seine Zelte ebenfalls im Besprechungsraum aufzuschlagen. Sein eigenes Büro war zwar nur drei Türen weiter, doch wenn er schon mit dem Bamberger Team ermitteln sollte, dann war die räumliche Trennung kontraproduktiv.

Eva sah ihn an, brummte: »Hm«, bevor sie sich selbst laut fragte: »Ob er in irgendwelchen Schwierigkeiten steckt?«

Mike lehnte sich entspannt zurück. »Ich kann dir genau sagen, wo er steckt ... nämlich mitten im Nürnberger Verkehr.«

»Aber ich habe ihm schon eine Nachricht geschrieben.«

»Die er als gesetzestreuer Mensch beim Fahren noch nicht gesehen hat, weil Menschen wie er das Handy dabei vermutlich sogar abschalten«, entgegnete Mike gelassen mit ein klein wenig Bosheit im Unterton.

Evas Gesichtsausdruck wechselte von besorgt zu verärgert. »Du verkennst ihn. Ja, er hat seine spießigen Seiten, aber eben auch ganz unerwartet lockere.«

»Wenn du meinst.« Mike wollte keinen Streit und die Art, wie sich Evas Narbe gerade verzog, gefiel ihm irgendwie.

Diese nahm ihr Privathandy in die Hand und wählte die Nummer ihres Chefs. Nach dem ersten Freizeichen hörte sie zunächst ein Rauschen, das wie Fahrgeräusche klang, dann schimpfte Ruben irgendetwas von blöder Technik und meldete sich schließlich mit: »Kriminalhauptkommissar Hattinger, Dezernat 3 der Bundespolizei Bamberg. Fachgebiet unaufgeklärte Kapitalverbrechen.«

Eva fragte sich einen Moment, ob Ruben bei diesem Apotheker etwas Illegales konsumiert hatte, und sagte dann laut: »Geht es dir gut? Warum meldest du dich so? Du siehst doch im Display, dass ich es bin.«

»Ja, sicher sehe ich das auf dem Display der Freisprechanlage«, brüllte Ruben viel zu laut. »Aber dass da deine Nummer steht, heißt noch lange nicht, dass du auch an deinem Handy bist. Es könnte dir ja etwas passiert sein und ein anderer ruft von deinem Gerät aus an.«

Eva beschloss, nicht darauf einzugehen, und schob die Aussage auf die Hitze des Tages. Stattdessen fragte sie: »Ich wollte eigentlich nur wissen, ob bei dir alles in Ordnung ist und wann du hier im Präsidium ankommst.«

Kurze Pause, in der wieder nur ein leises Fahrgeräusch zu hören war. »Bei mir ist alles in Ordnung. Das Navi sagt zehn Minuten voraus, wobei der Verkehr in meiner Richtung eher für eine kleine Ewigkeit spricht. Gibt es etwas Dringendes zu besprechen?«

Eva schüttelte, obwohl es nur ein Telefonat war, den Kopf: »Nein, nichts wirklich Eiliges. Wir warten dann einfach, bis du hier bist.«

»Wer ist WIR?«, fragte Ruben zurück.

»Mike und ich«, erwiderte Eva. »Er ist zu uns in den Besprechungsraum gezogen. Aber wie gesagt, lass dir Zeit, Schober ist auch noch nicht zurück.«

»Ist er etwa essen?«

Eva musste lachen: »Nein. Wir haben Friedrich Möllers Wagen gefunden und Schober hilft bei der Spurensuche.«

»Klingt spannend. Ich beeile mich« waren Rubens letzte Worte, dann legte er auf.

»Ist ganz schön eifrig, dein Chef.« Mike hatte wegen Rubens Gebrüll gar nicht vermeiden können mitzuhören.

»Da hast du recht«, seufzte Eva. Sie hatte bei dem letzten großen Einsatz im Thüringer Wald schon nicht viel von der Gegend gesehen, und hier in Nürnberg würde das vermutlich nicht anders werden.

»Suchen Sie unsere Gesellschaft oder sind Sie wegen des Falles hierher umgezogen?«

Mike wartete, bis Ruben seine Jacke und das Waffenholster abgelegt hatte, und erwiderte dann: »In erster Linie, um dich an das DU zu erinnern, bei dem wir schon waren.«

Ruben sah ihn irritiert an. »Oh, stimmt. Bei manchen Menschen fällt es einem schwer.«

»Wird schon noch«, winkte Mike ab. »Dann würde ich vorschlagen, wir berichten zuerst.«

Ruben machte eine Geste in Richtung Smartboard, das durch die links und rechts an die Wand gepinnten Dokumente aussah, als hätte es einen Bilderrahmen.

Eva öffnete Fotos auf ihrem Laptop und projizierte diese auf das Board. Die Geschehnisse des Tages, die Unterhaltung mit Friedrich Möllers Nachbarin und das anschließende Auffinden seines Wagens, waren schnell erzählt. Die von ihr gemachten Fotos von Möllers Haus und dem Auto sowie der näheren Umgebung von beidem dienten eigentlich nur der Arbeitsweise von Rubens Gehirn. Er brauchte es, die Dinge vor sich zu sehen, und Eva wusste das.

»Was sagt die Spurensicherung?«, fragte Ruben nach den Ausführungen seiner Kollegen.

»Sie haben nicht viel gefunden.« Keiner der Anwesenden hatte mitbekommen, dass Schober inzwischen zurückgekommen war. Er stand hinter ihnen an der Tür und hörte bereits seit einer Minute zu.

Dann leuchtete er mit einem Mini-Laserpointer, den er am Schlüsselbund trug, auf das Bild von Friedrich Möllers Wagen. »Die einzige Spur, wenn man das überhaupt so nennen kann, ist ein kleiner Kratzer im Lack. Er befindet sich unten an der Fahrertür und ist auf jeden Fall noch nicht alt. Die Probe des abgeschabten Materials ist noch im Labor. Allerdings habe ich wenig Hoffnung, dass uns das weiterbringt.«

»Und was ist mit der Position des Kratzers?«, fragte Mike dazwischen. »Ist jemandem dazu etwas Passendes eingefallen?«

»Nicht wirklich«, gab Schober zu: »Einen Einkaufswagen können wir ausschließen und auch die Klassiker, nämlich Gefährte, wie sie Kinder benutzen, passen nicht. Skateboard, Tretroller oder Wakeboard … nichts von alldem würde einen Kratzer auf dieser Höhe anrichten.«

»Worum geht es?« Ruben hatte keine Ahnung, wovon seine Kollegen gerade sprachen.

Schober bat Eva, die Fotos zu öffnen, die er vor wenigen Minuten vom Rechner der Spurensicherung hinzugefügt hatte. Diese suchte ein Bild heraus, auf dem nur die Tür des Wagens zu sehen war, und projizierte es in Großaufnahme auf das Smartboard.

Schober bemühte erneut den Laserpointer und leuchtete auf die entsprechende Stelle. »Darum geht es. Ein frischer Kratzer auf einer Höhe, die sich keiner von uns erklären kann.«

Ruben prägte sich das Bild ein, schloss kurz die Augen und bat dann: »Okay. Spontan fällt mir nichts ein, aber ich werde darüber nachdenken.« Anschließend wandte er sich an Eva und Mike. »Sonst noch etwas?«

»Nein«, übernahm Eva das Wort. »Wir haben nur die Aussage der Nachbarin und das Auto, außerdem wissen wir vom Besitzer des Restaurants, dass Friedrich Möller die Trauerfeier für seine Frau als Letzter verlassen hat. Ihm selbst, also dem Besitzer, der ebenfalls auf dem Parkplatz parkte, ist eine Stunde später nichts Besonderes aufgefallen.«

»Pffff.« Mike atmete hörbar aus, worauf Ruben ihn tatsächlich anlächelte und dabei feststellte: »Sie … Entschuldigung … du denkst das Gleiche wie ich, oder?«

Mike deutete ein Nicken an. »Vermutlich ja. Wir müssen alle bei der Feier Anwesenden, einschließlich des Personals, vernehmen. Wenn man Herrn Möller tatsächlich aufgelauert haben sollte, könnte irgendjemand etwas gesehen haben.«

»Nur wenn wir uns einigermaßen sicher sind, dass es überhaupt dieser Herr Möller war, der den Notruf abgesetzt hat«, mahnte Eva.

»Das lässt sich schnell herausfinden.«

»Wie das?«, fragte Eva ihren Chef.

Ruben sah sie an, als wäre er kurz davor, Mitdenken einzufordern, erklärte dann aber doch gelassen und tatsächlich ohne belehrenden Unterton: »Wir haben den Mitschnitt des Notrufs und wir haben eine Nachbarin, die Friedrich Möller kennt.«

»Bestechend einfach«, gab Mike zu, der selbst nicht darauf gekommen wäre. »Und da sich der Anrufer eindeutig in einer Notsituation befand, sollten wir das heute noch klären.«

»Genau.«

»Ich brauch erst was zu essen«, warf Schober ein. Ruben sah ihn ein wenig mitleidig an, schlug aber mit Blick zu Mike vor: »Sie kennen sich hier besser aus, an welchen Richter müssen wir uns wenden, falls wir in Möllers Haus wollen?«

Mike verdrehte kurz die Augen. »Also gut, bleiben wir einfach beim Sie. Und das mit dem Richter regle ich.«

Ruben deutete ein Nicken an. »Dann würde ich vorschlagen, dass Schober etwas essen geht, sich aber bereithält. Und wenn die Frau ihren Nachbarn auf den Tonaufzeichnungen erkennt und es der Richter genehmigt, gehen wir in Möllers Haus.« Er drehte sich auf dem Stuhl zu Eva. »Besorgst du uns den Mitschnitt des Notrufs? Dann fahren wir alle gemeinsam dorthin.«

»Scheiß auf den Feierabend«, murmelte Mike, stand auf und bestätigte: »Also gut. Je früher wir dort sind, umso früher kommen wir ins Bett.«

»Sie gehen um neunzehn Uhr schlafen?« Ruben wirkte ernsthaft irritiert.

»Nein, aber ich habe gerne noch etwas Freizeit davor«, lautete Mikes leicht pampige Antwort.

Eva konnte sich ihr Schmunzeln nicht verkneifen, sah Mike an und erklärte: »Da hast du ja Glück, dass wir gleich loskönnen. Die Audiodatei des Notrufs ist längst der elektronischen Ermittlungsakte beigefügt.«

24

Mike wartete, bis Eva mit dem Kleinbus die Schranke von Nürnbergs Hauptpräsidium passiert hatte, dann drehte er sich zu Ruben um, der freiwillig hinten eingestiegen war.

Der Kollege wirkte wie immer etwas abwesend, trotzdem fragte ihn Mike: »Wie war es eigentlich bei diesem Apotheker? Was hast du ... haben Sie für einen Eindruck von Herrn Pohl und seiner Familie?«

Ruben sah ihn unverwandt an. »Sie können ruhig weiterhin Du sagen. Das Sie ist, was dich betrifft, ja nur mir lieber.«

»Geht's noch komplizierter?«, fragte Eva leicht genervt dazwischen.

»Ja, ich meine, nein«, erwiderte Ruben, kam aber sofort zurück zur Sache und erklärte: »Herrn Pohls Familie kenne ich nicht, die sind offenbar für ein paar Tage verreist. Was ihn selbst angeht, passen da ein paar Kleinigkeiten nicht zusammen.«

»Bezüglich des Unfalls?«, erkundigte sich Mike verwundert.

»Nein, da scheint er die Wahrheit zu sagen. Er ist auch bei meiner Befragung nicht von der ersten Version abgewichen. Ich meine eher sein Verhalten im Allgemeinen. Sie haben ihn doch schon persönlich getroffen, oder?«

Mike deutete ein Nicken an: »Ja, kurz nach dem Unfall in der Klinik. Ich habe ihn und seine Tochter dort direkt vernommen.«

»Gärtner?«

»Was Gärtner?« Mike war sich nicht sicher, ob er mit Hattingers Art klarkam.

Dieser kniff kurz die Augen zusammen. »Entschuldigung, meine Gedanken waren schneller als der Mund. Ich meine … würden Sie dem Mann zutrauen, dass er seinen Garten selbst pflegt?«

Mike dachte kurz an sein Treffen mit Pohl zurück. Guter Anzug, autoritäres Auftreten und die Art, wie er sich bewegte, deuteten eher auf Sport als auf körperliche Arbeit hin. Trotzdem würde er sich zu weit aus dem Fenster lehnen, wenn er dem Apotheker Begeisterung für Gartenarbeit absprechen würde. Daher antwortete er wahrheitsgemäß: »Kann ich nicht sagen. Ich meine, man sieht einem Menschen doch nicht an, ob er gerne in der Erde wühlt oder nicht.«

Ruben nahm das Gehörte zur Kenntnis. »Das stimmt. Zumindest nicht, wenn man ihm in einem Krankenhaus begegnet. Aber als ich dort ankam, stand eine Schubkarre im Garten herum und der Mann behauptete, gerade Erde vom Komposthaufen geholt zu haben. Doch weder seine Kleidung noch seine Hände waren schmutzig. Und auch die Schubkarre sah nicht danach aus, als wäre sie gerade im Garten benutzt worden. Hinzu kommt, dass ich mich ganz gut mit Gartenpflege auskenne und daher einschätzen kann, dass dieser Garten mit Sicherheit von einem Profi gepflegt wird.«

»Und das heißt jetzt?«, fragte Mike. »Willst du damit sagen, dass Pohl eine Leiche mit der Schubkarre herumgefahren hat?«

»Würde zu dem Kartoffelsack passen.«

Mike blickte nicht mehr durch. »Was hat jetzt ein Kartoffelsack mit dem Ganzen zu tun?«

Ruben blieb komplett sachlich. »Der lag innen, neben der Gartentür.«

»Aha.« Mike konnte nicht mehr ernst bleiben. »Also hat der Apotheker jemandem einen Kartoffelsack über den Kopf gezogen und ihn dann mit der Schubkarre herumgefahren.« Und bestärkt von Evas leisem Kichern fügte er hinzu: »Soll ich den zuständigen Richter anrufen und ihm das als Begründung für eine Hausdurchsuchung vorschlagen?« Zu seinem Erstaunen blieb Ruben weiterhin völlig in seiner Rolle und dachte anstelle einer Antwort laut: »Irgendetwas stimmt mit dem Mann nicht.« Damit zog er ein Notizbüchlein aus der Jackentasche und notierte sich etwas.

Mike beließ es dabei und fünf Minuten später teilte ihnen das Navi mit, dass sie das Ziel erreicht hatten.

Nach der rüstigen Nachbarin von Friedrich Möller mussten sie nicht lange suchen. Offenbar genügte ein parkendes Auto, um diese aus dem Haus zu locken. Und als alle drei ausgestiegen waren und die Straße in ihre Richtung überquerten, gab es für die Alte kein Halten mehr. Natürlich lief sie ihnen nicht direkt entgegen, das verbot ihr der Stolz, aber die Neugierde trieb sie zum Zaun ihres Vorgartens. Dort versuchte sie einen möglichst neutralen Gesichtsausdruck und erklärte wie nebenbei: »Herr Möller ist noch nicht zurück. Also … na ja … ich habe ihn zumindest nicht zurückkommen sehen.«

Die drei blieben stehen. Mike kannte solche Menschen nur zu gut. Für die Polizei waren sie wichtige Hinweisgeber, doch als Nachbarn konnten sie die Hölle sein. Sein Blick erfasste das Klingelschild außen am Gartentürchen des gepflegten und nicht gerade ärmlichen Anwesens. »Guten Abend, Frau Trausitz, immer noch bei der Gartenarbeit?«

Die Frau strahlte über so viel persönliche Ansprache. »Ach ja, was will man machen. Der Garten braucht viel Zuwendung.« Ruben ging weniger sensibel an die Sache heran. Er musterte erst den Garten, anschließend die alte Frau und erklärte schließlich: »Warum gibt heute jeder vor, ein guter Gärtner zu sein?«

»Wie meinen Sie das?« Ihre Augen verengten sich misstrauisch.

Ruben sah ihr ins Gesicht. »Ihre Hände sind noch sauberer als Ihre Gartenschuhe, und da das abgeschnittene Gras noch grün am Boden liegt, wurde der Rasen gerade erst gemäht. Allerdings nicht von Ihnen, sondern ...« Ruben nickte zu einem Mann, der ein Stück weiter gerade seinen Rasenmäher auf einen Autoanhänger hob: »... sondern von Ihrem Gärtner.«

»Viel Arbeit macht der Garten trotzdem.« Die Frau wirkte verlegen.

»Und er ist wunderschön!« Eva drängte sich zwischen die beiden Platzhirsche. Sie schenkte der Frau ein Lächeln und bat: »Wir bräuchten kurz Ihre Hilfe. Sie haben doch sicher ab und zu mit Herrn Möller von gegenüber gesprochen. Oder?«

Frau Trausitz nickte mit einem vorsichtigen Blick zu Ruben. »Ja, schon. Warum?«

»Nun.« Eva hielt ihr Handy hoch. »Wir haben hier einen Anruf, besser gesagt einen Notruf, und müssen wissen, ob es die Stimme Ihres Nachbarn ist. Allerdings ...«

»Ja«, drängte die Alte nun aufgeregt.

»... allerdings müssen wir uns darauf verlassen können, dass Sie die Angelegenheit streng vertraulich behandeln.«

»Auf jeden Fall«, bestätigte die Frau eifrig.

Nun war es Mike, der einen kleinen Schritt näher an den Zaun ging und klare Worte fand: »Frau Trausitz. Das hier ist kein Spiel. Wir müssen uns wirklich darauf verlassen können. Egal wie gerne Sie mit Ihren anderen Nachbarn plaudern. Sollte der Notruf von Ihrem Nachbarn sein, schwebt dieser in Gefahr. Der zuständige Richter versteht bei solchen Sachen keinen Spaß!«

Nun schluckte die Alte, wobei ihr ein wenig Enttäuschung anzusehen war. Vermutlich hatte sie sich schon darauf gefreut, etwas zu wissen, was ihre Freundinnen brennend interessieren würde. Trotzdem presste sie ein »Versprochen« heraus.

»Sehr schön«, bemerkte Eva überfreundlich. Sie stellte ihr Handy auf laut, sah sich um, ging bis ganz an den hüfthohen Zaun und bat: »Bitte gut zuhören.«

Frau Trausitz neigte den Kopf etwas zur Seite, hörte sich die Aufnahme an und schlug dann die Hand vor den Mund.

Eva gab ihr einige Sekunden. »Und? Haben Sie die Stimme erkannt?«

Die Alte murmelte fassungslos: »Ist das echt? Oh Gott, der arme Mann.«

»Frau Trausitz«, mahnte Ruben ungeduldig. »Ist es die Stimme Ihres Nachbarn oder nicht?«

»Ja ... ja, das ist Herr Möller. Ganz sicher!«

Mike wartete nicht noch mehr emotionale Reaktionen ab. Er zog nun seinerseits sein Handy aus der Tasche und wählte die Nummer der diensthabenden Richterin.

Eva bedankte sich bei der Frau, natürlich nicht, ohne sie noch einmal bezüglich der Verschwiegenheit zu ermahnen, und folgte mit Ruben ihrem Kollegen auf die andere Straßenseite. Dort warteten sie, bis Mike das Telefonat beendet hatte. »Wie sieht es aus?«, fragte Eva.

»Geht in Ordnung. Wir bekommen den Durchsuchungs-beschluss in den nächsten Minuten per Mail. Ihr könnt euren Kollegen Schober anrufen.«

Mike warf noch einen Blick auf das gut gesicherte Anwesen von Friedrich Möller und fügte hinzu: »Allerdings werden wir, um da reinzukommen, auch ein paar Spezialisten von der Technik brauchen. Aber das regle ich. Sagt Schober, er soll sich umgehend bei der SpuSi im Präsidium melden, die nehmen ihn dann mit hierher.« Mit diesen Worten wählte er eine andere Nummer und erklärte seinen Kollegen am anderen Ende der Leitung, worum es ging.

25

»Nicht schreien … nicht schreien.« Sam klopfte sich mit beiden Händen auf die Ohren. Begann, den Kopf wie wild hin und her zu werfen, wobei aus dem Wort »schreien« nun selbst ein lang gezogener Schrei wurde.

Finn störte das erst einmal nicht. In seinem Kopf liefen ganz andere Filme. Dieses Mal nicht wegen irgendwelcher Drogen, sondern wegen der Erkenntnis, dass er Mist gebaut hatte. Etwas Crack war zwar auch noch im Spiel, doch das hinderte ihn höchstens daran, endlich einen Plan zu entwickeln.

Er lief ein weiteres Mal über den uralten Wohnzimmerteppich, dessen Muster ihn wie so oft auf einen üblen Trip schickte. Bunte Kreise … wer zur Hölle legte sich einen Teppich mit bunten Kreisen in sein Wohnzimmer? Finn hatte seine Großeltern geliebt, aber das ging gar nicht!

An der Wand angekommen, schlug er wieder mit der Faust gegen den Putz, wobei er fluchend brüllte: »Warum hat sie mir nicht vorher gesagt, was sie vorhat? Sie muss doch mit mir reden.« Seine Stimme kippte ins Weinerliche. Er wischte sich einen Spuckefaden aus dem Mundwinkel und wiederholte dann leiser: »Sie muss doch mit mir reden.«

»Irene gute Frau«, versuchte Sam, ihn von seinem Rollstuhl aus zu beruhigen. »Irene lieb.«

Finn sah zu seinem Bruder, dem die Angst ins Gesicht geschrieben stand. Doch glücklicherweise war Sam dumm genug, nur Angst vor seinem Gebrüll und nicht vor seinem fatalen Fehler zu haben. Welche Konsequenzen es haben konnte, wenn dieser Friedrich Möller noch einmal zu Bewusstsein kommen sollte, ahnte er zum Glück nicht.

Sie hätte es mir sagen müssen, ging es ihm ein weiteres Mal durch den Kopf. Er war natürlich davon ausgegangen, dass es wie vorher auch laufen sollte. Wie hätte er denn ahnen können, dass sie andere Pläne für diesen Möller hatte? Für ihn war von Anfang an klar gewesen, dass er am Ende sterben würde.

Und jetzt? Ihre erste Anweisung war klar gewesen. *Verpasst ihm die Verzierung als Zeichen eines Sünders und dann sage ich euch, wie es weitergeht.*

Und auch ihre zweite Anweisung war eindeutig gewesen. *Spritzt ihm das Mittel und setzt ihn dann mit einem Sack über dem Kopf vor das Grundstück. Außerdem müsst ihr das andere Mittel und den Zettel an dem Mann befestigen. Auch das ist wichtig!*

Ohne die Drogen in seinem Blut wäre ihm sein Fehler wahrscheinlich noch rechtzeitig aufgefallen. So war ihm der Gedanke erst gekommen, als er langsam wieder etwas nüchterner wurde. Dieser verdammte Arsch kannte sein und Sams Gesicht. Sie hatten es ihm unten im Keller gezeigt. Einfach weil er davon ausgegangen war, dass dieser Idiot eh sterben würde.

Finn versuchte, sich zu beruhigen, was nicht so einfach war. Denn da war ja auch noch dieser Notruf. Als er Möller in der Küche erwischt hatte, hatte dieser gerade seinen Namen durchgegeben. Was für eine Scheiße!

Bisher hatte er es noch nicht gewagt, Irene etwas davon zu erzählen. Sie war streng … sehr streng, was solche Fehler anging. Und sosehr er es liebte, an ihrer Brust zu liegen, so sehr fürchtete er sich vor ihren Wutausbrüchen.

Das Einzige, was ihn etwas beruhigte, war der Umstand, dass noch keine Polizei aufgetaucht war. Möllers Anruf war jetzt einige Zeit her und nichts war passiert.

Finn ging, um sich selbst zu beruhigen, zu einem der schmutzigen Fenster des alten Bauernhauses. Er zog die selbst genähten und inzwischen total vergilbten Vorhänge seiner Oma zur Seite und blickte hinaus.

Am Rand des Waldes auf dem Hügel, der sich ein Stück hinter dem Haus erhob, war nichts zu sehen. Oder doch? Die bereits fortgeschrittene Dämmerung machte es schwer, Details zu erkennen. Finns Herz setzte kurz aus. Da war tatsächlich eine Bewegung zwischen den noch jungen Laubbäumen, die er im zarten Alter von zwölf mit seinem Opa gepflanzt hatte. Er kniff die Augen zusammen, hielt die Luft an und da war es wieder. Etwas bewegte die Äste. Was, wenn sich dort oben ein Spezialkommando verschanzt hatte?

Er hörte hinter sich, wie Sam angerollt kam, ebenfalls neugierig aus dem Fenster sah und fragte: »Wasch ist da ... will auch sehen.«

Im selben Moment trat ein Reh aus dem Unterholz. Finn atmete hörbar aus, ließ seinen Blick noch über die verwilderte Wiese schweifen und wandte sich anschließend an Sam. »Nichts, Bruderherz. Da ist nichts als beschissene Natur.«

»Natur nicht beschissen«, beschwerte sich dieser. »Oma gerne in der Natur. Oma zeigt Sam alles.«

»Ja, Sam«, erwiderte Finn leicht genervt und murmelte: »Oma ist jetzt aber bei den Würmern.«

Sam hätte den Nachsatz nicht hören sollen und Finn ärgerte sich über sich selbst. Was nun folgte, war ein klägliches Jammern, das wie immer lange anhalten würde. Sam zog den Rotz hoch, rollte in die einzige leere Ecke des Raumes und begann, der Wand zugewandt, mit dem Oberkörper vor- und zurückzuwippen.

Finn wurde das alles zu viel. Was er sonst mit Gewalt kompensierte, brauchte jetzt, in Ermangelung eines Opfers, ein anderes Ventil. Er ging runter in den Keller, setzte sich mit dem Rücken an die kalte Backsteinwand, legte sein Gesicht auf die Knie und begann, leise zu weinen. Die erfolgreiche Entsorgung dieser jungen Frau hatte ihm noch ein Hochgefühl verschafft. Sein doppeltes Versagen bei Möller brachte ihn wieder nach ganz unten.

Wie gerne hätte er sich jetzt mit etwas Crack abgeschossen, doch Irenes Einstellung dazu war klar. Entweder Drogen oder Liebe. Beides zusammen gab es nicht. Außerdem fuhr er viel zu oft stoned mit dem Transporter herum, was ein gewaltiges Risiko war. Sollte man ihn so anhalten, würden ihm auch Irenes Kontakte nichts mehr nützen. Seine Vorstrafen sprachen Bände, und dass er überhaupt noch einen Führerschein hatte, grenzte an ein Wunder.

»Finnilein?«

Er schreckte hoch. *Wie lange saß er schon in diesem Keller?*

»Finn ... schon dunkel«, drang Sams verunsicherte Stimme von oben zu ihm.

Er rieb sich die Augen, schluckte den schlechten Geschmack herunter und rief halbherzig: »Komme gleich.«

Danach stemmte er sich hoch und warf noch einen letzten Blick auf den umgebauten Tisch. Möllers Gerüche hingen noch in der Luft ... er mochte sie nicht. Was er wollte, war eher weiblicher Natur. Sanfte Haut und dieser leicht süßliche Geruch, den einige Frauen verströmten. Diese Nina war nichts gewesen, aber vielleicht stand auf Irenes Liste noch eine, mit der nicht nur Sam seinen Spaß haben konnte.

Er stieg die Treppe nach oben und versuchte dabei, die düsteren Gedanken im Keller zu lassen.

Sams Trauer über den Spruch, dass Oma bei den Würmern sei, war völlig verflogen. Jetzt freute sich sein Bruder einfach nur auf das Treffen mit Irene und er konnte es ihm nicht verdenken. Die alte Frau war der einzige sexuelle Kontakt, den Sam zulassen konnte. Finn war noch nicht dahintergekommen warum, aber alle Personen, die sie in diesem Keller gehabt hatten, waren für seinen Bruder einfach nur wie eine Leinwand gewesen.

26

Johann mochte, ja, brauchte klare Strukturen. Egal ob in seinen Apotheken, in der Familie oder bei seiner Leidenschaft. Alles, was heute passiert war, war dagegen chaotisch. Nichts davon hatte er kommen sehen und nichts davon passte in sein Leben. Weder der tote Möller in seinem Schuppen noch dieser neue aufmerksame Polizeibeamte und schon gar nicht die Tatsache, dass irgendjemand wusste, welche Wünsche er sich und anderen erfüllte.

Und genau das war die zentrale Frage. Wer zur Hölle wusste so viel von ihm? Denn selbst wenn ihm ein neugieriger Angehöriger auf die Schliche gekommen wäre, könnte dieser nie und nimmer auf alles andere schließen. Außerdem wäre ein normaler Mensch kaum dazu fähig, Nina Hoffmann vor ein fahrendes Auto zu schubsen oder Möller derart zuzurichten.

Johann schenkte sich ein Glas Milch ein, trat hinaus auf die Terrasse und starrte eine Weile auf den blassen Halbmond. Er wusste, dass er jetzt Prioritäten setzen musste. Seine Familie würde bald zurückkommen und das würde alles nur noch schwerer machen. Trotzdem sträubte sich alles in ihm bei dem Gedanken an diesen Kadaver, der in seinem Schuppen lag.

Die kalte Milch erinnerte ihn an blasse kühle Haut. Er seufzte, trank das Glas in einem Zug leer und rief Paulus zurück ins Haus.

Sein erster Gedanke war Schwefelsäure, dann kamen ihm die Bilder aus der Serie »Breaking Bad« in den Sinn. Außerdem war es selbst für einen Apotheker schwer, das Zeug in ausreichender Menge zu organisieren.

Blieben nur noch zwei Varianten. Entweder er legte Möller einfach irgendwo ab oder er vergrub ihn an einer geeigneten Stelle. Allerdings war die heutige Spurensicherung eine hoch qualifizierte Wissenschaft. Sollte er Möller einfach in den nächsten Graben werfen, müsste er dafür sorgen, dass nicht die winzigste Menge seiner DNA an ihm haftete. Blieb eigentlich nur noch Vergraben, denn Verbrennen war bei dieser extrem trockenen Witterung auch keine gute Idee.

Wieder kam ihm die Frage nach dem eigentlichen Täter in den Sinn. Und wieder musste diese Frage warten. Er hatte schon viel zu viel Zeit verschenkt.

Eine halbe Stunde und eine weitere Fahrt mit der Schubkarre später lag Möller in eine Malerplane gewickelt im Kofferraum seines Leihwagens. Sein Geruch war im wahrsten Sinne atemberaubend und Johann hoffte inständig, dass er diesen wieder aus dem Auto bekäme.

Noch während sein Finger auf den Startknopf drückte, fiel sein Blick auf sein Handy, das in dem Fach der Mittelkonsole lag. Johann schloss kurz die Augen, wobei er sich zur Ordnung rief. Schließlich war das nicht irgendeine Spazierfahrt, und wenn er nicht im Gefängnis enden wollte, sollte er alles, was er tat, genau überdenken.

Er nahm das Handy heraus, legte es in das einzige Regal der Garage neben den Fahrradhelm seines Sohnes und stieg wieder ein. Blieb nur das Navi. Ob es genügte, dieses einfach auszuschalten? Oder loggte das Ding trotzdem jede Tour mit? Ihm blieb keine Zeit, dies herauszufinden. Außerdem konnte er das später immer noch googeln. Also startete er den Motor, öffnete das Garagentor mit der Fernbedienung und lenkte den Wagen heraus.

Mangels Handy musste er am großen Tor noch einmal aussteigen und es mit dem Chip unter seiner Haut freigeben. Draußen wartete er, bis es sich wieder vollständig geschlossen hatte, und gab dann Gas, doch nur, um auf der Hälfte des Schotterwegs eine Vollbremsung hinzulegen.

Es war für einen winzigen Augenblick und nur im Augenwinkel zu erkennen gewesen. Doch Johann wusste, wie die Augen eines Tieres in der Nacht leuchteten. Und das, was er da hinter den Brombeerbüschen, die seine Zufahrt säumten, gesehen hatte, war kein Tier gewesen. Das Gesicht wurde genauso beleuchtet wie das seiner Tochter, wenn sie im Dunkeln auf ihr Handy blickte.

Sein Wagen kam zum Stehen, er sprang heraus und rannte die zwanzig Meter zurück. Direkt durch die dornigen Büsche zu gehen würde ihm die Haut zerfetzen, und die nächste Möglichkeit, in den Wald zu kommen, war zu weit weg. Johann blieb stehen, schaffte es als Sportler, seinen Atem flach zu halten, und lauschte in das Dunkel des Waldes hinein. Einige Augenblicke lang passierte nichts, dann knackte ein Ast und schließlich sah er sogar, wie die Silhouette eines Menschen zwischen den Stämmen der hohen Fichten verschwand.

Polizei?, ging es ihm durch den Kopf. Aber das war Unsinn. Die setzten mit Sicherheit keinen Beamten ins Unterholz. Es musste derjenige sein, der ihm Möller vor die Tür gelegt hatte. Wie schon in dessen Begleitbrief stand, gab es genau zwei Möglichkeiten, was er mit ihm tun konnte. Und wer auch immer ihn bedrohte, wollte sicher wissen, wie er sich entschieden hatte.

»Fuck«, fluchte Johann leise. Er musste diese Sache unter Kontrolle bringen. Eine Mischung aus Angst, Wut und den selbst in der Nacht zu hohen Temperaturen trieb ihm den Schweiß auf die Stirn. Er ging zurück zum Wagen, setzte sich hinein und dachte kurz nach. Eigentlich wäre er am liebsten zurück zu seinem Haus gefahren, aber bevor er irgendetwas anderes tun konnte, musste er auf jeden Fall die Leiche loswerden. Also blieb ihm nichts anderes übrig, als darauf zu vertrauen, dass seine Hausüberwachungsanlage diesen Menschen draußen hielt. Mit einem weiteren Blick in den Wald murmelte er: »Ich krieg dich, du Schwein.« Dann trat er aufs Gas und bog an der Landstraße in Richtung Rothsee ab.

Obwohl er genügend Zeit hatte, war er mit seinem Plan, Möller einfach im Wald zu verscharren, unzufrieden. Schließlich gab es in der Presse immer wieder Berichte darüber, dass irgendwelche Hunde Leichen aufstöberten.

Ein paar Kilometer weiter flog die Lösung quasi an der Seitenscheibe vorbei. Die große Wildtieranlage war ein beliebtes Ausflugsziel. Neben einigen Wildschweingehegen gab es auch eine große umzäunte Freifläche für Rehe. Johann warf einen Blick in den Rückspiegel, bremste den Porsche Cayenne herunter und fuhr in den nächsten Waldweg. Dort schaltete er das Licht aus und dachte kurz nach.

Die Wildschweingehege schieden aus. Die Tiere würden die Leiche sicher ausgraben und außerdem wäre es viel zu gefährlich, dort einzudringen. Aber das Rehgehege war perfekt. Durch den Zaun konnte kein Hund auf das Gelände, und über eine frisch aufgegrabene Stelle, weit weg von der Seite, auf der die Besucher entlanggingen, würde sich ebenfalls niemand wundern.

Da er das Navi nicht starten konnte und sein Handy nicht dabeihatte, musste er sich auf seinen Orientierungssinn verlassen. An der Zufahrt zu der Anlage und dem Parkplatz war er bereits vorbeigefahren. Allerdings konnte er es sowieso nicht wagen, sich den Gehegen von dieser Seite zu nähern. Er musste die Waldwege zur Rückseite des Geländes finden.

Ohne die Scheinwerfer kam er nur im Schritttempo voran. Immer wieder kratzten Äste über den Lack, was ihm sein Autohändler sicherlich in Rechnung stellen würde. Zweimal musste er rückwärtsfahren, da sich die Waldwege als Sackgassen herausstellten. Dann fand er einen Forstweg, der kurz vor dem Zaun des Geheges endete.

Johann stieg aus, ging einige Schritte am Zaun entlang und entdeckte eine geeignete Stelle. Anschließend holte er den Wagenheber und stemmte damit eine der Stangen, die das Drahtgeflecht hielten, aus dem Boden. Der kleinen Herde Rotwild war sein Tun nicht entgangen. Der Leithirsch hob seinen Kopf und trottete entlang eines schmalen Baches, der durch das Gehege floss, davon. Die Herde folgte ihm; die Tiere querten den Bach, formierten sich auf der anderen Seite zu einer geschlossenen Gruppe und ließen ihn in Ruhe arbeiten. Johann wählte eine Stelle hinter schützenden Bäumen.

Mit dem mitgebrachten Spaten kam er allerdings nicht weit. Glücklicherweise hatte er auch noch die Spitzhacke seines Gärtners mitgenommen. Folglich zwängte er sich erneut durch den Zaun, ging zum Porsche und öffnete den Kofferraum. Der Gestank war mehr als widerwärtig und selbst die Plastikfolie konnte ihn nicht mildern. Bei dem Gedanken, Möller nachher auch noch auswickeln zu müssen, verließ alles, was er heute gegessen und getrunken hatte, seinen Magen. Danach wischte er sich angewidert mit dem Unterarm über den Mund, griff sich die Hacke und ging zurück ins Gehege.

Um drei Uhr morgens war es endlich vollbracht und die Grube tief genug. Nun folgte der schlimmste Teil dieser Aktion. Johann war durchaus gut trainiert, doch an Möller drohte er zu scheitern. Er schaffte es gerade so, ihn über die Kante des Kofferraums zu zerren, danach fiel der langsam erstarrende Körper zu Boden. Eigentlich hatte er ihn tragen wollen, was sich jedoch als unmöglich herausstellte. Mithilfe der Plastikplane ließ sich der Mann aber ganz gut über den Waldboden ziehen. Einzig an der Engstelle des Zaunes scheiterte er beinahe. Doch schließlich war auch das geschafft und der stinkende Möller lag neben seinem Grab. Johann gönnte sich ein paar Sekunden Pause.

Das Brechen eines Zweiges jenseits des Zaunes klang in der nächtlichen Stille wie ein Schuss. Er wirbelte herum, sah die reflektierenden Rücklichter des Porsche zwischen den Bäumen und wie sich ein Stück daneben der Ast eines kleinen Laubbaums unnatürlich stark bewegte. Am Wind konnte es nicht liegen, denn mehr als ein laues Lüftchen ging nicht.

War es nur Einbildung? Keine fünf Sekunden später war abgesehen von den Schreien eines Uhus nichts mehr zu hören und der Ast stand ebenfalls still.

Johann hatte keine Wahl, er musste das jetzt zu Ende bringen. Außerdem war er ziemlich sicher, dass ihm vorhin kein Auto gefolgt war.

Er sah noch einmal angestrengt in den Wald, hielt die Luft an und packte Möller mit einem beherzten Zug an der Plane aus. Der Mann rollte mit einem leisen Aufschlag in die Grube, von wo er Johann mit toten Augen entgegenblickte.

Der freigesetzte Gestank nach Kot und Urin war absolut unerträglich. Also beeilte er sich, einige Schippen von dem Erdhaufen auf die Leiche zu werfen.

Johann kam erst kurz vor Sonnenaufgang zur Ruhe. Er war nach der Aktion im Tiergehege noch nach Nürnberg in seine Apotheke gefahren. Dort hatte er sich einige Flaschen Natriumhypochlorit geholt, das im medizinischen Bereich zur Desinfektion eingesetzt wurde und DNA-Spuren ziemlich vollständig zerstörte.

Wieder zurück in seinem Haus, behandelte er alle Flächen und Gegenstände, mit denen Friedrich Möller in Kontakt gekommen war, mit dem Mittel. Anschließend sprühte er noch den Kofferraum damit aus, ließ diesen offen stehen und schloss das Garagentor.

Eine Dusche später lag Johann endlich im Bett und lauschte den friedlichen Atemzügen seines Hundes, dem all das ziemlich egal war.

Irgendwann fielen auch ihm die Augen zu, was sein Gehirn dazu nutzte, die Geschehnisse in wirklich bösen Albträumen zu verarbeiten.

27

»Sie haben einen Schlüssel?« Ruben sah zu, wie Mike Köstner ganz selbstverständlich die Tür hinter sich ins Schloss drückte. Er kam in den Wohnbereich des Einfamilienhauses, in dem sonst gefährdete Zeugen untergebracht wurden. Dort legte er eine Papiertüte mit der Aufschrift eines Bäckers auf den Tisch, murmelte ein knappes »Morgen« und fragte mit einem Fingerzeig zur Kaffeemaschine: »Hat schon jemand Kapseln gekauft?«

Ruben sah ihn an, schüttelte schließlich den Kopf und erklärte: »Wir haben uns gestern Abend um einundzwanzig Uhr getrennt. Wann und wo hätten wir noch etwas einkaufen sollen?«

Sein Kollege deutete auf zwei leere Bierflaschen, die ebenfalls auf der Arbeitsplatte standen. »Dafür hat es doch auch gereicht.«

»Da hat Schober so seine Prioritäten und Bier gibt es im Gegensatz zu Kaffeekapseln in Tankstellen«, erwiderte Ruben. »Haben Sie schon den Bericht Ihrer KTU? Wurden im Haus von Friedrich Möller nützliche Hinweise gefunden?«

Mike lehnte sich an den schmalen Tresen, der die Küche vom Wohnbereich trennte, gähnte herzhaft und tippte auf seine

Armbanduhr. »Bei allem Respekt für Ihren Eifer, aber es ist gerade einmal acht Uhr morgens. Ich war weder im Büro noch habe ich irgendwelche Berichte gelesen.«

Weiter hinten in dem Flur, der die restlichen Zimmer verband, öffnete sich eine Tür. Eva trat, nur in ein großes Duschhandtuch gewickelt, heraus und sah zu ihnen herüber. Als sie Mike erkannte, setzte sie ein Lächeln auf und rief: »Guten Morgen. Rieche ich da frische Brötchen?«

»Ja, aber leider frische trockene Brötchen«, gab Mike mürrisch zurück. »Wenn ich gewusst hätte, dass es hier noch nicht einmal Kaffee gibt, hätte ich woanders gefrühstückt.«

»Müsli«, schlug Ruben vor. »Milch und Müsli habe ich, neben ein paar Teebeuteln, immer dabei.« Er war die mitleidigen Blicke gewohnt, nahm seine bereits leere Schale und fügte, als sonst keine Reaktion kam, hinzu: »Dann eben nicht.« Nachdem er die Schale in den Geschirrspüler gestellt hatte, bat er Mike um die Nummer der hiesigen Kriminaltechnik.

Das Gespräch dauerte aufgrund seiner vielen Fragen fast eine halbe Stunde, wobei er sich immer wieder Notizen machte. Danach legte er auf und fragte Mike, der in der geöffneten Terrassentür eine Zigarette rauchte: »Also, wie wollen wir weitermachen? Haben Sie einen Ansatz?«

»Ich würde immer noch mit einer Tasse Kaffee beginnen«, murrte Mike, bevor er ernster wurde. »Haben die in Möllers Haus etwas Verwertbares gefunden?«

»Nichts Offensichtliches. Daher würde ich mir selbst gerne noch einmal einen Eindruck verschaffen.«

»Um was zu finden?«

»Um einen Zugang zu Möllers Persönlichkeit zu bekommen. Das Gleiche gilt im Übrigen für Nina Hoffmann. Auch ihre Wohnung würde ich mir gerne einmal ansehen. Falls beide Opfer desselben Täters sein sollten, muss es irgendwo eine Schnittmenge geben.«

»Sehe ich auch so.« Mike drückte die Kippe in einen Aschenbecher im Siebzigerjahre-Stil. Dann sah er an Ruben vorbei zu Eva, die gerade die letzten Reste einer Salbe auf ihrer Gesichtsnarbe verteilte, und fragte: »Und wie sieht es bei dir aus? Erst Kaffee oder gleich Ermittlungen?«

Eva blickte unsicher zwischen den beiden Männern hin und her und schlug schließlich diplomatisch vor: »Wie wäre es mit einem Kaffee to go? Gibt es so etwas hier in der Nähe?«

Schober war am Vorabend erst um kurz vor Mitternacht in die Unterkunft zurückgekehrt und bestand auf noch ein wenig Schönheitsschlaf. Dass Ruben ziemlich unverfroren in sein Zimmer geplatzt war, beförderte nicht gerade seine Auskunftsfreude zu den Erkenntnissen des letzten Abends in Möllers Haus.

Er murmelte nur: »Kein Hinweis auf dessen Verbleib«, drehte sich auf die andere Seite und schlief weiter.

Ruben hatte darauf bestanden, dass sich seine Kollegen einen Mehrwegbecher kauften. So kämpfte Eva nun mit der unsinnig gestalteten Trinköffnung ihrer neuen Alutasse, während Mike den Dienstwagen durch Nürnberg steuerte. Von dem Haus in der Nähe des Tiergartens brauchten sie nur zehn Minuten bis zu einer von Nürnbergs Bausünden.

Der Hochhauskomplex stand direkt neben dem schön angelegten Wöhrder See. Dort fuhr Mike auf den Parkplatz, stellte sich mangels freier Plätze auf einen Grünstreifen und erklärte an Ruben gewandt: »Ich würde sagen, wir beginnen mit Nina Hoffmanns Wohnung. Sonst müssten wir kreuz und quer durch die Stadt fahren.«

Ruben nickte. »Kein Problem«, sagte er und stieg aus. Draußen ließ er seinen Blick über die weiße Fassade der Hochhäuser streifen, wobei er mehr für sich selbst feststellte: »Was für ein Kontrast zu Möllers Haus.«

Eva ließ ihren Chef seine Eindrücke sammeln und fragte stattdessen an Mike gewandt: »Wo wohnst du eigentlich?« Dann kniff sie kurz die Lippen zusammen, deutete mit dem Finger auf ihn und sagte: »Warte ... ich glaube, du bist ein Stadtmensch. Du brauchst ein wenig Leben um dich herum und eine Stammkneipe wäre auch nicht schlecht.«

Während sie auf den Eingang des Hochhauses zugingen, schenkte ihr Mike ein verschwörerisches Lächeln, antwortete aber mit einer Gegenfrage: »Hat er dir das beigebracht?«

»Menschen einzuschätzen? Ja, da kann man von Ruben einiges lernen. Wichtig ist der zweite Blick, bei dem man das Offensichtliche ausblendet.«

»Weiß ich«, gab Mike gedehnt zurück, blieb kurz stehen, sah ihr in die Augen und riet nun seinerseits: »Ich glaube, wir sind uns da ziemlich ähnlich. Wenn ich dich richtig einschätze, brauchst du eine Mischung aus Menschen, Natur und auch der Spaß sollte nicht fehlen. In der Großstadt kann ich mir dich nicht vorstellen, aber auf einem Bauernhof auch nicht.«

»Geschickte Taktik«, mischte sich nun Ruben ein, den beide für einen Augenblick unbeachtet gelassen hatten.

Eva legte ihre Stirn und damit auch ihre Narbe in Falten: »Was für eine Taktik?«

»Na, unser geschätzter Kollege hat deine Frage dafür genutzt, um mehr über dich zu erfahren. Und das, ohne selbst etwas preiszugeben.«

»Und unser geschätzter Herr Hattinger mischt sich ungefragt in eine Unterhaltung ein«, erwiderte Mike leicht verärgert, aber mit einem Augenzwinkern in Richtung Eva.

»Puh.« Nachdem sie im achten Stockwerk aus dem Fahrstuhl gestiegen waren, rümpfte Eva die Nase. »Was zur Hölle kochen die hier?«

»Katze«, schlug Mike vor, doch Ruben deutete ein Kopfschütteln an. Er blieb stehen, sog die Luft langsam durch die Nase und erklärte: »Pansen.« Es folgte ein weiterer Atemzug. »Ja, eindeutig Pansen.«

»Vom Schwein?«

Ruben sah Mike strafend an. »Nur wenn Sie ein Schwein kennen, das wiederkäut. Pansen ist ein Verdauungsorgan von Wiederkäuern, also wohl eher von der Kuh.«

Mike ging nicht darauf ein, blieb vor der Tür stehen, die er selbst mit einem polizeilichen Klebestreifen versiegelt hatte, und zog den Schlüssel aus der Tasche. Dann drückte er die Tür nach innen auf und machte eine einladende Geste: »Nach euch.«

Ruben blickte über die Schulter zu Eva und bat: »Bleib bitte erst einmal hinter mir.«

Sein erster Eindruck war, dass sich die junge Frau, die hier wohnte, selbst aufgegeben hatte. Dem leidlichen Versuch, Ordnung zu halten, widersprach der Staub auf den Einrichtungsgegenständen. Kleidung, die nicht ständig benutzt wurde, hing und lag halbwegs ordentlich herum. Die tägliche Wäsche bedeckte dagegen alles, was als Ablage dienen konnte.

Ein Blick in die Singleküche bestätigte seinen Eindruck. Nina Hoffmann schien sich hauptsächlich von gesättigten Fettsäuren und alkoholischen Getränken ernährt zu haben. Die Spurensicherung hatte zwar alle verderblichen Lebensmittel entsorgt, doch die Verpackungen und Flaschen standen immer noch herum.

Es gab weder Bücher noch irgendwelche Erinnerungsstücke, wie sie bei den meisten Menschen herumstanden. Einzige Ausnahme war eine Fotografie mit einem schwarzen Band über einer Ecke.

»Ist die Spurensicherung hier schon fertig?«, fragte Ruben in Richtung Wohnungstür. Als ihm Mike dies bestätigte, nahm er das Bild in die Hand und warf einen Blick auf dessen Rückseite, wo in krakeliger Schrift und falscher Rechtschreibung stand: »Wier sehen uns im Himel kleiner Schatz.«

»Was hast du da?« Eva trat neben ihren Chef. »Uh … spricht nicht für gute Bildung.«

»Stimmt«, brummte Ruben, las den Satz laut und fragte: »Klingt irgendwie komisch. Fast wie ein geplanter Abschied.«

Mike war inzwischen ebenfalls dazugekommen. »Ist das nicht ein bisschen weit hergeholt? Außerdem ist das Kind laut Totenschein am plötzlichen Kindstod verstorben.«

»In welchem Alter?«

»Mit sieben Monaten.«

»Hm«, brummte Ruben erneut. »Das ist ziemlich unwahrscheinlich. Ich habe mich nach der Geburt meiner Tochter mit dem Thema befasst. Nach dem sechsten Lebensmonat passiert das nur noch sehr selten.«

»Ist trotzdem Spekulation«, warf Eva ein, die es wie Mike als etwas weit hergeholt ansah.

»Vielleicht«, entgegnete Ruben. »Wir sollten es aber im Hinterkopf behalten.« Damit stellte er das Bild erst einmal wieder zurück und ging zu dem einzigen Schrank der Wohnung. Wie zu erwarten herrschte auch dort Chaos. Ruben zog sich noch ein zweites Paar dünne Handschuhe über die, die er bereits anhatte, und begann, alte und meist kaputte Dinge herauszunehmen. Irgendwann stieß er auf eine Mappe mit der Aufschrift »Wichtige Dokumente«. Ein kurzer Blick hinein offenbarte Schulzeugnisse und Anträge auf Arbeitslosengeld. Ruben legte die Mappe neben das Bild, da er beides später mitnehmen wollte.

»Wissen wir eigentlich etwas über die Eltern oder andere Verwandte von Frau Hoffmann?«, fragte Eva, die ein wenig unschlüssig herumstand.

Ruben drehte sich zu seiner Kollegin. »Nein. Das heißt, ich habe versucht, sie zu kontaktieren, aber mein Anruf wurde mit den Worten ›Das ist nicht mehr unsere Tochter‹ abgewürgt. Sie war anscheinend das berühmte schwarze Schaf der Familie. Der Umstand, dass ich von der Polizei bin, schien den Vater weder zu verwundern noch zu beeindrucken.« Ruben wollte noch etwas hinzufügen, als von draußen jemand »Nina, bist du da?« durch die offene Tür rief.

28

Mike sah zu, wie Ruben die wenigen Meter bis zur Tür ging. Draußen gab es ein kurzes Wortgefecht, gefolgt von einem Schmerzensschrei und Stöhnen. Kurz darauf kam sein Kollege mit einem jungen Mann im Polizeigriff wieder zurück. Ruben setzte den Kerl auf einen der beiden Stühle an den winzigen Esstisch und stellte sich so neben ihn, dass er unmöglich flüchten konnte.

»Was wollt ihr Spackos?« war der erste Satz des Typen, was schon viel über seinen Intellekt aussagte. Mike und Eva traten ebenfalls an den Tisch, wobei Mike seine Marke aus der Hosentasche zog, vor ihm auf den Tisch knallte und erklärte: »Wir Spackos sind von der Polizei, und da Sie da draußen offenbar Widerstand geleistet haben, bleiben Ihnen jetzt zwei Optionen. Entweder Sie unterhalten sich ein bisschen mit uns oder wir nehmen Sie gleich mit aufs Revier, wo wir eine Anzeige wegen Widerstand gegen die Staatsgewalt aufnehmen.«

Aus der Nähe betrachtet war der junge Mann gerade erst erwachsen geworden, sah aber jetzt schon ziemlich verbraucht aus. Auch sein glasiger Blick sprach Bände. Sein zugedröhnter Zustand hielt ihn jedoch nicht davon ab, »Scheißbullen« zu murmeln.

Während Mike noch zwischen pädagogisch einfühlsamer und harter Behandlung abwog, übernahm Ruben das Verhör. Er zog den zweiten Stuhl heran, nahm die darauf liegenden Kleidungsstücke von Nina Hoffmann und legte sie beinahe fürsorglich auf das Sofa. Dann setzte er sich schräg neben den Typen und bat: »Lassen Sie bitte die Hände auf dem Tisch. Wir möchten Ihnen nicht wehtun.«

Der junge Mann sah ihm kurz in die Augen und machte natürlich genau das Gegenteil. Doch noch bevor seine linke Hand die Kante des Tisches erreichte, wendete Ruben einen Griff an, den Mike noch nie gesehen hatte und der umgehend in einem Schmerzensschrei mündete.

Mike kannte seinen Kollegen noch zu wenig, hätte ihn aber ganz anders eingeschätzt. Der Mann wirkte zwar nicht immer wie ein Polizist, aber wenn es darauf ankam, wusste er eindeutig, was zu tun war. Und so stand der Typ keine zehn Sekunden später mit dem Gesicht zur nächsten Wand, während Ruben vorsichtig die Taschen seiner gammligen Jeans entleerte.

Drei Kondome ließen auf Prostitution schließen, zwei kleine Tütchen mit kristallähnlichem Inhalt auf Drogenprobleme und ein kleines Taschenmesser darauf, dass der Kerl im Zweifel bereit war, sich zu verteidigen.

Ruben reichte die Sachen Eva, die alles auf den Tisch legte. Danach folgten noch eine Ganzkörperkontrolle und ein Vortrag über seine Rechte.

Im Anschluss gab sich der junge Mann, der laut seines Ausweises Martin Dross hieß und vor zwei Monaten achtzehn geworden war, ein wenig kooperativer. Ruben nickte zum Tisch. »Brauchen wir Handschellen oder geht es dieses Mal ohne?«

Dross maulte zwar noch einmal etwas Unverständliches, deutete aber ein Nicken an und versprach: »Ist gut, Mann, geht ohne.«

Mike nahm auf der Sofalehne unweit des Esstischs Platz, sah den Jungen an, nickte zu dessen Sachen, die auf dem Tisch lagen, und fragte: »War Nina Hoffmann auf demselben Trip?«

»Ich weiß nichts von einem Trip«, gab sich Martin Dross bockig.

»Schon klar«, erwiderte Mike gelassen. »Aber Sie können mir glauben, dass ich schon lange genug Polizist bin und bereits viele Taschenkontrollen durchgeführt habe. Somit habe ich jetzt schon ein ziemlich eindeutiges Bild von Ihnen.« Mike ließ seine Worte kurz wirken, bevor er einfühlsamer sagte: »Uns geht es jetzt und hier auch gar nicht um Sie und das bisschen Crack in diesen Tütchen. Eigentlich wollen wir nur etwas über Nina Hoffmann erfahren. Und wenn Sie nicht wollen, müssen Sie auch nichts sagen und können sogar einen Anwalt anrufen. In diesem Fall würden uns die Drogen allerdings doch wieder interessieren.«

Dross nahm sich Zeit, um über das Gehörte nachzudenken, legte die Stirn in Falten und fragte endlich das Naheliegendste: »Was ist eigentlich mit Nina? Ihr drei seid doch keine Streifenbu…polizisten. Und wo ist sie überhaupt?«

»Tot«, lautete Rubens wenig sensible Antwort.

Die Information brauchte einen Moment, bis sie das Gehirn des Jungen erreichte. Er stieß ein verzweifelt klingendes »Scheiße« aus und brach dann die Regeln, indem er seine Hände von der Tischplatte hob, um sich damit durch die Haare zu fahren.

Ruben zuckte zwar kurz, ließ ihn aber gewähren. Auf die Frage »Wie ist sie …? Ich meine, waren es die Drogen?« antwortete er ebenso unsensibel: »Nein, aber es ging deutlich schneller.«

Mike sah dem Jungen das Entsetzen an. Und da sie möglichst viele Informationen über Nina Hoffmann brauchten, um sich ein Bild von der jungen Frau machen zu können, zog er seine Zigaretten heraus.

Ruben sah angewidert zu, wie Martin Dross die Zigarette entgegennahm, und kommentierte: »Es gibt viele Arten, langsam zu sterben.« Dann stand er auf, bot Eva den Stuhl an und ging selbst zu der Balkontür.

Der junge Mann nahm zwei, drei tiefe Züge und fragte erneut nach dem Wie.

Mike schüttelte den Kopf: »Dazu können wir nichts sagen, außer dass wir von der Kriminalpolizei sind und Sie davon ausgehen können, dass es kein Unfall war.« Dann zündete er sich selbst eine Kippe an, hoffte, dass das etwas Vertrauen schaffen würde, und begann mit der Frage: »Woher kennen Sie Nina? Waren Sie ein Paar?«

Nun schüttelte Dross seinerseits den Kopf. »Nein. Man könnte sagen, wir waren durch unser Schicksal verbunden. Wir mochten uns einfach.«

»Okay, verstehe. Und wie war sie so?«

»Sie war ganz cool. Mit ihr war immer Party.« Der Satz schien den jungen Mann aufzuwühlen, da er umgehend damit begann, an seinen Fingernägeln herumzuzupfen.

»Und wie passt Party mit einem Baby zusammen?« Ruben überwand seine Abscheu gegen Tabakrauch, kam an den Tisch und stützte sich mit den Händen darauf ab. Dann neigte er den Kopf zur Seite und fragte ohne jede Wertung in der Stimme: »Waren Sie der Vater des Kindes auf dem Bild dort?«

»Das?« Dross deutete auf das Foto. »Oh nein, ganz sicher nicht. Das, ich meine der Kleine, war ein Unfall. Ein Freier von Nina bestand auf ungeschütztem Sex, und als sie sich weigerte, nahm er sich, was er wollte. Danach hat sich Nina drei Tage lang zugedröhnt und dabei leider die Pille danach ausgekotzt.«

Ruben war das leichte Zucken der Augen des Jungen nicht entgangen. Außerdem musste er sich für diese Lüge derart konzentrieren, dass er mit dem Nägelzupfen aufhörte. Ruben schloss die Augen, deutete ein Kopfschütteln an und erklärte: »Glaube ich Ihnen nicht. Sie sind zwar ein ganz passabler Lügner, aber es gibt einiges, was man noch verbessern könnte. Bei einem Freier hätte sich Nina Hoffmann ziemlich sicher für eine Abtreibung entschieden.«

Martin Dross sah ihn wütend an, pampte: »Was wissen Sie schon?«, gab dann aber kleinlaut zu: »Vielleicht war er auch von mir. Wir wissen es nicht genau.«

»Und dann lässt Sie es so kalt, dass dieses Kind tot ist?«, mischte sich Eva ein.

»Ich habe es ja nie ...« Dross machte eine hilflose Geste. »Ach, egal. Es ist, wie es ist.«

»Hat sie es getötet? Erstickt vielleicht? Das kann leicht mit dem plötzlichen Kindstod verwechselt werden.« Mikes Stimme wurde einen Hauch gröber.

Der junge Mann verletzte erneut die Regeln, indem er seine Arme um den Oberkörper schlang und wütend »Ihr seid doch alle verrückt« ausstieß.

Mike ließ sich nicht davon beeindrucken, er beugte sich ein Stück nach vorne und spekulierte: »Sie haben es nicht ertragen. Konnten es Nina nicht verzeihen, denn immerhin war es auch Ihr Kind. Sie hielten eine Weile still, aber es staute sich in Ihnen. Und vor ein paar Tagen ist das Ventil geplatzt. Sie haben Nina ...« Beinahe hätte Mike Details verraten. Er stockte kurz, wechselte in eine leisere Tonart und sagte: »Sie haben sie getötet und heute sind Sie hier, um nachzusehen, ob das auch geklappt hat.«

Martin Dross sprang auf, schüttelte energisch den Kopf und deutete auf seine Sachen auf dem Tisch. »Nein, gottverdammt! Ich bin hier, weil ich mein Crack mit ihr teilen wollte. Ich habe weder das Kind noch seine Mutter angerührt. Warum auch? Nina ist der einzige Mensch auf der Welt, der mir geblieben ist. Ja, die Zeit nach der Geburt war scheiße, aber wir haben das hinter uns gelassen.« Seine Hand ging zu seinem Hals, wo er eine ziemlich dicke goldene Panzerkette unter dem T-Shirt hervorzog. Dann brüllte er: »Nina hat mir sogar diese Kette geschenkt. Ist sicher nichts wert, aber sie wollte, dass ich etwas von ihr trug.«

Ruben legte die Handschellen auf den Tisch, befahl: »Setzen«, und anschließend: »Nehmen Sie bitte die Kette ab. Keine Sorge, Sie bekommen sie sofort wieder.«

Dross machte ein paar wütende Atemzüge, gab aber nach und tat, was von ihm verlangt wurde. Ruben nahm das Schmuckstück entgegen, wog es erst in der Hand, zog dann ein kleines Taschenmesser aus der Tasche und begann, an einem der dicken Kettenglieder herumzuschaben.

»Hey«, beschwerte sich Dross und war schon wieder im Begriff aufzuspringen. Eva, die neben ihm stand, legte ihre Hand auf seine Schulter und drückte ihn auf den Stuhl zurück.

Ruben hielt die bearbeitete Stelle ins Tageslicht, sah den Jungen an und erklärte: »Erstaunlich. Wirklich erstaunlich für jemanden, der vermutlich sehr oft Geld für Drogen braucht.«

»Was?«, fragte Dross aggressiv, wirkte aber nicht, als fühlte er sich ertappt.

Ruben sah ihm noch etwas zu lange in die Augen, schüttelte den Kopf, legte die Kette auf den Tisch und fragte: »Werden Sie das Erinnerungsstück verkaufen, wenn Sie mal wieder dringend Geld brauchen?«

»Wegen fünfzig Euro? Auf keinen Fall. Und jetzt, wo Nina tot ist, schon gar nicht.«

»Okay«, gab Ruben zurück. Er erzählte dem Mann nicht, dass die Kette aus massivem Gold bestand und vermutlich einige Hundert, wenn nicht mehr als tausend Euro wert sein dürfte, und fragte stattdessen: »Wann hat Ihnen Nina Hoffmann die Kette geschenkt?«

»Kurz nach dem Tod unseres … ich meine, ihres Sohnes. Sie meinte damals, es wäre ein Versöhnungsgeschenk und solle mich auch an ihn erinnern.« Dann kam Dross etwas in den Sinn, was er vermutlich in einem Film gesehen hatte. Er lehnte sich zurück, sah jeden im Raum kurz an und verkündete: »Ich sag jetzt nichts mehr. Ich habe nichts getan und das hier hat nix mit einer Unterhaltung zu tun. Das ist eindeutig ein Verhör!« Damit presste er die Lippen zusammen und schwieg.

Ruben machte einige Schritte im Raum hin und her, wandte sich noch einmal zum Tisch und versprach: »Noch eine Frage, dann können Sie gehen. Haben Sie Tattoos?«

Dross runzelte die Stirn, ließ sich etwas Zeit und antwortete schließlich für seine Person eigenartig ruhig und bedacht: »Nein. Ich hasse Nadeln, darum lebe ich vermutlich noch.«

29

Ruben entließ Martin Dross ohne Rücksprache mit seinen Kollegen. Er selbst ging hinaus auf den kleinen Balkon von Nina Hoffmanns Apartment, um ein wenig nachzudenken.

Als er fünf Minuten später wieder in den Raum trat, fiel sein erster Blick auf den leeren Esstisch. Er sah erst zu Eva, dann zu Mike und fragte schließlich: »Habt ihr die Drogen sichergestellt?«

Während sich in Evas Mimik Unsicherheit spiegelte, sah ihn Mike Köstner unerschrocken an. »Ich habe keine Drogen gesehen. Der junge Mann durfte seine Sachen wieder mitnehmen.«

»Was?« Ruben kam viel mit Polizisten aus dem ganzen Land in Kontakt und hatte auch schon erlebt, dass Dinge in den Taschen seiner Kollegen landeten. Dass einer von ihnen einem Junkie seinen Stoff ließ, war allerdings neu für ihn. Da er allem Neuen aber erst einmal aufgeschlossen gegenüberstand, fragte er: »Hat es einen bestimmten Grund, dass Sie dem Jungen sein Zeug lassen? Ich meine, erhoffen Sie sich dadurch irgendwelche Ermittlungserfolge?«

»Nein.«

Die Antwort war derart klar, dass er erst einmal darüber nachdenken musste. Doch Mike erlöste ihn und erklärte: »Was für einen Sinn sollte es haben, dem Typen das Zeug wegzunehmen? Alles, was wir damit erreichen würden, wäre, dass der Junge sich einem weiteren Freier hingeben müsste, um neuen Stoff zu kaufen. Was mich deutlich mehr interessieren würde, ist, warum du ihn ohne weitere Befragung weggeschickt hast. Wir wissen noch nicht einmal, ob er für den Zeitraum von Nina Hoffmanns Ableben ein Alibi hat.«

Ruben ließ die Sache mit den Drogen unkommentiert, auch weil er es ähnlich sah. Doch zu der Frage wusste er eine Antwort. Er tippte auf das Foto des Kleinkinds und erklärte: »Der kleine Kerl hat irgendetwas mit dem Fall zu tun. Ich weiß zwar noch nicht was, aber da steckt etwas dahinter. Und was diesen Martin Dross angeht – der hat keine Ahnung. Er trägt eine Kette um den Hals, die ziemlich wahrscheinlich mehrere Hundert Euro wert ist, und weiß es noch nicht einmal. Die viel zentralere Frage ist, warum Nina Hoffmann ihm ausgerechnet nach dem Tod ihres Sohnes so ein wertvolles Geschenk machen konnte.«

»Die Kette war aus massivem Gold?«, warf Eva verwundert ein.

»Ja, war sie. Zumindest ist sie nicht nur vergoldet«, lautete Rubens schlichte Antwort.

Mike schien im Moment keine weiteren Fragen zu haben. Und so beschloss Ruben: »Ich wäre hier erst einmal fertig. Alles andere bezüglich der Toten können wir vom Revier aus recherchieren. Braucht ihr hier noch Zeit oder können wir jetzt zu Friedrich Möllers Haus fahren?«

Nachdem keine Einwände kamen, nahm er den Hefter mit Nina Hoffmanns Unterlagen und das Foto, ging damit zur Tür, von wo aus er fragte: »Kommt ihr?«

Mike schwieg, bis sie beim Wagen waren. Dort wartete er noch mit dem Entriegeln der Schlösser, wandte sich an Ruben und sagte: »So läuft das nicht, Kollege. Du magst in Bamberg eine große Nummer sein. Aber hier ...«, damit deutete er mit einem Finger auf den Boden, »... möchte ich, dass wir Dinge absprechen.«

»Sie meinen Dross?«

Mike nervte es, dass Ruben noch immer Sie sagte, und doch war es besser als ein erzwungenes Du. Allerdings überlegte er kurz, ob er selbst wieder zum Sie wechseln sollte. »Ja, genau, ich meine den Zeugen. Nur weil dich die große Erkenntnis ereilt, heißt das noch lange nicht, dass Eva und ich nicht vielleicht auch noch Fragen haben.«

»Sie hätten diese Fragen doch ohne Probleme stellen kön-nen«, schlug Ruben vor, was Mikes Blutdruck noch ein weiteres Stück in die Höhe trieb. Der unemotionale Gesichtsausdruck dieses Mannes mochte so manchen irritieren, er beschloss jedoch, diesen zu ignorieren, und sagte etwas schärfer als gewollt: »Na klar, du versprichst dem Typen, dass er gleich gehen kann, und dann kommen wir daher. Für diesen Martin Dross wäre das bestimmt motivierend gewesen.«

Was auch immer hinter der Stirn dieses Herrn Hattinger vorging, war nicht nachvollziehbar. Und anstatt der erwarte-ten Ausrede winkte dieser nur ab und sagte: »Vergessen Sie den Mann. Der Kern des Falles liegt woanders.«

Mike atmete scharf aus. »Und wann wirst du deine göttliche Eingebung mit uns teilen und uns die Hintergründe erklären?«

Um Rubens Mund zuckte tatsächlich ein Lächeln: »Wenn es spruchreif ist.«

Mike spürte, wie Eva ihre Hand beruhigend auf seinen Arm legte und leise bat: »Nicht ärgern, das ist ganz normal bei ihm.« Doch er wollte sich nicht beruhigen. Allerdings fiel ihm im Moment auch keine passende Antwort ein. Also entzog er sich der Hand, drückte auf den Funkschlüssel und stieg ein.

Bis zu der Villa von Friedrich Möller sagte niemand ein Wort. Mikes Blick huschte immer wieder einmal zu Eva, der anzusehen war, wie unwohl sie sich mit der aufgeladenen Stimmung im Wagen fühlte. Ruben Hattinger schien das dagegen völlig egal zu sein. Er saß auf dem Rücksitz, blätterte in seinem Notizbüchlein und machte sich hier und da Notizen.

Zehn Minuten später stoppte Mike den Wagen direkt vor Möllers Einfahrt, stellte den Motor ab und fragte über die Schulter: »Hast du den Schlüssel?«

Ruben wühlte in seiner Jackentasche, zog ein Plastikkärtchen heraus und erklärte: »Hat Schober im Haus gefunden. Damit sollen wir angeblich reinkommen.«

»Ich will nicht einbrechen und eine Kreditkarte zum Aufbrechen von Schlössern habe ich selber«, maulte Mike. Sie stiegen aus und er musste zusehen, wie Ruben das Kärtchen an eine kleine Fläche neben dem Klingelknopf hielt. Es folgte ein leises Surren und eine Stimme, die der eines Navis ähnelte, sagte: »Willkommen Frau Möller. Ich deaktiviere jetzt die Alarmanlage.«

Die beiden Kommissare schickten sich schon an, durch das Gartentor zu gehen, als Eva fragte: »Ihr wisst, was ihr tut?«

Ruben hielt inne. »Was meinst du?«

Eva stemmte die Hände in die Hüften. »Ich meine, dass ihr beide über eurem Gehabe etwas Wichtiges vergessen habt.«

»Ich verstehe nicht?«

Sie sah Ruben in die Augen, formte mit den Lippen ein unechtes Lächeln und forderte: »Dieses Mal darfst du ausnahmsweise darüber nachdenken, was nicht stimmt.«

Mike, der selbst nicht wusste, was die Kollegin meinte, sah zu, wie Ruben tatsächlich in sich ging. Doch nach einigen Sekunden hob dieser den Blick und fragte: »Herr Köstner, wissen Sie, was Eva meint?«

Mike genoss den kurzen Augenblick, in dem Herr Siebengescheit auch einmal ratlos war, musste aber zugeben: »Nein, keine Ahnung.«

Eva deutete zum Haus. »Das hier ist Privateigentum. Klingelt es jetzt?«

»Ja und?«, lautete Rubens Antwort. »Es könnte aber auch ein Tatort sein.«

»Da machst du es dir ein wenig zu einfach. Oder du bist im Kopf, wie üblich, schon wieder drei Schritte weiter als alle anderen.«

Mike begriff, zog sein Smartphone heraus und suchte in seinen Mails nach der Verfügung der Richterin, die diese gestern Abend aus Zeitgründen elektronisch verschickt hatte. Er überflog sie und hielt das Gerät danach Ruben vor die Nase. »Eva meint, dass wir eigentlich keine Befugnis haben, hier ein und aus zu gehen. Die Anordnung der Richterin bezog sich eindeutig auf Gefahr im Verzug. Und selbst dass sich die KTU hier gestern umgesehen hat, ging eigentlich schon zu weit. Wir wissen inzwischen zwar, dass der Notruf wirklich von diesem Friedrich Möller abgesetzt wurde, ob das allerdings ein weiteres Eindringen in seine Privatsphäre rechtfertigt, bezweifle ich.«

»Hm«, brummte Ruben, machte einen Schritt zurück und drückte auf den Klingelknopf. Dann wartete er einige Sekunden, und als sich nichts rührte, beschloss er: »Die Gefahr ist akut geworden, weshalb wir uns dringend Möllers Laptop ansehen müssen.«

»Ruben!« Evas Tonfall war eindeutig drohend.

Mike hätte es zwar genauso gemacht, wartete jetzt aber gespannt auf Rubens Reaktion. Dieser drückte das Gartentor nach innen auf, winkte einladend und erwiderte nur: »Schon gut, ich nehme es auf meine Kappe.«

Mike konnte sich mit diesen modernen Betonbauten nicht anfreunden und empfand die gleiche Abneigung gegen diese Architektur wie am gestrigen Abend. Allerdings stand die Inneneinrichtung im Gegensatz zum Äußeren des Hauses. Wer auch immer diese gestaltet hatte, wusste, was er tat. Selbst die betongrauen Wände sahen mit den geschmackvollen Einrichtungsgegenständen ganz passabel aus. Hinzu kamen dicke farbige Teppiche, die auf einem mausgrauen Laminat lagen und die Sache wirklich gekonnt abrundeten.

Er ging bis in den Wohnbereich, drehte sich einmal im Kreis und fragte schließlich an Ruben gewandt: »Was erhoffst du dir eigentlich von diesem unbefugten Eindringen?«

Ruben war schon im Eingangsbereich stehen geblieben und schien etwas zu riechen, da er hörbar und langsam einatmete. Nachdem er dies noch zwei weitere Male getan hatte, antwortete er: »Inspiration.«

Mike setzte gerade zu einem Kommentar an, doch Ruben war so nett, sich wenigstens dieses Mal zu erklären, indem er sagte: »Es geht mir um Eindrücke. Um ein Gefühl für die Menschen zu bekommen, die hier wohnen beziehungsweise wohnten. Frau Möller ist ja leider nur noch Asche und kann nicht mehr befragt werden.«

»Die KTU hat sich zwar nur oberflächlich umgesehen, aber nichts Auffälliges gefunden. Worauf sollen wir achten?«, entgegnete Mike ein wenig versöhnlicher, da ihm diese Vorgehensweise nicht fremd war.

Ruben sah ihn an. »Das muss ich doch einem erfahrenen Polizisten, wie Sie es sind, nicht erklären.«

Mikes erster Impuls war Wut. Doch noch während er über eine Antwort nachdachte, kam ihm die Erkenntnis, dass er dabei war, sich zu verrennen. In einem schleichenden Prozess rückte der Fall für ihn immer mehr in den Hintergrund und gleichzeitig schob sich dieser Kommissar langsam davor. In den letzten Stunden hatte seine Aufmerksamkeit mehr und mehr dem seltsamen Verhalten dieses Ruben Hattinger gegolten, anstatt dass er sich auf das Wesentliche konzentrierte. Ein Gedanke folgte dem nächsten und mit einem Mal wandelte sich auch sein Bild von Eva. Sie lief nicht einfach nur nebenher, auch sie hatte sicher erst lernen müssen, mit diesem Typen umzugehen. Sie dachte zwar mit, hielt sich aber im Hintergrund.

Das alles zu begreifen führte zu einem Gefühl der Erleichterung. Mike fragte sich schon seit gestern, was ihn innerlich blockierte, hatte es bis jetzt aber nicht benennen können. Er schluckte den restlichen Ärger herunter, klatschte in die Hände und sagte, vielleicht ein wenig zu euphorisch: »Gut, dann lasst uns Eindrücke sammeln.«

30

Irene wollte es so. Also parkte Finn den Wagen in einer etwas weiter entfernten Seitenstraße zwischen zwei Laternen. Dort öffnete er die Heckklappe des alten Transporters, holte Sams Rollstuhl heraus und schob ihn neben den Beifahrersitz.

»Du darfst nicht mehr so viel essen!«

»Sam mag Kuchen.«

Finn hatte langsam Probleme, seinen jüngeren Bruder vom Sitz in den Rollstuhl zu heben. Speziell wenn der wie heute vor Aufregung vergaß, ein wenig mitzuhelfen, und stattdessen »Kuchen, Kuchen, Kuchen« rief.

»Sam«, mahnte Finn ihn zur Ruhe.

Irenes Wohngebiet war vornehm und still. Seine Bewohner wussten sich gegen jede Störung zu wehren. So gab es hier nur Gärten mit hohen Zäunen, Gehwege und verkehrsberuhigte Straßen. Kein Spielplatz und keine Hundewiese sollte diese Idylle stören. Schließlich hatte man viel Geld für sein Grundstück bezahlt und brauchte Ruhe, wenn man zehn Stunden am Tag damit verbrachte, Geld zu verdienen.

Beim ersten Mal hatte Finn noch direkt in dem Viertel geparkt, was umgehend dazu geführt hatte, dass jemand die Polizei anrief. Zum Glück war er damals nüchtern gewesen und hatte dem Beamten glaubhaft erklären können, dass er nicht zu einer osteuropäischen Einbrecherbande gehörte. Seitdem fuhr er lieber ein Stück weiter und parkte bei den einfachen Leuten.

Jetzt, spät am Abend, spazieren zu gehen war gerade noch in Ordnung. Doch vermutlich nur, weil er einen Menschen mit Behinderung durch die Gegend schob. Da trauten sich dann noch nicht einmal diese Bonzen, etwas dagegen zu sagen.

Im Gegensatz zu Sam war Finn heute nicht ganz wohl bei dem Besuch. Irene hatte viele Seiten, auch eine sehr harte. Und wie sie zu seinem Fehler im Hinblick auf Friedrich Möller und den Apotheker stand, konnte er nicht einschätzen.

Die alte Stadtvilla umgab eine brusthohe Mauer, hinter der dann noch eine circa zwei Meter hohe Hecke stand. Er schob Sam daran entlang, kam zu dem Gartentor, das wie immer nicht verschlossen war, damit sie sich nicht länger als nötig auf der Straße aufhalten mussten. Er schob den Rollstuhl hindurch, drückte es hinter sich ins Schloss und atmete erst einmal durch.

Der Garten war ebenso gepflegt wie die Hecke. Zu Kugeln geschnittene Bäume, ein akkurat gezogener Schotterweg, der zur Garage führte, und ein Rasen, der selbst in der Dunkelheit unnatürlich grün aussah. Wer auch immer Irene früher einmal gewesen war, heute diente das alles nur noch als Fassade.

Während der Schotter unter den Reifen des Rollstuhls knirschte, sah Sam zu ihm hoch und fragte: »Hast du Kunstwerk dabei?«

Finn nickte. »Klar, Bruderherz. Alles auf meinem Handy.«

»Wird sie das mit Schnitten mögen tun?« Sam lief ein wenig Speichel aus dem Mundwinkel.

»Natürlich wird sie es mögen. Es muss ja nicht immer ein Tattoo sein, und das Auge des Mannes mit in das Bild eines Auges einzubeziehen war wirklich eine super Idee.«

Sam klatschte freudig mit den Händen.

Dann waren sie auch schon an der schweren Haustür. Sam wollte gerade auf den Messingknopf drücken, als die Tür bereits geöffnet wurde.

Irene pflegte sie stets in diesem schwarzen seidenen Bademantel zu empfangen. Unter dem dünnen Stoff sah ihr Körper aus wie der einer Zwanzigjährigen. Ein Eindruck, den ihr faltiger Hals und die Altersflecken im Gesicht wieder zerstörten. Auf Schminke verzichtete sie ebenso wie auf die Perücke, die Finn einmal in ihrem Schlafzimmer gesehen hatte.

Sie schenkte ihnen ein Lächeln, öffnete ihre Arme und ihre Stimme klang ehrlich, als sie beinahe mütterlich »Da seid ihr ja, meine Lieben« sagte.

»Irene.« Sam sang ihren Namen fast. Sie beugte sich zu ihm herunter, küsste ihn auf den Mund und drückte ihn dann kurz an sich. Danach wandte sie sich zu Finn, strich ihm erst durch die Haare und nahm dann auch ihn in den Arm, wobei sie ihm »Mein Junge« ins Ohr flüsterte.

Finn hätte sich auch einen Kuss gewünscht.

Das Erdgeschoss der alten Villa wirkte wie ein Museum. Alles stand immer am gleichen Platz, es lag nichts herum und sogar die Pflanzen waren unecht. Der ganze Wohnbereich hätte auch aus einem Einrichtungshaus der Achtzigerjahre stammen können.

Irene ging wie immer voran und wartete auch an der geschwungenen Treppe, die hinauf ins Obergeschoss führte, nicht auf ihre Gäste.

Finn stoppte dort den Rollstuhl, arretierte die Bremse und kniete sich mit dem Rücken zu Sam davor hin. Dieser legte ihm die Arme um den Hals und Finn zog ihn im Aufstehen auf seinen Rücken. Dann schob er seine Arme unter Sams Knie und war schließlich bereit, den Aufstieg zu wagen.

Oben angekommen, zeigte sich ein völlig anderes Bild dieser Frau. Am Kopf der Treppe gab es eine nachträglich eingebaute Tür, hinter der es eindringlich nach einem Gemisch aus Haschisch und Weihrauch roch.

Irene wartete, bis Finn Sam über die Schwelle getragen hatte, und schloss die Tür. Der Flur des Obergeschosses wirkte wie eine Art Pforte zu einer anderen Welt. Das Weiß der Wände wurde zum Teil von dunklen Stoffbahnen überdeckt. Von der Decke hingen nicht weniger als sieben Traumfänger und anstatt einer Deckenbeleuchtung verbreiteten drei Kerzen, die in ausladenden Wandhalterungen standen, ihr flackerndes Licht.

Finn fragte sich wieder einmal, wer Irene bei der Gestaltung geholfen hatte, denn einem normalen Handwerker konnte man das hier nur schlecht erklären. Er trug Sam in das ehemalige Schlafzimmer, wo anstatt eines Ehebetts nun eine einfache, aber große schwarze Liegefläche aus Leder stand. Bettzeug fehlte ebenso wie alles Dekorative. Das schwarz gestrichene Zimmer strahlte eine morbide Schönheit aus. Die Fensterläden waren geschlossen und nur fünf der etwa zwanzig Kerzen brannten.

Finn drehte sich mit dem Rücken zu der bettartigen Liegefläche und setzte Sam darauf ab. Als Irene im Türrahmen erschien, war der dünne Bademantel verschwunden. Ihre alte faltige Haut wirkte im schwachen Licht der Kerzen wie dünnes Leder. Ihre Brüste hingen flach und schlaff herunter, doch ihr Auftreten zeugte von Kraft und Selbstbewusstsein.

Sie mochte keine Joints und rauchte ihr Gras ausnahmslos in einer kleinen Pfeife aus Elfenbein. Und genau diese steckte in ihrem Mundwinkel, während sie gleichzeitig lächelte und daran zog. Irene behielt den Rauch lange in den Lungen, stieß ihn aus und wiederholte das Ganze. Danach legte sie die Pfeife in einer steinernen Schale ab.

Anschließend trat sie vor die beiden, drückte Finn mit sanfter Gewalt neben seinen Bruder, wuschelte beiden durch die Haare und sagte mit einfühlsamer Stimme: »Meine lieben Jungs. Lasst ihr eure Mutter in eure Mitte?«

Da Sam sich durch seine gelähmten Beine kaum bewegen konnte und sich mit den Armen abstützen musste, um nicht umzufallen, rutschte Finn ein wenig zur Seite. Irenes Blick wirkte heute prüfend, trotzdem setzte sie sich zwischen die beiden und legte ihre Arme um ihre Hüften. Dann gab sie jedem einen Kuss auf die Wange, zögerte, sah Finn an und fragte etwas weniger liebevoll: »Was ist mit dir? Ist etwas passiert?«

Finn rang mit seinen Gefühlen. Er wollte sie nicht enttäuschen, sie war neben Sam der einzige Mensch in seinem Leben. Sie gab ihm, was er als Kind verloren hatte, und vielleicht noch ein bisschen mehr. Es war nur eine einzige Träne, doch sie entging ihr nicht.

»Finn?«, fragte sie mahnend, legte ihre Hand auf seine und drückte etwas zu.

»Sam will auch«, kam es von der anderen Seite. Irene drehte sich zu ihm, strich ihm sanft über die Wange, was ihn zu einem leisen Schnurren veranlasste. Sie lächelte ihn an, bestimmte aber sanft: »Sam. Dein Bruder und ich müssen uns kurz unterhalten. Er bringt dich jetzt rüber und schaltet dir den Fernseher ein. Ist das in Ordnung für dich?«

Sams Blick ging zu ihrer welken Brust, die er geradezu sehnsüchtig anstarrte. Natürlich wusste sie, was er wollte. Sie stützte ihn mit ihrem linken Arm, nahm seine rechte Hand, führte sie zu sich und legte sie auf ihre nackte Haut.

Sam stieß ein entzücktes »Mama« aus.

Sie stupste ihm auf die Nase, flüsterte: »Nur, damit du mich nicht vergisst.« Dann stand sie auf und befahl Finn: »Bring ihn rüber!«

Fünf Minuten später saß Sam in dem einzigen Einrichtungsgegenstand des Nebenzimmers. Der hohe Sessel aus schwarzem Leder war wie für ihn geschaffen und wirkte wie ein Thron. Finn schaltete den Fernseher ein, suchte eine Kindersendung und schloss anschließend die Tür hinter sich.

»Also, mein Schatz?«, begrüßte ihn Irene.

Er trat ihr gegenüber, senkte den Kopf und sagte: »Er hat uns gesehen. Ich war unvorsichtig«, und da sie schwieg, versuchte er, sich zu erklären: »Ich dachte … dachte, wir sollen ihn auch …« Finn musste schlucken. »Ich meine, wir wussten ja nicht, was du mit ihm vorhast.«

Als sie nach seinem Kinn griff, zuckte er zusammen, wehrte sich aber nicht dagegen, dass sie seinen Kopf nach oben drückte. Ihre braunen Augen starrten direkt in seine. Er hielt ihrem Blick stand, doch nur so lange, bis sie gefährlich leise fragte: »Und wie soll ich dir jetzt helfen? Ich dachte wirklich, du begreifst die Dimension dessen, was wir tun. Wir wurden dazu auserkoren, diese Sünder für ihren Egoismus zu bestrafen. Und das zentrale Wort ist WIR.« Sie machte eine Pause, in der sie sich eine Träne aus dem Augenwinkel wischte. »Und was, denkst du, ist für dieses WIR elementar?«

Finn spürte, wie sich sein Magen verkrampfte. Dieses Mal war es nicht die Angst, dass Möller sie beschreiben konnte. Es war das schlechte Gewissen, Irene so enttäuscht zu haben.

»Finn!«, schrie sie seinen Namen. Die Ohrfeige kam unerwartet und mit einer Kraft, die er der alten Frau nie zugetraut hätte.

»Finn, was ist für dieses WIR elementar?«

Er hörte ihre Frage wie durch Watte, riss sich zusammen und schrie ebenfalls: »Vertrauen, Mama. Vertrauen.«

»Ja, mein Junge. Vertrauen! Du hättest es mir spätestens dann sagen können, als ich dir den Befehl gab, Möller lebend vor dieses Haus zu setzen. Doch du hast es nicht getan. Du hast gehofft, dass alles gut geht. Finn, so funktioniert das nicht! Du bringst alles in Gefahr. Und jetzt stehst du hier und heulst mir die Ohren voll.«

»Aber …«, presste er heraus und wollte ihr sagen, dass die Drogen schuld gewesen waren. Doch Irene brüllte nur: »Schweig.« Dann trat sie ein Stück zurück, schüttelte den Kopf und murmelte: »Es hilft nichts. Ich kann dir das nicht durchgehen lassen.« Sie zeigte mit dem Finger auf ihn. »Du weißt, was jetzt kommt, ich bin gleich zurück.« Mit diesen Worten verließ sie das Zimmer und ließ Finn mit seinem Schmerz zurück.

31

Irene ließ sich Zeit. Zeit, in der sich Finns Gedanken überschlugen. Er stand einfach nur in diesem Raum, dessen schwarze Wände mehr und mehr zu einem Spiegelbild seiner Seele wurden. Er fühlte sich traurig, schuldig, schwach und klein.

Irgendwann erschien sie wieder an der Tür. Dieses Mal war sie nicht völlig nackt. Ihr alter Körper steckte in einem Lederkorsett, das kurz über ihrem grauen Schamhaar endete. Dutzende kleine, spitze Nieten reflektierten das schwache Licht der Kerzen.

»Mama, bitte«, kam es aus seinem Mund, doch ihr Blick blieb hart.

»Ausziehen!« Es war keine Bitte, sondern ein Befehl. Die Art, wie sie es aussprach, zeugte von jahrelang praktizierter Autorität.

Finn kannte den Ablauf und wusste, dass diese Nieten nicht das Schlimmste waren. Trotzdem wagte er keine Widerworte mehr. Er zog sich das T-Shirt über den Kopf, die Jeans und die Shorts nach unten und legte sogar die Socken ab.

Irene nickte. »So soll es sein. Nur wer sich allem entledigt, ist bereit für die Reinigung seiner Fehler und Sünden.«

Finn spürte eine Träne im Augenwinkel.

Irene ging erhobenen Hauptes zu der ledernen Liegefläche, legte sich auf den Rücken und befahl: »Komm jetzt!«

Finn liebte diese Frau wie seine eigene Mutter, trotzdem erregte ihn die Situation ein wenig. Er stieg auf die Plattform, kniete sich über ihre mit Altersflecken übersäten Oberschenkel, schüttelte aber den Kopf, wobei er stöhnte: »Bitte, Mama. Ich will dir nicht wehtun.«

»Arme nach hinten ausstrecken«, entgegnete sie ungerührt.

Er tat es.

»Atme aus und schließe deine Augen!«

Er tat es.

Nur einen Wimpernschlag später spürte er ihre Hand in seinem Haar, die ihn nach vorne zog. Für einen kurzen Augenblick sperrten sich seine Muskeln, dann ließ er es zu. Sein Oberkörper traf auf die Nadelspitzen der Nieten, die sich durch sein Körpergewicht in ihn hineinbohrten. Irene stöhnte unter ihm auf, und obwohl er Angst hatte, sie zu zerdrücken, legte sie ihre Arme um seinen Körper und zog ihn noch ein wenig mehr an sich heran. Die Wörter waren durch die Last seines Körpers abgehackt, als sie seinen Kopf neben ihren zog und ihm ins Ohr raunte: »Das ist es, mein Junge. Das ist die wahre Befreiung von all dem, was dich belastet. Lass es zu. Fühle den Schmerz und die Nähe zu mir. Lass es raus. Schreie, wenn du willst ... lass alles raus.«

Jede noch so kleine Bewegung wühlte in den vielen kleinen Wunden. Finn spürte den universellen Schmerz, ließ seinen Tränen freien Lauf und stieß einen lang gezogenen Schrei aus, der alles enthielt, was er gerade empfand. Da war das Brennen seiner perforierten Haut, die Nähe dieser Frau, die Liebe zu ihr genauso wie die Liebe zu seiner echten Mutter. Alle Ängste waren dagegen verflogen, und so war es einer der wenigen Augenblicke, in denen er sich selbst spürte. Er hob den Kopf ein wenig an, drückte seinen Mund auf Irenes schmale Lippen und spürte dabei, wie seine ungewollte Erektion in sie eindrang.

Der Schmerz verdammte ihn dazu, absolut still zu liegen. Die Sucht nach mehr durchströmte seinen Körper, doch sie gönnte es ihm nicht. Stattdessen legte Irene ihre Hände an seine Brust und schob seinen Oberkörper nach oben. Die Spitzen der Nieten lösten sich aus seiner Haut, was sich anfühlte, als würde man die festgebrannte Hand von einer heißen Herdplatte reißen.

Er drückte den Oberkörper nach oben, bis er wieder über ihr kniete. Blut strömte in feinen Bahnen über seinen von kleinen Einstichen malträtierten Bauch. Er schloss die Augen und war kurz davor, Irene zu vergewaltigen, als diese ein Stück nach oben rutschte und sich ihm damit entzog. Erst als er die Augen wieder öffnete, klärte sich auch sein innerer Blick auf diese fast siebzigjährige Frau. Sie richtete sich nun auf, sah ungeniert auf seinen Schwanz, gab ihm eine schallende Ohrfeige und befahl: »Geh in die Ecke!«

Finn tat, was sie verlangte. Er stand auf, stellte sich mit dem Gesicht zur Wand in die Zimmerecke und senkte den Kopf. Hinter sich hörte er, wie auch sie von der Liegefläche aufstand. Anschließend löschte sie alle Kerzen im Raum und schloss die Tür von außen.

Für wenige Augenblicke umhüllte ihn die absolute Finsternis wie ein schützender Mantel, dann schlug eine Welle über ihm zusammen. Längst vergangene Szenen aus seiner Kindheit wurden selbst nach all den Jahren wieder lebendig. Der Käfig in ihrem Kinderzimmer. Der Käfig, in den er mit Sam gesteckt wurde, wenn Vater über Mutter herfiel. Das Bangen, wie sie Mutter vorfinden würden, wenn Vater sie einmal quer durch die Wohnung geprügelt hatte. Sams verängstigtes Gesicht. Sam, der zu dieser Zeit noch laufen konnte.

Sein Vater konnte noch so tot sein, in diesen Erinnerungen war er beinahe körperlich greifbar. Finn spürte, wie er zu schwitzen begann. Seine Nerven flatterten. Sein Schweiß vermengte sich mit dem Blut, lief über die vielen Wunden, doch das höllische Brennen zeigte ihm nur, dass er noch am Leben war. In diesem Raum gab es jetzt nur ihn. Die Abwesenheit von Licht und Geräuschen verdammte ihn dazu, sich nur mit sich selbst auseinanderzusetzen. Und genau das war es vermutlich, was Irene damit bezwecken wollte.

Das Aufgehen der Tür holte ihn noch nicht aus seinen Gedanken. Erst als ihm Irene sanft die Hand auf die Schulter legte, zuckte Finn zusammen. Er lehnte inzwischen mit dem Kopf an der schwarz gestrichenen Wand.

Sie sagte leise: »Ist gut, mein Schatz. Du hast es überstanden.«

Er atmete einmal tief durch, doch so einfach war es nicht, die düsteren Erinnerungen abzuschütteln. Nun packte sie ihn an den Schultern und drehte ihn zu sich um. Irene war etwas kleiner als er. Sie sah zu ihm hoch, lächelte und erklärte: »Das wird jetzt etwas brennen.« Dann bückte sie sich zu dem kleinen Blecheimer, den sie mitgebracht hatte, drückte einen Schwamm aus und begann damit, seine Brust und den Bauch abzureiben. Danach sprühte sie Desinfektionsmittel auf die vielen kleinen Wunden, strich mit ihrem Handrücken über sein Glied und forderte: »Du kannst dich jetzt anziehen.«

Finn rührte sich erst einmal nicht. Er sah ihr traurig in die Augen und fragte erschöpft: »Bist du mir noch böse?«

Ihr Lächeln war echt. »Aber nein, du Dummerchen. Du hast zwar wirklich Mist gebaut, indem du diesem Friedrich Möller dein Gesicht gezeigt hast, aber es ist alles gut. Ich weiß aus sicherer Quelle, dass Pohl nicht zur Polizei gegangen ist und Möller entsorgt hat.«

Nun brachte ein weiterer tiefer Atemzug tatsächliche Erleichterung. Er und Sam waren sicher und alles konnte so vollzogen werden, wie Irene es ihnen vor einiger Zeit erklärt hatte. All dieser Schmerz musste die Richtigen finden. Noch nicht einmal aus Rache, sondern einfach, weil sie es verdient hatten.

Eine Stunde später trug er Sam die Treppe wieder hinunter und setzte ihn in seinen Rollstuhl. Was auch immer Irene mit seinem Bruder gemacht hatte, Sam wirkte entspannt und fröhlich wie selten.

Es war nur ein leises Scheppern und kam aus der Richtung, wo eine weitere Treppe in den Keller hinunterführte. Finn sah Irene alarmiert an. Immerhin war es inzwischen weit nach Mitternacht, daher flüsterte er: »Sind da Einbrecher am Werk?« Gleichzeitig machte er einige Schritte auf den dunklen Kellerabgang zu.

Irene stellte sich ihm in den Weg, sah ihn streng an und sagte: »Da ist nichts!«

Wieder ertönte ein leises Rumpeln. Finn hatte wirklich Angst um sie, deutete in die Richtung und flüsterte erneut: »Doch, da ist jemand. Lass mich nachsehen.«

Dieses Mal wurde ihre Tonlage schärfer. »Wenn ich sage, da ist nichts, dann ist da auch nichts. Und jetzt geht. Ihr wisst, was zu tun ist.«

32

Ruben schlug die Augen auf, drehte sich auf die andere Seite und wusste genau in diesem Augenblick, dass er nicht mehr in den Schlaf finden würde. Sein kleiner Reisewecker, der neben dem Bild seiner Familie stand, zeigte vier Uhr dreißig. Er schloss die Augen noch einmal und bekam ein schlechtes Gewissen, denn es war wieder passiert.

In seinem Kopf gab es einfach nicht genügend Ressourcen, um an beides gleichzeitig zu denken. Wie so oft war er dermaßen mit diesem Fall beschäftigt, dass er seine Frau Pia und seine Tochter Elisa darüber vergessen hatte.

Und da er hier in Nürnberg bis jetzt nicht wirklich vorankam und sicher noch einige Tage bleiben musste, fasste er einen Entschluss. Er nahm sein Handy, öffnete den Kalender und erstellte sich für sieben Uhr dreißig einen Termin mit dem Titel »Pia anrufen«. So war er auf der sicheren Seite und musste nicht selbst daran denken. Danach stand er auf, schlich leise ins Badezimmer und machte sich frisch.

Als er wenig später wieder herauskam, blieb er kurz stehen und musste lächeln. Nicht nur Schobers geräuschvolles Schnarchen drang durch die geschlossene Schlafzimmertür, auch Eva röchelte leise und gleichmäßig.

In der großen Wohnküche schaltete er den Wasserkocher ein, war in Gedanken aber schon wieder bei Nina Hoffmann und Friedrich Möller. Ob sie beide Opfer desselben Täters waren, war immer noch nicht bewiesen. Die Unterschiede, was die Lebenssituation betraf, hätten nicht größer sein können. Außerdem war in Sachen Möller noch nichts geklärt, auch wenn vieles für eine Straftat sprach, die zu seinem Verschwinden geführt hatte.

Möller schien, zumindest auf den ersten Blick, ein Leben in Wohlstand zu führen. Diese Nina war dagegen schon vor ihrem vermeintlichen Unfall in Richtung eines frühen Todes unterwegs gewesen. Die Drogen, die ihr Freund Martin Dross dabeigehabt hatte, waren zerstörerisch und die Laborergebnisse von Nina Hoffmanns Obduktion sprachen ebenfalls Bände.

Und doch gab es ein verbindendes Element. Beide hatten einen nahestehenden Menschen verloren. Und in beiden Fällen sah es zumindest auf den ersten Blick nach einer natürlichen Todesursache aus.

Ruben wartete nach dem Aufkochen, bis das Wasser auf die richtige Temperatur heruntergekühlt war, ließ es anschließend langsam über die Blätter seines grünen Tees laufen und atmete dabei dessen Aromen ein.

Der aufsteigende Wasserdampf entlockte seinem Hirn noch einen weiteren Gedanken. Es stand zwar in seinen Notizen, war ihm aber zuerst nicht wichtig erschienen. Der noch immer verschwundene Friedrich Möller hatte es verdammt eilig gehabt, seine Frau unter die Erde beziehungsweise in eine Urne zu bringen. Ruben öffnete seinen Laptop und stellte eine Anfrage an das zuständige Standesamt, um an die Sterbeurkunde von Nina Hoffmanns Kind zu kommen. Danach holte er die Mappe mit den Unterlagen, die er aus ihrer Wohnung mitgenommen hatte.

Für Ruben, der Ordnung liebte, war es zunächst ein unübersichtliches Chaos. Zwischen offiziellen Dokumenten wie dem

Abschlusszeugnis der Hauptschule lagen fettige Kassenbelege von Fast-Food-Ketten und Lieferdiensten. Die Geburtsurkunde ihres Kindes zierte ein Fleck, möglicherweise war es Rotwein. Noch verschlossene Briefe der Agentur für Arbeit vervollständigten das Bild.

Ruben dachte gerade darüber nach, sich Handschuhe überzuziehen, als er fand, wonach er suchte. Nina Hoffmanns Kind hatte eine Sozialbestattung bekommen und war ebenfalls eingeäschert worden.

»Keine Beweise«, sagte Ruben leise zu sich selbst und vermerkte das in seinem Notizbuch.

Der Tee weckte seine Lebensgeister. Eva und Schober würden frühestens in zwei Stunden aufstehen, also zog er sich Jacke und Schuhe an, packte die Unterlagen und den Laptop in seine Tasche und schnappte sich den Autoschlüssel.

Ruben war immer noch dabei, verschiedene Ausdrucke und Fotos an den Wänden des Besprechungsraums anzuordnen, als hinter ihm jemand an den Türrahmen klopfte. Er drehte sich um, sah sich Mike gegenüber und warf einen Blick auf die Wanduhr.

Sein hiesiger Kollege sagte: »Guten Morgen«, und fragte dann: »Bist du aus dem Bett gefallen? Gestern Abend sahen diese Wände noch anders aus.«

Da sich Ruben vorgenommen hatte, Mike Köstner mehr miteinzubeziehen, erwiderte er den morgendlichen Gruß, fragte fürsorglich: »Erst Kaffee oder gleich Informationen?«, und wartete gespannt auf die Antwort.

Wie zu erwarten war, bat der Mann: »Informationen beim Kaffee wären gut. Ich bin absolut kein Morgenmensch.«

»Weil Sie müde sind oder weil Sie keine Lust auf den Tag haben?«

»Was?«, fragte Köstner irritiert.

Ruben winkte ab. »Ach, egal.« Eva hatte ihn mehr als einmal darauf hingewiesen, wie solche Fragen bei seinen Mitmenschen ankamen. Daher beließ er es dabei und schlug vor: »Während Sie sich Ihren Kaffee machen, ordne ich noch die letzten Fakten und dann erzähle ich Ihnen, was ich denke.«

»Klingt nach einem Plan«, stimmte Köstner zu und verließ den Raum in Richtung Teeküche.

Zehn Minuten später saß Mike mit seiner Tasse am Tisch. Ruben holte das Geburtstagsgeschenk seiner Tochter aus der Hosentasche, zog den antennenartigen Zeigestab auf seine volle Länge aus und begann, indem er auf das Bild seines Altfalls deutete. »Den hier kennen wir noch viel zu wenig. Leider. Denn es wäre gut zu wissen, ob es auch in seinem Umfeld einen Sterbefall gab. Leider lag er zu lange im Wasser. Ein Foto von seinem Gesicht können wir laut meinem Chef der Bevölkerung nicht zumuten.«

»Dem stimme ich zu.« Köstner sah nur kurz auf das, was einmal ein Gesicht gewesen war, stellte seine Tasse, ohne daraus zu trinken, zurück auf den Tisch und schlug vor: »Aber hast du es schon mal mit moderner Technik versucht?«

»Was meinen Sie?«

»Na, es gibt doch diese relativ neue Methode, mit der man aus der Form der Schädelknochen das Gesicht rekonstruieren kann. Wenn die Gerichtsmedizin damals ein paar Röntgenaufnahmen gemacht hat, müsste das funktionieren.«

»Gute Idee«, stimmte Ruben zu. »Das Verfahren ist relativ teuer, daher habe ich das noch nicht durchführen lassen. Aber jetzt, wo der Fall solche Ausmaße annimmt, bekommen wir das sicher genehmigt. Haben Sie diese Technik im Haus?«

»Jep«, antwortete Köstner flapsig. »Wenn du die Aufnahmen besorgst, trete ich den hiesigen Kollegen in den Hintern, damit das so schnell wie möglich erledigt wird.« Er hielt kurz inne. »Was hat es eigentlich damit auf sich, dass du dich so auf die kürzlich verstorbenen Angehörigen versteifst?«

Ruben trat erneut an die Wand, zeigte erst auf Nina Hoffmanns Bild, dann auch auf das von Friedrich Möller. »Ist doch naheliegend und der im Moment einzig erkennbare Zusammenhang. Aber natürlich nur, wenn wir davon ausgehen, dass die beiden demselben Täter zum Opfer gefallen sind. Beide haben vor Kurzem einen Angehörigen verloren und beide hatten es ziemlich eilig mit der Beerdigung. Außerdem gibt es in beiden Fällen nur noch die Asche der Toten.«

Ruben sah dabei zu, wie Köstner aufstand, die Wand abschritt und all die ausgedruckten Blätter und Fotos in Augenschein nahm. Schließlich schüttelte Mike den Kopf, sagte: »Ich weiß nicht«, und konkretisierte die Aussage mit den Worten: »Für mich passt das trotzdem alles nicht zusammen. Zumindest nicht als Tatmotiv. Und dann ist da noch dieser Herr Pohl, der offenbar keinerlei Verbindung zu den beiden Opfern hatte, aber Nina Hoffmann über den Haufen fuhr. Ich sehe ehrlich gesagt nur eine Menge loser Enden, die nicht zusammenpassen.«

»Kann ich die Taxirechnung mit den Spesen einreichen?« Schober war mit Eva in den Raum getreten und wedelte mit einem Blatt Papier.

»Guten Morgen, die Herrschaften«, begrüßte Ruben seine Kollegen, aufgrund der Unterbrechung seiner Gedankengänge leicht verärgert.

Eva drängte sich an Schober vorbei und maulte: »Sagst du uns das nächste Mal Bescheid, wenn du den Wagen nimmst? Als wir aufgestanden sind, war weder unser Chef noch unser Auto da und auch keine Nachricht.«

Ruben nickte ungerührt. »Gut, dann wecke ich dich das nächste Mal um halb fünf.«

»Gibt es hier Kaffee?«, blaffte Eva dann auch noch Mike an, der ergeben die Hände hob und in Richtung Teeküche verschwand.

»Recherche«, begann Ruben, als endlich alle mit Kaffee versorgt im Raum waren. »Wir werden diesen Tag mit umfangreichen Rechercheaufgaben verbringen müssen. Bisher ist alles nur Stückwerk, und was wir brauchen, ist ein klares Bild. Die Suche nach Friedrich Möller hat noch keine neuen Erkenntnisse ergeben, er gilt also weiterhin als vermisst und in Gefahr. Ich habe eine Theorie zu den möglichen Zusammenhängen, möchte aber, dass ihr unbefangen arbeitet, und behalte diese daher erst einmal für mich. Eva, du nimmst dir heute noch einmal das Leben von Nina Hoffmann vor. Ich möchte möglichst ein Gesamtbild dieser Frau, inklusive ihres toten Sohnes und auch dessen möglichen Vaters.«

Ruben wandte sich Schober zu, der ihn aus müden Augen ansah. »Du kümmerst dich bitte um unseren Altfall aus dem See. Fordere von der Gerichtsmedizin die Röntgenaufnahmen an, die hoffentlich gemacht wurden. Herr Köstner erzählte mir vorhin, dass man hier die nötige Technik hat, um daraus die frühere Gesichtsform zu rekonstruieren. Außerdem möchte ich, dass du noch einmal alle Akten zu dem Fall in Augenschein nimmst. Wir müssen endlich wissen, wer der Mann war und wie er gelebt hat.«

»Und wir?«, fragte Mike.

»Wir sollten uns noch einmal diesem Apotheker widmen. Entweder wir können ihn danach abhaken oder er ist eines dieser losen Enden.«

»Ruben?«, bremste ihn Eva, als er gerade seine dünne Sommerjacke anzog.

Er drehte sich zu ihr. »Ja. Noch Fragen?«

»Eine Sache, die mir heute Nacht durch den Kopf ging. Wir haben inzwischen zwei Tote mit diesem Tattoo und einen Hinweis darauf, dass man Möller das eventuell ebenfalls angetan hat. Ich meine, das klingt doch sehr nach einer Serie. Hat hier irgendjemand eine Idee, wie wir ein weiteres Opfer vermeiden können?«

Nachdem Köstner und Schober schwiegen, zuckte Ruben mit den Schultern. »Die Zukunft erklärt sich oft aus der Vergangenheit. Macht einfach gute Ermittlungsarbeit, dann haben wir gute Chancen, weitere Opfer zu vermeiden.«

33

»Jetzt fahr doch zu!« Mike war beim Autofahren deutlich unentspannter als sein Kollege. Ruben saß auf dem Beifahrersitz, hielt sich an dem Griff über der Tür fest und konnte keinen klaren Gedanken fassen. Normalerweise nutzte er die Zeit als Beifahrer, um nachzudenken, doch das hier fühlte sich an wie ein Kampf auf Leben und Tod.

Kurz darauf überholte Mike auf der Stadtautobahn einen BMW. Der betagte Fahrer hielt sich konsequent an die erlaubten achtzig Stundenkilometer, fuhr aber eisern auf der linken Spur. Erst als sie genau rechts neben ihm waren, setzte er den Blinker und zog gleichzeitig rüber.

Während Ruben »Vorsicht« brüllte, wich Mike auf den Standstreifen aus. Der Dienstwagen schlingerte ein wenig, hielt aber die Spur.

»Was für ein Arsch«, schimpfte Mike und griff schon nach der Kelle, doch Ruben fragte nur: »Für was wollen Sie ihn anhalten? Sie haben rechts überholt und er hat fast alles richtig gemacht.«

»Er hat uns abgedrängt«, widersprach Mike aggressiv, musste aber einsehen, dass er tatsächlich im Unrecht war.

Einige Minuten später verließen sie die Autobahn an der gleichen Abfahrt, die Ruben schon am Montag genommen hatte. Mike war zu einem ruhigeren Fahrstil zurückgekehrt, was Ruben dazu nutzte, über den Fall nachzudenken. Doch fünf Kilometer weiter schüttelte er den Kopf, sagte zu sich selbst: »So wird das nichts«, und bat: »Könnten Sie bitte irgendwo anhalten?«

Die Ansage kam gerade noch rechtzeitig vor einem kleinen Waldparkplatz für Wanderer. Mike fuhr von der Landstraße ab, hielt an und fragte: »Was ist los, drückt der komische Tee, den du immer trinkst?«

Ruben sah ihn von der Seite an, erinnerte sich zwar an Evas Ermahnungen bezüglich seiner besserwisserischen Art, erklärte aber trotzdem: »Grüner Tee wäre genau das Richtige für Sie. Kaffee enthält eine Menge Reizstoffe, und wie wir gerade auf der Autobahn gesehen haben, können die einen das Leben kosten.« Dann öffnete er die Tür. »Und nein, ich muss nicht pinkeln, ich gehe jetzt ein Stück spazieren, um meine Gedanken in Ordnung zu bringen. Ich bekomme diese, wie Sie es nannten, losen Enden in meinem Kopf einfach nicht sortiert.« Damit stieg er aus, schloss die Tür von außen und ging ziemlich zielstrebig davon.

Mike sah ihm ein wenig fassungslos hinterher, sagte laut »Kann man machen« in die Stille des Wagens hinein und öffnete selbst die Tür.

Obwohl es erst halb zehn Uhr morgens war, brachte der Schatten des Waldes nur wenig Abkühlung. Mike holte die Zigaretten aus der Tasche, zog die Jacke aus und warf sie auf die Rückbank. Rubens Worte bezüglich der Reizstoffe hallten nur kurz in seinem Kopf wider und waren mit dem ersten Zug an der Gauloises verflogen. Er lehnte sich an den Wagen, genoss die Stille und dachte ebenfalls über die bisherigen Ereignisse nach.

Jedenfalls so lange, bis ein Motorrad auf den Waldparkplatz fuhr, was alle Naturgeräusche verstummen ließ.

Der Mann hielt auf der anderen Seite des Parkplatzes, stieg ab, bockte sein Gefährt auf und klappte das Kinnteil seines Helmes nach oben. Sein Blick traf den von Mike, der zwar kaum etwas vom Gesicht des Kerles erkennen konnte, aber mit einem kurzen Nicken grüßte. Dann holte auch der andere eine Zigarette heraus und zog gierig daran, während er gleichzeitig sein Smartphone zückte.

Mike schenkte ihm keine weitere Beachtung, bis er Rubens Stimme hörte. Dieser hatte seinen Spaziergang offenbar schon beendet und Mike hörte in Wortfetzen, wie Ruben dem Motorradfahrer eine Standpauke über das Rauchen in trockenen Wäldern hielt.

Kurz darauf kam sein Kollege zu ihm herüber, starrte auf Mikes Kippe und sagte: »Na super.«

Mike zuckte mit den Schultern, antwortete: »Ich bin Bulle, ich darf das«, und trat den Stumpen sorgfältiger als sonst aus, wollte ihn aber liegen lassen. Erst als er Rubens Räuspern hörte, bückte er sich, hob den Filter auf und steckte ihn in die Plastikfolie seiner Zigarettenpackung.

»Und, verlaufen deine Gedanken jetzt wieder in ordentlichen Bahnen?«, versuchte Mike, die Stimmung etwas aufzuhellen, während er den Wagen zurück auf die Landstraße lenkte.

Ruben ging erstaunlicherweise nicht auf das Rauchen im Wald ein, sondern antwortete versöhnlich: »Ja. Ich habe zwar keine neuen Erkenntnisse gewonnen, sehe die Dinge aber wieder klarer. Kennen Sie das nicht?«

»Doch, natürlich«, gab Mike zu. »Ich habe früher auch oft Spaziergänge gemacht, wenn ich nachdenken wollte. Heute bereitet mir das allerdings Schmerzen. Keine schlimmen, doch genug, um das Denken zu blockieren.«

»Bleibt das so? Ich meine, mit Ihrem Bein. Kann man da nichts machen?«

»Nope.« Mike schüttelte den Kopf. »Besser wird es nicht. Aber man muss es positiv sehen. Nach der Bombenexplosion hat kaum jemand daran geglaubt, dass ich nicht als kompletter Krüppel aus der Sache herauskomme. Und jetzt kann ich sogar wieder arbeiten.« Er warf einen kurzen Blick zum Beifahrersitz und fügte hinzu: »Nur bei Verfolgungsjagden zu Fuß musst du auf mich verzichten.« Damit setzte er den Blinker und bog auf den Schotterweg zu Pohls Grundstück ab.

Der Minivan kam ihnen ziemlich schnell entgegen und wirbelte eine Menge Staub auf. Mike erkannte gerade noch, dass es sich bei der Fahrerin um eine nicht unattraktive Frau im besten Alter handelte, dann war sie auch schon an ihnen vorbei. Er murmelte: »Na, die hat es ja eilig«, folgte der lang gezogenen Kurve bis zur Einfahrt des Anwesens und hielt dort an.

Sie stiegen aus, Ruben klingelte an der schmalen, aber hohen Gartentür neben dem Tor und wollte gerade etwas zu Mike sagen. Stattdessen wurde die Tür beinahe augenblicklich aufgerissen und ein wütender Johann Pohl maulte lautstark: »Was wollen Sie denn noch? Ich habe …« Er stockte im Satz, funkelte die beiden Beamten wütend an und blaffte: »Sie schon wieder. Was ist denn jetzt noch?«

Ruben drehte sich zurück zum Schotterweg, über dem noch immer der aufgewirbelte Staub schwebte, und erwiderte, anstatt zu antworten: »Die Frau hatte es aber ganz schön eilig. Gab es Streit?«

»Was geht Sie das an?«

»Sie haben recht. Das geht uns nichts an. Aber wir würden uns gerne noch einmal mit Ihnen über Ihren Unfall und das Opfer unterhalten. Hätten Sie ein wenig Zeit?«

Pohl schien darauf überhaupt keine Lust zu haben und antwortete bissig: »Ich habe Ihnen bereits alles gesagt. Und nein, ich habe jetzt keine Zeit.« Dann zückte er eine Visitenkarte, reichte diese Ruben und erklärte: »Das ist die Nummer meines Anwalts, wenn Sie mich jetzt bitte entschuldigen würden.« Damit drückte er die Tür zurück ins Schloss.

»Der Mann hat viele Gesichter«, ergriff Mike im Wagen zuerst das Wort. »Im Beisein seiner Tochter war er wesentlich freundlicher.«

»Ja, bei meinem letzten Besuch fand ich ihn eigentlich auch ganz zugänglich«, bestätigte Ruben.

»Und jetzt?«

Ruben sah aus dem Fenster. »Und jetzt würde ich mich hier gerne ein wenig umsehen. Der Mann muss uns zwar nicht reinlassen, aber hier draußen können wir machen, was wir wollen.«

»Schon wieder ein Spaziergang?« Mike fand den Gedanken an die Temperaturen jenseits des klimatisierten Autos nicht gerade einladend.

»Ein kleiner. Und Sie kommen mit«, beschloss sein Kollege. »Wir laufen auch langsam ... wegen Ihrem Bein, meine ich.«

»Also gut«, stimmte Mike zu und parkte den Wagen unter einigen Bäumen in einem Forstweg, der von der Schotterstraße abging.

Sie stiegen aus und sein Griff ging automatisch wieder zu der Packung Zigaretten in seiner Hosentasche. Er ließ es jedoch bleiben und folgte Ruben ein Stück in den Wald hinein. Nach etwa dreißig Metern blieb dieser stehen und drehte sich in Richtung von Pohls Anwesen. Mike tat es ihm gleich, wobei er feststellte: »Das ist kein Haus, das ist eine Festung. Der Mann will offenbar nicht gesehen werden.«

»Würde ich nicht überbewerten«, entgegnete Ruben. »Wenn Sie heutzutage durch eine dieser Reihenhaussiedlungen gehen, werden Sie auf noch viel höhere Hecken treffen. Ich glaube, sich einzumauern ist so eine deutsche Eigenart.«

»Gehen wir noch ein Stück«, schlug Mike vor und folgte einem schmalen Pfad, der parallel zu dem Schotterweg verlief. Dichte Brombeerbüsche trennten die beiden Wege.

Um nicht über eine der vielen Wurzeln der angrenzenden Fichten zu fallen, hielt er den Blick auf den Boden gerichtet und blieb plötzlich stehen. Ruben, der dicht hinter ihm lief, prallte fast mit ihm zusammen. Er blieb ebenfalls stehen und fragte alarmiert: »Was ist?«

Mike bückte sich zum Boden und deutete auf einen Abdruck in einer eingetrockneten Pfütze, wobei er feststellte: »Sieht aus wie ein Motorradreifen.«

Sein Kollege zog sein Handy heraus und fotografierte die stollenartigen Mulden, die sich in dem hart gewordenen Matsch scharf abzeichneten. »Stimmt. Aber kann man hier überhaupt fahren?«

Mike richtete sich wieder auf und sah sich um. Direkt rechts von ihnen begann der Wald, an dessen sonnendurchflutetem Rand zahlreiche kleinere Bäume standen. Der schmale Pfad, an dessen Ende die Einfahrt zu Pohls Grundstück zu sehen war, führte immer wieder eng an den Baumstämmen und tief hängenden Ästen vorbei. Von links ragten einzelne Brombeeräste in den Weg, deren Stacheln jede Motorradkleidung entstellen würden. Das Gebüsch war dicht. Dort war kein Durchkommen.

Schließlich schüttelte er den Kopf und stellte fest: »Ich bin als Teenager selbst ein wenig Cross gefahren und man glaubt gar nicht, wo man mit der richtigen Maschine überall durchkommt. Aber dieser Pfad eignet sich noch nicht einmal für ein Mountainbike.« Dann fiel sein Blick auf gleich zwei Auffälligkeiten. Etwa fünf Meter vor ihm waren auf der

Waldrandseite die Brombeerbüsche heruntergedrückt. Und weitere fünf Meter daneben stand ein Baum, genauer gesagt eine Eiche, deren Äste sich wunderbar zum Klettern anboten.

Ruben fackelte nicht lange, was Mike einige Bewunderung für dessen körperliche Fitness abrang. Zwei Minuten später stand sein Kollege in luftiger Höhe auf einem dickeren Ast und bestätigte von oben: »Prima Aussicht. Man kann sogar einen Teil des Wohnzimmers einsehen.« Ruben löste eine Hand vom Baum, was bei Mike ein flaues Gefühl im Magen auslöste. Dann machte der Mann Fotos mit seinem Handy und kam wieder herunter. Dort klopfte er sich die Klamotten ab, sagte: »Da hat wohl jemand einen Stalker«, und fragte sich selbst: »Wir wissen nur nicht, ob es Herrn Pohl, seine Frau, seine hübsche Tochter oder seinen Sohn betrifft.«

»Ich denke, Sie haben seine Familie nicht angetroffen?«, wunderte sich Mike.

»Hab ich auch nicht. Aber in dem Haus hängen genügend Bilder von der Familie herum.«

34

Zurück im Wagen, telefonierte Ruben kurz mit den Kollegen im Präsidium. Am Ende sagte er nur: »Immer schön über den Tellerrand blicken«, legte auf, wandte sich an Mike und erklärte: »Die haben noch nichts wirklich Brauchbares. Eva hat nur herausgefunden, dass Nina Hoffmann offenbar tatsächlich eine Weile etwas mehr Geld zur Verfügung hatte. Sie hat in den ersten vier Wochen nach dem Tod ihres Kindes keinerlei Barabhebungen von ihrem Konto getätigt und auch sonst nichts mit Karte bezahlt. Und Schober konnte ein paar Röntgenaufnahmen von dem Toten aus dem See auftreiben. Er ist gerade bei Ihren Kollegen, um den Computer damit zu füttern. Wenn es gut läuft, haben wir bis heute Abend ein Bild von dessen Gesicht. Unsere Chefs haben das Budget dafür ohne Zögern genehmigt. Die glauben offenbar immer noch an die Mafia.«

»Und was glaubst du?«, hakte Mike ein.

»Nicht an die Mafia«, lautete Rubens kurze Antwort. Dann warf er einen Blick in sein Notizbuch und fragte seinerseits: »Haben Sie eine Idee, wie wir jetzt weitermachen könnten?«

»Habe ich.« Mike beschloss, sich auch einmal bedeckt zu halten, startete den Motor, fuhr rückwärts aus dem Forstweg und dann den Schotterweg entlang zur Landstraße. Dort bog er allerdings nicht nach rechts nach Nürnberg ab, sondern schlug die andere Richtung ein.

»Und was wird das jetzt?« Ruben blickte verwundert durch die Windschutzscheibe. Aufgrund der Pfingstferien und des schönen Wetters war auf dem Gelände mit den Wildgehegen bereits einiges los.

Mike deutete auf eine kleine Hütte, hinter der zahlreiche Tische und Sonnenschirme standen, und erwiderte: »Das wird eine späte Frühstückspause in schöner Umgebung. Die Weißwürste sind hier wirklich zu empfehlen. Das Bier eigentlich auch, aber dazu ist es wohl noch etwas zu früh am Tag.«

»Wir haben einen vermutlich entführten Mann, der irgendwo auf seine Rettung wartet«, mahnte Ruben.

»Und ich rette niemanden, wenn ich unterzuckert bin«, gab Mike bockig zurück. Damit stieg er aus, bückte sich in die offene Fahrertür und fragte: »Kommst du mit oder willst du hier warten?«

Ruben schüttelte zwar den Kopf, stieg aber dennoch aus.

Am Fenster der Essensausgabe begrüßte sie ein Mann, der genauso gut in eine Almhütte gepasst hätte. Er fragte: »Was kann ich für euch tun?«, was Ruben dazu veranlasste, den Mann auf die korrekte Anrede mit Sie hinzuweisen.

Mike zwinkerte dem Wirt zu, sagte leise: »Einfach nicht so ernst nehmen«, und bestellte für sich ein Paar Weißwürste, eine Breze und ein großes Glas Apfelschorle. Danach wandte er sich an Ruben. »Was darf's für dich sein?«

»Stilles Wasser und einen Beilagensalat bitte.«

Mike und der Wirt wechselten einen kurzen Blick, dann verschwand der Mann in der Küche und brachte kurz darauf ein Tablett mit den gewünschten Speisen.

Sie fanden gerade noch einen kleinen Tisch im Schatten. Ruben setzte sich, ließ seinen Blick über das nahe Gehege mit Rotwild schweifen und gab zu: »Wirklich schön hier. Tiere in Freiheit sind mir zwar lieber, aber die haben hier wenigstens genügend Platz.«

»Jep«, erwiderte Mike zwischen zwei Bissen. »Weiter hinten gibt es auch noch Wildschweine. Außerdem fließt ein Bach durch das Gehege und Schatten gibt es auch. Was will so ein Vieh also noch mehr?«

»Sie scheinen öfter hier zu sein.« Ruben griff nach dem Glas, das der Wirt mit Leitungswasser gefüllt hatte.

Mike wischte sich mit der Serviette einen Klecks süßen Senf aus dem Mundwinkel, wobei sein Gesichtsausdruck versteinerte. »Früher ja«, lautete seine knappe Antwort, bei der er sichtlich mit seinen Gefühlen ringen musste.

»Schmerzhafte Erinnerungen?«, fragte Ruben, der selten auf die Gefühle seiner Mitmenschen achtete, denn auch prompt.

Mikes blaue Augen verloren für einen kurzen Augenblick ihren Glanz. Irgendwie schaffte er es, sich lockerer zu geben, als er war, und sagte: »Diese Anlage gibt es schon ewig. Als die Kinder auf der Welt waren, kam ich oft mit ihnen und meiner Frau hierher. Früher durfte man die Wildschweine noch mit Spaghetti füttern. Du kannst dir vorstellen, wie viel Spaß die Kleinen daran hatten.«

Rubens Gedanken gingen kurz zu seiner eigenen Tochter, wodurch er seinen Fehler erkannte. Er deutete ein Nicken an und erwiderte nur: »Tut mir leid. Ich kenne Ihre Akte und hätte das nicht fragen dürfen.« Dann streckte er in einer seltenen Geste seine Hand über den Tisch und fragte: »Kann ich das mit dem Du noch einmal versuchen? Wir hatten ja nicht den besten Start.«

Mike war froh über das neue Thema. Er erwiderte den Händedruck, schaffte ein Lächeln, deutete auf die halb leere Salatschale und erwiderte: »Eigentlich kann ich mit Wiederkäuern ja nichts anfangen, aber bei dir will ich mal eine Ausnahme machen. Du solltest dir aber wirklich ab und zu etwas wie diese Weißwürste gönnen. Es sind die kleinen Dinge im Leben, die glücklich machen.«

Ruben schaffte ein Lachen. »Das sehen die Tiere hier mit Sicherheit anders. Mir ist eine Sau im Schlamm lieber als auf dem Teller. Allerdings esse ich durchaus ab und zu Fleisch.« Und mit Blick auf Mikes verbliebene Wurst fügte er hinzu: »Allerdings keins, das in einen echten Darm gepresst wurde.«

Mike hob die Hände: »Also gut, keine Grundsatzdiskussionen. Aber schön, dass du dich noch dazu durchringen möchtest, mich zu duzen.« Dann zog er den Darm extra langsam von der zweiten Wurst, tauchte diese in den Senf und biss genüsslich ab, bevor er fragte: »Kann ich dich etwas Persönliches fragen?«

»Nur zu, ich muss ja nicht antworten.«

»Wie ist das eigentlich bei dir und deiner Familie? So wie ich das sehe, bist du öfter für einige Tage irgendwo in Deutschland unterwegs. Stört das deine Frau und deine Tochter nicht? Meine Frau hätte mir früher was erzählt, ihr waren schon meine Überstunden und Nachteinsätze ein Dorn im Auge.«

»Ist schon komisch«, erwiderte Ruben. »So viele Paare gehen sich gegenseitig auf die Nerven und trotzdem ist jeder darüber verwundert, dass ich meine Familie oft für längere Zeit nicht sehe.«

»Ihr geht euch auf die Nerven?«, fragte Mike.

»Aber nein. Überhaupt nicht. Wir haben uns aber gut mit den Umständen arrangiert. Pia weiß, dass ich meinen Job liebe, und lässt mir die Freiheit, ihn so auszuüben, wie ich es tue. Dafür nutze ich die vielen Überstunden dafür, intensiv Zeit mit meiner Familie zu verbringen. Außerdem gibt es heutzutage Skype und meine Tochter weiß ganz genau, dass es sich darüber wesentlich schlechter schimpfen lässt. Kurzum, bei uns ist alles in Ordnung. Es hat eine Weile gebraucht, um genügend Vertrauen aufzubauen, aber jetzt stört es Pia noch nicht einmal, dass ich mit einer Kollegin unterwegs bin.«

»Klingt nach purer Harmonie.« Mike konnte sich den ironischen Unterton nicht ganz verkneifen.

Ruben ignorierte das und erklärte sachlich: »Aber nein. Wir streiten schon auch. Vor allem, wenn ich es mit der Arbeit übertreibe.«

»Wie sieht es aus, würden Sie … würdest du mir noch die Wildschweine zeigen?«

Mike warf einen Blick auf seine Uhr, die bereits kurz vor zwölf anzeigte. »Keine Ermittlungen?«

Sein Kollege checkte sein Handy ein weiteres Mal und gab zu: »Wüsste im Moment nicht recht, was wir tun können. Und die aktuellen Erkenntnisse laufen uns nicht weg, die können wir uns auch später noch einmal ansehen. Bis dahin haben vielleicht auch Eva und Schober etwas entdeckt.«

»Na dann.« Mike erhob sich, stellte das Geschirr auf das Tablett und brachte es zur Rückgabestation. Durch das Sitzen brauchte sein Bein ein paar Schritte, um wieder in Schwung zu kommen. Dann ging es besser und sie schlenderten zunächst am Zaun des größten Geheges entlang.

Den Rehen und Hirschen war der Tumult, den die vielen Kinder machten, offenbar zu viel. Fast alle Tiere standen in Gruppen weiter weg, manchmal wagten es die Halbstarken unter ihnen, sich das angebotene Futter abzuholen.

Auf der anderen Seite, jenseits des schmalen Baches und eines kleinen Wäldchens, war gerade ein Mitarbeiter der Anlage dabei, ein Stück Zaun zu reparieren. Mike und Ruben dachten sich natürlich nichts dabei und unterhielten sich über den weiterhin verschwundenen Friedrich Möller.

Das erste Wildschweingehege trennte nur ein schmaler Weg vom Rotwild. Da sich bereits die ersten Frischlinge im Schlamm suhlten und wirklich süß anzusehen waren, standen hier auch die meisten Menschen herum.

Ruben sagte mit Blick zu den jungen, längs gestreiften Schweinen: »Und die kannst du ohne schlechtes Gewissen essen?«

Mike suchte gerade nach einer Antwort, da fiel der Schuss. Im Gegensatz zu Ruben sah Mike den Schützen. Der etwa fünfjährige Junge stand direkt neben ihnen, hatte einen Cowboyhut auf dem Kopf und eine Flinte mit diesen kleinen roten Zündplättchen in der Hand.

Während Mike sich nach dem kurzen Schrecken wieder entspannte, sah Ruben aus, als hätte ihn tatsächlich ein Schuss getroffen. Er hielt sich mit beiden Händen am Maschendrahtzaun fest, atmete mit geschlossenen Augen schnell ein und aus, wobei sein Körper leicht zu zittern schien. Mike wollte ihn ansprechen, doch Ruben hob nur die Hand, presste ein »Moment bitte« heraus und verharrte weiter in dieser Position.

Der Junge ging mit seinen Eltern weiter, musste die Waffe aber an seinen Vater aushändigen. Ruben brauchte noch einige Sekunden, ehe er sich aus seiner Schockstarre löste und ein, zwei Mal tief durchatmete.

Mike war lange genug im Dienst und kannte genügend Kollegen, um ein Trauma zu erkennen. Daher fragte er nur: »Geht's wieder?«, und hakte nicht weiter nach.

Ruben sagte auf dem Rückweg zum Wagen kaum ein Wort. Erst als sie eingestiegen waren, erklärte er: »Ich habe ein

Problem mit allem, was nach einem lauten Schuss klingt. Ist ein Trauma aus meiner Kindheit. Ich war dabei, als mein Bruder erschossen wurde. Aber was würdest du von einem gemeinsamen Abendessen mit Eva, Schober und mir halten? Es ist vielleicht kein Schaden, wenn wir uns alle noch ein bisschen besser kennenlernen. Dann erzähle ich dir auch die ganze Geschichte, die hinter meinem Problem mit lauten Geräuschen steckt.«

Mike stimmte zu, startete den Motor und schlug den Weg zurück nach Nürnberg ein.

35

Wie konnte es diese blöde Kuh nur wagen? Ihre Vereinbarung war mehr als eindeutig. Nachdem sie in dem Forum zusammengefunden hatten, sollte es bis auf dieses eine Treffen vor ein paar Monaten keine weiteren Begegnungen mehr geben. Nicht im Internet, nicht per Telefon und schon gar nicht persönlich.

Und jetzt stand sie sogar vor seiner Tür, hielt ihm eine durchaus kunstvoll bemalte Blankopostkarte seiner Apotheke vor die Nase und beschuldigte ihn, ihr Angst machen zu wollen.

Natürlich erkannte er das handgemalte Motiv sofort wieder. Das allsehende Auge schien ihn inzwischen zu verfolgen. Erst auf der Karte in dem Werbeumschlag, dann in Form der Schnitte um Friedrich Möllers Auge und jetzt auf einer Postkarte, die er eigentlich nur für persönliche Glückwünsche an seine Stammkunden verwendete. Ein Umstand, der ihn auch gleich zur nächsten Frage führte. Diese Karten lagen nirgendwo aus und wurden auch nie leer verschickt. Außerdem gab es nur eine begrenzte Anzahl und die befand sich in seinem Büro in der Hauptfiliale. Wo zum Teufel kam diese Karte also her?

Nachdem er die Zicke endlich abgewimmelt hatte, dauerte es keine fünf Minuten, bis diese Kommissare an seiner Tür klingelten.

Ob er sich rechtlich korrekt verhalten hatte, wusste er nicht. Andererseits hatte er einfach keinen Nerv mehr gehabt, sich auch noch mit denen zu unterhalten. Also gab er ihnen einen Korb und verwies sie an seinen Anwalt, der sich mit dem Verkehrsunfall befasste.

Es musste Monate her sein, dass er den Tag ohne seinen Morgenlauf begonnen hatte. Inzwischen war es Mittag und Paulus musste sein großes Geschäft im Garten verrichten. Johann saß seit einer geschlagenen Stunde auf dem Sofa und versuchte, Klarheit in seinen Kopf zu bekommen. Fakt war, er wurde bedroht. Fakt war auch, dass diese Postkarte an Karolin Grafwinter eine eindeutige Warnung war. Eigentlich hätte er sie mit Blick auf das jämmerliche Ende von Friedrich Möller warnen müssen. Andererseits wäre das ein unkalkulierbares Risiko gewesen. Denn wie sollte er einer Frau, die sich ruhig verhalten sollte, sagen, dass sie eventuell ein Mordopfer werden könnte?

Er konnte es drehen und wenden, wie er wollte. Die Situation war mehr als übel, sie war existenzbedrohend! Und was noch schlimmer war, er hatte weder einen Anhaltspunkt, wer dahinterstecken könnte, noch eine zündende Idee, wie er das feststellen könnte. Im Grunde konnte er nur darauf hoffen, dass sich die Person, die Jagd auf ihn und seine speziellen Kunden machte, von allein zeigte.

Die einzige Möglichkeit wäre ein Privatdetektiv. Doch er wusste im Augenblick nicht, wie er einen derartigen Auftrag formulieren könnte, ohne dass ihn dieser direkt bei der Polizei anzeigte.

Eine SMS seiner Filialleiterin erinnerte ihn daran, dass er auch noch anderes zu tun hatte. Er musste zwar nicht sofort, aber doch im Laufe des Tages nach Nürnberg fahren und einige geschäftliche Dinge regeln.

Das Display seines Handys leuchtete ein weiteres Mal auf, jetzt jedoch mit einem Benachrichtigungston, den er gut kannte.

Seine Frau hatte gerade das Sicherheitssystem mit ihrem Chip deaktiviert. Auch das noch.

Johann stand auf, ließ seinen Blick durch den Raum schweifen, fand aber nichts Kritisches, was auf die Geschehnisse der letzten beiden Tage hinweisen könnte. Er ging zur Haustür, trat hinaus und winkte seiner Familie entgegen. Claudia winkte zurück, steuerte den Wagen in die großzügige Doppelgarage, deren Tor sich von allein öffnete, und stellte ihn ab.

Sein Sohn Felix sprang als Erster heraus, kam angerannt und begann sofort, von seinen Erlebnissen bei Oma und Opa zu erzählen. Seine Frau kam ihm hinterher, umarmte ihn mit einem Lächeln, gab ihm einen schnellen Kuss auf den Mund und stöhnte: »Diese Hitze bringt mich um. Und meine Eltern werden immer sonderbarer.« Johann schaffte trotz seiner inneren Anspannung ein Lachen und fragte: »So schlimm?«

»Schlimmer!«, lautete die knappe Antwort, dann fragte Claudia: »Und bei dir, alles in Ordnung? Hast du uns vermisst?«

Johann log: »Alles gut und natürlich habe ich euch vermisst.« Gleichzeitig winkte er seiner Tochter Alina zu, die nicht mehr als ein aus der Ferne gerufenes »Hi Dad« für ihn übrig hatte und im Haus verschwand.

»Nimm es ihr nicht übel«, warb Claudia für Verständnis. »Meine Mutter hat ständig an ihr rumgemeckert und außerdem scheint sie jemanden zu vermissen. Hast du eine Ahnung, wer das sein könnte? Sie ist doch hoffentlich nicht wieder mit diesem Markus zusammen.«

»Nicht dass ich wüsste«, gab Johann zurück. »Aber ich habe da so eine Ahnung. Mein Praktikant scheint ihr Typ zu sein.«

»Wie auch immer«, beschloss Claudia. »Ich brauche jetzt erst einmal eine Dusche.« Sie wollte sich schon abwenden, sah ihn noch einmal an und bat zweideutig: »Kannst du unsere

Taschen aus dem Wagen holen und mir dann vielleicht ein wenig Gesellschaft leisten? So eine kleine Massage wäre nach der Fahrerei nicht schlecht.«

Johann war zwar nicht danach, wollte sich aber so normal wie möglich geben. Also stimmte er zu, sagte zu Felix: »Komm, Großer, ich brauche deine Hilfe«, und ging zum Wagen.

Fünfzehn Minuten später stieg er zu Claudia in die Dusche. Sie drehte sich zu ihm um, gab ihm einen langen Kuss, der aber absolut nichts bewirkte. Auch als sie zum Duschgel griff und es mit den Händen auf seinem Körper verteilte, blieb sein Glied unbeeindruckt. Sie versuchte es noch mit einer engen Umarmung, begleitet von der geflüsterten Bitte, es ihr zu besorgen, was ihn zwar etwas anmachte, aber immer noch nicht zu einer Erektion führte. Und als sie es mit ihrer schmalen Hand umgriff und diese leicht auf und ab bewegte, sorgte das nur für noch mehr Stress. Schließlich trat sie in der großen Duschkabine einen Schritt zurück, sah ihm in die Augen und fragte streng: »Was ist los?«

Er winkte ab. »Liegt nicht an dir. Ich müsste eigentlich schon längst in der Firma sein. Das stresst mich ein wenig.«

Claudia stellte das Wasser ab, sah ihn skeptisch an und sagte wenig überzeugt: »Das stört dich doch sonst auch nicht. Ist etwas passiert?«

Er suchte verzweifelt nach einer Ausrede und erklärte ihr schließlich: »Ein Lieferant ist ausgefallen und nun ist ein größerer Auftrag vom Südklinikum in Gefahr.«

Sie streckte die Hand aus, strich ihm über die Wange und sagte beinahe mitleidig: »Immer mit dem Kopf woanders.« Danach senkte sie ihren Blick auf sein schlaffes Glied und fragte: »Meinst du, bis heute Abend seid ihr beide wieder mehr bei der Sache?«

Er zwang sich zu einem Lächeln, zog sie zu sich heran und raunte: »Ganz bestimmt, mein Schatz.«

Die Dusche hatte ihm trotz der fehlenden Lust gutgetan. Er öffnete mit etwas mehr Energie den Schrank, zog sich eine Anzughose und ein Hemd an. Auf das Jackett verzichtete er aufgrund der hohen Temperaturen. Danach ging er die Treppe hinunter, wo ihn Alina bereits zu erwarten schien.

Seine Tochter saß auffallend aufgehübscht auf einem der Barhocker vor dem Tresen, der die Küche vom Wohnraum trennte. Als sie ihn kommen hörte, legte sie ihr Handy weg und beschloss: »Ich komme mit!«

Johann dachte kurz an das, was alles passiert war. Einerseits würde er seine Familie lieber hier auf dem Grundstück wissen. Andererseits konnte er es ihnen natürlich unmöglich befehlen. Und sie ohne Erklärung darum zu bitten ging auch nicht. Also blieben ihm nicht wirklich viele Optionen.

Eine davon wäre, selbst hierzubleiben und sie irgendwie zu beschäftigen. Aber was sollte das bringen und wie lange konnte er das durchziehen? Es gab keinen einzigen Anhaltspunkt, wie diese ganze Scheiße weitergehen würde.

Er warf einen Blick durch die große Panoramascheibe in den Garten, wo Paulus träge im Gras lag und nach Insekten schnappte. Weiter hinten an der Hecke vor der Mauer, die das Grundstück umgab, schwankte ein Zweig, was für einen kurzen Augenblick aussah, als würde sich ein Mensch im Schatten bewegen. Die Idee kam ihm so plötzlich, dass er sich fragte, warum er nicht schon früher auf diese einfache Lösung gekommen war.

»Erde an Dad«, versuchte Alina, seine Aufmerksamkeit zu bekommen. Johann ignorierte sie, wartete, bis Claudia hinter ihm die Treppe heruntergekommen war, und bat: »Könnt ihr mir kurz zuhören?«

Die Gesichter von Frau und Tochter wurden ernster. Claudia fragte: »Ja, klar. Was ist los?«, und scherzte dann misstrauisch: »Hast du eine andere Frau kennengelernt?«

»Mama«, maulte Alina, die so etwas nicht hören wollte.

»Nein, natürlich nicht«, erwiderte er, ohne es lustig zu finden. »Es ist nur … Na ja, es muss nichts bedeuten, aber ich habe in den letzten Tagen immer wieder einmal jemanden draußen im Wald gesehen. Keine Ahnung, ob das Zufall war. Aber ich möchte einfach nur, dass ihr ein bisschen vorsichtig seid.«

Claudias Kopf zuckte zu ihrer Tochter. »Ist das dein Ex?«

Alina schreckte ein wenig zusammen. »Markus? Kann ich mir eigentlich nicht vorstellen. Erstens ist er ja offenbar mit dieser Bitch Tina zusammen und zweitens hat er in seinen letzten Nachrichten ziemlich vernünftig reagiert.«

Johann machte eine beruhigende Geste. »Wie gesagt, es muss nichts bedeuten. Passt einfach ein bisschen auf und Felix soll bitte innerhalb des Grundstücks bleiben.«

»Aber ich will nachher mit dem Rad zu Ben rüber«, maulte dieser prompt vom Sofa aus, wo er schon wieder die Spielkonsole in Beschlag nahm.

»Ich fahr dich«, entgegnete Claudia. Dann trat sie an Johann heran und raunte leise: »Dann war es also doch nicht nur der verpasste Auftrag, der dich vorhin abgelenkt hat.« Er antwortete mit einem müden Lächeln und erklärte: »Ich nehme Alina mit in die Stadt, dann musst du nicht auch noch sie unter Kontrolle halten.«

»Wirst du die Polizei informieren?«

»Dazu ist zu wenig passiert. Aber wenn es sich bestätigen sollte, dass uns da draußen jemand stalkt, werde ich das sicher tun müssen.«

Claudia nickte halbwegs beruhigt, blickte nun aber selbst zu der Mauer und den dahinterliegenden Bäumen des nahen Waldes.

36

»Sascha hat es dir angetan, oder?« Johann merkte schon, während er die Frage formulierte, dass Alina abblocken würde. Sie war in der Hochphase der Pubertät und würde das nie zugeben. Und so sah sie ihn auch nur kurz vom Beifahrersitz aus an und zickte: »Der Typ sieht zwar ganz gut aus, aber das war es auch schon.«

Seit dem Unfall und dem halb toten Friedrich Möller vor dem Haus war Johann beim Fahren absolut konzentriert. Wenn er bei der Polizei nicht noch mehr Aufsehen erregen wollte, durfte er auf keinen Fall in eine weitere Falle tappen. Es grenzte eh schon an ein Wunder, dass sich die Dinge bisher so glimpflich entwickelt hatten.

»Ist er da?«

Johann zuckte ein wenig zusammen, schüttelte die Gedanken ab und fragte: »Was?«

Alina wirkte verlegen, wiederholte aber: »Ist er da? Sascha, dein Praktikant.«

Er beschränkte sich auf ein innerliches Grinsen. »Denke schon. Er schläft offenbar gerne etwas länger und trägt sich meistens für die Nachmittagsschicht ein.« Johann machte eine kurze Pause und fragte dann scheinheilig: »Was willst du eigentlich in Nürnberg?« Aus dem Augenwinkel sah er förmlich, wie es in seiner Tochter arbeitete, bis sie schließlich ausweichend antwortete: »Du hast doch gesagt, ich soll deine Apotheken besser kennenlernen. Also bin ich zur Abwechslung mal eine gute Tochter und arbeite ein bisschen mit.«

Keiner von beiden hielt es länger als fünf Sekunden aus, und als er möglichst neutral »Ach so« sagte, begannen sie beide zu lachen.

Johann mochte diesen besonderen Draht zu seiner Tochter, was ihm allerdings auch Angst machte. Sie hatte mit seiner Leidenschaft nichts zu tun und durfte auf keinen Fall darunter leiden. Wer auch immer hinter ihm her war, seine Tochter war tabu und er würde sich mit allen Mitteln dazwischenwerfen.

Es war fast exakt die gleiche Stelle wie bei dem Unfall, nur dass dieses Mal ein anderes Auto auf dem Seitenstreifen stand. Johann verringerte die Geschwindigkeit und starrte angestrengt nach vorne. Bei dem Wagen handelte es sich um einen ziemlich gut erhaltenen Mercedes-Oldtimer. Da sich die Sonne in dessen Scheiben spiegelte, war von dem Fahrer nichts zu sehen.

Johann warf einen kurzen Blick in den Rückspiegel, fuhr noch etwas langsamer und machte einen großen Bogen um das Fahrzeug.

Als er auf gleicher Höhe war, sah er im Inneren eine Bewegung, dann wurde die Tür aufgedrückt und er verriss das Lenkrad.

Dank der langsamen Geschwindigkeit stellte die plötzliche Lenkbewegung kein Problem dar. Trotzdem stieß er einen lauten Fluch aus, hielt ein Stück weiter ebenfalls auf dem Grasstreifen und sprang wütend aus dem Wagen.

Auf dem Weg zurück zu dem Mercedes stieg sein Adrenalinspiegel noch weiter an. Er setzte gerade dazu an, schon etwas von Weitem zu brüllen, als eine Hand auf der geöffneten Fahrertür auftauchte. Die alte Frau zog sich mühsam in den Stand, sah ihm entgegen und rief: »Tut mir leid, ich habe Sie gar nicht kommen sehen.«

»Habe ich gemerkt«, blaffte er immer noch wütend zurück. Die alte Dame machte einen sehr gepflegten Eindruck und bewegte sich nun deutlich agiler, als es beim Aussteigen den Eindruck gemacht hatte. Außerdem lag eine Härte in ihrem Blick, die ihn ein wenig vorsichtiger werden ließ. Daher schluckte er einen Teil seines Ärgers herunter, deutete auf den Wagen und fragte: »Haben Sie ein Problem mit dem Auto? Die Stelle hier ist ein wenig schlecht einzusehen. Sie sollten wenigstens ein Warndreieck aufstellen.«

Sie warf einen Blick die Straße zurück, dann sah sie ihm in die Augen und sagte: »Ja, stimmt. Hier passieren schlimme Unfälle.«

Johann irritierte nicht nur die Antwort, sondern auch etwas an ihrer Tonlage, trotzdem fragte er: »Und? Kann ich Ihnen irgendwie helfen?« Doch die Alte winkte nur ab. »Wohl kaum, junger Mann. Ich muss eigentlich nur mal kurz ins Unterholz und das wollen Sie sicher nicht sehen.«

»Na gut«, erwiderte Johann. »Aber passen Sie das nächste Mal mit Ihrer Tür auf.«

»Das mache ich.« Sie hielt kurz inne und nickte zu seinem Wagen, neben dem Alina stand. Dann hob sie ihre faltige Hand, winkte seiner Tochter zu und sagte: »Sie müssen aber auch gut aufpassen.« Damit umrundete sie den Mercedes und suchte sich einen Weg durch das Gestrüpp.

»Wer war das und was will sie hier?«, erkundigte sich Alina, als er sich neben ihr auf den Fahrersitz fallen ließ.

»Eine alte verwirrte Schachtel, die eindeutig nicht mehr hinter ein Lenkrad gehört. Und die gute Frau hat offenbar eine leichte Blasenschwäche.« Johann startete den Motor und fuhr noch aufmerksamer weiter.

Johann und Alina betraten die Apotheke durch den Hintereingang. Natürlich wusste er, dass aktuell drei seiner Stammmitarbeiter und Sascha hier sein sollten. Umso mehr wunderte es ihn, dass Frau Lippert, Frau Jaschke und Sascha hinten im Laden standen und sich offenbar irgendetwas im Internet ansahen. Alle drei waren so darauf fokussiert, dass sie noch nicht einmal mitbekamen, dass er den Raum betrat. Er warf einen Blick durch die Tür zum Verkaufsraum, in dem gerade ein wütender Mann auf die dritte Verkäuferin einredete.

»Was ist hier los?«

Alle drei zuckten ertappt zusammen. Sascha warf trotzdem einen schnellen Blick auf Alina, was Johann noch zusätzlich ärgerte.

Vorne öffnete sich die Ladentür, und bevor diese wieder zugefallen war, forderte eine Frau lautstark, den Chef zu sprechen. Frau Jaschke nutzte die Chance, sich ihm zu entziehen, und eilte in den Verkaufsraum, um die Kollegin vorne zu unterstützen.

»Also?« Johann hatte, auch ohne zu wissen, um was es hier ging, ein mulmiges Gefühl.

Frau Lippert räusperte sich, deutete auf den Monitor und fragte vorsichtig: »Sie wissen es noch nicht?«

Allmählich kochte er innerlich. »Was weiß ich noch nicht? Können Sie mir vielleicht sagen, was hier los ist?«

Sie machte einen Schritt zur Seite, sagte beinahe ängstlich: »Der Artikel hier …«

Er ging zum Schreibtisch seiner Stellvertreterin, stützte sich mit beiden Händen ab und begann zu lesen. Die Schlagzeile lautete:

Skandal um die alteingesessene Apothekerfamilie Pohl

Ist diese Frau der Grund für die betrügerischen Machenschaften?

Es folgte ein Bild von ihm und seiner speziellen Kundin, wie sie beide am Morgen an der Gartentür standen.

Wie heute bekannt wurde, soll der Inhaber der Apothekenkette Auxilium, Herr Johann Pohl, bei einigen sehr teuren Medikamenten den Packungsinhalt ausgetauscht haben. Er entnahm die Originalblister und ersetzte sie durch billige Plagiate aus dem osteuropäischen Ausland. Die originalen Blister schickte er ohne Verpackung mit dem Hinweis auf einen Wasserschaden zurück an den Hersteller. Dieser verpackte die Medikamente neu, die dann durch Herrn Pohl wieder in den Verkauf gebracht werden konnten.

Auf unsere Anfrage hin wollte sich Herr Pohl weder zu den Anschuldigungen noch zu seiner heimlichen Geliebten äußern.

Bis die Angelegenheit von offizieller Seite untersucht wurde, sollten Sie bei dem Gebrauch folgender Medikamente vorsichtig sein:

Es folgten die Bezeichnungen von zwei tatsächlich sehr teuren Mitteln und der abschließende Satz:

Wir werden die Sache weiter für Sie verfolgen. Bleiben Sie gesund.

Johann spürte, wie ihm der Schweiß den Rücken herunterlief. Und als Alina, die neben ihm stand, dann auch noch vorwurfsvoll sagte: »Du hast eine Geliebte, Dad?«, explodierte er.

»Nein, ich habe natürlich keine Geliebte. Und was da steht, ist von vorne bis hinten erstunken und erlogen. Wo kommt der Scheiß eigentlich her? Wer verbreitet so einen Müll?«

Nach einigen Sekunden Stille wagte es Sascha, das Wort zu ergreifen: »Das geht seit etwa einer Stunde im Internet herum. Wo es herkommt oder wer es zuerst gepostet hat, weiß ich nicht. Aber man kann es inzwischen in allen Foren, die sich auf den Nürnberger Raum beziehen, lesen.«

Vorne öffnete sich die Tür erneut. Dieses Mal war es kein Kunde, sondern ein Polizeibeamter, der die beiden anwesenden Kunden bat, mit hinauszukommen. Danach traten zwei Männer und eine Frau ein, wobei einer von ihnen laut verkündete: »Gesundheitsamt. Dies ist eine offizielle Überprüfung. Alle Angestellten bleiben bitte im Laden.«

37

Ruben hasste diesen Zustand, wusste aber, dass er bei fast jedem Fall dazugehörte. Er ging zum gefühlt hundertsten Mal im Besprechungsraum auf und ab, blieb vor einem der ausgedruckten Bilder oder einer Information stehen, schüttelte den Kopf und ging weiter.

Irgendwann drehte sich Eva von ihrem Laptop weg, sagte genervt: »Ruben, bitte«, und schlug dann vor: »Warum gehst du nicht einfach ein bisschen draußen spazieren? Du wolltest dir Nürnberg doch sowieso einmal ansehen.«

Er schaute zwar in Evas Richtung, aber durch sie hindurch. Seine Lippen formten Worte, die niemand hören konnte, bis ihn das Klingeln seines Handys aus der geistigen Sackgasse erlöste. Er nahm es vom Tisch, sah das Bild vom Krümelmonster aus der Sesamstraße, das seine Tochter der Nummer aus Spaß zugeordnet hatte, hob ab und sagte: »Habermann, was gibt es? Sind Ihnen die Kekse ausgegangen?«

Der Kollege antwortete: »Keine Chance. Wo ich bin, sind auch Kekse. Aber ich habe vielleicht etwas für Sie.«

»Ist wieder ein Bild von so einem allsehenden Auge aufgetaucht?«

»Nein.«

239

»Dann wüsste ich nicht, wie Sie uns von Bamberg aus unterstützen könnten. Zumal ich Ihnen noch gar keine weiteren Informationen zu meinem aktuellen Fall durchgegeben habe.«

»Müssen Sie auch nicht.« Neben Habermanns Stimme war auch ein wohlbekanntes Rascheln zu hören.

»Erleuchten Sie mich«, erwiderte Ruben, dem das Gespräch jetzt schon zeitraubend und sinnlos erschien.

»Sie unterschätzen wieder einmal die Macht der digitalen Netzwerke«, lautete die schon wieder nur schwammige Antwort. Dann wurde der Internetforensiker konkreter. »Ich bekomme durchaus mit, was Sie in Nürnberg so treiben. Erstens kann ich die fortlaufende Fallakte von Ihnen einsehen und zweitens haben Sie so eine kleine Anwendung auf Ihrem Handy, die mir sagt, wo Sie sich gerade befinden. Im Augenblick stehen Sie zum Beispiel in Nürnbergs Hauptpräsidium. Genauer gesagt im Westflügel. Ihre Handyempfangsstärke beträgt dreiundsechzig Prozent und der Akku des Geräts ist bei nur noch einunddreißig Prozent.«

»Sie tracken mich?« Da fiel selbst Ruben nichts mehr weiter ein.

»Wenn Sie es so nennen wollen.«

»Das ist illegal.«

»Nicht wenn Sie zugestimmt haben. Und das haben Sie vor zwei Jahren, als Sie das Handy jemandem ins Auto legten und mich darum baten, dessen Route über das Gerät zu verfolgen.«

»Und seitdem wissen Sie immer, wo ich mich gerade aufhalte?«

»Ja.«

»Mithören oder die Kamera bedienen können Sie aber nicht?«

»Könnte ich schon«, gab Habermann munter zu. »Aber dafür haben Sie mir keine Erlaubnis gegeben. Also wäre es illegal.«

»Habermann ...« Ruben empfand selten Hilflosigkeit. In diesem Moment fühlte er sich allerdings irgendwie nackt.

»Ja, Herr Kollege?«, hakte Habermann nach.

»Dieses Programm verschwindet wieder von meinem Handy. Sie sagen mir, wie das geht, und ich werde es deinstallieren.«

»Geht nicht so einfach. Das muss ich hier machen, sonst könnte es sein, dass es danach nicht mehr funktioniert.«

Ruben beließ es dabei und fragte stattdessen: »Und was haben Sie nun für mich, außer der Auskunft darüber, dass Sie mir nachspionieren?«

»Ach so, ja. Einen Moment bitte ...« Ruben hörte Kaugeräusche, dann erklärte sein Bamberger Kollege: »Also, wie ich gesehen habe, interessieren Sie sich für einen gewissen Johann Pohl. Apotheker in Nürnberg.«

»Das stimmt.« Ruben wurde hellhörig.

»Dann interessiert es Sie sicher auch, dass dessen Läden gerade vom Gesundheitsamt geschlossen wurden und einer Untersuchung unterzogen werden.«

»Was? Warum das? Wir waren erst heute Vormittag bei dem Mann und da wirkte er zwar schlecht gelaunt, aber nicht in Panik.«

»Weiß ich doch«, erwiderte Habermann. Fügte aber schnell hinzu: »Also, dass Sie dort waren, weiß ich. Was der Mann gesagt hat, natürlich nicht.«

»Kommen Sie zum Punkt«, forderte Ruben.

»Okay, Folgendes. Vor etwa zwei Stunden verbreitete sich ein Bericht im Internet, in dem üble Anschuldigungen gegen Herrn Pohl erhoben werden. Ich habe Ihnen das gerade per Mail geschickt. Die Sache ist nur, dass der Artikel zwar ziemlich seriös wirkt, es offenbar aber nicht ist.«

»Wie meinen Sie das?« Nun hatte Habermann Rubens ganze Aufmerksamkeit.

»Nun ja. Ich habe versucht, den Ursprung des Posts zurück-zuverfolgen, und es ist mir nicht gelungen. Offenbar wurden in den sozialen Medien Benutzerkonten eröffnet, über die der Bericht in einigen regionalen Foren gepostet wurde. Kurz danach wurden sie wieder gelöscht. Und da man im Internet so wunderbar Inhalte teilen kann, verbreitete sich das entspre-chend effizient.«

»Und warum schreitet dann gleich das Gesundheitsamt ein?«

»Weil Herrn Pohl unterstellt wird, Plagiate anstatt echter Markenmedikamente zu verkaufen. Da können die gar nicht anders, als dem nachzugehen. Außerdem wissen die sicherlich noch nicht, was ich weiß.«

Ruben dachte einen Augenblick über das Gehörte nach. »Aber können wir nicht bei Facebook und Co nachfragen, wer diese Konten eröffnet und wieder gelöscht hat?«

»Können wir sicher«, erwiderte Habermann. »Wie viele Monate haben Sie Zeit?«

»Verstehe.« Ruben sah kurz in die Runde seiner anwesenden Kommissare und beschloss: »Gut, Habermann. Auch wenn ich mit Ihren Methoden zur Informationsbeschaffung nicht sehr glücklich bin, haben Sie gute Arbeit geleistet. Ich, ich meine, wir – sehen uns jetzt diesen Artikel an und dann melde ich mich wieder bei Ihnen.«

Habermann sagte flapsig: »Alles klar, Chef«, und fragte dann aber doch noch: »Sagen Sie mal: Gehörte dieser Besuch eines Wildschweingeheges heute Vormittag auch mit zu den Ermittlungen?« Ruben schüttelte den Kopf und legte auf.

Inzwischen starrte keiner der Anwesenden mehr auf sei-nen Laptop, alle warteten auf die Neuigkeiten. Ruben bat Eva: »Kannst du mein Gerät mit diesem Smartboard verbinden?«

Sie klickte ein wenig in den Einstellungen herum, dann öffnete Ruben Habermanns Mail und an der Wand erschien der Screenshot einer Internetseite, deren Kopfzeile sie als »Das große Nürnberg-Forum« kennzeichnete.

Alle vier lasen den Artikel. Eva übernahm danach noch einmal Rubens Laptop und vergrößerte das Bild von Pohl, wie er mit dieser unbekannten Frau redete.

»Das ist ja ein Ding«, begann Mike wenig sachlich. »Sollte das der Wahrheit entsprechen, ist der Mann beruflich wie auch privat ziemlich erledigt.«

»Und selbst wenn nicht, wird sein Ruf damit enormen Schaden nehmen«, fügte Ruben hinzu.

»Und die Quelle dieses Artikels?«, fragte Schober, der als Spurensucher daran gewöhnt war, nach Ursachen zu fahnden.

»Ist auf die Schnelle nicht zu ermitteln«, erklärte Ruben. »Habermann hat es versucht und ist sich ziemlich sicher, dass extra Benutzerkonten dafür eingerichtet wurden, um diesen Artikel in Umlauf zu bringen. Nachdem sich der Post dann durch Teilen und Kopieren ausreichend verbreitet hatte, wurden die Konten wieder gelöscht. Eine Nachverfolgung ist zwar grundsätzlich möglich, wird aber ewig dauern. Ach, und das Gesundheitsamt ist auch schon dabei, Pohls Läden zu durchsuchen.«

»Da lobe ich mir doch handfeste Spuren im richtigen Leben«, brummte Schober.

»Apropos«, sagte Eva dazwischen. »Wenn das Gesundheitsamt schon aktiv ist, sollten wir schnellstmöglich eingreifen.«

Mike stand auf. »Stimmt.« Dann deutete er auf das Bild der Frau, die ihnen bei ihrem morgendlichen Besuch bei Pohl im Auto entgegengekommen war. »Und um diese Dame sollten wir uns auch kümmern. Erstens steht sie jetzt am Pranger und zweitens wissen wir nicht, in welchem Zusammenhang sie wirklich mit Pohl steht.«

»Also gut«, fasste Ruben zusammen. »Schober, du rufst in der Apotheke an und lässt dir jemanden vom Gesundheitsamt geben. Die sollen alles stehen und liegen lassen, bis wir vor Ort sind. Sag ihnen, dass der Laden jetzt ein Tatort ist. Wir beide fahren umgehend dorthin.« Er drehte sich zu Mike und Eva: »Und wenn für euch nichts dagegenspricht, kümmert ihr euch um diese Frau. Findet heraus, wer sie ist, und redet mit ihr, wenn ihr sie gefunden habt.«

»Alles klar«, bestätigten Eva und Mike gleichzeitig.

38

Karolin war kein ängstlicher Mensch. Zumindest hatte sie keine Angst, Opfer einer Straftat zu werden oder einen Unfall zu erleiden. Es war auch weniger diese mit einem eigenartig aussehenden Auge bemalte Postkarte aus der Apotheke, die ihr mulmiges Gefühl verursachte. Vielmehr war es Pohl, der zu einer Schwachstelle ihres Lebensentwurfs geworden war.

Der Mann hatte damals gute Arbeit geleistet. Auch wenn sie nie verstanden hatte, was ihn daran so faszinierte. Bei ihrer letzten Begegnung hatte er ihr Haus in einem geradezu euphorischen Zustand verlassen. Heute Morgen an seiner Gartentür wirkte er dagegen wie ein verängstigtes Reh. Unvorstellbar, was in einem Menschen lauern konnte.

Nach ihrem Besuch bei ihm war sie noch zum nahen Rothsee gefahren und hatte diesen zu Fuß umrundet. Stillsitzen ging nicht mehr. Nicht jetzt, wo es Anzeichen dafür gab, dass alles auffliegen könnte.

Von Pohl war diese Postkarte jedenfalls nicht, dafür hatte er zu zögerlich reagiert. Und als er das aufgemalte Motiv gesehen hatte, hatte ihm etwas auf den Lippen gelegen. Fast hatte es gewirkt, als würde er es kennen und sei trotzdem überrascht, es wiederzusehen.

Es wurde früher Abend, bis sich Karolin endlich dazu entschloss, in ihre Penthousewohnung im Herzen von Nürnberg zurückzukehren. Sie stellte ihren Wagen auf ihrem Privatparkplatz ab, fuhr mit dem Fahrstuhl nach oben und öffnete die Tür.

Sie hatte einmal gehört, dass Migräne durch einen Mangel an Liebe verursacht werde. Wenn das stimmte, zeigten ihr diese unerträglichen Kopfschmerzen, dass absolut niemand sie liebte. Dieser Umstand war ihr jedoch ziemlich egal, die hämmernden Schmerzen dagegen nicht.

Sie streifte ihre Schuhe ab, warf die Handtasche achtlos auf den schweren Ledersessel und ging zum Fenster. Dort drückte sie auf einen Schalter, wodurch das automatisch herabfahrende Rollo die tief stehende Abendsonne aussperrte.

In der Küche holte sie eine Packung Tabletten aus dem Schrank, die sie wohlweislich nicht in einer von Pohls Apotheken gekauft hatte, und drückte zwei davon aus dem Blister. Ein großer Schluck eiskalter Weißwein spülte die Dinger hinunter. Danach beschloss sie, sich ein wenig hinzulegen und erst zu duschen, wenn das Schmerzmittel Wirkung zeigte.

Im Schlafzimmer war es warm und stickig. Sie zog alles bis auf ihren Slip aus, legte sich aufs Bett und versuchte, sich zu entspannen.

Eine Stunde später hielt sie es im Bett nicht mehr aus. Die Sonne war inzwischen hinter die umstehenden Häuser gewandert und der Schmerz hämmerte nicht mehr ganz so stark in ihrem Kopf. Nur das Gedankenkarussell ließ sich mit diesen Tabletten nicht stoppen.

Karolin stand auf, ging in die Küche, wo ein weiteres Glas Wein auf sie wartete. Der Alkohol betäubte sie ein wenig, wodurch ihre Sorgen etwas in den Hintergrund traten. Sie ging, noch immer nur mit einem Slip bekleidet, auf die Terrasse.

Dort zündete sie sich eine Zigarette an und blies den Rauch in den abendlichen Himmel. Ihr Blick schweifte in die Ferne und so entstand eine Idee, die ihr gefiel. Da sie hier ihren Problemen nicht aus dem Weg gehen konnte, würde sie einfach für eine Weile verreisen.

Wer auch immer ihr diese Karte hatte zukommen lassen, sollte sich mit Pohl auseinandersetzen. Schließlich war er es auch gewesen, der damals den Vorschlag gemacht hatte, ihr ein unabhängiges Leben zu verschaffen. Er war es gewesen, der sich daran ergötzt hatte, ihre Probleme zu lösen. Und er war es gewesen, dem sie dafür eine Menge Geld gezahlt hatte. Folglich war es an ihm, sich dieser Sache anzunehmen, auch oder gerade weil dieses Auge auf eine seiner Postkarten gemalt worden war.

Oder war er das am Ende selbst gewesen? Vielleicht ging ihm das Geld aus und diese lächerliche Postkarte sollte ihr Angst machen und sie auf eine Erpressung vorbereiten?

Karolin sog den letzten Zug bis tief in ihre Lunge, genoss das leichte Kribbeln und schickte den Rauch dem Himmel entgegen. Urlaub war die Idee! Wenn sie nicht da war, konnte ihr niemand Fragen stellen oder etwas von ihr wollen. Außerdem hatte sie als selbstständige Grafikerin im Moment keinen Auftrag, der nicht auch ein wenig warten konnte.

Bei dem nächsten Schluck Wein beschloss sie, die Sache spontan anzugehen. Sie würde gleich morgen früh ins Auto steigen, nach Frankfurt fahren und einen Last-minute-Flug nach irgendwohin nehmen. Keine Hotelbuchungen im Voraus, kein Pauschalangebot, nichts, was sich nachverfolgen ließ.

Die Kopfschmerzen waren wie weggeblasen. Der Gedanke an das Wort blasen erinnerte sie an den hübschen jungen Mann, den sie vor ein paar Tagen mit nach Hause genommen hatte. Sie dachte kurz darüber nach, seine Nummer aus dem Papiermüll zu holen, verwarf das aber wieder. Ein zweites Treffen wäre bereits zu verbindlich und außerdem wollte sie nachher schon einige Sachen packen. So ging sie ins Schlafzimmer, holte sich eines ihrer Spielzeuge und nahm es mit unter die Dusche.

Karolin genoss die Vorzüge der großen Erlebnisdusche in vollen Zügen. Zu getragener Musik rauschte das Wasser mal feinperlig von oben, mal aus vielen seitlichen Düsen und mal von allen Seiten gleichzeitig auf ihren Körper. Dazu wechselte das Licht passend zu den Songs.

Sie duschte lange, ließ sich ein wenig davontragen und ihrer Fantasie freien Lauf. Nach dem dritten Lied und einem selbst erzeugten Orgasmus schaltete sie das Wasser ab, öffnete die Milchglastür und trat gut gelaunt aus der Dusche. Dann trocknete sie sich etwas ab, drehte sich zu dem großen Spiegel und erstarrte. Die Fläche war komplett beschlagen, doch genau auf Augenhöhe befand sich, vermutlich mit dem Finger gemalt, das gleiche Symbol wie auf der Postkarte.

Karolins Puls schoss in die Höhe. Angst schnürte ihr die Kehle zu und der Gedanke, dass jemand hier gewesen war, während sie geduscht hatte, ließ ihren Magen krampfen. Die zuvor geschlossene Badezimmertür stand einen Spalt offen, doch dahinter herrschte Stille.

Ihre Hand zitterte so sehr, dass bei dem Versuch, eine Nagelfeile aus ihrem Behältnis herauszuziehen, die ganze Dose scheppernd im Waschbecken landete. Sie zuckte zusammen, konnte den Schrei aber gerade noch unterdrücken. Dann wischte sie sich die feuchte Hand am Bademantel ab, nahm die größte ihrer Nagelfeilen und drehte sich noch immer zitternd zur Tür.

Nachdem sie diese mit dem Fuß ein Stück zu sich herangezogen hatte, konnte sie Teile des großen Wohnzimmers einsehen, nicht aber, ob sich links und rechts neben der Tür jemand befand. Das Zittern verstärkte sich wieder, während sie überlegte, einfach aus dem Bad zu rennen. Ihr Blick fiel auf den kleinen Schminkspiegel. Sie nahm ihn in die andere Hand, drückte sich neben der Tür an die Wand und hielt ihn in den Türspalt.

Links vor dem Badezimmer war nichts Ungewöhnliches zu erkennen. Sie drehte den Spiegel und konnte so bis in den Flur sehen. Nichts! Blieben noch das Schlafzimmer, ihr Fitnessraum, der einmal das Kinderzimmer des Sohnes ihres verstorbenen Mannes gewesen war, und Teile des Wohnzimmers. Mehr Räume gab es nicht.

Sie trat aus dem Bad, wobei sie den kleinen Spiegel wie einen Schutzschild hielt. Die Nagelfeile nach vorne gestreckt, drehte sie sich noch einmal nach allen Seiten. Doch weder im Wohnzimmer noch im Küchenbereich war jemand zu sehen.

Aber irgendwer musste hier gewesen sein! Sie selbst hatte das Auge nicht auf diesen Spiegel gemalt und von allein war es wohl kaum dorthin gekommen.

Um nicht doch noch in eine Falle zu tappen, wiederholte sie an der Schlafzimmertür den Trick mit dem Spiegel. Sie hielt ihn erst nach rechts, drückte dann die Tür mit Schwung nach innen auf, und da diese an der linken Wand anschlug, war auch dieser Bereich sicher.

Ihre Hand lag gerade auf dem Griff der ersten Schranktür, die sie schwungvoll aufreißen wollte, als ein schriller Ton durch die Wohnung hallte. Karolin erschrak derartig, dass ihr plötzlich jede Kraft in den Beinen fehlte. Sie sackte leicht weg, konnte sich aber am Schrankgriff festhalten. Der Ton wiederholte sich. Irgendjemand klingelte ausgerechnet jetzt an ihrer Tür.

39

»Kennst du diesen Habermann?«

»Rubens langjährigen Kollegen? Ja, natürlich. Er, Ruben, Schober und ich sind ja ein Team. Die beiden gab es bereits vor uns. Schober und ich haben uns erst vor einem halben Jahr bei der Bundespolizei beworben, als man dort neue Mitarbeiter suchte.«

»Hab davon gelesen.« Mike parkte den Wagen vor dem modernisierten Altbau in Nürnbergs bester Wohngegend. Doch bevor er ausstieg, erklärte er: »Dieser Habermann scheint ja wirklich etwas draufzuhaben. Früher hätten wir Tage gebraucht, um die Identität dieser Frau herauszufinden. Und der Mann klickt sich einmal quer durchs Internet und hat ihren Namen.«

Eva deutete ein Nicken an. »Stimmt schon. Es ist Wahnsinn, was durch die Digitalisierung alles möglich ist. Allerdings erschreckt es mich auch. Allein die Vorstellung, dass jemand ein kleines Programm auf meinem Handy installieren kann und dann quasi alles über mich weiß. Findest du das nicht auch übel?«

»Doch«, bestätigte Mike, wobei er an Rubens Telefonat denken musste. »Glaubst du, euer Habermann hat Ruben wirklich überwacht?«

»Hm.« Eva wiegte den Kopf etwas hin und her. »Habermann ist zwar ein wenig flapsig und nimmt die Regeln nicht immer ganz so genau, aber nein. Also privat sicher nicht und dienstlich nur, was die besuchten Orte meines Chefs angeht. Und das auch nur, um ihm von Bamberg aus Hilfestellung geben zu können.«

Mike entsperrte das Display seines Handys, wobei er an dem unguten Gefühl nicht vorbeikam, dass auch er überwacht werden könnte. Trotzdem öffnete er die Mail von Rubens Kollegen und verglich noch einmal die Adresse. Dann deutete er auf einen Hauseingang mit der kunstvoll geschmiedeten Nummer elf und sagte: »Dort drüben müsste es sein. Die Frau heißt Karolin Grafwinter und Habermann hat sogar herausgefunden, dass sie ganz oben eine Penthousewohnung besitzt.«

Sie stiegen aus, überquerten die verkehrsberuhigte Straße und studierten die Namen der Anwohner, die aufwendig in eine Milchglasplatte eingraviert waren. Mike wollte gerade den Finger auf das kleine Feld neben dem richtigen Namen legen, als die Haustür von innen geöffnet wurde.

Der junge Mann sah sympathisch aus, grüßte kurz und hielt ihnen sogar noch die Tür auf. Ein Verhalten, das heutzutage nur noch wenige junge Erwachsene an den Tag legten.

Mike sah kurz zu Eva, nahm die Hand wieder herunter und sagte: »Ich finde Überraschungsbesuche immer ziemlich aufschlussreich.« Dann dankte er dem jungen Mann und ging in den Eingangsbereich des gepflegten Hauses.

»Ganz oben, sagtest du?« Eva war nach ihm in den Fahrstuhl getreten und drückte nun auf den Knopf für das fünfte Stockwerk.

Die Enge des Raumes schien Eva ein wenig unangenehm zu sein und Mike vermied es, auf ihre Gesichtsnarbe zu blicken. Stattdessen sah er ihr in die Augen, was sie mit einem schüchternen Lächeln quittierte.

»Fünftes Stockwerk«, verkündete eine Stimme Sekunden später und sie stiegen aus.

»Nett«, stellte Eva mit Blick auf eine große Palme fest, die vor einem Panoramafenster stand. Hier oben schien es nur eine einzige Wohnung zu geben und bereits der Hausflur wirkte wie ein Teil davon.

Mike ließ sich von so etwas nicht beeindrucken. Seine schlimmsten Fälle hatten mit reichen Leuten zu tun gehabt, die sich oft über dem Gesetz wähnten. Er drückte auf die Klingel und trat dann wieder einen Schritt zurück.

Eine Zeit lang passierte nichts. Er klingelte noch einmal, wobei er zu Eva sagte: »Hoffentlich ist überhaupt jemand zu Hause. Eigentlich habe ich seit fast zwei Stunden Feierabend.«

Kurz bevor sie wieder gehen wollten, drang aus dem Inneren der Wohnung ein leises Geräusch zu ihnen heraus. Mike drückte ein drittes Mal auf den Taster, dann knackte die Gegensprechanlage mit Kamera, die das Guckloch in der Tür ersetzte.

»Wer sind Sie?« Die Stimme wirkte wenig sympathisch und schon gar nicht freundlich.

Mike zog seinen Dienstausweis aus der hinteren Jeanstasche, hielt ihn vor die Kamera und erklärte: »Kriminalpolizei, hätten Sie kurz Zeit für uns?«

Die Tür öffnete sich einen Spaltbreit und zum Vorschein kam die Frau aus dem Wagen, der ihnen bei Pohl entgegengekommen war. Nur dass sie jetzt in einem Bademantel steckte und die nassen langen Haare ungekämmt herunterhingen. Frau Grafwinter wirkte angespannt, sah erst ihn, dann Eva an und warf schließlich noch einen prüfenden Blick zum Treppenhaus neben dem Fahrstuhl.

»Was kann ich für Sie tun?«

Mike ging eigentlich davon aus, dass die Frau ihr Bild schon im Internet gesehen hatte. Schließlich war es inzwischen auf allen einschlägigen Seiten, die irgendetwas mit Nürnberg zu tun hatten. Daher sagte er: »Es geht um diesen Artikel im Internet, bei dem Sie und Herr Pohl auf einem Bild zu sehen sind.«

»Um was?« Die Frau wirkte eindeutig überrascht.

Eva zog ihr Handy heraus und zeigte ihr das Foto. »Sie wissen noch nichts davon?«

Frau Grafwinter sah ungläubig auf das Bild. »Nein, das sehe ich zum ersten Mal. In welchem Zusammenhang wurde es denn gepostet?«

»Kennen Sie Herrn Pohl?« Mike beschloss, diese erste Phase der Verunsicherung auszunutzen. Auch oder gerade weil ihm Ruben vorhin von der Apotheke aus geschrieben hatte, dass Pohl jede Bekanntschaft mit dieser Frau leugnete. Dieses Leugnen hatte es auch nötig gemacht, dass Habermann die sozialen Medien nach ihr absuchte.

Die Frau überlegte einen Moment zu lang, schüttelte den Kopf und erklärte: »Nein, ich kenne den Mann nicht. Beziehungsweise nur von einer einzigen Begegnung und die war heute Morgen, als offenbar auch dieses Bild entstand.« Sie machte eine kurze Pause. »Wer hat es überhaupt online gestellt? War es dieser Herr Pohl selbst?«

Mike blieb der Frau eine Antwort schuldig und fragte stattdessen: »Was haben Sie denn dort gemacht? An dem Haus der Familie Pohl kommt man ja nicht gerade zufällig vorbei.«

»Nach dem Weg gefragt.« Dieses Mal kam die Antwort ein wenig zu schnell.

»Ist Ihr Navi kaputt?«

»Ja, nein. Ich wollte zu diesem Tiergehege und das kennt das Gerät nicht.«

»Und dass dieses Foto entstanden ist, haben Sie auch nicht mitbekommen?«, fragte nun Eva, die der Frau ebenso wenig glaubte wie Mike.

Nun öffnete Frau Grafwinter die Tür ein Stück weiter, wurde sich der Nagelfeile in ihrer Hand bewusst und ließ diese in die Tasche ihres Bademantels gleiten. Dann sagte sie: »Hören Sie, ich hatte einen langen Tag. Und wenn es kein Verbrechen ist, nach dem Weg zu fragen, würde ich jetzt gerne meine Ruhe haben.«

Mike war klar, dass es keine rechtliche Grundlage gab, mehr von ihr zu fordern. Also erklärte er: »Es kann sein, dass noch weitere Fragen auftauchen und wir Sie noch einmal behelligen müssen.« Er sah kurz zu Eva und fragte: »Hast du noch etwas?« Diese schüttelte den Kopf: »Nein, fürs Erste war es das.«

Nun war es Frau Grafwinter, die zögerte, auf Evas Hand mit dem Handy deutete und fragte: »Und dieses Bild: Bleibt das jetzt im Internet, oder wie? Ich meine, das war doch bestimmt irgend so ein Spanner und der muss sich doch ermitteln lassen.«

»Wir arbeiten daran«, erwiderte Mike knapp und wünschte einen schönen Abend.

Unten auf der Straße blieb Mike stehen, bot Eva eine Zigarette an und sagte: »Außer dass sie das Bild noch nicht kannte, war so ziemlich alles erfunden. Oder wie siehst du das?«

Eva ließ sich Feuer geben. »Sehe ich auch so. Außerdem schien mir die Gute supernervös. Hast du mitbekommen, wie sie erst das Treppenhaus kontrolliert hat, bevor sie uns ansprach? Und die Nagelfeile hielt sie eher wie eine Waffe als wie etwas zur Nagelpflege.«

Mike nickte. »Stimmt. Allerdings deckt sich ihre Aussage bezüglich der Begegnung mit Pohl mit dessen Aussage. Ruben hat mir vorhin geschrieben, dass Pohl auch ihm gegenüber sagte, dass die Frau nur nach dem Weg fragte. Wenn die beiden also irgendetwas miteinander zu tun haben, decken sie sich gegenseitig.«

»Und wenn ich richtig verstanden habe, sind beide ziemlich angespannt«, fügte Eva hinzu.

Mike blickte auf seine Armbanduhr, die bereits kurz vor zwanzig Uhr zeigte. Er trat die Kippe aus, beschloss: »Ich rufe jetzt Ruben an und bringe ihn auf den neuesten Stand«, dann sah er zu Eva. »Was hältst du davon, wenn wir danach etwas essen gehen? Ich kann dich später zu eurem Haus fahren. Oder möchtest du den Abend lieber mit deinen beiden anderen Kollegen verbringen?« Er stockte kurz, sah sie ein wenig treuherzig an und fügte hinzu: »Du darfst mich aber nicht verraten, denn eigentlich war heute ein Essen mit Ruben geplant.«

Sie winkte ab, lächelte ihn an und fragte: »Ist das eine Einladung?«

»Ehrensache«, erwiderte Mike, deutete ihre Antwort als Zustimmung und wählte Rubens Nummer.

Das Gespräch dauerte länger als erwartet. Mike sah, während er mit Ruben redete, Eva dabei zu, wie sie sich ein Stück entfernte. Etwa fünfzig Meter weiter trennte eine alte Sandsteinmauer den Fluss Pegnitz von der Straße. Dort blieb sie stehen, lehnte sich mit den Unterarmen auf den Stein und blickte hinunter auf das träge dahinfließende Wasser.

Mike hatte eine Ahnung, was sie dabei empfinden könnte. Seitdem alle, die er einmal geliebt hatte, nicht mehr waren, hatte er mehr als einmal an diesem Fluss gestanden.

»Herr Köstner ... ich meine, Mike. Bist du noch da?«, holte ihn Ruben nach einigen Sekunden Stille aus seinen Gedanken.

»Ja ... bin ganz bei der Sache«, log er. Dann besprachen sie die letzten Details und er legte auf.

Neben Eva angekommen, lehnte er sich ebenfalls auf die Brüstung. Er kannte diesen Fluss seit seiner Kindheit, doch in letzter Zeit schien es, als wollte ihn das braune Wasser hinab in die Tiefe ziehen. Daher löste er den Blick schnell wieder und fragte gespielt fröhlich: »Wollen wir? Ich habe da ein kleines italienisches Restaurant im Sinn. Es hat nur wenige Plätze, aber vorzügliches Essen.«

»Pizza?«, fragte Eva gespielt empört.

Mike ahmte einen Italiener nach, indem er eine große Geste machte und dabei sagte: »Nix Pizza, Signora, bei mir gibt es echtes italienisches Essen wie bei Mamma.«

Eva konnte sich das Lachen nicht verkneifen, hob dabei den Blick und sah oben im Penthouse diese Frau Grafwinter am Fenster stehen und zu ihnen herunterblicken.

Mike folgte ihrem Blick und sagte: »Job ist Job und Spaß ist Spaß. Um die Gute kümmern wir uns morgen.«

40

»Hier willst du stehen bleiben?«

Mike, der den Dienstwagen nicht nur innerhalb der verkehrsberuhigten Altstadt, sondern auch außerhalb jeder Parkfläche abgestellt hatte, sah zu ihr rüber. »Ja, warum nicht?«

»Na, weil dort drüben Parkplätze sind«, schlug sie vor.

»Die sind aber für Anwohner. Und die finden hier eh kaum noch freie Plätze.« Er grinste sie noch einmal an, zog eine amtliche Plastikkarte aus dem Türfach, hielt sie ihr entgegen und fügte hinzu: »Und außerdem haben wir das hier und können stehen bleiben, wo wir wollen.«

Eva murmelte: »Sei froh, dass Ruben nicht dabei ist«, stieg aus und bewunderte die alte Stadtmauer. »Ich war immer nur zum Shoppen in Nürnberg, dabei sind mir die schönsten Plätze offenbar entgangen.«

»Davon haben wir viele«, bestätigte Mike. »Und jetzt kennst du ja mich und hast somit einen Stadtführer. Woher kommst du eigentlich?«

»Ursprünglich aus Parsberg beziehungsweise Velburg. Dort habe ich auch Ruben kennengelernt. Ich war dort Dienststellenleiterin und er hat mich bei einem ziemlich harten Fall unterstützt.«

»Und jetzt pendelst du zwischen Parsberg und Bamberg?« Mike kannte beide Orte und wusste, dass gut hundert Kilometer dazwischenlagen.

»Nein. Es fiel mir zwar nicht leicht, aber irgendwie hatte ich schon länger das Gefühl, dort auf der Stelle zu treten. Daher kam mir die Stellenanzeige der Bundespolizei ganz recht. Noch dazu, als sich die Möglichkeit bot, wieder mit Ruben zusammenzuarbeiten. Das machte es ein wenig einfacher, als wenn man irgendwo ganz neu und allein anfängt.«

»Also wohnst du jetzt in Bamberg«, kam Mike zu seiner eigentlichen Frage zurück.

»Ja, genau. Ich habe eine ganz süße Zweizimmerwohnung bekommen und Bamberg ist eine wirklich schöne Stadt mit netten Leuten.«

»Ich weiß«, bestätigte Mike und deutete ein Stück die Kopfsteinpflasterstraße hinauf. »Es ist gleich da oben. Entschuldige, aber ich habe einen Riesenhunger und bei einem Glas Wein lässt es sich eh besser reden.«

Fünf Minuten später saßen sie an einem der sechs kleinen Tische. Mike fragte, ob er das Getränk für Eva aussuchen dürfe, und bestellte zwei Gläser seines Lieblingsweins. Danach bestellten sie etwas zu essen, bevor Eva bat: »Darf ich noch eine Frage zu unserem Fall stellen? Danach bin ich auch still, versprochen.«

Da Mike gerade von seinem Wein nippte, machte er nur eine zustimmende Geste.

»Eigentlich will ich nur wissen, ob Ruben neue Erkenntnisse gewinnen konnte. Immerhin wird dieser Friedrich Möller weiterhin vermisst, und wenn wir nicht langsam eine Spur zu ihm finden, könnte das nicht gut ausgehen.«

Mike schluckte, dachte kurz nach und erwiderte: »Ich fürchte, in der Sache Möller brauchen wir entweder Glück oder endlich jemanden, der uns die Wahrheit sagt. Ich habe das Gefühl, wir laufen permanent gegen Mauern.« Er ließ einen weiteren Schluck folgen. »Aber zurück zu deiner eigentlichen Frage. Zusammengefasst hat Ruben erzählt, dass man tatsächlich Plagiate, also nachgemachte Medikamente, gefunden hat. Allerdings ist Herrn Pohls Praktikanten zweimal etwas Seltsames passiert. Er ist seit Kurzem für die Auslieferung von Medikamenten zwischen Pohls Apotheken verantwortlich. Und da dies in der Stadt zu Fuß deutlich schneller geht, trägt er immer wieder kleine Kisten durch die Fußgängerzone. Dabei soll ihm gleich zweimal ein und derselbe Rollstuhlfahrer in die Quere gekommen sein. Der Praktikant gab an, dass der Junge einmal unglücklich aus dem Rollstuhl fiel und er ihm helfen musste, er also die Lieferung nicht immer im Blick hatte.« Mike lehnte sich zurück und resümierte: »Klingt zumindest nach einer möglichen Spur bezüglich der Medikamente, hat aber vermutlich nichts mit dem vermissten Herrn Möller zu tun.«

Eva nickte, stellte ihr Glas ab und sagte: »Bin gespannt, was dabei rauskommt. Lass mich raten … Ruben wird noch eine Extraschicht einlegen.«

Mike lächelte, wobei er spürte, wie sich die Narbe in seinem Gesicht spannte. Was ihm sonst peinlich war, stellte bei Eva kein Problem dar. »Du kennst ihn gut! Und ja, hätte ich fast vergessen, aber ich soll dir sagen, dass er noch nicht weiß, wann er heimkommt.«

Mike musste lachen, was Eva ratlos fragen ließ: »Was?«

»Na, er sagte noch, dass du mit dem Essen auch nicht auf Schober warten musst. Der ist ebenfalls beschäftigt, weil das Phantombild von dem Toten aus dem See noch nicht fertig ist.«

»Und was ist daran so lustig?« Sie verstand nicht.

Mike nickte dem Kellner zu, der gerade mit zwei Tellern in der Hand zu ihrem Tisch kam. »Ich habe mir nur gerade vorgestellt, dass euer Schober frustriert und hungrig in dem Haus sitzt und darauf wartet, dass du ihm etwas zu essen servierst, während wir es uns hier gut gehen lassen.«

Etwas später deutete Eva auf den leeren Teller und sagte feierlich: »Das war mit Abstand das beste italienische Essen, das ich jemals gegessen habe.«

Während Mike dies nur mit einem schlichten »Schön« zur Kenntnis nahm, hörte auch der Chef des Ladens das Kompliment. Beide versuchten, ihn noch davon abzuhalten, doch einem echten Italiener schlägt man nichts ab. Und so kamen sie nicht umhin, auch noch je zwei wirklich edle Grappa mit ihm trinken zu müssen.

Nach einem letzten Glas Wein bezahlte Mike die Rechnung. Sie traten hinaus in die warme Frühsommernacht, wo er stehen blieb, zwei Zigaretten herausholte und ein wenig angesäuselt feststellte: »Das mit der Arbeit hat sich für heute erledigt. Oder wie siehst du das?«

Eva kicherte, ebenfalls leicht angetrunken. »Sehe ich auch so. Aber weißt du, was ich jetzt auf keinen Fall will?«

Mike sah sie an, nickte und schlug vor: »Diesen Abend schon beenden.«

»Ein echter Kommissar mit Durchblick«, scherzte sie. »Also, was kann man hier noch Schönes anstellen?«

Er legte den Zeigefinger an den Mund, brummte: »Hmmm«, deutete die Straße hinunter und erklärte: »Da entlang. Wenn Sie mir bitte folgen wollen, schöne junge Frau.«

Sie erwiderte: »Na, na, na. Du musst vorsichtig sein. Mein Chef neigt zur Eifersucht.«

»Ruben?«

»Ja. Also keine richtige Eifersucht. Es ist mehr ein Beschützersyndrom.«

»Na, dann lass uns aufpassen, dass er uns nicht sieht«, flüsterte Mike verschwörerisch, fügte aber eilig hinzu: »Keine Angst. Mir ist unser Altersunterschied durchaus bewusst und außerdem, niemals mit einer Kollegin … Wenn du weißt, was ich meine.«

Eva nickte energisch. »Weiß ich. Hab ich auch schon durch. Ging gar nicht lange gut.«

Der vordere Bereich des Irish Pubs war ihnen eindeutig zu laut und zu voll. Auf der winzigen Bühne spielte ein nur mäßig begnadeter Musiker seine Lieder und die größtenteils jungen, angetrunkenen Gäste klatschten im Takt dazu.

Weiter hinten gab es noch einen Nebenraum, in dem es deutlich ruhiger und ein wenig gesitteter zuging. Sie ergatterten einen Tisch in der hinteren Ecke, bestellten zwei Guinness und sahen sich kurz in die Augen.

Mike riss sich los, fragte ein wenig ernster: »Wie geht es dir damit?«, gleichzeitig deutete er auf seine eigene Narbe.

»Mal so, mal so«, gab Eva zu. »Als Frau ist es eben schon noch etwas anderes. Früher hatte ich kein Problem, einen Mann kennenzulernen. Jetzt genügt oft ein flüchtiger Blick und ich bin quasi durchgefallen.«

»Wegen dem Kratzer«, scherzte Mike. »Männer sind Schweine.« Dann nahm er seinen Krug, wartete, bis sie mit ihm angestoßen hatte, und trank einen langen Schluck des dunklen kalten Bieres. Danach schüttelte er den Kopf und erklärte: »Das hat nichts mit Mann oder Frau zu tun. Die Leute sehen nur, was sie sehen wollen. In dir sehen die Männer vielleicht eine, sorry, beschädigte Trophäe. Und mich behandelt man aufgrund dieser Furche wie einen Gewalttäter aus der Unterwelt.«

»Sieht ja auch verboten aus«, wagte sich Eva aus der Deckung, lachte aber gleichzeitig.

»Stimmt. Aber weißt du, was das Gute daran ist?«

»Was?«

»Wir lernen jetzt nur noch Menschen kennen, die sich die Mühe machen, unseren Charakter mit in ihre Betrachtung einzubeziehen. Der ganze oberflächliche Mist fällt weg.«

Eva hob den Krug erneut in die Höhe und sagte ein wenig zu laut: »Darauf trinke ich.«

Und als die kleine Clique vom Nachbartisch durch Evas lautstarken Ausruf auf sie aufmerksam wurde und angewidert auf ihre vernarbten Gesichter blickte, fragte Mike etwas provozierend: »Na, möchtet ihr auch so eine?«

Der Abend wurde lang und feucht. Nicht nur, was ihre Kehlen betraf, sondern auch, weil ein heftiges Sommergewitter über Nürnberg zog.

41

Für Johann endete der erste Teil dieses desaströsen Tages kurz vor achtzehn Uhr. Während dieser eigenartige Hauptkommissar erst jeden seiner Angestellten sowie Alina und ihn selbst befragt hatte, hatten drei Männer der Spurensicherung die Apotheke durchsucht. Eine Stunde später hatten drei Arzneimittelpackungen mit falschem Inhalt auf dem Tisch gelegen.

Wie er nur nebenbei mitbekommen hatte, hatte das Gesundheitsamt währenddessen auch seine anderen Filialen stillgelegt, diese aber nur versiegelt, ohne sie gleich auseinanderzunehmen.

Der einzige Lichtblick war die Aussage seines Praktikanten gewesen, der ihn wenigstens ein bisschen entlastete.

»Hast du eine Affäre?« Alinas Stimme klang für ihr Alter zu streng und zu vorwurfsvoll, war aber vermutlich nur ein Vorgeschmack auf das, was ihm bei seiner Frau blühte.

Er sah seine Tochter an, schluckte die Wut herunter und erklärte zum dritten Mal: »Nein, natürlich nicht. Wer auch immer sich das ausgedacht hat, will mir einfach nur ans Bein pinkeln. Und nein, ich habe auch mit diesen falschen Packungsinhalten nichts zu tun.«

In Alinas Gesicht war nicht zu erkennen, ob sie ihm das glaubte oder nicht. Sie sah Sascha an, der als einziger der Angestellten noch hier war, und fragte deutlich freundlicher: »Würdest du mit zu mir kommen?«

»Heut nicht, Alina«, sagte Johann dazwischen.

Sie würdigte ihn mit einem eiskalten Blick, während sie ihm erklärte: »Doch, gerade heute. Ich weiß nicht, was zurzeit bei dir los ist, aber ein normaler Mensch wird mir guttun!«

»Ich … wir können uns auch morgen treffen oder später einfach telefonieren«, versuchte Sascha, die Lage zu beruhigen. Sie sah ihm in die Augen, schüttelte aber den Kopf. »Ich kann dich nicht zwingen. Aber es wäre wirklich schön, dich dabeizu-haben. Wir schnappen uns meinen Bruder und gehen ein biss-chen im Wald spazieren.« Nun drehte sie sich doch zu ihrem Vater und spie ihm regelrecht entgegen: »Dann können sich meine Eltern in aller Ruhe streiten. Ich habe nämlich überhaupt keinen Bock auf die Scheiße.«

Eigentlich hielt Johann gar nichts davon, gerade jetzt ein Nichtfamilienmitglied mit nach Hause zu nehmen. Andererseits wollte er die Stimmung seiner Tochter nicht eskalieren lassen. Hinzu kam, dass die Bedrohung noch nicht zu Ende war. Vielleicht wäre es kein Schaden, einen jungen kräftigen Mann an ihrer Seite zu wissen.

Folglich deutete er ein Nicken an, atmete hörbar aus und beschloss: »Holt eure Sachen.«

Die Fahrt verlief schweigend. Johann sah immer wieder in den Rückspiegel. Während Alina eindeutig sauer wirkte, schien Sascha die ganze Situation unangenehm zu sein. Blieb nur die Frage, was ihm unangenehm war: der Umstand, hier in eine Familienangelegenheit geraten zu sein, oder die Tatsache, dass er sich offenbar die falschen Medikamente hatte unterjubeln lassen.

Johann räusperte sich, blickte kurz über die Schulter nach hinten und fragte an seinen Praktikanten gewandt: »Wie war das noch mal mit diesem Rollstuhlfahrer? Der Kommissar hat mir keine Details deiner Aussage erzählt.«

Sascha schien kein Problem damit zu haben, seinen Blick im Rückspiegel zu erwidern. Er beugte sich auf der Rückbank ein wenig nach vorne und erklärte: »Ich, wir, also Alina und ich, sind dem Typen schon bei dem ersten Botengang begegnet. Da bat er uns, kurz mit einem unserer Handys telefonieren zu dürfen. Alina sagte, es wäre nicht das erste Mal, dass er um ihr Handy bitte.« Sascha drehte sich zu ihr und fragte: »Stimmt doch, oder?«

»Ja. Dieser Troll schien mir regelrecht aufzulauern«, hörte Johann seine Tochter missmutig antworten.

»Und dann?«

»Dann machte ich die Tour zu der Apotheke am Plärrer das nächste Mal allein. Dieses Mal kam der gleiche Rollstuhlfahrer ohne jede Vorwarnung aus einer kleinen Seitengasse rausgerollt und fuhr mir direkt in die Beine. Ich knickte weg, konnte den Styroporbehälter mit den Medikamenten aber noch festhalten. Aber dieser Junge war so verpeilt, dass er auch noch aus seinem Rollstuhl rutschte. Und da ich ihn ja schlecht liegen lassen konnte, musste ich die Schachtel abstellen.«

»Aber müsstest du es nicht gemerkt haben, wenn sich jemand daran zu schaffen gemacht hätte?«, fragte Johann skeptisch dazwischen.

Sascha atmete hörbar aus. »Haben Sie schon einmal versucht, einem schreienden und offenbar geistig behinderten Menschen zu helfen? Die Passanten in der Fußgängerzone haben mich angeschaut, als würde ich den Kerl verprügeln.

Wäre mir nicht noch ein anderer Mann zu Hilfe gekommen, hätte ich es nicht geschafft.«

»Okay.« Johann bemühte sich, seine Stimme nicht vorwurfsvoll klingen zu lassen. »Und was war das für ein Mann? Ich meine, der, der dir geholfen hat?«

»Junger Typ. Etwa so alt wie ich. Groß und er sah ein wenig fertig aus.«

Johann wusste, dass es wie ein Verhör wirken musste, aber er brauchte dringend eine Spur zu denjenigen, die es auf ihn abgesehen hatten. Daher fragte er: »Alina. Ist dir so jemand aufgefallen, als dieser Typ im Rollstuhl dich nach deinem Handy fragte?«

Dass seine Tochter selbst bei so einem Gespräch nur auf ihr Handy glotzte und er die Frage wiederholen musste, machte Johann wütend. Dann sah sie auf und antwortete: »Nein, nicht dass ich wüsste.«

»Und Sascha: Hältst du es für möglich, dass man dir bei dem Zwischenfall mit dem Rollstuhlfahrer etwas untergeschoben hat?«

»Ich kann es zumindest nicht ausschließen. Da war so ein Tumult. Und als der Junge endlich wieder in seinem Rollstuhl saß, war der Deckel nicht mehr richtig auf der Lieferbox.«

Johann war inzwischen vor der Einfahrt zu seinem Haus angekommen. Da dies nur ein Leihwagen war, funktionierte die automatische Kennzeichenerfassung nicht. Er stieg aus, hielt die Hand mit dem Chip an den Scanner und das Tor öffnete sich.

Claudia erwartete ihn bereits im Wohnbereich. Sie wollte gerade loslegen, als nach Alina auch noch Sascha in den Raum trat. Johann stellte seinen Praktikanten kurz vor, dann nahm ihn Alina an die Hand und zog ihn mit zur Treppe.

Auf dem Tablet seiner Frau sah Johann den geöffneten Artikel über ihn und seine Apotheken. Sie wartete, bis oben Alinas Zimmertür ins Schloss fiel, und fragte dann: »Sind die zusammen? Sie kennt ihn doch erst seit ein paar Tagen.«

»So richtig nicht. Könnte aber dazu kommen«, antwortete Johann knapp. Danach deutete er auf das Tablet und erklärte: »Ich hoffe, du glaubst diesen Mist nicht. Nichts davon ist wahr.«

Sie neigte den Kopf etwas zur Seite, funkelte ihn an und erwiderte scharf: »Nur blöd, dass Bilder nicht lügen. Wer ist diese Frau und was hast du mit ihr zu schaffen?«

Johann war fassungslos, wie viel Claudia in dieses Bild hineininterpretierte, und keifte zurück: »Ich kenne diese Frau nicht. Sie hat geklingelt und nach dem Weg zum Wildgehege gefragt. Nicht mehr und nicht weniger!«

Claudia war eigentlich eine ziemlich toughe Frau. Daher passte es nicht zu ihr, dass ihre Hände zitterten, als sie in ein Fach im Tresen der offenen Küche griff und etwas herauszog. Dann streckte sie ihm einen Slip entgegen und schrie: »Komisch: Soweit ich es auf dem Bild erkennen kann, könnte diese Schlampe durchaus Größe achtunddreißig tragen. Und dieses Nichts von einem Slip hat genau diese Größe.«

Johann stieg die Hitze so schnell in den Kopf, dass ihm kurz schwindelig wurde. Er schluckte, deutete ein Kopfschütteln an und erwiderte schwach: »Ist bestimmt von Alina.«

»Ganz sicher nicht! Erstens trägt sie sechsunddreißig und zweitens kenne ich jedes Kleidungsstück von ihr. Du bist ja zu geizig für eine Haushaltshilfe, also wasche ich eure Klamotten, wie du weißt.«

Er machte eine unbeholfene Geste, stammelte erst etwas von einem Missverständnis und fragte schließlich schwach: »Wo soll der gelegen haben?«

»Dort, wo auch ein langes braunes Haar lag. Unter unserem Bett auf deiner Seite.« Mit diesen Worten drehte sie sich um und ging nach oben.

Johann wusste nicht mehr, was er denken sollte. Dieses Haus war von oben bis unten und sogar draußen mit einer hochmodernen Alarmanlage ausgestattet. Wie zum Teufel war dieser Slip hier hereingekommen?

Er blickte seiner Frau hilflos hinterher, ging hinter den Tresen, holte sich ein Glas aus dem Schrank und schenkte sich dann zwei Fingerbreit Whisky ein. Damit ließ er sich aufs Sofa fallen, nippte daran und versuchte, während die Flüssigkeit in seinem Mund brannte, einen klaren Gedanken zu fassen.

Irgendwann kam sein Sohn Felix aus dem Garten herein. Er begrüßte ihn schwach. Auf dessen Frage, ob er ein wenig an der Spielkonsole spielen dürfe, bat er ihn, das Mobilteil mit nach oben in sein Zimmer zu nehmen. Felix ließ sich das nicht zweimal sagen, holte das Gerät aus der Ladestation und verschwand ebenfalls nach oben.

Je länger er darüber nachdachte, umso klarer wurde ihm, dass sich da etwas in atemberaubender Geschwindigkeit um ihn zusammenbraute. Inzwischen konnte man ihn mit einem tödlichen Verkehrsunfall, einem misshandelten Toten und Betrug in besonders schwerem Fall in Zusammenhang bringen. Und als würde das alles noch nicht genügen, befand er sich in einer handfesten Ehekrise.

Es war sonst nicht Johanns Art, aber heute schenkte er sich noch ein Glas mehr ein. Nicht einmal Paulus, der ihn von der Terrassentür aus traurig ansah, konnte ihn davon abhalten.

Sascha und Alina tauchten gegen einundzwanzig Uhr gut gelaunt aus Alinas Zimmer auf. Johann war zwar inzwischen einigermaßen betäubt, bekam aber durchaus noch mit, dass die beiden Händchen hielten und sich in den letzten Stunden offenbar nähergekommen waren.

Alinas Gesichtsausdruck änderte sich, als sie vor ihm stand und fordernd bat: »Kannst du Sascha etwas zum Taxi dazuzahlen? Mom möchte nicht mehr fahren und ich schätze mal, du kannst nicht mehr fahren.«

Johann versuchte gar nicht erst, irgendwas auszudiskutieren. Er zog seine Geldbörse heraus, gab ihr fünfzig Euro und sagte schwach: »Pass bitte auf, dass draußen die Tür richtig schließt, wenn Sascha weg ist.«

Ein Glas später kippte er etwas zur Seite und schlief mit dem Kopf auf der Armlehne des Sofas ein.

42

Karolin fand in dieser Nacht kaum Schlaf. Sie lag vom Wein betäubt im Bett und wälzte sich durch diese heiße Nacht. Erst nachdem der erste Gewitterregen niedergegangen war, fiel es ihr etwas leichter, ruhig zu liegen. Doch immer, wenn sie die Augen schloss, brach ihr Leben über ihr zusammen.

Es war weniger die Angst vor diesem Zeichen an ihrem Spiegel oder demjenigen, der es dort hinterlassen hatte. Es waren vielmehr die Umstände, durch die sie zu diesem bequemen Leben in absoluter Selbstbestimmung gekommen war, die sie jetzt im Angesicht der Gefahr quälten.

Natürlich hatte sie nach dem Besuch dieser Kommissare noch einmal die komplette Wohnung abgesucht. Zusätzlich hatte sie einen Stuhl unter die Klinke der eh schon gut gesicherten Eingangstür gestellt. Trotzdem fühlte sie sich hier nicht mehr wohl. Ihr Plan, gleich am nächsten Morgen das Land zu verlassen, stand fest und sie freute sich sogar ein wenig darauf.

Früh um sechs gab sie auf und verließ das Bett. Sie musste duschen, so viel war sicher. Doch bevor sie das tat, kontrollierte sie noch einmal die Wohnungstür und alle Räume. Erst als sie sich sicher war, allein zu sein, stellte sie sich kurz unter das warme Wasser. Danach zog sie ein leichtes Kleid über, holte den Koffer aus der kleinen Abstellkammer und begann, alles für einen Urlaub auf unbestimmte Zeit einzupacken.

Nachdem sie fertig war, machte sie sich einen Kaffee, ging damit zu dem Safe, den ihr Mann hinter einem Bild hatte einbauen lassen, und holte ihren Pass und einiges an Bargeld heraus.

Bei einer Zigarette auf ihrer Dachterrasse streifte sie in Gedanken schon über feinsandige Strände und saß an kleinen Strandbars mit starken Männern. Weit weg von all dem Chaos, das hier gerade losbrach.

Als ihr iPhone einen Laut von sich gab, glaubte sie noch an die Rückmeldung eines Reisebüros für extrem kurzfristige Last-minute-Reisen. Sie nahm es von dem kleinen Korbtisch. Der Bildschirm entsperrte sich selbstständig und zeigte eine neue Facebook-Nachricht an. Karolin öffnete die Anwendung und begann augenblicklich zu zittern. Es war nur ein Satz, doch die Worte »Schau dir den Spiegel bei deiner Mutter im Zimmer an« ließen alle Träume zerplatzen.

Sie schluckte schwer. Murmelte: »Scheiße, Scheiße, Scheiße«, öffnete das Telefonmenü und wählte dort den Eintrag mit dem Namen »Mutti«.

Die Schwester des Pflegeheims hob schon nach dem zweiten Freizeichen ab. Karolin versuchte, ruhig zu bleiben, trotzdem überschlug sich ihre Stimme. Erst als die Schwester fragte, ob alles in Ordnung sei, atmete sie einmal tief durch, erklärte: »Ja ... ja, natürlich. Ich hatte nur so einen bösen Traum und wollte mich versichern, dass es meiner Mutter gut geht.«

Die Schwester bat um einen Augenblick Geduld. Die getragene Melodie der Warteschleife machte Karolin beinahe wahnsinnig. Dann endlich wurden die schweren Klänge unterbrochen und die Frau sagte: »Alles gut. Ihre Mutter schläft friedlich in ihrem Bett.«

Karolin bedankte sich, legte auf und holte zitternd eine weitere Zigarette aus der Schachtel. Nach einigen tiefen Zügen öffnete sie die Facebook-Nachricht erneut und tippte: »Wer auch immer Sie sind, hören Sie mit diesem Scheiß auf.«

Keine zehn Sekunden später erfolgte die Antwort: »Schläft sie wirklich oder ist sie auf dem Weg ins Jenseits?«

Karolin hätte das Handy am liebsten über die Brüstung ihrer Terrasse geworfen. Was zum Teufel ging hier vor?

Stattdessen öffnete sie das Profil des Nachrichtenschreibers, der sich »Anubis« nannte. Sonst waren natürlich keinerlei Informationen hinterlegt, nur das Titelbild dieser Facebook-Seite kannte sie gut. Es bestand aus einem Foto ihres mit diesem komischen Auge beschmierten Badezimmerspiegels.

Anubis ... irgendwoher kannte sie diesen Namen. Sie öffnete Wikipedia, tippte die Buchstaben in das Suchfeld und musste nur die ersten Worte lesen, um zu begreifen. Dort stand: Anubis ist in der altägyptischen Kultur der Totenbegleiter ...

Weiter kam sie nicht, da die nächste Nachricht aufpoppte: »Jetzt bekommst du langsam ein Gefühl dafür, was wahre Angst bedeutet.«

Karolins Magen verkrampfte sich. Sie drückte die Kippe eilig in den Aschenbecher und rannte in die Wohnung. Ihre Mutter schlief, hatte die Schwester gesagt, aber das beruhigte sie jetzt nicht mehr. Andererseits konnte sie auch nicht im Heim anrufen und darauf drängen, dass man sie weckte.

Sie schnappte sich ihre Handtasche, zog den Stuhl unter der Türklinke hervor, entriegelte die Tür und verließ die Wohnung.

Das Pflegeheim stand schön gelegen am Stadtrand von Nürnberg. Normalerweise war Karolin nie um diese frühe Uhrzeit unterwegs. Auf der Fahrt verfluchte sie jeden einzelnen der Berufspendler, die die Straßen verstopften. Sonst brauchte sie für die Strecke gerade einmal fünfzehn Minuten, jetzt eine geschlagene Dreiviertelstunde.

Dort angekommen, stellte sie ihren Wagen einfach auf dem Taxistreifen ab, rannte fast in das Gebäude und fuhr mit dem Aufzug ins zweite Obergeschoss.

Der breite Flur wirkte auf sie jedes Mal bedrückend. Denn auch wenn man sich alle Mühe machte, ihn durch Bilder und Pflanzen wohnlich aussehen zu lassen, den Geruch von Alter und Tod würde man wohl nie wegbekommen.

Vor der Tür mit der Nummer zweiunddreißig blieb sie stehen, atmete durch und klopfte dann leise an. Anschließend wartete sie kurz und trat ein.

Inzwischen war es kurz nach halb neun, eine Uhrzeit, zu der ihre Mutter eigentlich schon seit einer Stunde wach sein sollte. Doch sie lag noch immer im Bett. In der Rückenlage und mit leicht geöffnetem Mund sah sie aus wie tot.

Karolin murmelte schon: »Bitte nicht«, bis sie das leichte Heben und Senken des Brustkorbs erkannte.

Sie ging zu ihr, nahm ihre Hand und spürte die Wärme ihrer dünnen fleckigen Haut. So weit schien alles in Ordnung.

Dann erst fiel ihr Blick auf die Blumen, die in einer Vase auf dem kleinen Esstisch standen. Seit Vaters Beerdigung hasste ihre Mutter Lilien und würde sich niemals selbst einen Strauß kaufen.

Und noch etwas stimmte nicht. Karolin hatte sich lange mit ihrer Mutter gestritten, damit sie überhaupt Schlaftabletten nahm. Dann hatten sie sich schließlich auf ein Mittel mit schwacher Dosierung geeinigt. Doch das Mittel, das jetzt auf dem Nachttisch lag, war zwar vom selben Hersteller, hatte aber eine doppelt so hohe Dosierung des Wirkstoffs. Und nicht nur das, es fehlten auch gleich drei Tabletten, was eigentlich nur zu einer Überdosierung führen konnte.

Erneut stieg Panik in ihr auf, trotzdem musste sie noch eine Sache überprüfen. Sie ging zu dem kleinen Badezimmer, schaltete das Licht ein und glaubte im ersten Moment, dass alles nicht wahr wäre. Erst als sie ganz eintrat und dadurch den Blickwinkel änderte, erkannte sie eine kaum sichtbare Schliere auf dem Glas.

Karolin trat vor den Spiegel, hauchte ihn an und stieß einen Fluch aus. Überall dort, wo durch ihre feuchte Atemluft die Fläche beschlug, zeichnete sich eindeutig die gleiche Form ab wie zu Hause an ihrem großen Badezimmerspiegel.

Das einzig Positive an dieser Entdeckung war die Erkenntnis, dass der Zeichner des Auges nicht zwingend im Raum gewesen sein musste, als sie gestern Abend gerade unter der Dusche gestanden hatte. Der dünne Fettfilm, möglicherweise mit einem Lippenpflegestift gezeichnet, wirkte auch noch nach Stunden wasserabweisend und so konnte das Bild schon viel früher entstanden sein.

Sie wusste selbst nicht warum, doch sie wollte diese Gebilde nicht dort lassen. Daher riss sie ein Stück Toilettenpapier ab, machte es nass, gab einen Klecks Seife darauf und wischte den Spiegel sauber.

Auf dem Weg zum Ausgang der kleinen Einzimmerwohnung blieb sie kurz stehen. Der Anblick ihrer Mutter schmerzte sie in der Seele. Sie sagte halblaut: »Tut mir leid, Mama«, dann ging sie hinaus, wandte sich zum Schwesternzimmer dieser Etage und begann zu rennen.

Der herbeigerufene Arzt löste die Manschette des Blutdruckmessgeräts, kontrollierte noch einmal die Reaktion der Pupillen und wandte sich schließlich zu ihr.

»Was? Was ist los?«, fragte Karolin gereizt, als er nicht gleich redete.

»Alles gut. Ich denke, Sie müssen sich keine Sorgen machen. Wir werden in der nächsten Stunde öfter nach ihr sehen, aber Ihre Mutter dürfte in Kürze aufwachen. Das Mittel ist in dieser Dosierung zwar hart, bringt aber niemanden um. Hat sie das von Ihnen?«

Da sie diesem Doktor wohl kaum erzählen konnte, dass sie bedroht wurde, antwortete sie ausweichend: »Ja … ich meine, nein. Nicht in dieser Stärke. Die Apotheke muss sich vertan haben.«

Der Mann brummte etwas Unverständliches, sah noch einmal kurz zu seiner Patientin und sagte: »Ihre Mutter ist im Großen und Ganzen in einem guten Zustand. Gegen ein leichtes Schlafmittel ist nichts einzuwenden, aber passen Sie in Zukunft besser auf.«

Sie presste ein »Ja, sicher« heraus, wartete, bis der Arzt das Zimmer verlassen hatte, und fragte an die anwesende Schwester gewandt: »Hatte meine Mutter gestern Besuch?«

Diese schüttelte bedauernd den Kopf. »Kann ich Ihnen leider nicht sagen. Ich hatte gestern meinen freien Tag. Aber wenn Sie möchten, kann ich später eine Kollegin fragen und Sie anrufen.«

»Ja, das wäre nett«, antwortete Karolin enttäuscht. »Meinen Sie, ich kann meine Mutter jetzt allein lassen? Eigentlich würde ich gerne hierbleiben, aber ich habe noch einige wichtige Termine.«

Die Schwester wirkte fürsorglich. »Kein Problem. Erstens weiß keiner, wie lange sie noch schläft, und zweitens ist sie bei uns in guten Händen. Wenn sie wach ist, sage ich ihr, dass Sie nach ihr gesehen haben.«

Karolin war kaum durch die Drehtür des Heimes gegangen, da meldete sich ihr Handy erneut. Dieses Mal lautete die

Nachricht: »Heute war es nur eine Warnung. Ich würde vorschlagen, du gehst zur Polizei und erstattest Selbstanzeige.«

»Einen Scheiß werde ich«, fluchte Karolin, zündete sich eine Zigarette an und wählte Pohls Handynummer, die sie damals entgegen ihrer Abmachung aufgehoben hatte.

43

Ruben öffnete die Augen und glaubte im ersten Moment, er wäre in der Zeit zurückgesprungen. Das Kinderzimmer des Hauses, in dem man sonst gefährdete Zeugen unterbrachte, ähnelte ein wenig dem alten Kinderzimmer seiner Tochter. Wer auch immer die Inneneinrichtung gestaltet hatte, hatte die bereitgestellten Steuergelder auch für einen wirklich schön gemachten Sternenhimmel ausgegeben.

Ruben dachte kurz an die alten Zeiten, als er oft bei Elisa im Bett eingeschlafen war. Seine Kleine hatte dann meist ganz an die Wand gedrängt dagelegen, aber geschlafen wie ein Stein. Er vermisste sie und seine Frau.

In den letzten Tagen war kaum Zeit für längere Gespräche gewesen und so langsam konnte er Pias Unmut verstehen. Vielleicht sollte er für ein paar Stunden nach Bamberg fahren. Oder er holte die beiden her. Schließlich waren Schulferien und seine beiden Frauen liebten die großen Einkaufsstraßen, die es auch in Nürnberg gab.

Ruben drehte sich zur Seite, griff nach dem Handy und musste feststellen, dass es erstens schon kurz nach sieben war und er zweitens drei Kurznachrichten nicht mitbekommen hatte. Die erste war von seiner Frau, die ihm eine gute Nacht und süße Träume wünschte. In der zweiten informierte ihn Eva in etwas wirrer Wortfolge und mit einigen Vertippern, dass sie die Nacht woanders verbringen würde. Die dritte war von Habermann und die interessanteste. Auch wenn da nur stand: »Phantombild mit eindeutigem Treffer. Bitte melden Sie sich.«

Ruben setzte sich auf, rieb sich über die Augen und tippte dann auf »Anruf«.

Das Gespräch dauerte nur eine knappe Minute. Auch weil Habermann entgegen Rubens Erwartungen nicht im Büro war, sondern nach eigener Angabe mit dem Laptop zu Hause mit Magenschmerzen im Bett lag.

Nach dem Telefonat stand Ruben auf, gönnte sich noch schnell eine Dusche und konnte dann nicht anders, als einen Blick in Evas Zimmer zu werfen. Das Bett war gemacht und unbenutzt. Bevor sein Kopfkino einsetzen konnte, besann er sich wieder auf den Fall. Er klopfte sachte gegen Schobers Tür. Nachdem sich nichts rührte, wurde er energischer und sagte gleichzeitig: »Schober, bist du da?«

Es folgte ein Grunzen. Ruben klopfte noch einmal, worauf er ein mürrisches »Was ist denn?« hinter der Tür hörte. Danach knarrte ein Lattenrost, die Tür wurde einen Spaltbreit geöffnet und Schobers verquollenes Gesicht erschien. Er wirkte verschlafen, aber nicht schlecht drauf. »Ist was passiert?«

»Heiße Spur«, erwiderte Ruben. »Das rekonstruierte Phantombild unserer Wasserleiche ergab gleich mehrere Treffer und einer davon ist eindeutig.« Um Schober etwas zu motivieren, fügte er hinzu: »Da du für dieses Bild gesorgt hast, dachte ich mir, dass du gerne dabei wärst.«

»Sicher«, antwortete Schober tatsächlich schon munterer. »Kann ich noch schnell duschen?«

»Kannst du. Der Mann ist ja schon tot.«

Ruben wusste, dass der nächste Anruf falsch verstanden werden könnte, trotzdem wählte er die Nummer. Nach dem zehnten Freizeichen wollte er schon wieder auflegen, als sich Eva mit einem gequälten »Aua« meldete.

»Bist du verletzt?«, fragte Ruben alarmiert. Es folgte kurzes Schweigen, bevor sie sagte: »Wenn ein mörderischer Kater als Verletzung zählt, bin ich das.«

»Du hast getrunken? Wann? Wo?«

»Ruben«, mahnte sie, »wird das ein Verhör?«

»Nein«, gab er widerwillig zurück. Sie schwieg einen Augenblick, bevor sie dann trotzdem erklärte: »Du lässt mir ja eh keine Ruhe. Also, Mike und ich waren gestern Abend essen und sind dann noch in einem Pub versumpft. Anschließend sind wir zu ihm und haben bis drei Uhr geredet und getrunken. Und nein, ich habe nicht bei ihm im Bett geschlafen.«

Ruben sortierte das Gehörte, wohl wissend, dass es ihn im Grunde nichts anging. Folglich sagte er nur: »Aha. Kann ja mal passieren. Bis wann bist du … seid ihr wieder fit?«

»Dauert noch ein bisschen. Mike schläft, glaube ich, noch.«

»Alles klar. Kein Problem«, gab sich Ruben versöhnlich. »Wir haben einen Treffer bezüglich des Toten aus dem See. Schober und ich fahren jetzt nach Erlangen und gehen dem nach. Danach kommen wir ins Präsidium, seid ihr später dort?«

Eva stöhnte: »Zu viel Input. Aber ja, ich denke, wir fahren dann rüber. Es sind noch einige Nachforschungen nötig.«

Eine Stunde später stellte Schober den VW-Bus vor einem von vielen Hochhäusern ab, die man getrost als Bausünde bezeichnen konnte.

Ruben stieg aus, blickte die Fassade hinauf, wobei er trocken feststellte: »Angesichts der vielen Menschen, die hier wohnen, könnte man sich direkt auf ein einsames Grab freuen.«

Schober zuckte mit den Schultern: »Ich habe selbst in so einem Ding gewohnt und so schlecht ist das gar nicht. Es kommt halt, wie überall, auf die Nachbarn an.«

»Ja, vielleicht«, erwiderte Ruben, ging zu dem Hauseingang mit der Nummer 21 a und suchte die Klingelschilder nach dem Namen ab, den ihm Habermann übermittelt hatte. Da er den Klingelknopf nicht direkt berühren wollte, zog er den Ärmel seiner Jacke über die Hand.

Es rauschte und knackte aus einem kleinen Lautsprecher, der sich hinter einer verkokelten Kunststoffabdeckung befand. Doch es meldete sich keine menschliche Stimme, stattdessen summte der Türöffner.

Schober drückte die Eingangstür nach innen auf und sie betraten einen Vorraum mit vielen Briefkästen; vor den meisten lagen heruntergefallene Werbeprospekte.

Während Schober sich direkt zum Fahrstuhl begab, deutete Ruben auf eine weitere Tür. »Fitness, mein Lieber. Fitness ist der Weg zu klaren Gedanken.«

»Welches Stockwerk?«, brummte Schober missmutig.

»Das dritte«, antwortete Ruben. Sein Spurensicherer schnaufte hörbar, gab sich aber geschlagen.

Oben angekommen, fragte Ruben sich angesichts des heftigeren Schnaufens, ob sein Kollege gerade dem vielen fettigen Essen abschwor.

Nachdem sie den langen Flur bis nach hinten durchgegangen waren, fanden sie die Tür mit dem vielsagenden Namensschild »Monika Hirtes Traumvilla«.

Dieses Mal wollte Ruben die Klingel noch nicht einmal mit seiner Jacke berühren. Er deutete darauf und Schober übernahm, offenbar gänzlich ohne Angst, sich mit irgendetwas anzustecken.

Keine dreißig Sekunden später öffnete sich die Tür. Die korpulente Frau, deren beste Jahre eindeutig hinter ihr lagen, was sie mit einer ordentlichen Ladung Schminke zu kaschieren versuchte, musterte Ruben von oben bis unten. Anschließend wechselte sie in eine anzügliche Pose und sagte: »Hallo mein Süßer. Ich würde dich zwar gerne verwöhnen, aber du hättest vorher anrufen müssen. Ich bin für heute ausgebucht.«

Ruben lächelte sie an: »Was haben Sie denn im Angebot? Grünen Tee mag ich zum Beispiel gerne.«

Nun fiel ihr Blick auf Schober; sie deutete auf Ruben und sagte souverän: »Dein Kumpel ist wohl ein Spaßvogel. Und für einen Dreier wirkt ihr beide ganz schön steif.«

»Ja, er kann schon witzig sein«, erwiderte Schober, bevor Ruben wieder das Wort übernahm, und erklärte: »Wir sind natürlich weder wegen grünen Tees noch wegen eines Dreiers hier.« Er zeigte ihr seinen Ausweis. »Es geht vielmehr um dieses Foto.« Er öffnete das rekonstruierte Bild des Toten aus dem See auf seinem Tablet und hielt es ihr hin. »Mein Kollege hat in einigen Facebook-Gruppen nach dem Mann gefragt und Sie haben ihn daraufhin kontaktiert.«

»Ja, stimmt.« Nun verzog die Frau ihre vollen Lippen zu einem Schmunzeln. »Und ich muss sagen, Ihr Kollege, also der, den ich angeschrieben habe, ist ein ziemlicher Charmeur.«

»Ja, schön!« Ruben wollte nichts davon hören, dass Habermann vielleicht sogar mit ihr im Chat geflirtet hatte. »Sie sagten, Sie wüssten ziemlich sicher, um wen es sich bei dem Mann handelt.«

»Ja klar.« Frau Hirte deutete quer über den Flur zur übernächsten Tür. »Das ist Herr Hegner, da bin ich mir sicher. Er wohnt dort drüben, aber ich habe ihn schon ewig nicht mehr gesehen.«

Ruben drehte sich kurz zu der entsprechenden Tür. »Wohnt er allein?«

Während sie nickte, wurde sie ernster. »Ja, aber das war nicht immer so. Erst ist seine Frau gestorben und dann sind die beiden Söhne abgehauen. Ist aber auch kein Wunder.«

»Wie meinen Sie das und wie lange ist das alles her?« In Rubens Kopf schrillten die Alarmglocken.

»Ja, wie lange ist das jetzt her?«, dachte Frau Hirte laut. »Das mit Lisa, seiner Frau, dürfte etwa vier oder fünf Jahre her sein. Und die beiden Söhne waren kurz darauf wie vom Erdboden verschwunden. Ich habe ihn natürlich danach gefragt, aber da wurde er furchtbar wütend und hat irgendwas von den Großeltern gefaselt.«

»Gut, das könnte uns weiterhelfen«, bestätigte Ruben. »Und warum wunderte Sie das nicht?«

»Na, Klaus ist nicht gerade das, was man sich unter einem guten Vater vorstellt. Außerdem ist er aufbrausend und ...« Sie stockte. »Das geht jetzt doch zu weit.«

Ruben machte einen kleinen Schritt auf sie zu und ermunterte sie weiterzureden, indem er sagte: »Nein, bitte, Sie können uns das alles erzählen. Wenn Sie recht haben und das auf dem Bild Herr Hegner ist, dann ist er tot und Sie sind im Moment die Einzige, die uns dabei helfen kann, seinen Tod aufzuklären.«

Frau Hirte wirkte noch nicht einmal sonderlich erstaunt, als sie spekulativ fragte: »Unfall, Alkohol oder eine Überdosis?«

»Er nahm Drogen?«

Sie nickte. »Ich habe ihn natürlich nie dabei gesehen, aber ich erkenne Süchtige. Einige meiner Freier haben dasselbe Problem, nur werden die dann nicht aggressiv und laut.«

»Verstehe«, erwiderte Ruben und beschloss: »Wir sehen uns jetzt seine Wohnung an. Dürfen wir Sie noch einmal belästigen, falls Fragen auftauchen?«

Nun lächelte die Frau wieder. Sie sah auf ihre winzige Armbanduhr und erklärte: »Ich bin die nächsten fünfundvierzig

Minuten beschäftigt, wenn Sie wissen, was ich meine. Aber danach können Sie gerne noch einmal klingeln und vielleicht habe ich sogar noch etwas grünen Tee im Haus.«

Wie auf Bestellung öffnete sich in diesem Augenblick am Ende des Flures die Fahrstuhltür und ein ziemlich ungepflegter älterer Herr trat heraus. Ruben hauchte noch ein Danke und gab Schober einen Wink.

44

»Ohne Durchsuchungsbeschluss?«, versicherte sich Schober noch einmal.

»Ja«, antwortete Ruben, drückte zum dritten Mal auf den Klingelknopf und sagte, als sich wieder nichts rührte: »Kannst anfangen.«

Sein Kollege öffnete seine Tasche, holte eine kleine Stoffrolle heraus und breitete diese auf dem Boden aus. Nach einem Blick auf das einfache Türschloss wählte er einen größeren Dietrich aus und steckte diesen hinein. Ein paar vorsichtige Bewegungen später gab das Schloss ein leises Knacken von sich und die Tür öffnete sich einen winzigen Spaltbreit.

Ruben löste den Riemen, der seine Waffe im Holster sicherte, verzichtete aber darauf, diese herauszuziehen. Er streifte sich ein Paar dünne Handschuhe über, drückte die Tür ein Stück nach innen auf und rief: »Polizei. Ist jemand zu Hause?«

Anstatt einer Antwort begrüßten ihn üble Gerüche. Er hielt die Luft an und suchte mit den Augen die sichtbaren Bereiche der Wohnung ab. Ein langer Flur führte zu einer offen stehenden Zimmertür. Rechts entlang des Flures gab es drei weitere Türen, die allesamt geschlossen waren.

»Stinkt«, erklärte Schober schlicht, konkretisierte diese Aussage dann aber als erfahrener Kriminaltechniker: »Dürfte aber keine Leiche sein. Die hätte man auch schon vor der Wohnungstür gerochen.«

»Danke für deine Analyse«, brummte Ruben, wobei er den ersten Schritt hineinmachte und nun doch seine Waffe zog.

Hinter der ersten Tür verbarg sich ein kleines Badezimmer, dem ein Fenster gutgetan hätte. Auch wenn die Rückstände im Waschbecken und in der Toilette längst eingetrocknet waren, gaben sie Gerüche ab, die Ruben nur von Autobahntoiletten kannte.

Hinter der nächsten Tür befand sich ein Kinderzimmer mit einem Doppelstockbett. Die dicke Staubschicht überall deutete darauf hin, dass dieses Zimmer schon lange nicht mehr benutzt wurde. Die Einrichtung war lieblos und karg. Von den ehemals weißen Wänden hingen an einigen Stellen abgezupfte Tapetenstreifen herunter und das wenige Spielzeug dürfte den Jungs gehört haben. Der einzige dekorative Gegenstand war ein Bilderrahmen mit dem Foto einer hübschen Frau, die aber irgendwie traurig und gequält aussah.

Tür Nummer drei offenbarte ein Schlafzimmer, das den Namen nicht verdiente. Eine Schranktür fehlte ganz, eine weitere hing an nur noch einem Scharnier. Es roch nach Urin, latent auch nach Sex und Erbrochenem. Der Teppich war fleckig, passte aber auf skurrile Weise zu dem Bett, dessen unbezogene Matratze genauso aussah.

Da er noch immer nicht sicher war, dass hier der Mann aus dem See gewohnt hatte, wünschte Ruben ihm fast den Tod. Denn der Tod war besser als das hier.

Blieben noch das Wohnzimmer und die Küche. Alle offen herumliegenden Dinge waren inzwischen mumifiziert oder einfach zu Staub zerfallen. Nur die Lebensmittel im Kühlschrank hatten überlebt – eine offene Fischdose braucht unter diesen Umständen einfach länger, bis der Fisch kein Fisch mehr ist.

»Sieht gut aus«, raunte Schober, der immer ein paar Schritte hinter Ruben geblieben war.

»Was meinst du?«

»Es passt. Zumindest auf den ersten Blick.«

»Kannst du bitte mal deutlich werden?«, bat Ruben.

»Der Verwesungszustand der Lebensmittel passt zu der Zeitspanne, die unsere Wasserleiche tot sein dürfte.«

»Sehe ich auch so«, bestätigte Ruben, der allerdings deutlich weniger Erfahrung mit diesen Dingen hatte. Er drehte sich zu Schober und fragte: »Willst du dich hier durchwühlen oder holen wir die Nürnberger SpuSi?«

»Kein Bedarf. Und allein sowieso nicht«, antwortete Schober. »Ich suche jetzt nach Material für einen DNA-Abgleich und dann sollten wir das den Nürnbergern überlassen.«

»Alles klar«, bestätigte Ruben. Sein Blick fiel auf einen kleinen alten Laptop und er beschloss: »Aber den hier nehme ich mit. Vielleicht findet Habermann etwas Nützliches darauf.«

Schon beim Eintreten nahm Ruben sämtliche Informationen über seine beiden Kollegen in sich auf. Eva saß am Laptop und schien konzentriert. Mike Köstner wirkte dagegen ein wenig abwesend. Auf seinem Monitor hatte sich sogar der Bildschirmschoner aktiviert. Er zeigte eine Magnum, die sich so lange um sich selbst drehte, bis sich ein fingierter Schuss löste.

Schober schien das egal zu sein. Er ging unverzüglich zu seinem Platz, wobei er lautstark »Mahlzeit« wünschte.

Eva zuckte zusammen, hob den Kopf und sagte: »Oh, ihr seid schon da. Was gibt es Neues? Seid ihr fündig geworden?«

»Vermutlich«, antwortete Ruben knapp.

Sie zog die Stirn in Falten. »Was heißt vermutlich? Ich dachte, bei dir gibt es nur richtig oder falsch.«

»Manche Dinge müssen eben verifiziert werden«, gab er schnippisch zurück. Ruben wusste selbst nicht warum, doch der Umstand, dass Eva bei Mike geschlafen hatte, ärgerte ihn mehr, als er sich eingestehen wollte.

Eva hob die Hände, sagte etwas, das wie »Ist ja gut« klang, und drehte sich wieder zu ihrem Monitor.

Inzwischen war auch Mike bei der Sache und erklärte ungefragt: »Egal wen wir bei diesem Fall kennenlernen, es gibt immer den Verlust eines Angehörigen.«

»Was meinst du?«, fragte Ruben, jetzt deutlich kontrollierter.

»Karolin Grafwinter, die Frau auf dem Foto mit Pohl.«

»Und weiter?« Ruben spürte selbst, wie scharf er klang.

Mike neigte den Kopf etwas zur Seite, sah ihn zu lange an und bat schließlich: »Wenn es ein Problem gibt, kannst du es sagen. Teamarbeit funktioniert nicht, wenn Unausgesprochenes in der Luft liegt.«

Ruben war noch nie ein Mann gewesen, der seine Emotionen nach außen trug. Also resümierte er trocken: »Ich finde es nicht gut, wenn ihr euch abends betrinkt und Eva es dann nicht nach Hause schafft.«

Mike presste die Lippen kurz aufeinander und erwiderte ebenso trocken: »Um ihr Vater zu sein, bist du noch zu jung, und was wir in unserer Freizeit machen, geht dich nichts an!«

Ruben spürte Evas Blick, atmete seinen Ärger weg und fragte wesentlich freundlicher: »Also, was ist mit Karolin Grafwinter?«

Mike ließ sich darauf ein, das Thema fallen zu lassen, und antwortete: »Ihr Mann ist vor einem Dreivierteljahr unerwartet verstorben. Nicht irgendwo, sondern wie bei allen anderen ebenfalls zu Hause.« Mike stand auf, trat an die Wand, wo die weiteren Informationen hingen. Er deutete auf das Bild von Nina Hoffmann. »Ihr Sohn ist in seinem Kinderbett gestorben.«

Das nächste Foto zeigte den noch immer vermissten Friedrich Möller. »Seine Frau verstarb unerwartet und ebenfalls im Bett. Und jetzt auch noch Karolin Grafwinter, deren Mann ohne jede bekannte Vorerkrankung im Ehebett an einem Herzinfarkt verstarb.«

Ruben hob die Hand, ging zu Eva und bat: »Such doch bitte mal nach dem Totenschein einer gewissen Lisa Hegner. Zuletzt wohnhaft in …« Ruben hielt Eva sein Handy mit Habermanns Mail hin. Sie tippte, wartete, bis sich die kleine Sanduhr zu Ende gedreht hatte, und las vor: »Lisa Hegner. Geboren am 21.2.1974, gestorben am 1.2.2016. Der herbeigerufene Arzt stellte einen Herzinfarkt fest und zweifelte diesen auch nicht an. Letzter Aufenthaltsort ist genau die Adresse, die du mir gerade gegeben hast.«

Mike klatschte in die Hände. »Also ich weiß ja nicht, wie ihr das seht, aber für mich sind das etwas viele Zufälle.«

»Schon«, erwiderte Ruben deutlich weniger euphorisch. »Aber wie passt das zusammen? Bei Friedrich Möller und, wenn ich Mike gestern richtig verstanden habe, auch bei Karolin Grafwinter scheint ziemlicher Wohlstand vorhanden zu sein. Nina Hoffmann und dieser Herr Hegner, wenn es denn der Tote aus dem See ist, waren arm und hatten Drogenprobleme. Ich kenne eigentlich nur Täter, die es stets auf ein und denselben Typ Opfer abgesehen haben.«

»Das müssen wir eben herausfinden«, gab Mike zurück.

Ruben blieb stehen, schloss die Augen und sortierte seine Gedanken. Danach dachte er laut: »Pohls Praktikant sagte, er sei von einem Rollstuhlfahrer und noch einem Typen aufgehalten worden, wobei man möglicherweise die Medikamente ausgetauscht habe. Und die Nachbarin dieses Herrn Hegner erzählte vorhin, dass zu der ehemaligen Familie auch zwei Jungs gehörten, die quasi über Nacht verschwunden waren.«

»Eine mögliche Spur«, stimmte Eva zu und begann auch schon zu tippen.

Inzwischen waren auch Mike und Schober zu ihr herübergekommen. Nun standen alle drei Männer hinter ihrem Stuhl und sahen gebannt auf ihren Monitor.

Nach einer Weile sagte sie: »Da haben wir die beiden. Finn und Sam Hegner. Sam ist heute neunzehn und Finn einundzwanzig. Zuletzt waren die beiden in einem Jugendwohnheim gemeldet.« Eva gab die Daten der Jungen in das Suchfeld der Polizeisoftware ein. Nach wenigen Sekunden erschien das Ergebnis und sie las wieder laut: »Finn Hegner. Körperverletzung, Diebstahl, kleinere Drogendelikte, Waffenbesitz ... kurzum: das volle Programm eines Problemkindes.«

»Und Sam?«, fragte Mike.

»Nichts. Keine Einträge. Nur eine Vermisstenmeldung der Einrichtung, in der er wohnte. Gleiches übrigens auch bei Finn. Status der Fahndung ist immer noch offen. Ich schätze, nachdem auch Sam achtzehn wurde, hat sich keiner mehr zuständig gefühlt. Und das ist jetzt ... ach du Schande ... ziemlich genau eineinhalb Jahre her.«

»Fast der Zeitpunkt, zu dem der Tote aus dem See gezogen wurde«, dachte Ruben laut.

»Dann los«, forderte Mike. »Wir müssen die beiden finden. Sollten die da tatsächlich dahinterstecken, könnten sie auch Friedrich Möller in ihrer Gewalt haben.«

»Aus welchem Grund?«, fragte Ruben dazwischen.

Mike sah ihn an. »Das können wir sie fragen, wenn wir ihnen ins Gesicht blicken.«

45

Seit dem Besuch bei Irene war es still geworden. Ihre Worte »Das ist euer Taschengeld«, als sie ihm den Umschlag mit ein paar Scheinen gegeben hatte, hallten noch in seinen Ohren. Finn vermisste sie! Mutter war zu früh gegangen und diese Frau vermittelte alles, was er noch an körperlicher Zuneigung ertragen konnte. Ihre Beziehung zu ihm und Sam war, im wahrsten Sinne des Wortes, schmerzhaft intensiv. Und das war genau das, was er brauchte.

Er hatte es bei dieser Nina Hoffmann versucht, doch sie anzufassen hatte ihn nicht berührt. Er hatte, schon bevor Irene ihnen die Opfer vorschrieb, ein Mädchen geholt. Sie hatten sie lange unten im Keller aufbewahrt und am Anfang war sie eigentlich ein Geschenk für Sam gewesen. Doch immer wenn Sam schlief, war Finn selbst hinuntergegangen. Er hatte sie geküsst, geschlagen und das Gespräch mit ihr gesucht. Doch nichts davon gab ihm irgendwas.

Bei Sam war das ein wenig anders. Leider. Er hatte die Siebzehnjährige erst als Untersuchungsobjekt betrachtet, dann als Leinwand und schließlich als Objekt für, wie er es ausdrückte, anatomische Forschung. Das Ende vom Lied war eine Riesensauerei gewesen. Finn hatte nicht gewusst, dass ein Mensch so viel Blut in sich hatte.

»Brudi?« Finn hasste es, wenn Sam ihn so ansprach. Dementsprechend unwirsch fragte er: »Was?«

Sam rollte heran, sah zu ihm hoch und sagte: »Sam will malen. Irene hat mir versprochen, dass malen ... dass ich wieder malen darf.«

»Kann ich gerade nicht ändern«, gab Finn grob zurück. Dann musste er an seinen dahingeschmolzenen Bestand an Drogen denken. Sein Blick fiel auf die Medikamente, die noch immer auf der staubigen Kommode lagen, und er fragte sich, ob die wohl etwas wert waren.

Leider fehlte die Originalverpackung. Doch er hatte die Blister, entgegen Irenes Anweisung, nicht weggeworfen.

Das geklaute Smartphone war ein Risiko, doch manchmal musste man einfach mit der Außenwelt in Verbindung treten. Er schaltete es ein und wollte gerade nach dem Mittel googeln, als Sam vom Fenster herüberrief: »Ein Auto. Da kommt ein Auto.«

Finn war sofort in seiner Rolle. Egal wer in den letzten ein-einhalb Jahren an die Tür geklopft hatte, er hatte stets behauptet, dass seine Großeltern krank im Bett lagen. Das hatte auch jedes Mal funktioniert. Allerdings war es schon fraglich, wer hier um diese Zeit etwas zu suchen hatte. Es war schon kurz nach zweiundzwanzig Uhr und draußen dämmerte es. Jemand, der etwas Geschäftliches wollte, konnte es folglich nicht sein.

Nach einem schnellen Kontrollblick durch den Raum schob er noch einige Utensilien zum Drogenkonsum in eine Schachtel und eilte dann zu seinem Bruder.

Der Wagen bog gerade von dem Feldweg, der weiter in den Wald hineinführte, ab und kam nun auf das Haus zugerollt. Die vielen Schlaglöcher zwangen ihn zum Langsamfahren, was Finn etwas Zeit gab.

Als das Auto nahe genug war, ging der Bewegungsmelder am verfallenen Schuppen an, in dem der alte Transporter seiner Großeltern stand. Beim Anblick des alten Mercedes murmelte er: »Irene.«

Nach dieser Erkenntnis veränderte auch seine Aufregung ihre Intensität. Soweit er es erkennen konnte, trug Irene einen albernen Hut und eine Brille, beides hatte er noch nie an ihr gesehen. Er erwischte sich selbst dabei, wie sich sein Mund zu einem seligen Lächeln verzog und ein warmes Gefühl in ihm aufstieg.

Sam, der sie ebenfalls erkannte, begann nun, aufgeregt zu klatschen. Vermutlich, weil sie die einzige Frau in seinem Leben war, mit der er jemals einvernehmlich intim gewesen war.

Was Finn allerdings etwas zu denken gab, war, dass sie ihn und seinen Bruder bisher nur ein einziges Mal hier besucht hatte. Ihr Erscheinen musste folglich nicht unbedingt etwas Gutes bedeuten.

Sie ließ den Wagen bis vor das Tor des Schuppens rollen, stellte ihn ab und stieg aus. Finn gab Sam einen Klaps auf den Hinterkopf, wobei er freundschaftlich »Benimm dich ordentlich« sagte. Anschließend ging er zur Tür, entriegelte das alte Schloss und zog sie auf.

In den letzten Monaten hatte er die alte Frau immer nur nackt, in dem seidenen Bademantel oder mit etwas Leder auf der Haut gesehen. Dass sie heute einen modernen Hosenanzug trug, irritierte ihn. Vielleicht auch, weil dieser ihre von der seinen so verschiedene gesellschaftliche Stellung verdeutlichte. Und entsprechend ihrer Kleidung sagte sie heute ein wenig steif: »Hallo mein Lieber«, und gab ihm nur ein Küsschen auf die Wange.

»Irene, Irene, Mutti!« Sams Stimme war fast ein Quieken.

Sie trat wie selbstverständlich ein, beugte sich zu ihm herunter, drückte ihn aber nicht, wie sonst, an sich. Auch Sam bekam nur ein Küsschen auf die Wange. Doch sie schaffte es mit dem Satz »Später bekommst du mehr«, seine Enttäuschung aufzufangen.

Finn wusste nicht so recht, was er empfinden sollte. Einerseits hatte er sie immer gerne in seiner Nähe. Sie gab ihm Geborgenheit und Halt. Andererseits konnte er ihr Verhalten heute nicht einordnen. Sie ging ohne jeden weiteren Kommentar ins Wohnzimmer, wobei sie an der offenen Kellertür stockte und kurz die Treppe hinunterschaute.

Nachdem Finn ihr gefolgt war, drehte sie sich zu ihm und fragte: »Habt ihr jemanden unten?«

Er schüttelte den Kopf. »Nein, Mutter.« Finn erinnerte sich seiner kaum vorhandenen Manieren und fragte: »Möchtest du etwas trinken?«

Sie sah ihn mit ihren gelblichen Augen an. »Deswegen bin ich nicht hier.« Ihm wurde heiß und kalt gleichzeitig, dann erkannte er seinen Fehler. Er hatte zwar seine Drogenutensilien beiseitegeräumt, doch die Medikamentenblister lagen noch immer auf der Kommode.

Irene folgte seinem Blick, wusste offenbar sofort Bescheid, wandte sich ihm wieder zu und sagte bedrohlich leise: »Schon wieder ein Fehler.«

Finn wollte gerade etwas erwidern, als Sam hereingerollt kam und aufgeregt fragte: »Bekommt Sam eine Leinwand?«

Die Art, wie Irene seinen Bruder nun ansah, gefiel Finn nicht. War das Mitleid oder schon herablassend?

»Auch deswegen bin ich nicht hier!«

Sam schreckte aufgrund des barschen Tonfalls zurück und begann sogar, leise zu weinen.

»Setz dich doch«, versuchte Finn, die Situation ein wenig zu entspannen. Irgendwas musste passiert sein, was Irene sehr zornig machte.

»Du setzt dich«, lautete ihr Befehl und er tat es. Er schaute zu ihr hinauf, nahm seinen Mut zusammen und fragte: »Was ist passiert? Du scheinst wütend auf uns zu sein.«

Seltsamerweise wurde ihr Gesichtsausdruck nun etwas milder. Sie trat an ihn heran, strich ihm durch die Haare und gestand: »Tut mir leid, aber wie du weißt, muss ich manchmal streng sein.«

»Aber warum? Was ist passiert?« Finn konnte sich keinen rechten Reim darauf machen, erklärte aber vorsichtig und leiser: »Das mit den Tabletten tut mir leid. Ich weiß, ich hätte sie entsorgen sollen.«

Irenes Lächeln wurde noch breiter. »Die sind nicht das Problem. Ganz im Gegenteil, das hilft uns sogar weiter.«

Uns? Wen meint sie mit uns?

»Das Problem ist«, redete sie nun weiter, »dass man euch auf die Spur gekommen ist. Ich habe Akteneinsicht genommen und weiß, dass sie nun euren Vater kennen oder besser, was von ihm übrig geblieben ist. Ich habe dir damals gleich gesagt, dass du ihn besser entsorgen musst.« Finn wollte etwas erwidern, doch sie hob die Hand und er schwieg.

»Und ich habe dir auch gesagt, dass ich in diesem Fall nichts mehr für euch tun kann.« Er sah, wie sie ihren Kopf leicht zur Seite neigte und dabei fragte: »Hab ich doch, oder? Erinnert sich dein zerfressenes Hirn noch daran?«

Nun erkannte er die Frau nicht wieder und er ahnte sogar die Gefahr, doch es war zu spät. Sie trat einen halben Schritt zurück und zog etwas aus der Jackentasche. Finn sah in die dunkle Mündung der kleinen Waffe, hob die Hände, brachte aber kein einziges Wort heraus.

In ihrem Blick war nichts mehr von dem, was er bisher darin zu sehen geglaubt hatte. Er zuckte leicht nach vorne. Irene sagte scharf: »Tu das nicht!«, und als er sich wieder etwas zurücksinken ließ, fügte sie mitleidig hinzu: »Du hast das doch nicht etwa geglaubt? Meinst du, ich will so etwas wie eine Mutter für euch kaputte Typen sein?«

Finn konnte die Tränen nicht zurückhalten. Während er den Rotz hochzog, bat er: »Bitte sag das nicht. Bitte nicht …«

»Aber es ist doch so«, säuselte sie. »Ich, mein Enkel und ihr, wir haben zwar das gleiche Motiv. Aber im Gegensatz zu euch Kreaturen werden wir das Ende dieses Dramas miterleben. Das Einzige, was ich dir versprechen kann, ist, dass Johann Pohl entweder verrückt wird, ins Gefängnis geht oder stirbt. Er hat euch also nicht umsonst zu dem gemacht, was ihr seid.«

Finn konnte keine weiteren Worte mehr ertragen. Er spannte seine Muskeln an, schoss aus der sitzenden Position hoch und hörte nicht einmal mehr den Knall.

46

Johann sperrte seine Apotheke kurz nach sechzehn Uhr zu. Auch wenn dieser Artikel im Internet keinem professionellen Reporter zugeordnet werden konnte, hatte er seine Wirkung nicht verfehlt. Durch den Fund der falschen Packungsinhalte bei einigen Medikamenten waren all seine Filialen seit gestern zu. Und da Nürnberg eher den Charakter einer Kleinstadt hatte, mochte er sich die Rufschädigung gar nicht ausmalen. Selbst wenn sich alles aufklären ließe, würde etwas von dem Mist an ihm hängen bleiben, so viel war sicher.

Eigentlich war er Optimist, doch wenn alles über einem zusammenzustürzen droht, wird positives Denken schwierig. Wer auch immer ihn da fertigmachen wollte, hatte ganze Arbeit geleistet und ihn gleich doppelt erwischt.

Wie groß der wirtschaftliche Schaden werden würde, war noch gar nicht abzuschätzen. Hinzu kam das Foto seiner speziellen Kundin Karolin Grafwinter, wie sie mit ihm an seiner Gartentür stand. Nach dem Bild und dem Fund des fremden Slips glaubte Claudia ihm kein Wort mehr. Am gestrigen Abend und am heutigen Morgen hatte sie ihn nur ignoriert, heute Mittag ihn dann per SMS darüber informiert, dass sie mit Felix zu ihren Eltern fahren würde. Auf seine Nachfrage, was mit Alina sei, hatte sie gar nicht reagiert. Folglich hatte er seine Tochter angerufen und erfahren, dass sie geblieben und mit Sascha unterwegs war.

Karolin Grafwinter hatte ihn heute Vormittag angerufen und sich durch nichts davon abbringen lassen, sich mit ihm treffen zu wollen. Soweit er es verstanden hatte, wurde nicht nur sie, sondern auch ihre Mutter bedroht. Natürlich gab sie ihm die Schuld, bezeichnete ihn sogar als Psychopathen. Er hatte mit aller Macht versucht, sie abzuwimmeln, doch als sie ihm mit der Polizei drohte, hatte er einem Treffen zugestimmt.

Johann setzte sich ins Auto, fuhr aber noch nicht los. Stattdessen lehnte er sich zurück, schloss die Augen und versuchte, seine Gedanken zu sortieren. Bis zu seinem Treffen mit Karolin Grafwinter blieb noch etwas mehr als eine halbe Stunde und die würde er um diese Zeit bis zum Reichsparteitagsgelände auch brauchen. Allerdings hatte er keine Idee, was er dieser Frau sagen sollte.

Um siebzehn Uhr war bei diesem schönen Wetter einiges los. Jogger, Radfahrer und Hundebesitzer liefen am Ufer des Dutzendteichs entlang. Auf dem Wasser vergnügten sich Menschen auf Tretbooten und auf dem großen Parkplatz neben Hitlers riesiger Tribüne standen einige Tuningfreaks mit ihren aufgemotzten Autos.

Johann parkte unweit des kleinen Imbissstands, von dem sich sein Vater damals gerne Fischbrötchen geholt hatte. Er selbst hasste die Dinger, hatte aber trotzdem jedes Mal eines mit extraviel Zwiebeln essen müssen. Einfach weil es seinem alten Herrn Spaß gemacht hatte, ihn ein wenig zu quälen.

Auf der großen Steintribüne saßen nur vereinzelt Menschen, manche in kleinen Gruppen, andere allein mit einem Buch in der Hand. Karolin Grafwinter konnte er von hier unten allerdings noch nicht entdecken.

Der Aufstieg bis ganz nach oben stellte für ihn kein Problem dar. Das tägliche Lauftraining sorgte dafür, dass er jetzt noch nicht einmal schneller atmete.

Oben angekommen, schweifte sein Blick über die Stufen, er konnte sie aber noch immer nicht entdecken. Dann begann eine Frau den Aufstieg, die ihr ähnlich sah. Von den Klamotten her hätte sie als Sportlerin durchgehen können, doch die Bewegungsabläufe passten eindeutig nicht dazu.

Auf halber Höhe blieb sie stehen, schob die Sonnenbrille kurz nach oben und sah sich um. Dann erkannte sie ihn, überwand die nächsten Stufen deutlich langsamer und kam schwer atmend auf ihn zu. Obwohl sie anscheinend kaum Luft bekam, zog sie nervös eine Schachtel Zigaretten aus der Trainingshose und steckte sich eine Kippe an.

Johann erkannte auf Anhieb den Zorn in ihrem Blick.

Sie trat ohne jede Begrüßung vor ihn, sah ihm in die Augen und fragte scharf: »Was soll der Mist?«

»Was meinen Sie?«, versuchte er es freundlich.

Der Zug an der Zigarette gab ihr etwas Zeit. Dann tippte sie ihm gegen die Brust und keifte, während sie den Rauch ausstieß: »Erst die Postkarte mit diesem Auge darauf und dann das Foto von uns beiden vor Ihrem Haus. Haben Sie gewusst, dass ich zu Ihnen kommen würde, als Sie mir die Postkarte als Drohung in den Briefkasten geworfen haben? Ich habe zwar keine Ahnung, was Sie mit diesem Foto und diesen Augen auf meinem und Mutters Spiegel bezwecken wollen, aber ...« Nun hielt sie kurz inne, sog noch mehr Rauch ein und begann, hektisch zu nicken. »Doch, na klar.«

Johann wusste zwar nicht, was sich diese Frau gerade zusammenreimte, beschloss aber abzuwarten.

Ihr Blick wurde noch stechender, passte allerdings nicht zu ihren Händen, die nervös zu zittern begannen, als sie nicht mehr ganz so selbstsicher sagte: »Sie wollen Ihr perverses Spiel wiederholen. Erst mein Mann und jetzt ich. Vielleicht arbeiten Sie bei Frauen ja mit einer anderen Form von Angst?«

Er hatte genug gehört, wunderte sich aber über seine eigene innere Ruhe, als er bat: »Kommen Sie ein Stück mit? Ich würde Ihnen gerne etwas zeigen.«

Ziemlich genau in der Mitte der mächtigen Tribüne gab es eine riesige in das Gemäuer eingelassene Tür. Dank der Hitze waren außer ihnen nur noch ein paar Touristen auf der obersten Stufe. Johann sah sich kurz um, deutete auf etwas an der Tür und fragte gelassen: »Sehen Sie das?«

Karolin Grafwinter beugte sich tatsächlich etwas nach vorne. Er nutzte den Schutz des steinernen Türrahmens, packte sie am Hals und drückte sie in die Ecke. Dann brachte er seinen Mund bis knapp vor ihren, sah ihr wütend in die Augen und erklärte: »Wenn Sie mir noch einmal etwas Derartiges unterstellen oder auch nur andeuten, enden wir beide im Gefängnis. Haben Sie das kapiert?« Er lockerte den Griff ein wenig. Sie setzte zu einer Erwiderung an und er unterbrach sie mit den Worten: »Seien Sie einfach still. Hier – und vor allem bei der Polizei. Sie haben doch erlebt, dass meine Methode sicher ist. Dieses Foto mit uns beiden darauf galt nur mir allein. Jemand will mich fertigmachen und vielleicht auch Sie gegen mich aufhetzen. Aber bedenken Sie immer, dass es uns beide betrifft.« Johann löste seinen Griff, trat einen kleinen Schritt zurück und fragte: »Können wir uns jetzt um das eigentliche Problem kümmern oder möchten Sie mir weiter Vorhaltungen machen?«

Sie räusperte sich, funkelte ihn noch einmal wütend an, beschloss aber offenbar zu kooperieren. Dann räusperte sie sich erneut, deutete zu einem schattigen Platz neben einer großen

Steinstufe und versetzte: »Fassen Sie mich noch einmal an und ich schreie. Und jetzt gehen wir einfach dort rüber und reden.«

»Also«, begann Johann, nachdem sie sich in den Schatten gesetzt hatten. »Erzählen Sie mir, was passiert ist. Nicht das von der Postkarte und auch nichts über das Bild, sondern das, was Sie vorhin mit den Spiegeln andeuteten.«

Sie atmete durch, griff sich noch einmal an ihren leicht lädierten Hals und sagte: »Ich war gestern Abend unter der Dusche, und als ich fertig war, fand ich ein durch den Wasserdampf sichtbar gewordenes Auge auf meinem Badezimmerspiegel. Im ersten Moment dachte ich, es wäre jemand während des Duschens in der Wohnung gewesen. Aber heute habe ich festgestellt, dass es auch schon vorher jemand hingemalt haben könnte.«

»Wie? Ich meine, wie haben Sie das festgestellt?«

Karolin Grafwinter zog ihr Handy heraus und zeigte ihm die Textnachrichten, wartete, bis er sie durchgelesen hatte, und erklärte: »Die habe ich heute Morgen erhalten und bin dann natürlich gleich zu meiner Mutter ins Pflegeheim.«

Johann nickte verständnisvoll und nahm erstaunt wahr, dass die Frau feuchte Augen bekam. Irgendwie dachte er immer, seine Kunden wären, was den Tod anging, genauso gefühlsarm wie er selbst. »Okay, und dann?«

Nun konnte sie ein leises Schniefen nicht verhindern. »Sie lag da wie tot. Verstehen Sie? Ich dachte wirklich, man hätte sie umgebracht.«

Er gab Karolin Grafwinter die Zeit, um sich etwas zu beruhigen. Irgendwann erzählte sie: »Jemand muss bei ihr gewesen sein. Und er hat dafür gesorgt, dass sie zu viele und zu starke Schlaftabletten eingenommen hat. Ich vermute, dass schon welche in dem Wasser waren, mit dem sie die eine, die sie immer nahm, schluckte.«

»Verstehe«, warf Johann ein und fragte mehr aus Höflichkeit als aus Interesse: »Wie geht es Ihrer Mutter jetzt?«

Die Frau schaffte ein kurzes Lächeln. »Besser. Es war wohl eine gerade noch vertretbare Menge. Sie ist inzwischen aufgewacht und so weit ist alles in Ordnung. Allerdings bin ich nach dieser Drohung auf meinem Handy auch in ihr Badezimmer gegangen. Es war ohne den Wasserdampf kaum erkennbar, doch auch dort wurde dieses komische Auge mit dem Dreieck drum herum aufgemalt.«

Johann nahm das Gehörte zur Kenntnis, legte beide Hände vor sein Gesicht und schloss kurz die Augen, wobei er sich fragte, wie viel er dieser Frau erzählen konnte. Einerseits hatte sie, wie alle seine Kunden, eine knallharte Seite, andererseits war sie verletzlich und das konnte zum Problem werden.

Es war ein echtes Dilemma, denn es musste einen Grund geben, warum sie überhaupt noch lebte, und genau das könnte ihn zu seinem Verfolger führen. Aber wenn er ihr das sagte und sie durchdrehte, wäre mehr verloren als gewonnen.

»Sie wissen etwas!«

Ihre Stimme riss ihn aus seinen Gedanken. Er nahm die Hände herunter und sah ihr in die Augen. Doch das, was er zu sehen erhoffte, fand er darin nicht. Daher deutete er ein Kopfschütteln an.

Trotz der anfänglichen Diskrepanzen legte sie ihre Hand auf seinen Arm und bat nachdrücklich: »Bitte. Sie müssen es mir sagen. Wie groß ist die Gefahr für mich und meine Mutter?«

Es kam höchstens zweimal im Jahr vor, doch heute bat er um eine Zigarette. Sie gab ihm eine, hielt ihm Feuer hin und zündete sich selbst auch noch eine an.

Nach zwei tiefen Lungenzügen gab er zu: »Ich wundere mich ein wenig, dass Sie noch leben. Bitte erzählen Sie mir mehr über Ihren Mann.«

47

»Bingo!« Mike kam mit dem Handy in der Hand in den Besprechungsraum und streckte die Arme nach oben, als hätte er etwas gewonnen. Trotz seiner müden Augen war er hellwach und fokussiert. Draußen war längst der Mond aufgegangen, doch das ganze Team war immer noch an der Arbeit. Sie suchten nach Spuren, die zu Finn und Sam Hegner führen könnten.

Nun sah Ruben zu ihm rüber und bat: »Würdest du uns deine Erkenntnisse mitteilen oder sollen wir raten?«

Mike streckte den Rücken durch und erklärte: »Ich habe gerade mit dem Leiter des Heimes gesprochen, aus dem die Brüder damals entlaufen sind. Der Mann war wenig begeistert, um diese Uhrzeit angerufen zu werden, und kam mir auch sofort mit irgendwelchen Datenschutzbestimmungen. Er meinte, sie haben so etwas wie die ärztliche Verschwiegenheitspflicht. Als ich ihm dann aber erklärte, dass seine damaligen Schutzbefohlenen möglicherweise Mörder sind und er sich, da er deren Flucht nicht mehr weiterverfolgte, mitschuldig macht, wurde er gesprächig. Lange Rede, kurzer Sinn ... Sam Hegner ist tatsächlich körperlich und geistig behindert. Außerdem redeten sie ständig von ihren Großeltern. Versteht ihr?«

Irgendwie erwartete Mike Applaus, in Rubens Gesicht spiegelte sich dagegen, ja, was eigentlich … nichts? Mike kam es vor, als würde dieser durch ihn hindurchblicken. Und auch Eva verhielt sich angespannt. So, als würde sie gleich einen Streit erwarten.

Nach einer Minute der Stille wurde Mike langsam unsicher und fragte: »Alles gut bei euch?« Zu seinem Erstaunen erhob sich Schober, sah über die in U-Form ausgerichteten Tische des Besprechungsraums und erklärte schlicht: »Grenzwertige Ermittlungsmethode.«

»Aber wirklich kreativ!« Ruben war geistig wieder anwesend. Eva und Schober entspannten sich augenblicklich und Mike begriff, was gerade passiert war. Er kannte diesen Kommissar noch nicht wirklich gut, hielt ihn allerdings für ziemlich prinzipientreu. Und so wunderte es ihn auch nicht, dass Ruben ihn ansah und sagte: »Können wir die Beschaffung dieser Information aus unseren Berichten heraushalten?«

»Können wir«, bestätigte Mike, zeigte auf Eva und bat: »Suche bitte den Mädchennamen der Mutter von diesen Brüdern heraus. Wenn wir den haben, finden wir die Großeltern und vielleicht auch die Brüder selbst.«

Im VW-Bus erfuhr Mike einen der wenigen Momente, in denen er froh über die moderne Technik war. Eva, die neben ihm saß, lud auf ihrem Tablet eine elektronische Landkarte, zoomte die entsprechende Gegend heran und zeigte es ihm. Er legte im Geist die besten Stellen fest und fragte dann Ruben, der vorne neben Schober saß: »Wie viele Leute haben wir bekommen?«

Dieser drehte den Kopf nach hinten: »Zwölf Mann vom SEK und eine Streife, die die Zufahrt absichern kann.«

»Wird eng.«

»Warum?«

»Weil hinter dem Haus der Wald beginnt und rechts und vorne die Felder fast bis an das Grundstück heranreichen. Das einzig Positive ist diese Trockenheit«, erwiderte Mike.

»Wie meinst du das?«, fragte Eva.

Er deutete aus dem Fenster, wo der Mond vom wolkenlosen Himmel auf ein großes Maisfeld schien. »Die Pflanzen sind noch nicht besonders hoch. So können wir uns zwar anschleichen, würden aber eine Flucht bemerken.«

»Kleiner Denkfehler«, warf Ruben von vorne ein. »Eine Flucht durch den Wald oder das Feld können wir so gut wie ausschließen.«

»Ach so?«, gab Mike bissiger als gewollt zurück.

»Ja. Oder hast du schon einmal jemanden mit einem Rollstuhl durch ein Feld fahren sehen?«

Mike wollte es nicht zugeben und sagte daher: »Dieser Sam könnte von seinem Bruder getragen werden.«

»Könnte er. Aber ich habe vor zwei Jahren an einer Rettungsübung teilgenommen und kann dir versichern, dass man schon bei guter Kondition sein muss, um jemanden auf dem eigenen Rücken über ein ganzes Feld zu transportieren. Noch dazu, wenn das Gelände schwierig ist.«

Mike wartete, bis Ruben wieder nach vorne auf die Straße blickte, bevor er Eva mit einer Grimasse andeutete, dass er ihn für einen Klugscheißer hielt.

Sie kicherte leise, wurde aber gleich wieder ernst und fragte: »Wie weit noch?«

Dieses Mal war es Mike, der auf ihr Tablet zeigte, das offenbar die aktuellen GPS-Daten empfing. »Steht doch da unten. Vier Kilometer.«

Die Beamten machten sich die hügelige Landschaft der Fränkischen Schweiz zunutze. Die drei unscheinbaren

Einsatzfahrzeuge des SEK warteten an einer Stelle auf sie, die vom Zielobjekt aus nicht einsehbar war. Schober hielt hinter dem letzten Fahrzeug und alle stiegen aus.

Auf den ersten Blick erkannte Mike gerade einmal acht der zwölf versprochenen Kollegen. Erst als deren Einsatzleiter einen leisen Pfiff ausstieß, kam der Rest aus dem nahen dunklen Unterholz, wobei sich alle gleichzeitig den Hosenstall ihres Kampfanzugs zuzogen.

»Einen Brand können wir jetzt nicht mehr löschen«, stellte Ruben nüchtern fest.

So viel Humor hätte Mike ihm gar nicht zugetraut. Er trat vor den Chef der Truppe, den er schon von anderen Einsätzen kannte, und fragte: »Alles klar, Peter?«

»Alles klar«, bestätigte der. »Worum geht es genau? Was erwartet uns?«

»Wir müssen ein altes Bauernhaus durchsuchen, in dem sich möglicherweise zwei Brüder und deren Großeltern aufhalten. Ob die Brüder tatsächlich dort sind, wissen wir nicht. Unter der Adresse gemeldet sind nur Herr und Frau Lehner, beide bereits über achtzig. Deine Leute sollen daher etwas sensibel vorgehen. Die beiden Brüder sind neunzehn und einundzwanzig. Der Jüngere sitzt im Rollstuhl. Sie stehen unter Verdacht, mehrere Morde begangen zu haben. Außerdem ist der Ältere schon öfter aufgefallen, auch wegen unerlaubten Waffenbesitzes. Die Kunst wird also sein, die Großeltern möglichst schonend zu behandeln, während ihr bei den Brüdern aufpassen müsst.«

»Verstanden«, bestätigte der SEKler. »Wir haben uns die Lage des Hauses bereits angesehen und ich kann nicht versprechen, dass wir alle Fluchtwege absichern können. Außerdem gibt es laut Google Maps noch ein Nebengebäude, was es nicht einfacher macht.«

»Hab ich gesehen.« Mike hatte sich von Eva das Tablet geben lassen, hielt es seinem Kollegen hin und fragte: »Wie wollt ihr vorgehen?«

»Um unbemerkt heranzukommen, brauchen wir auf jeden Fall etwas Zeit. Ich würde ein Team in den Wald hinter dem Haus schicken. Dazu müssen sie aber einen ziemlichen Umweg fahren und auf der anderen Seite des Hügels einen Waldweg finden, der in die Nähe des Hauses führt. Ein zweites Team könnte sich von vorne durch das Feld nähern. Doch auch das wird etwas dauern, da zwischen dieser Straße und dem Haus bestimmt achthundert Meter Ackerfläche liegen. Außerdem kennen wir den Bewuchs noch nicht. Mais wäre gut, sollte es Getreide sein, müssen wir robben.«

»Stimmt.« Mike sah es ähnlich. »Rechts von dem Haus sieht es nicht besser aus. Nichts als Felder. Die einzige Chance für ein drittes Team, dem wir uns anschließen würden, sehe ich von der linken Seite.« Mike zoomte die Karte etwas heran und deutete auf einen Feldweg, der direkt von der Straße zum Haus führte, dann aber kurz im Wald verschwand, über einen Hügel führte und nach etwa einem Kilometer wieder auf die Landstraße traf.

Der Kollege nickte. »Ja, den Weg habe ich auch schon gesehen. Ich würde vorschlagen, wir nähern uns von der weiter entfernten Seite, fahren den Hügel hinauf, schalten dort den Motor aus und können so ein gutes Stück in Richtung Haus rollen, ohne dass uns jemand bemerkt. Außerdem hätten wir so das Nebengebäude als Sichtschutz.«

»Werde ich auch gefragt?«, mischte sich nun Ruben ein, ohne dabei zickig zu klingen.

Der SEKler sah ihn an, musterte ihn von oben bis unten und fragte an Mike gewandt: »Dein Kollege?«

»Ja. Kriminalhauptkommissar der Bundespolizei, Herr Ruben Hattinger«, stellte Mike seinen vorübergehenden Partner vor.

Peter würdigte das mit einem »Hm«, fragte dann aber doch: »Haben Sie Einwände, Herr Hauptkommissar?«

Ruben sah dem Mann in die Augen. »Nein, habe ich nicht.«

Sein Gegenüber wirkte kurz verwirrt, drehte sich dann zu seinen Leuten und forderte sie auf, näher zu kommen. Die zwölf Männer bildeten einen Kreis und hörten zu.

Nach der kurzen Einweisung stiegen alle in die Fahrzeuge und fuhren zum jeweiligen Startpunkt.

48

Eine halbe Stunde später meldeten alle drei Teams ihre Einsatzbereitschaft. Ruben, Mike, Eva und Schober würden im Wald bei dem Fahrzeug zurückbleiben, um die Spezialeinheit nicht zu behindern.

Der Leiter des SEK-Teams funkte mit leiser Stimme an die Kollegen, die nicht unmittelbar bei ihm waren, dass sie noch warten sollten. Dann ging er zum Kofferraum, holte eine kleine flache Tasche heraus und zog einen Laptop, der in Tarnfarben lackiert war, hervor. Er klappte ihn auf, startete ein Programm und erklärte, wieder hauptsächlich an Mike gewandt: »Hier könnt ihr sehen, was meine Helmkamera einfängt. Und wenn du das Mikrosymbol dort unten aktivierst, können wir auch miteinander reden. Tu das aber nur im Notfall, sonst verstehe ich nicht, was meine Jungs sagen.«

»Geht klar«, bestätigte Mike, fragte aber zögernd: »Sollte nicht einer deiner Jungs hierbleiben und euch Hilfestellung geben?«

Peter klopfte ihm auf die Schulter: »Wozu? Ich habe doch euch. Und mir fehlen heute eh schon zwei Mann. Also behaltet einfach den Monitor im Blick und sagt Bescheid, wenn euch etwas auffällt.«

Dann sahen sie zu, wie der Mann mit seinen drei Leuten in den nächtlichen Wald lief, wo sie schon nach wenigen Metern mit der Dunkelheit verschmolzen. Alle anderen Männer waren schon eine ganze Weile unterwegs und lagen nun auf drei Seiten des alten Bauernhauses in Bereitschaft.

Mike stellte den Laptop so auf den Kofferraum, dass sein Monitor nicht in Richtung des Zielobjekts strahlte. Ruben, Eva und Schober versammelten sich neben ihm und verfolgten gebannt das Geschehen.

»Das ist ja wie bei ›Call of Duty‹«, sagte Schober mit Blick auf das Kamerabild, das zeigte, wie sich ihr Träger langsam an das Nebengebäude heranschlich.

»Hast du vielleicht auch noch Chips und ein Bier dabei?«, stichelte Ruben. »Macht man doch bei einem zünftigen Fernsehabend so. Oder?«

Schober sah ihn kurz von der Seite an. »Wieso Fernsehabend? ›Call of Duty‹ ist ein Computerspiel. Genauer gesagt ein Ego-Shooter.«

»Ein was?«

»Ruhe jetzt«, ging Mike dazwischen, deutete auf den Monitor und flüsterte in die Nacht: »Sie sind gleich da. Seht ihr das Glitzern am rechten Bildschirmrand? Das sind Peters Jungs. Nur die Spiegelung im Zielfernrohr ist zu erkennen. Das sind wahre Meister der Tarnung!«

Eva legte ihren Finger auf das Touchpad des Computers und zog den Lautsprecherregler nach rechts. Nun konnten sie sogar dem Teamfunk der Kollegen folgen.

»Welche Strategie wollen sie verfolgen?«, fragte Ruben so laut, dass alle drei zusammenzuckten.

Mike, der sich vor dem Einsatz noch kurz mit seinem Nürnberger SEK-Kollegen unterhalten hatte, erklärte: »Wenn keine Bedrohungslage eintritt, wollen sie sich Zeit nehmen.«

Nun zeigte die Helmkamera, wie Peter zwischen zwei losen Brettern in das Innere des Schuppens blickte. Darin stand, soweit man es in der Dunkelheit erkennen konnte, ein ziemlich alter Transporter.

»Könnte das Fahrzeug sein, das der Apotheker beschrieben hat. Von dem aus Nina Hoffmann auf die Fahrbahn gestoßen wurde.« Da die Bilder so wirkten, als wäre man mitten im Geschehen, sprach nun auch Ruben leiser.

»Wird sich über die Reifenabdrücke klären«, brummte Schober neben ihm.

Die Kamera bewegte sich wieder zurück, dann ging es an der Rückseite des Schuppens entlang bis zu dessen Ecke. Dort sah ihr Träger kurz um die Ecke hinüber zum eigentlichen Wohnhaus, hinter dessen Fenstern kein Licht zu erkennen war.

In den nächsten Sekunden wurde das Bild derart unruhig, dass einem schwindelig werden konnte. Peter sah sich offenbar nach allen Seiten um, sagte dann in sein Mikro: »Team zwei und drei annähern«, und wollte selbst gerade loslaufen. Ruben klickte blitzschnell auf die Schaltfläche für das Mikrofon und sagte laut und deutlich: »Stopp!«

Das Kamerabild wirkte für einen Moment wie eingefroren, bis Peter durch den Teamfunk fragte: »Mike, warst du das?«

»Nein. Hier ist Hauptkommissar Hattinger. Wenn Sie noch einen Schritt nach vorne machen, stehen Sie im Rampenlicht.«

»Wie meinen Sie …« Während der Teamleiter das sagte, hob er den Kopf und auf dem Monitor erschien die äußere Ecke des Schuppens. Es herrschte kurz Stille, bis ein schlichtes »Danke, ich nehme einen anderen Weg« aus dem Lautsprecher kam.

»Wie hast du das gesehen?«, fragte Mike verwundert.

Ruben, der offenbar mehr von Technik verstand, als es den Anschein hatte, wechselte vom Livebild in die Aufzeichnung. Dort spulte er ein paar Sekunden zurück und deutete auf ein kleines Stück Kabel, das nur einen Wimpernschlag lang im Bild zu sehen war, wobei er sachlich und ohne jede Überheblichkeit in der Stimme sagte: »Wofür, wenn nicht für einen Bewegungsmelder, sollte man dort oben ein Kabel anbringen?«

Als Ruben wieder zum Livebild wechselte, hatten drei Männer das Bauernhaus erreicht und sich rechts und links neben der Eingangstür postiert. Dann erschien Peters Hand, die gegen die Tür drückte. Seinen beiden Männern, die jeweils schräg neben ihm standen, war die Überraschung anzusehen, als sich diese widerstandslos nach innen öffnete.

Während der Teamleiter einen weiteren Kollegen zu sich winkte, warf ein anderer einen schnellen Blick um den Türstock in das Haus hinein. Die zurückgebliebenen Kommissare hörten ein leises »Sicher« aus dem Lautsprecher.

»Dieser Peter bleibt jetzt aber nicht draußen stehen?«, murmelte Schober enttäuscht, da sie so nichts von dem mitbekommen würden, was im Haus passierte.

»Hm«, brummte Ruben, sah sich den Bildschirm an und drückte auf die Nummer drei einer Zahlenreihe am unteren Rand des Übertragungsfensters. Das Bild wechselte tatsächlich, zeigte aber nur die Stängel einiger Weizenpflanzen und im Hintergrund die dunkle Kontur des Hauses.

Ruben versuchte die Nummer sieben und landete bei einer Kamera, die Peter zeigte und damit einem der Männer drüben an der Haustür gehören musste.

Peter nickte dem Mann gerade zu, worauf dieser aufstand, die Waffe nach vorne streckte und sich in den Hauseingang drehte. Für einen kurzen Moment zeigte das Kamerabild nur Dunkelheit, dann besserte die Elektronik nach und ein grobkörniges Bild erschien.

Das Innere des Hauses wirkte verwahrlost. Der Beamte ignorierte eine Treppe, die nach oben führte, und ging langsam einen Flur entlang, wobei der rote Laserpunkt seiner Waffe über uralte, zum Teil heruntergerissene Tapeten huschte. Die einzige Lichtquelle war eine offene Tür auf der rechten Seite, durch die aber auch nur ein wenig Mondlicht hereinfiel. Kurz vor der Tür drehte sich der Mann um und ein weiterer Kollege erschien für einen Augenblick im Bild. Danach ging es weiter.

Die Drehung um den Türstock herum erfolgte so schnell, dass die zusehenden Kommissare sich alle gleichzeitig ein wenig zur Seite neigten und so die Bewegung quasi mitmachten. Nun kam eine Küche ins Bild, die die Bezeichnung Schlachtfeld verdiente. Dreck, alte Verpackungen, schmutziges Geschirr und einige undefinierbare Dinge dominierten das Bild. Mike mochte sich gar nicht ausmalen, wie es dort drinnen riechen musste. Kurz bevor sich der SEKler aus dem Raum zurückzog, zeigte das Bild ein uraltes Telefon. Das Gerät verfügte noch über eine Wählscheibe, doch irgendjemand hatte es von der Wand gerissen und auf den Boden geworfen.

»Vielleicht kam Möllers Notruf von hier?«, mutmaßte Eva leise.

Anstatt zu antworten, starrten Ruben, Mike und Schober weiter auf den Bildschirm. Der Kameraträger war inzwischen zurück im Flur. Ein Durchgang auf der linken Seite kam ins Bild, eine Treppe führte nach unten in die absolute Dunkelheit. Anstatt eines Treppengeländers war ein Schienensystem an der Wand angebracht, doch von dem dazugehörigen Treppenlift fehlte jede Spur.

Der Kollege wagte es kurz, eine kleine Taschenlampe einzuschalten, und leuchtete hinunter. Die alte Steintreppe führte geradewegs nach unten, doch von dem Raum war nur der nackte Steinboden zu sehen. Der fahrbare Sitz befand sich am Fuß der Treppe. Folglich war es gut möglich, dass sich auch der junge Mann mit Behinderung dort unten befand. Daher befahl der Kameraträger seinem Hintermann leise: »Sichern.«

Nun trennten ihn noch etwa fünf Schritte von einer geschlossenen Tür am Ende des Flures. Er überwand die Distanz, stellte sich neben die Tür und sah kurz zurück in den Flur, wo ein Mann am Kellerabgang stand und ein weiterer sich zwei Meter hinter ihm mit auf die Tür gerichteter Waffe in eine kniende Position begab.

Auch hier ließ sich die Klinke herunterdrücken und die Tür leicht nach innen aufstoßen. Der Kameraträger wartete, bis sein kniender Kollege ihm mit einer Geste sein Okay signalisierte, dann drehte er sich in den Türrahmen und ließ den Laserpunkt schnell und präzise von links nach rechts durch den Raum huschen.

Im ersten Moment schien alles verlassen, doch keine drei Sekunden nach dem Eindringen des Beamten verharrte der rote Punkt auf einer Gestalt, die auf dem Sofa saß. Der Mann brüllte: »Hände hinter den Kopf«, doch die Person auf dem Sofa rührte sich nicht. Auch der zweite Mann war inzwischen zur Unterstützung an die Tür gekommen und hielt nun den Lichtstrahl seiner kleinen Stabtaschenlampe auf den Angesprochenen. Dass dieser nicht antwortete, war kein Wunder; in seiner Stirn war ein kleines Loch zu erkennen.

»Hier rüber«, kam es nun alarmiert aus dem Lautsprecher. Der Kameraträger wandte sich zurück in den Flur, wo ihm der Mann neben dem Kellerabgang ein Zeichen gab.

Es folgte der Weg zurück bis zu der Treppe, die hinab in die Dunkelheit führte. Dort blieb er stehen, während sein Gegenüber den Zeigefinger vor den Mund legte. Die beiden Beamten lauschten in die Stille und auch Ruben drehte den Ton des Laptops lauter. Was erst wie ein leises Stöhnen klang, hörte sich beim zweiten Mal an wie »Iiirreeenne«.

»Irene?«, fragte Mike, der sein Ohr nah am Lautsprecher positioniert hatte.

»Würde ich sagen«, bestätigte Eva.

Nach einigen Sekunden der Stille folgte ein deutlich klareres »Ireene, bist du das? Du haaast mir Aua geemaacht«.

Der Mann, durch dessen Kamera sie alles mitverfolgen konnten, trat auf die erste Stufe, ging langsam nach unten und auf halber Höhe in die Hocke. Noch war nur schwarzes Nichts zu sehen. Dann knipste er seine Taschenlampe an, was den Kellerraum noch surrealer wirken ließ.

Es dauerte alles nur wenige Augenblicke, doch in dieser Zeit war eine Art Tisch zu erkennen, der wie eine altertümliche Folterbank anmutete. Außerdem gab es dahinter ein Regal mit allerlei fragwürdigen Utensilien und unter dem Tisch einen vermutlich mit Fäkalien verschmierten Eimer. Am hinteren Ende des Raumes saß ein junger Mann in einem Rollstuhl und blickte genau in den Lichtkegel der Lampe. Sein Gesicht war blutverschmiert, die Augen starrten genau ins Licht, und als er den Mund öffnete, kam wieder der gedehnt gesprochene Name, »Iirreeenee«, heraus. Er hob die linke Hand, wobei eine kleine Pistole ins Bild kam, und drückte ab. Das Kamerabild wurde unruhig, weitere Schüsse fielen, dann herrschte plötzlich Stille.

49

Nach geschlagenen fünf Minuten kam endlich Peters Funkspruch, dass seine Männer das Haus gesichert hatten. Mike legte den Laptop, über den sie den Einsatz verfolgt hatten, in den Wagen, dann liefen alle vier los.

Kurz bevor sie das Nebengebäude erreichten, hörten sie aus der Ferne das Martinshorn und sahen auf der ziemlich weit entfernten Landstraße einen Krankenwagen heranrasen. Wer diesen benötigte, wussten sie allerdings nicht. Möglicherweise war bei dem Schusswechsel auch einer ihrer Kollegen verletzt worden.

Kurz vor der Haustür empfing sie Peter, der Leiter des SEK-Teams, mit ernster Miene. Er deutete zum Haus, wobei er erklärte: »Das müssen die totalen Psychos gewesen sein. So etwas wie diesen Keller habe ich noch nicht gesehen.«

»Chef?«, unterbrach ihn einer seiner Männer, der gerade herauskam.

Peter drehte sich zu ihm. »Was gibt's?«

»Oben fehlt ein Zimmer.«

»Was heißt, es fehlt ein Zimmer?«

Der Mann suchte nach den richtigen Worten, entfernte sich ein Stück und sah hinauf zu den Fenstern der oberen Etage.

Schließlich deutete er auf ein altes Doppelfenster, von dessen Rahmen der Lack abplatzte und dessen windschiefe Läden geschlossen waren. »Da, das müsste es sein. Zu dem Zimmer hinter diesem Fenster gibt es keinen Zugang.«

Peter folgte dem Fingerzeig und beschloss: »Okay. Das Dach ist zu schräg für einen Einsatz von außen. Jemand soll rüber zum Wagen und die Ramme holen.«

»Können wir trotzdem?«, fragte Ruben, wobei er zur Tür nickte.

»Ja, aber bleibt erst einmal nur im Erdgeschoss und im Keller.«

Ruben betrat gefolgt von den anderen das Haus, blieb aber gleich wieder stehen und atmete tief ein.

»Was ist?«, fragte Mike hinter ihm, wobei er die Ungeduld in seiner Stimme nicht verbergen konnte.

»Alle Sinne«, erklärte Ruben knapp und Eva, die neben Mike stand, ergänzte: »Ruben versucht, an einem Tatort stets alle Sinne einzusetzen.« Und bevor Mike etwas erwidern konnte, fügte sie hinzu: »Hätte ich das damals auch gemacht, wäre mir die Narbe im Gesicht erspart geblieben und ein Thüringer Kollege könnte noch leben.«

Mike hatte ein gewisses Verständnis dafür, fragte aber, als Ruben gar nicht mehr fertig wurde: »Na, schon was erschnüffelt?«

Sein Partner auf Zeit ließ sich nicht aus der Reserve locken, nahm einen weiteren langsamen Atemzug und erklärte sachlich: »Ja. Es liegen Verwesung, Angst und Ausscheidungen in der Luft.«

»Gut«, erwiderte Mike. »Dann wäre ich sehr dafür, dass wir uns die Ursachen ansehen.«

Während er das sagte, hielt draußen der Krankenwagen und der Mann, durch dessen Kamera sie das Geschehen im Haus verfolgt hatten, wurde von einem Kollegen hinausgeführt. Um den rechten Oberarm trug er einen Verband, der sich langsam rot färbte. Er nickte den Kommissaren zu und Mike schickte ihm ein »Gut gemacht« hinterher. Dann setzte sich endlich auch Ruben in Bewegung und folgte dem Flur bis zur ersten Tür, die in die für Bauernhäuser typische große Wohnküche führte.

Hier gab es erst einmal nicht viel mehr zu sehen, als sie von den Livebildern der Kamera schon kannten, nur dass ihnen jetzt der strenge Geruch von vergorener Milch und vergammelten Lebensmitteln in die Nase stieg.

Ruben streifte sich die dünnen Handschuhe über, öffnete den Kühlschrank und betrachtete den Inhalt. Mike tat es ihm gleich, stieß einen leisen Pfiff aus und stellte bei dem Anblick der vielen eingeschweißten Fertigessen fest: »Muss man sich erst einmal leisten können. Ich bin schon seit einiger Zeit Single, aber diese Ernährungsweise habe ich mir schnell wieder abgewöhnt, das Zeug ist ganz schön teuer.«

Ruben schwieg, schloss den Kühlschrank wieder, deutete auf das von der Wand gerissene Telefon und bat Schober: »Wenn ihr mit der Spurensuche beginnt, möchte ich als Erstes wissen, ob Herr Möller diesen Hörer in der Hand gehalten hat.« Er drehte sich zu dem SEKler, der sie begleitete, und fragte: »Oder wurden hier noch weitere Personen außer den beiden Brüdern gefunden?«

»Nein. Allerdings wissen wir noch nicht, was sich oben in diesem Zimmer verbirgt«, lautete die knappe, fast militärisch gesprochene Antwort.

Es folgte das Wohnzimmer. Der junge Mann, der mit Kopfschuss auf dem Sofa saß, schien ihnen unbeteiligt dabei zuzusehen, wie sie sich einen ersten Eindruck verschafften. Mike zog sein Handy heraus, machte ein Foto von ihm und fragte Eva: »Haben wir die Handynummer von diesem Sascha? Pohls Praktikant könnte den Mann sicher schnell als denjenigen identifizieren, der ihm die falschen Tabletten untergeschoben hat. Wenn es denn tatsächlich so war.«

Eva nickte zwar, gab aber zu bedenken: »Es ist schon weit nach Mitternacht. Soll ich den wirklich anrufen?«

»Klar, warum nicht? Pohls Apotheken sind zu und der Junge muss nicht arbeiten. In dem Alter wird er einen Anruf um diese Zeit schon verkraften. Schick mir die Nummer, dann mach ich das schnell.«

»Stopp«, ging Ruben dazwischen. »Das kannst du nicht machen! Egal was dieser Junge hier getan hat, jeder Richter würde uns dafür zerreißen, wenn wir ein Foto an einen Zivilisten rausschicken.«

Ruben drehte sich zu dem Opfer, sah es sich genauer an und schlug vor: »Lass ihn dir beschreiben. Frag nach diesem Muttermal auf der rechten Wange und ob dieser Sascha sich an eine Tätowierung auf der Hand erinnern kann. Das sollte momentan genügen.«

Sekunden später ertönte erst das Freizeichen, dann meldete sich der junge Mann mit einem schlichten »Ja?«.

Mike erklärte kurz, wer er war und was er wollte. Danach fragte er nach den besonderen Merkmalen, ohne dabei zu viel zu verraten. Am anderen Ende der Leitung herrschte kurz Stille, bevor eine weibliche Stimme etwas flüsterte.

»Sie sind nicht allein?«

Der junge Mann räusperte sich, erklärte: »Doch, doch, das war der Fernseher.«

Danach war die Stimme nicht mehr zu hören und Mike kam zurück zum Thema. »Und? Ist Ihnen etwas Besonderes an dem Mann aufgefallen, der Ihnen mit dem Rollstuhlfahrer geholfen hat?«

»Ja. Jetzt wo Sie es sagen, fällt es mir wieder ein. Da war so ein Ding auf seiner Hand … so ein Tattoo. Ich glaube, es war ein kleiner Anker.« Es folgte wieder Stille, bis dieser Sascha fragte: »Was ist mit ihm? Haben Sie den Typen gefunden?«

»Ja«, erklärte Mike. »Haben wir. Der Kerl wird Ihnen keine falschen Medikamente mehr unterjubeln.«

Ruben wartete, bis Mike sein Gespräch beendet hatte, machte eine ausladende Geste und erklärte: »Hier sind wir richtig. Dort drüben sind die Originalmedikamente, in der Kommode darunter allerlei Drogen inklusive Zubehör und auf dem Tisch liegt ein Zettel mit den Adressen der bisherigen Opfer.«

»Dann war es das?«, fragte Mike. »Fall gelöst?«

»Eva, was denkst du?«

Eva mochte es nicht, von Ruben auf diese Weise auf die Probe gestellt zu werden. Trotzdem sah sie sich in dem schmutzigen und total verwohnten Raum um: »Ziemlich viel Chaos für derart strukturierte Taten.«

»Sehe ich auch so«, erwiderten Mike und Ruben gleichzeitig.

»Schön«, sagte Eva. »Dann auf in diesen mysteriösen Keller.«

Schon bevor sie das Ende der Kellertreppe erreichten, erzählten ihnen die Gerüche eine Geschichte. Es lag Angst und Verderben in der Luft. Und so kommentierte Mike seine ersten Eindrücke auch mit »Ach du Scheiße«.

Auch Eva und Schober hätten am liebsten weggesehen, doch die Faszination des Grauens hielt sie gefangen. Zum einen war da diese tischähnliche Konstruktion, die auch ohne ein Opfer darauf ihre Fantasie Amok laufen ließ. Zahlreiche fleckige Lederriemen duldeten keinen Zweifel an ihrer Funktion. Wer mit ihnen gesichert war, dürfte so gut wie keinen Bewegungsspielraum mehr haben. Das Holz der großen Platte, die über die Längsachse drehbar war, erzählte seine eigene Geschichte. Da waren zum einen die tiefen Kerben und Kratzer an den Stellen, wo sich die Hände der Opfer befunden haben dürften. Hinzu kamen unzählige dunkle Verfärbungen, wie sie die erfahrenen Kommissare von anderen Tatorten kannten. Neben den Blutflecken fiel auch der Boden unter dem Tisch auf: Die Fäkalien, die nicht immer in dem alten Blecheimer gelandet waren, wurden anscheinend nur oberflächlich weggewischt. Und weil Urin eine ziemlich aggressive Substanz ist, hatte er sogar den groben Steinboden angefressen.

Hinter der Folterbank stand ein offenes Regal, das neben diversen Werkzeugen wie Kneifzangen und Bolzenschneidern auch einige völlig verdreckte Tätowiergeräte und kleine Töpfchen mit verschiedenen Farben beherbergte.

»Psychos«, hauchte Eva schockiert und zwang sich, ihren Blick auf das zu richten, was sich am hinteren Ende des großen Kellerraums befand. Der junge Mann im Rollstuhl war in sich zusammengesackt. Neben der Eintrittswunde eines Projektils am Kopf gab es noch drei Löcher in seinem T-Shirt, zwei davon eindeutig in der Herzgegend.

Ruben durchschritt den Raum, ging vor dem Rollstuhl in die Hocke und betrachtete den jungen Mann genauer. Anschließend erhob er sich wieder, trat neben den Toten und untersuchte dessen Hinterkopf.

»Was hast du?«, fragte Mike.

Ruben hob den Blick. »Keine Austrittswunde.« Danach deutete er auf die alte Waffe, die der SEKler sicherheitshalber ein Stück weit entfernt auf einem kleinen Tisch abgelegt hatte, und erklärte: »Ich glaube nicht, dass der Kopfschuss von unseren Leuten ausgeführt wurde. Diesen alten Waffen fehlt es einfach an Durchschlagskraft.«

Eva begriff erst jetzt. »Du meinst, er hat den Kopfschuss überlebt?«

Ruben zuckte mit den Schultern. »Kommt immer wieder mal vor. Stellt sich nur die Frage, ob er ihn selbst ausgeführt hat oder ob auf die beiden Brüder geschossen wurde.«

»Gute Frage«, stimmte Mike zu. »Im Normalfall würde ich sagen, dass jemand ein zweites Mal schießt, wenn es mit dem Selbstmord beim ersten Mal nicht klappt.«

»Und das hier ist nicht der Normalfall?« Ruben sah seinen Kollegen fragend an.

»Nein, denn dieser junge Mann war nach Saschas Aussage auch stark geistig behindert. Ich meine, wer weiß schon, wie er getickt hat. Vielleicht erschoss er seinen Bruder, versuchte es bei sich selbst und begriff erst dann, was er getan hat.«

»Bekommen wir heraus. Der Eintrittswinkel bei dem, der oben sitzt, dürfte uns da weiterhelfen«, meldete sich nun auch Schober zu Wort. Im selben Moment drang der erste dumpfe Schlag vom Obergeschoss herunter.

»Ach du Schande.« Ruben fand als Erster die Sprache wieder, wobei kaum eine Emotion in seinen Worten mitschwang.

Eva vergaß für einen Moment die dienstliche Distanz, lehnte sich gegen Mikes Oberarm und zog leicht die Nase hoch. Dann sagte sie leise: »Das ist so traurig ... so ...«

Mike konnte sich in seine Kollegin hineinversetzen. Auch ihn berührte das Bild, das sich ihnen in dem zugemauerten Raum bot. Es zeigte nichts Schreckliches, auch wenn es der Gestank vermuten ließ. Ganz im Gegenteil, der Anblick dieser beiden zum Teil mumifizierten Leichen rührte einen an. Der

Kleidung nach waren es sehr alte Menschen, die hier nebeneinander auf ihrem Ehebett lagen. Die deutlich sichtbaren
Fingerknochen zeugten davon, dass sie sich während ihrer letzten Minuten gegenseitig die Hand gehalten hatten.

Über beiden Schädeln lag ein Kranz aus getrockneten
Blumen und über die verschränkten Hände hatte jemand eine
Gebetskette gelegt. Alles sah nach einem sehr liebevollen und
respektvollen Abschied aus.

50

Alina wurde früh wach. Sie lag in ihrem Bett, starrte an die Zimmerdecke und versuchte dabei, ihre Emotionen unter Kontrolle zu bringen. Da war Mutters Streit mit ihrem Vater, von dem sie eigentlich nur wusste, dass er mit diesem dämlichen Internetartikel zu tun hatte. Dann der Unfall, der ihr noch immer im Kopf herumspukte. Sie fragte sich ständig, wer wohl die junge Frau gewesen war, deren Kopf nur einen halben Meter vor ihr auf die Windschutzscheibe gekracht war und deren letzte Augenblicke sie nicht mehr aus dem Hirn bekam. Alina drehte sich auf die Seite, zog die Beine an und versuchte, an das einzig Positive zu denken. Sascha, dieser etwas unnahbare Junge. Doch auch hier tauchten sofort wieder Unsicherheiten auf. Von ihrer besten Freundin, die deutlich mehr Erfahrung hatte, wusste sie zwar, dass es tatsächlich auch Jungs gab, die nicht gleich ins Bett wollten, doch das konnte sie nicht wirklich beruhigen. Lag es an ihrem Körper? War ihr Ex genau deswegen fremdgegangen?

Sascha und sie kannten sich zwar noch nicht wirklich lange, aber es hatte sich vom ersten Kuss an richtig angefühlt, als er vorgestern Abend mit ihr hier auf diesem Bett gelegen hatte. Sie hatten gelacht, gealbert und sie waren sich nahegekommen.

Und weil sie keinen Fehler machen wollte, hatte sie all ihren Mut zusammengenommen und ihm durch ihre Hand auf seiner Hose signalisiert, dass er weitergehen durfte. Ab diesem Moment hatte sich etwas verändert. Es war, als hätte sich ein Schatten über sein Gesicht gelegt, und eine Viertelstunde später hatte er darauf beharrt, gehen zu müssen.

Gestern hatte er ihr dann nur ein paar wenige Nachrichten geschickt, in denen er sich dafür entschuldigt hatte, keine Zeit zu haben; Emotionen hatten darin keine Rolle gespielt.

Alina wischte eine Träne weg, schlug die Bettdecke zur Seite und trat vor den großen Spiegel ihres Kleiderschranks. Sie zog den Schlafanzug aus, drehte sich einmal um die eigene Achse, fand aber nur wenig an ihrem Körper, was nicht stimmen könnte. Ihre Brüste glichen denen ihrer Klassenkameradinnen, waren vielleicht sogar ein wenig größer, und auch ihr Hintern war zwar groß, aber nicht fett. Einzig die vielen Leberflecke auf ihrem flachen Bauch waren ihr ein Dorn im Auge.

Das Smartphone holte sie mit dem extra für Sascha eingerichteten Signalton aus ihrer Selbstbegutachtung. Sie ging zurück zum Bett, setzte sich im Schneidersitz darauf und las:

Hey du. Ich vermisse dich. Können wir uns heute treffen?

Die Nachricht war mit einem Kuss-Smiley versehen.

Alina spürte, wie ihr heiß und kalt wurde, wobei sie selbst merkte, wie sich ihr Mund zu einem debilen Grinsen verzog. Sie tippte:

Gerne, du kannst dich auch gleich herbeamen.

Sie klickte auf das Senden-Symbol.

Wo bist du?

324

Sie sah an sich herab, schluckte den Kloß in ihrem Hals herunter und schrieb mutig:

Ich sitze auf meinem Bett, wollte mich gerade umziehen und habe daher kaum etwas an.

Alina wusste nicht, was sie erwartet hatte. Vielleicht, dass er um ein Selfie bat. Doch mehr als

Eine schöne Vorstellung

kam nicht.

Anschließend verabredeten sie sich für den späten Vormittag in Nürnberg und sie ging ein wenig enttäuscht, aber mit Vorfreude unter die Dusche.

Als sie in den Wohnbereich kam, war es kurz vor halb neun. Ihr Vater telefonierte gerade, hörte sich aber einigermaßen gut gelaunt an, als er sagte: »Vielen Dank für Ihren Anruf. Ich werde mich darum kümmern.«

Anschließend sah er ihr entgegen und wünschte ihr einen guten Morgen. Im Gegensatz zu vorgestern Abend, wo er ungewöhnlich stark betrunken gewesen war, wirkte er heute schon fast wieder wie immer. Er hatte seine Laufklamotten an und war offenbar schon unterwegs gewesen, da Paulus hechelnd in seinem Körbchen lag.

Alina brummte müde: »Morgen Paps.« Doch dann überwog ihre Neugierde und sie fragte: »Gute Nachrichten? Kommt Mom mit Felix zurück?«

Die gute Laune verschwand für einen Augenblick aus seinem Gesicht. »Nein, weiß ich noch nicht. Das muss ich noch klären. Aber wenigstens hat sich bezüglich der Apotheken alles geklärt. Unsere fehlenden Originaltabletten wurden bei einer Hausdurchsuchung gefunden. Irgend so ein Junkie hat sie deinem Sascha geklaut und wollte sie offenbar verkaufen.«

»Es ist nicht MEIN Sascha«, erwiderte sie gereizt, fügte aber hinzu: »Na, das ist doch prima. Wirst du jetzt also nicht mehr beschuldigt und kannst deine Läden wieder öffnen?«

»Ja und ja«, gab er gut gelaunt zurück. »Ich, wir – müssen allerdings noch einmal alle Packungsinhalte überprüfen.«

Bei dieser Antwort kam ihr etwas in den Sinn. Sie ging noch ein Stück auf ihren Vater zu, setzte diesen ganz bestimmten Blick auf und fragte: »Muss Sascha dann heute wieder arbeiten? Wir haben uns eigentlich verabredet.«

Er wuschelte ihr durch die Haare, was sie hasste, jetzt aber zuließ, und erklärte dabei: »Da finden wir schon eine Lösung.«

Erneut verfinsterte sich sein Gesichtsausdruck und Alina dachte schon, er würde es sich gleich wieder anders überlegen. Dann räusperte er sich und sagte deutlich gedämpfter: »Ich werde jetzt versuchen, deine Mutter zu erreichen. Soll ich ihr etwas von dir ausrichten?«

Sie dachte kurz darüber nach. »Warum ist sie eigentlich so sauer? Dieses Bild im Internet mit dieser Frau an unserer Gartentür sagt doch überhaupt nichts aus. Oder bist du wirklich ... also, du weißt schon ... und sie hat davon erfahren?«

Er schüttelte den Kopf. »Nein, ich bin nicht fremdgegangen, wenn du das meinst.« Er drehte sich um, ging zu dem Tresen, der die offene Küche vom Wohnraum trennte, und zog dort etwas aus einem eingelassenen Regalfach.

Alina sah, wie er einen ziemlich knappen Slip entfaltete und dabei »Deswegen« sagte.

»Ernsthaft jetzt?«

»Ja«, bestätigte er. »Sie denkt, ich hätte eine Frau hiergehabt, als ihr bei Oma und Opa wart.«

»Oh Mann«, stieß Alina aus. »Der gehört Gabi. Ich habe ihn beim Schulsport aus Versehen in meine Tasche gesteckt und schon überall gesucht.«

»Okay. Und wie kommt der in unser Schlafzimmer?«

Sie konnte sich das Kichern nicht verkneifen, als sie sagte: »Ich schätze mal, mein kleiner Bruder entdeckt die Welt.«

Zwei Stunden später fuhren beide gut gelaunt in Richtung Nürnberg. Alina hatte ihre Mutter selbst angerufen und das Missverständnis aufgeklärt. Diese hatte versprochen, in den späten Nachmittagsstunden zu Hause zu sein. Außerdem hatte ihr Vater Sascha heute freigegeben und so stand nichts zwischen ihr und einem schönen Ferientag, den er ihr sogar noch mit fünfzig Euro versüßte.

51

Auch die Kommissare gingen den Tag ruhiger an. Nachdem sie erst morgens um drei zurück in Nürnberg gewesen waren, ließ es sich Mike trotz der vielen Arbeit, die im Präsidium auf sie wartete, nicht nehmen, für den Morgen einen Tisch in der Innenstadt zu reservieren. Dann schrieb er Eva, dass er um elf Uhr auf sie und ihre Kollegen am Hauptmarkt warten würde.

Eva und Ruben kamen zehn Minuten zu spät, da sich Ruben geweigert hatte, im Halteverbot zu parken.

»Wo ist Schober?«, fragte Mike, während sie den Hauptmarkt überquerten.

»Der kam erst heute Morgen um sechs zurück«, antwortete Ruben. »Die haben, gleich nachdem wir weg waren, mit ihren Untersuchungen in dem Bauernhaus begonnen. Genaues weiß ich noch nicht, aber er hat mir eine Liste mit vorläufigen Ergebnissen hingelegt.« Ruben stockte kurz und fragte dann: »Wo gehen wir eigentlich hin? Gibt es noch andere Hinweise oder willst du noch einmal diese Karolin Grafwinter befragen? Die wohnt doch laut Google Maps hier irgendwo in der Gegend.«

»Weder noch«, erwiderte Mike, der eigentlich erwartet hatte, dass Eva ihrem Kollegen erzählte, was er vorhatte. Er deutete zu einer Art überlangem Balkon, der sich auf einer Seite über den großen Marktplatz erhob und erklärte: »Im Alex gibt es bis Mittag Frühstück und ich dachte mir, das haben wir uns heute verdient.«

Eva sah gespannt zu Ruben, der auch wie erwartet einwarf: »Aber wir haben tausend Dinge abzuklären und dieser Friedrich Möller ist noch immer verschwunden.«

»Das ist er in einer Stunde auch noch«, gab sich Mike gelassen und stieg die Stufen zu dem Restaurant hinauf. Dort ließ er sich den reservierten Tisch zeigen und setzte sich entspannt auf einen der Stühle mit Blick auf das Markttreiben.

»Wirklich schön hier«, gab Ruben nach einigen Sekunden zu, zog aber gleichzeitig einen Zettel mit Schobers Handschrift heraus.

Mike ignorierte das genauso wie den Hinweis, dass sie noch viel Arbeit hatten, und winkte eine Kellnerin heran. Alle warfen einen schnellen Blick in die Karte, dann orderte Mike Weißwürste für sich, während Ruben geräucherten Lachs nahm und sich Eva mit einem großen Latte macchiato begnügte.

Eva sah aus dem Augenwinkel, wie Ruben bei dem Wort Weißwürste leicht das Gesicht verzog. Aber als sich Mike auch noch ein alkoholfreies Bier dazubestellte, entglitt Ruben kurz die Mimik. Sie selbst empfand Mikes unkomplizierte Art dagegen als äußerst angenehm. Außerdem war sie noch kaum jemals einem Menschen begegnet, dem Rubens Ansichten so egal waren. Das Lustige daran war, dass Ruben im Grunde nicht viel anders war. Auch er gab wenig auf das, was andere über ihn dachten. Folglich waren die beiden gar nicht so unterschiedlich, sie befanden sich nur auf anderen Ebenen.

Mike zündete sich eine Zigarette an, deutete dann aber doch auf den Zettel und fragte: »Also, was gibt es Neues?«

»Was?« Ruben schien aufgeschreckt.

»Die Liste«, sagte Mike. »Du sagtest, Schober hat dir erste Informationen zukommen lassen.«

»Ach, willst du jetzt doch arbeiten?«

»Na, zumindest so lange, bis die Weißwürste da sind. Ich rechne das hier ja schließlich als Arbeitszeit ab«, gab Mike zurück, der langsam Gefallen daran fand, Ruben ein wenig zu ärgern.

Dieser ließ sich dieses Mal nicht irritieren, nahm den Zettel, sah aber nicht darauf und erklärte: »Kurz zur Lebenssituation der Gebrüder Hegner, die habe ich vorhin allerdings selbst recherchiert. Es sieht ganz danach aus, als hätten die beiden den Tod der Großeltern verschwiegen und weiterhin von deren Rente gelebt. Wie sie das über einen so langen Zeitraum geschafft haben, müssen wir noch herausfinden.« Nun sah er doch auf den Zettel und las den ersten von Schobers Hinweisen vor: »Zitat: ›Wir haben persönliche Dinge gefunden, die wir eindeutig dem vermissten Friedrich Möller zuordnen können. Dass er sich noch im Haus oder auf dem Grundstück aufhält/befindet, kann noch nicht ausgeschlossen werden. Zu dem Anwesen gehört auch eine alte Jauchegrube, vor der die Leichensuchhunde angeschlagen haben.‹«

»Meint ihr, es gibt noch mehr Tote?«, fragte Eva dazwischen. »Wie irre waren die beiden Brüder?«

Ruben sah sie an und erwiderte: »Für mich stellt sich eher die Frage, warum sie so irre waren. Was war ihr Antrieb?«

Mike bat: »Weiter. Was hat er noch herausbekommen?«

Ruben senkte den Blick, las erst leise und sagte dann laut: »Schober schreibt: ›Das Gleiche gilt für Nina Hoffmann. Auch ihre persönlichen Gegenstände fanden sich in einer Kiste, in der allerdings noch zwei weitere Damenarmbanduhren lagen. Nach Frau Hoffmann müssen wir ja aber nicht mehr suchen, die liegt schließlich im Kühlhaus.‹« Ruben zeigte ein leichtes Grinsen, bevor er hinzufügte: »Schober entwickelt langsam so etwas wie einen morbiden Humor.«

Als die Getränke kamen, wartete er kurz, bevor er mit dem nächsten Hinweis weitermachte. »Schober schreibt: ›Die aufgefundenen Medikamente stammen mit ziemlicher Sicherheit aus Johann Pohls Bestand, sie entsprechen genau der fehlenden Menge und es handelt sich auch um die entsprechenden Arzneien. Ich habe das Gesundheitsamt bereits informiert, damit der Mann seine Apotheken wieder öffnen kann.‹« Ruben stockte kurz und erklärte: »Hier wird Schobers Schrift undeutlich«, und las stockend: »›Ich hoffe, das war auch in eurem Sinne.‹«

»Pohl«, murmelte Mike laut, schüttelte dann den Kopf und beschloss für sich: »Das passt alles nicht.«

»Was meinst du?« Eva sah ihn an.

Mike nahm einen langen Schluck von seinem alkoholfreien Bier. »Na, auf den ersten Blick erscheint es zwar plausibel, dass ein Drogenabhängiger Medikamente klaut. Aber das ganze Drumherum ist viel zu groß für so einen verwirrten Geist. Pohl steckt da irgendwie mit drin. Überleg doch mal. Es ist ja nicht nur so, dass die Medikamente ausgetauscht wurden. Dieser Internetartikel hat genau das zum Thema. Dann noch das Foto von Karolin Grafwinter, mit der Pohl eine Liebschaft unterstellt wird. Wir wissen zwar noch nicht viel über diese Brüder, aber ich traue ihnen so etwas auf den ersten Blick nicht zu. Und nicht zu vergessen: Pohl wurde auch noch diese Nina Hoffmann vor den Wagen geworfen. Das sind eindeutig zu viele Zufälle.«

»Geht mir ebenso«, bestätigte Ruben, hob die Nase in den leichten Sommerwind und sagte: »Ich glaube, da kommt mein Lachs.«

Einen kurzen Augenblick später trat die Bedienung tatsächlich an den Tisch und stellte Mikes Weißwürste und Rubens Lachs vor ihnen ab.

Eva blickte ein wenig angeekelt vom einen zum anderen Teller, wünschte im Dialekt ihrer Heimat: »An Guten«, und nippte an ihrem Latte macchiato.

Bis die beiden Kommissare ihre Teller geleert hatten, war aus den zuvor weit entfernten Quellwolken eine dunkle Wand geworden. Mike blickte erst zum Himmel, dann hinunter auf die Marktstände, deren Besitzer dabei waren, alles sturmfest zu machen. Anschließend leerte er sein Glas, winkte der Kellnerin zu und bat laut um die Rechnung.

»Wie geht's weiter?«, fragte Eva.

Ruben faltete Schobers Notizzettel zusammen, steckte ihn ein und beschloss: »Wir werden uns noch einmal eingehend mit Johann Pohl befassen.«

»Und diese Karolin Grafwinter sollten wir auch gleich dazuholen«, schlug Mike vor. Es folgte ein weiterer Blick zum Himmel. »Wo parkt ihr? Das könnte in Kürze verdammt nass werden.«

Nachdem sie bezahlt hatten, überquerten sie Nürnbergs Hauptmarkt im Laufschritt. Kurz vor dem Kleinbus fielen erste dicke Tropfen und heftiger Donner ertönte. Sie rissen die Türen auf, ließen sich auf die Sitze fallen und sahen kurz zu, wie eine Böe das Wasser über die Straßen peitschte.

Pohls Hauptapotheke lag auf der anderen Seite der Altstadt, unweit des Bahnhofs. Mike dirigierte Ruben durch einige kleine Gassen bis zum Hintereingang, wo der Miet-Porsche des Apothekers stand. Das Wetter mutete inzwischen wie ein kleiner Weltuntergang an, doch bis zum Haus waren es nur wenige Meter. Sie sprangen fast gleichzeitig aus dem Wagen und rannten bis unter das Vordach, wo Eva auf die Klingel drückte.

Einige Sekunden später öffnete ihnen eine von Herrn Pohls Angestellten. Sie zeigten ihr ihre Ausweise und wurden eingelassen. Im Inneren der Apotheke herrschte kaum Betriebsamkeit. Vorne im Verkaufsraum war kein einziger Kunde und im hinteren Bereich waren zwei weitere Mitarbeiter und Herr Pohl selbst damit beschäftigt, noch einmal alle Arzneimittelpackungen auf den richtigen Inhalt zu überprüfen. Als der Mann sie sah, stand er auf, kam zu ihnen herüber und fragte: »Wie kann ich Ihnen noch helfen? Ich habe heute Morgen einen Anruf vom Gesundheitsamt bekommen, dass sich die Sache mit den Plagiaten aufgeklärt hat.«

Ruben deutete ein Nicken an. »Das schon. Aber nur wegen ein paar wiederaufgetauchter Tabletten ist unser Fall leider noch nicht gelöst.«

»Und was habe ich damit zu tun?«

Ruben beobachtete Pohl genau. Dass der Mann unheimlich kontrolliert war, war ihm schon bei seinem ersten Zusammentreffen mit ihm aufgefallen. Doch so gut wie niemand konnte alle Emotionen verbergen und so war es hier auch. Der Apotheker versuchte, irgendetwas mit Aggressivität zu überspielen, doch einige winzige Gesichtsmuskeln sprachen eine andere Sprache.

Ruben zeigte dagegen keine Regung und erklärte: »Das, was Sie damit zu tun haben, versuchen wir ja herauszufinden. Und da Sie uns immer nur das Nötigste erzählen, möchte ich Sie bitten, mit aufs Revier zu kommen.«

»Bin ich jetzt verdächtig oder was?«

»Bis jetzt nicht. Bei einer Weigerung könnte allerdings der Eindruck entstehen. Trotz allem steht es Ihnen natürlich frei, einen Anwalt hinzuzuziehen.«

Pohl schien die Worte erst einordnen zu müssen, sah dann ein wenig Hilfe suchend zu Mike und entschloss sich: »Also gut. Seit diesem verdammten Artikel kommen sowieso kaum mehr Kunden zu uns.«

52

Alina bekam von den Problemen ihres Vaters nichts mit. Sie war nur kurz mit in der Apotheke gewesen, um auf Sascha zu warten.

Nun schlenderten sie durch die Innenstadt zum Hauptmarkt, wo Alina vorschlug, oben im Alex eine Kleinigkeit zu essen. Folglich gingen sie die Treppe zu der langen Terrasse hinauf, sahen sich um, als Sascha plötzlich den Arm um sie legte, sie von den Tischen wegdrehte und die Treppe schon fast wieder hinunterzwang.

Im ersten Moment glaubte Alina, er würde sie spontan küssen, doch dann erklärte er ihr leise und verschwörerisch: »Lass uns woanders hingehen. Dort oben sitzt jemand aus meiner alten Klasse und glaub mir, der Typ ist absolut anstrengend. Wenn der erst einmal Anschluss gefunden hat, kriegst du ihn nicht mehr los.«

Alina wunderte sich zwar, zuckte aber mit den Schultern. »Okay. Alles klar. Wie wäre es mit dem kleinen Café drüben an der Pegnitz?«

»Besser«, bestätigte er und küsste sie, als sie auf der Brücke über den Fluss standen und kurz auf das Wasser blickten, tatsächlich.

Ein Teil von Alinas heimlichen Ängsten fiel von ihr ab. Seine Berührungen waren so zärtlich und der Kuss so intensiv, dass er sie wohl doch ganz attraktiv fand.

Danach gingen sie ein wenig ausgelassener weiter und bekamen tatsächlich einen Platz unter einem Sonnenschirm. Sie bestellten eine Kleinigkeit und Alina fragte: »Was wollen wir heute noch anstellen?«, wobei sie hoffte, dass in ihrem Blick nicht zu viel Sehnsucht mitschwang. Es war ungewohnt, aber mit Sascha war es andersherum als sonst üblich. Hier musste ausnahmsweise sie als Frau aufpassen, dass sie nicht zu viel wollte.

»Wie wäre es mit Badengehen?«, schlug er vor.

Der Gedanke hatte seinen Reiz, trotzdem musste sie den Kopf schütteln. »Erstens habe ich nichts dabei und zweitens …« Sie deutete zum Horizont. »Das sieht absolut nicht nach Badewetter aus.«

Er stimmte ihr zu, nahm seine Cola von der Bedienung entgegen und sah einen Moment lang gedankenverloren zu den dunklen Wolken hinauf.

Erst als sie »Alles klar?« fragte, sah er sie an.

»Ja, ich habe nur gerade überlegt, was wir sonst machen könnten.«

»Wo wohnst du eigentlich?« Alina konnte nicht anders, sie wollte mit ihm allein sein.

»In Erlenstegen. Kennst du?«

»Ja«, bestätigte sie. »Eine Schulfreundin von mir ist dorthin gezogen. Seitdem sehen wir uns nur noch selten.«

»Was hältst du von Kino? Vielleicht ist das Unwetter bis dahin weggezogen«, schlug er vor.

Alina ließ sich ihre Enttäuschung nicht anmerken. Eigentlich hatte sie gehofft, dass er die Frage nach seinem Zuhause zum Anlass nehmen würde, sie dorthin einzuladen.

Es war irgendwie eigenartig, um die Mittagszeit ins Kino zu gehen. Allerdings ließ ihnen das Wetter tatsächlich kaum eine andere Wahl, es goss in Strömen und donnerte und blitzte heftig. Es kam während der Vorstellung sogar zu einem kurzen Stromausfall. Sascha gab sich wie immer ein wenig unnahbar. Er ließ sich zwar auf den ein oder anderen Kuss ein, ging aber trotz der Dunkelheit des Kinosaals keinen Schritt weiter.

Nach der langweiligen Actionkomödie traten sie ins Freie. Von dem Unwetter zeugten nur noch einige kleinere abgebrochene Äste unter den wenigen Bäumen und der nasse Boden. Die hoch stehende, stechende Sonne machte den Wechsel vom Film in die Realität noch surrealer.

Alina zog ihr Handy heraus und stutzte.

»Ist etwas passiert?«, fragte Sascha, der das mitbekommen hatte.

Sie drückte eine Taste, hob das Handy ans Ohr und erklärte, während sie auf die Annahme ihres Anrufs wartete: »Mein Vater hat ganze sechs Mal versucht, mich zu erreichen. Das ist überhaupt nicht seine Art, da muss etwas …« Sie stockte, sagte: »Hallo Paps, ist alles in Ordnung?« Im Anschluss hörte sie nur noch zu. Am Ende sagte sie noch: »Sag Bescheid, wenn ich etwas machen soll oder du mehr weißt.« Sie legte auf, steckte das Handy weg und kaute kurz auf ihrer Unterlippe.

»Und, was Schlimmes?«

Alina sah Sascha an, und da er in den letzten Tagen eh alles rund um die Apotheke und ihren Vater mitbekommen hatte, erklärte sie: »Die Kripo war vorhin in der Apotheke. Sie haben meinen Vater zum Verhör mitgenommen. Er ist jetzt im Hauptpräsidium und wird von diesen Idioten seit fast zwei Stunden befragt.«

»Aber sagtest du nicht, dass sich alles aufgeklärt hat?«

Sie sah ihn verzweifelt an. »Keine Ahnung. Sie haben ihn auch nur kurz mit mir sprechen lassen. Er will sich melden, wenn sie ihn wieder gehen lassen.« Nun wurde ihr Blick noch verstörter. »Sie werden ihn doch wieder gehen lassen? Oder? Was denkst du?«

»Na klar.« Die Art, wie Sascha das sagte, wirkte wie der Versuch, sie aufzumuntern. Aber was sollte er auch sonst antworten? Er wusste schließlich genauso viel oder wenig wie sie auch. Aber dass er sie nun fest in den Arm nahm, tat ihr gut.

Nachdem sie sich wieder voneinander gelöst hatten, deutete er zurück zum Kinoeingang und sagte schüchtern: »Ich müsste noch mal kurz auf die Toilette.«

Alina wartete draußen an der frischen Luft und sah ihn nach kurzer Zeit durch die gläserne Eingangstür zurückkommen. Als er ihren Blick bemerkte, ließ er sein Handy in die hintere Jeanstasche gleiten und gab ihr ein kurzes Küsschen. Dann fragte er: »Willst du nach Hause? Ich meine, vielleicht braucht deine Mutter dich, wegen der Sache mit deinem Vater?«

Sie deutete ein Kopfschütteln an. »Meine Mutter ist mit meinem Bruder bei unseren Großeltern. Die kommen erst heute am späten Nachmittag zurück. Und bis dahin hat sich die Sache mit meinem Vater bestimmt aufgeklärt.«

»Gut«, erwiderte Sascha. »Was hältst du davon, wenn wir ein wenig zu mir gehen?«

Vor dem Kinofilm hätte sie sich noch über diese Wendung gefreut, jetzt zögerte sie kurz. Einerseits war sie froh über Saschas Nähe, andererseits hatte sie nun angesichts der Umstände keine große Lust mehr auf Körperlichkeiten. Doch dieser unglaubliche Junge schien selbst das zu spüren und beruhigte sie mit den Worten: »Wir müssen nicht. Ich dachte nur, du willst jetzt vielleicht lieber nicht unter Leuten sein.« Ihr Blick folgte seinem zu den immer dichter werdenden Menschenmassen, die wie jeden Tag über Nürnbergs Innenstadt herfielen, und so stimmte sie zu.

Das Haus, in dem Sascha wohnte, war das absolute Kontrastprogramm zu ihrem Elternhaus. Im Erdgeschoss wirkte alles wie aus der Zeit gefallen. Die Einrichtungsgegenstände waren alt, aber edel und es sah aus, als würde man sich in einem Möbelhaus befinden. Selbst die Bilderrahmen mit Fotos von Menschen, die sie nicht kannte, erschienen wie Deko und nicht wie persönliche Erinnerungen. Sonst gab es nichts, was darauf hindeutete, dass hier Menschen lebten. Einzig in der Küche zeugte eine benutzte Kaffeetasse aus dünnem Porzellan von Bewohnern.

Während Sascha zwei Gläser Cola aus der Küche holte, fragte Alina: »Sind wir allein?«

»Ja«, rief er aus der Küche zurück. Sie schlenderte weiter durch das große Wohnzimmer und rief: »Hat deine Oma einen Putzwahn oder so etwas? Ich habe noch nie ein so penibel aufgeräumtes Zimmer gesehen.«

Er kam mit dem Getränk aus der Küchentür, schüttelte den Kopf und erklärte: »Das liegt daran, dass wir dieses Zimmer so gut wie nie benutzen. Ich bin nach dem Tod meines Vaters von meiner Stiefmutter rausgeschmissen worden und hierhergezogen. Seitdem habe ich mein Reich unten im Keller und Oma ihres oben im ersten Stock. Wir nennen das Erdgeschoss auch gerne Pufferzone, da wir etwas Abstand brauchen. Und so benutzen wir hier eigentlich nur die Wohnküche.«

»Du wohnst im Keller?«, fragte Alina befremdet. Ihr eigenes lichtdurchflutetes Zimmer lag im ersten Stock und sie konnte sich nicht vorstellen, im Keller zu hausen.

»Ist gar nicht so schlimm«, sagte er, machte eine einladende Geste und ging zu der Treppe, die nach unten führte.

Alina warf einen neugierigen Blick die andere Treppe hinauf, erkannte aber nur eine geschlossene, schwarz gestrichene Tür.

»Kommst du?«, fragte er, doch sie zog noch einmal ihr Handy heraus und überlegte kurz, ob sie ihrer Mutter schreiben sollte. Allerdings hatte ihr Vater sie gebeten, genau das nicht zu tun. Sie steckte es wieder weg und folgte ihm die Treppe hinunter.

Saschas Zimmer war gar nicht so übel, wie sie befürchtet hatte. Entgegen ihren Erwartungen gab es hier unten sogar Fenster, wenn auch knapp unter der Decke und mit Blick auf den Rasen, der sich auf derselben Höhe befand.

Neben einem Bett gab es einen großen Schrank, einen Schreibtisch mit Computer und eine Art Relaxecke mit riesigen Kissen, in die man sich hineinfallen lassen konnte.

In der Tür blieb sie ein wenig unschlüssig stehen und erfasste alles. Dann fiel ihr Blick auf etwas, was ihren Magen leicht verkrampfen ließ. Sie deutete auf eine vollgepackte, offen stehende Reisetasche und fragte leicht panisch: »Fährst du weg?« Dabei hoffte sie inständig, dass er sie gerade jetzt nicht allein ließ.

Er folgte ihrem Fingerzeig, winkte ab und erklärte: »Nur für zwei Tage. Ich habe einen Onkel in Berlin, der übermorgen einen runden Geburtstag feiert.«

Alina konnte nicht verhindern, dass Bilder in ihrem Kopf aufblitzten. Bilder von einer ausgelassenen Feier mit anderen Mädchen. Bilder von einem angetrunkenen Sascha, der sich ihnen hingab. Doch neben diesen Bildern tauchte noch eine Frage auf und sie sagte, ohne groß darüber nachzudenken: »Nur zwei Tage? Und da brauchst du so viele Sachen?«

Er kam zu ihr herüber, zog sie sanft an sich und antwortete mit der Gegenfrage: »Wird das ein Verhör?« Etwas leiser fügte er hinzu: »Du musst dir keine Sorgen machen …«, dann stockte er und hauchte: »Ich bin zurzeit ziemlich verliebt.«

Alina spürte, wie ihre Beine etwas weicher wurden. Sie zog ihn an sich und gab ihm einen langen zärtlichen Kuss.

Danach griff er nach den Gläsern mit der Cola und gab ihr das mit den kleinen Herzen darauf. Er ließ sein Glas mit einem Zwinkern gegen ihres stoßen, sagte: »Auf uns«, und sie tranken einen großen Schluck.

Sein nächster Blick wirkte irgendwie traurig, und als sie die Worte »Tut mir wirklich sehr leid« erreichten, versagten ihr die Beine den Dienst. Alina bemerkte gerade noch, wie Sascha ihr das Glas aus der Hand nahm, sie abfing und auf sein Bett legte. Keine zehn Sekunden später breitete sich ein Schleier über ihren Geist und dunkle Träume traten an die Stelle der Realität.

53

»Der lügt!«

Ruben hörte Mikes Worte. Sein Blick war auf den Mann hinter der Spezialscheibe gerichtet. Johann Pohl saß an dem schlichten Tisch mit dem Mikrofon darauf und verzog keine Miene, als Eva ihn fragte, ob er die beiden Brüder aus dem Bauernhaus kannte. Der Mann machte nicht den Fehler, spontane Antworten zu geben. Egal was sie ihn bisher gefragt hatten, er nahm sich immer drei, vier Sekunden, bis er darauf antwortete. Aber machte ihn das verdächtig oder war es nur eine durchaus sinnvolle Angewohnheit?

Ruben hörte zu, wie Pohl ein schlichtes »Nein« in das Mikro sagte. Dann drehte er sich zu Mike und fragte: »Warum denkst du, dass er lügt?«

»Bauchgefühl«, brummte Mike unwirsch, da ihm diese Erklärung selbst nicht genügte.

»Das habe ich auch«, stimmte Ruben zu. »Nur hilft uns das nicht weiter. Was wir bräuchten, wäre etwas, was ihn aus der Reserve lockt.«

Sein Kollege strich sich mit der Hand durchs Haar und gab zu bedenken: »Genau das ist ja das Problem. Der Mann hat so viel Mist an der Backe, dass er eigentlich vor Nervosität klappern müsste. Immerhin hat er eine Frau überfahren, wurde Opfer einer Verleumdungsaktion und sitzt jetzt bei der Mordkommission im Verhörraum. Ich meine, jeder andere würde schon bei einer Sache kalte Füße bekommen. Aber dieser Herr Pohl sitzt einfach da und gibt sich gelassen.«

»Was schlägst du vor?«, fragte Ruben in Ermangelung einer Idee.

Mike zuckte mit den Schultern. »Entweder wir versuchen es mit der guten alten Verhörmethode, also guter Bulle, böser Bulle, oder wir versuchen, die Richterin zu erreichen.«

»Und was soll die machen?«

»Nun«, sagte Mike etwas gedehnt. »Immerhin suchen wir noch immer nach dem vermissten Herrn Möller. Und wenn wir ...«

»Das machen wir nicht!«, fiel ihm Ruben ins Wort. Die Erinnerung, ohne Beschluss in die Wohnung des Vaters dieser Brüder eingedrungen zu sein, erzeugte jetzt noch ein leichtes Ziehen im Bauch. Ruben mochte die geltenden Gesetze auch nicht immer, sie zu brechen gefiel ihm aber noch weniger. Und was ihm sein Kollege vermutlich gerade vorschlagen wollte, würde eindeutig seine persönliche Grenze überschreiten.

Er fühlte Mikes Blick auf sich gerichtet, und da er nicht reagierte, sagte dieser: »Es wäre doch nur eine kleine Hausdurchsuchung.«

Ruben schüttelte den Kopf. »Ich werde nichts erfinden, damit wir in Pohls Haus eindringen können, und du weißt so gut wie ich, dass uns das nach der jetzigen Beweislage kein Richter in diesem Land genehmigen wird.«

Mike wollte etwas erwidern, als Eva Pohl fragte: »Kennen Sie sich mit Betäubungsmitteln aus?«

Pohl nahm sich wie immer etwas Zeit und antwortete schließlich gelangweilt: »Ich bin studierter Pharmazeut, was glauben Sie denn?«

»Also haben Sie Sam und Finn Hegner solche Mittel beschafft, damit die ihre Opfer betäuben konnten«, versuchte es Eva nun mit Spekulation.

Pohl brüllte nicht, sondern seine Stimme wurde gefährlich leise, als er »Jetzt reicht es« sagte.

Eva ging nicht darauf ein, und da sie offenbar in die gleiche Richtung wie Mike dachte, fügte sie provozierend hinzu: »Na, wir werden sehen. Vielleicht findet sich ja in Ihrem Haus etwas, das zeigt, dass ich nicht falschliege.«

Pohl erhob sich ohne Eile, nahm sein Handy und sagte: »Ich nehme an, dass ich mich nach wie vor freiwillig hier befinde. Und wenn dem so ist, würde ich jetzt gerne ein Telefonat mit meinem Anwalt führen.«

»Bitte, wie Sie wünschen«, erwiderte Eva, wobei ihr ihre Enttäuschung über den Misserfolg nicht anzuhören war. »Ich warte dann draußen.«

»Nein!«, lehnte Pohl ab. »Sie glauben doch nicht im Ernst, dass ich hier in diesem komplett überwachten Raum telefoniere. Das mache ich schön draußen. Und danach komme ich noch einmal zu Ihnen und melde mich pflichtgemäß ab. Nicht dass es nachher noch heißt, ich wäre geflüchtet.«

»Das ist jetzt blöd«, kommentierte Ruben Pohls Worte, nachdem dieser den Raum verlassen hatte.

»Ja«, bestätigte Mike. »Vor allem, weil ich ihn gerne noch mit Frau Grafwinter konfrontiert hätte. Aber vielleicht kann uns da jemand weiterhelfen.« Ruben sah zu, wie Mike sein Handy herauszog, eine Nummer wählte und überfreundlich sagte: »Frau von Freital, schön, dass ich Sie erreiche. Es geht um Folgendes …«

Ruben nahm stark an, dass Mike eine Richterin in der Leitung hatte. Und das, was sein Kollege ihr gerade erzählte, ließ ihm die Nackenhaare zu Berge stehen, da es nicht unbedingt der Wahrheit entsprach.

Er wartete das Ende des Gesprächs ab, sah Köstner an und erklärte steif: »Sollte ich danach gefragt werden, habe ich von diesem Gespräch nichts mitbekommen.«

»Geht klar« war Mikes einziger Kommentar. »Wir haben erst einmal freie Hand. Wir sollen Pohl zwar gut behandeln und ihm natürlich auch einen Anwalt zugestehen, aber bis heute Abend bleibt er unser Gast. Frau von Freital ist zwar schon weit über sechzig, zeigt aber keine Spur von Altersmilde. Sie will nachher sogar vom Gericht rüberkommen und sich persönlich mit Pohl unterhalten. Es schien fast, als würde sie den Mann kennen.«

»Nun gut«, befand Ruben und fragte: »Aber was nützt uns das? Der Mann hat nichts erzählt und so, wie ich ihn einschätze, wird er das auch weiterhin nicht tun.«

»Wir werden sehen. Ich gehe jetzt erst einmal rüber. Nicht dass er sich von Eva verabschiedet und wir ihn zurückholen müssen.«

Mikes Entscheidung kam keinen Moment zu spät. Er erwischte Eva und Herrn Pohl im Flur, wo der Mann gerade bissig sagte: »Sie wissen, wo Sie mich finden können. Einen schönen Tag noch.«

»Sie bleiben!« Mike war es gewohnt, Autorität in seine Stimme zu legen, und diese verfehlte ihre Wirkung nicht.

Pohl blieb wie vom Donner gerührt stehen, drehte sich zu ihm, fragte dann aber immer noch erstaunlich unbeeindruckt: »Wie bitte?«

»Sie bleiben!«, wiederholte Mike.

»Werde ich nicht! Mein Anwalt hat mir gerade eben bestätigt, dass Sie mir schon den Beschluss eines Haftrichters vorlegen müssen, um mich hierzubehalten.«

»Stimmt«, bestätigte Mike. »Und genau diesen Beschluss habe ich bekommen. Frau Richterin von Freital hat mir das gerade mündlich bestätigt und sie ist auch schon auf dem Weg hierher.«

»Und warum sollte ein Richter das tun? Was können Sie mir denn vorwerfen?«

»Verschleierung einer Straftat«, schlug Mike vor. »Sie tauchen ein wenig zu oft bei unseren Ermittlungen um diverse Mordfälle auf und werden sicher begreifen, dass wir dabei wiederum keinen Spaß verstehen.«

Pohl atmete hörbar aus, gab sich aber geschlagen, indem er sein Handy zeigte und dabei fragte: »Kann ich wenigstens meiner Tochter Bescheid sagen? Sie erwartet meinen Rückruf.«

Mike deutete ein Nicken an: »Tun Sie das. Und da Ihr Besuch bei uns vermutlich noch eine Weile dauern wird, bekommen Sie sogar einen Kaffee auf Staatskosten.«

Eva stimmte zu, sich weiterhin um den Mann zu kümmern. Mike ging zurück zu Ruben, der ebenfalls gerade am Telefon war, dieses aber genervt sinken ließ und ihn fragte: »Wen muss ich in diesem Präsidium anrufen, um eine vernünftige Auskunft zu bekommen?«

»Kommt darauf an, was du wissen willst«, entgegnete Mike.

»Ich will wissen, ob die Streife, die wir vor zwei Stunden zu Frau Grafwinter geschickt haben, diese erfolgreich abgeholt hat.«

Mike drückte eine Kurzwahltaste auf seinem eigenen Handy, telefonierte erst mit der Leitstelle, dann mit den entsprechenden Kollegen draußen und schüttelte schließlich den Kopf. »Die Kollegen waren nun schon zum dritten Mal bei der Wohnung von Frau Grafwinter, konnten sie aber nicht antreffen. Dann haben sie es telefonisch versucht, doch unter der Nummer ist aktuell niemand zu erreichen.«

Und auch Pohl schien nicht erfolgreich. Das Mikrofon aus dem Verhörzimmer übertrug gerade, wie er an Eva gewandt fragte, ob er es später noch einmal bei seiner Tochter versuchen dürfe.

Zehn Sekunden später gaben sowohl Mikes als auch Rubens Handy einen Signalton von sich. Beide aktivierten es gleichzeitig, lasen die kurze Nachricht, sahen sich an und Ruben beschloss: »Ich rufe ihn an.«

Schober meldete sich bereits nach dem zweiten Freizeichen, Ruben schaltete auf Lautsprecher um und beide hörten ihn sagen: »Ich habe doch geschrieben, dass ich noch nichts Genaues weiß. Die hiesigen Kollegen sagten mir nur, dass das Unwetter am Vormittag und der damit verbundene Starkregen etwas in einem Wildpark freigelegt haben. Ein Mitarbeiter glaubt, eine Hand im Schlamm zu erkennen, ist sich aber nicht sicher.«

»Und was hat das mit unserem Fall zu tun?«, fragte Ruben.

»Die Nähe des Wildparks zu dem Haus dieses Apothekers«, schlug Schober vor.

»Okay, ist ein Argument«, bestätigte Ruben. »Sag uns bitte umgehend Bescheid, wenn ihr mehr wisst. Wir haben Herrn Pohl gerade hier, und wenn es da einen Zusammenhang gibt, wäre es hilfreich, das zu wissen.«

»Alles klar. Bin mit den Kollegen auf dem Weg.«

»Meinst du, der wäre so blöd, eine Leiche in seinem Umfeld zu vergraben?«

Ruben sah Mike an. »Haben wir beide nicht schon viel dümmere Mörder getroffen?«

»Auch wieder wahr.« Mike sah auf seine Uhr, die bereits kurz vor fünf anzeigte, und murmelte: »Schon wieder so ein freudloser Abend.«

Rubens Mimik verdunkelte sich, als er bissig entgegnete: »Du hattest doch einen schönen Abend mit Eva. Man muss auch mal mit etwas zufrieden sein.«

54

Karolin hatte den Streifenwagen von ihrer Dachterrasse aus kommen sehen. Drei Minuten später klingelte es an ihrer Tür und sie beschloss, nicht darauf zu reagieren. Ihre Absprache mit Pohl gefiel ihr zwar nicht, doch sie musste zugeben, dass es das Beste war, sich erst einmal möglichst unsichtbar zu machen. Solange sie nicht wussten, wer hinter alldem steckte, konnten sie nichts machen. Und polizeiliche Ermittlungen konnten sie beide nicht gebrauchen.

Nachdem der Streifenwagen wieder verschwunden war, machte sie sich einen Kaffee und setzte sich hinaus, auf die vom Unwetter noch immer nasse Terrasse. Sie schaltete ihr Handy ab und versuchte, auch ihre düsteren Gedanken abzuschalten, was nicht ganz so einfach war.

Ihr blieb noch immer die Option mit dem Urlaub. Dem stand allerdings die Gefahr gegenüber, in der ihre Mutter schwebte. Der Zwischenfall im Wohnheim zeigte, dass es sich nicht um das harmlose Spiel eines Verrückten handelte. Eine Schlaftablette mehr und sie hätte sterben können.

Apropos Wohnheim … sie erwartete noch immer den Rückruf der Pflegerin, die am gestrigen Abend Dienst gehabt hatte. Karolin schimpfte sich selbst eine Idiotin. Im Gegensatz zu Pohl hatte sie die vielversprechendste Spur zum Greifen nah und sah sie nicht. Wer auch immer ihrer Mutter die Blumen gebracht und ihr die Tabletten untergejubelt hatte, musste auch derjenige sein, der diese Augen auf die Spiegel gemalt hatte. Folglich musste sie alles daransetzen herauszufinden, wer dort am fraglichen Abend zu Besuch gewesen war.

Ob sie es wagen konnte, ihr Handy kurz einzuschalten? Immerhin wollte die Polizei etwas von ihr und es war heutzutage nicht ausgeschlossen, dass man das Gerät ortete.

Zehn Sekunden später erschien ihr der Gedanke aber schon wieder lächerlich. Man konnte ihr schließlich nur vorwerfen, dass sie auf einem Foto mit Pohl zu sehen war. Sie deswegen zu orten war mehr als unwahrscheinlich.

Also startete sie ihr iPhone wieder, wartete, bis es Empfang hatte, und wählte die Nummer des Wohnheims. Sie sah gerade noch, dass ihr Gerät drei neue Nachrichten meldete, dann wurde abgehoben.

Die Pflegerin der Abendschicht war tatsächlich da und erklärte ihr, dass sie nur kurz mitbekommen hatte, dass ihre Mutter von einer älteren, sehr elegant gekleideten Frau Besuch bekommen hatte. Die Dame sei ihr zuvor noch nie aufgefallen und etwa eine Stunde lang in der Wohnung ihrer Mutter geblieben.

Karolin bedankte sich, erfuhr noch, dass es ihrer Mutter inzwischen wieder gut ging, und legte auf. Danach wollte sie das Handy wieder ausschalten, öffnete aber doch schnell die eingegangenen Mitteilungen.

Die ersten beiden informierten sie über entgangene Anrufe von einer unbekannten Nummer. Die dritte Mitteilung war eine SMS und der Absender gefiel ihr gar nicht. Wenn sie jetzt eins nicht brauchen konnte, dann war es ein Streit mit Sascha, dem Sohn ihres verstorbenen Mannes. Vermutlich wollte er wieder das Geld, das ihm eigentlich auch zustand, das sie aber seit dem Tod seines Vaters blockierte.

Sie zündete sich eine Zigarette an, öffnete die Nachricht trotzdem und las:

> Hallo Karolin, ich weiß, wir haben unsere Schwierig-keiten miteinander, aber ich brauche jetzt wirklich deine Hilfe. Ich habe Oma gerade in ihrem Bett gefunden und sie atmet nicht mehr. Bitte, kannst du mir helfen? Ich weiß nicht, was ich jetzt tun soll. Sie ist schon ganz kalt und ich will nichts falsch machen. Außerdem liegt eine Packung Schlaftabletten neben ihrem Bett. Was, wenn sie … kann man mir da etwas unterstellen? … Hilfe, bitte … komm her. Sascha

Karolin musste die Nachricht kein zweites Mal lesen. Plötzlich ergab alles einen Sinn. Irene hatte von Anfang an nicht an einen plötzlichen Herztod ihres Sohnes geglaubt. Er war noch keinen Tag tot gewesen, da hatte sie ihr schon unterstellt, nachgeholfen zu haben. Doch obwohl sie die Mutter ihres Mannes und noch dazu Richterin war, konnte sie nichts machen. Theodors Testament war eindeutig ge-wesen und sie selbst die Einzige mit Verfügungsgewalt. Also hatte sie so schnell wie möglich veranlasst, dass er in den Verbrennungsofen geschoben wurde und so auch die letzten möglichen Beweise zu Asche zerfielen. Danach hatte sie sei-nen Sohn aus erster Ehe aus ihrem Leben entfernt und die Versicherungssumme eingestrichen.

Irene hatte vor Wut geschäumt, doch das war Karolin egal.

Sollte das jetzt etwa die späte Rache einer verbitterten Mutter sein? Bei der elegant gekleideten Frau im Wohnheim könnte es sich tatsächlich um Irene handeln. Was, wenn sie erst versucht hatte, ihre Mutter zu töten, und sich dann selbst ins Bett gelegt hatte, um eine Überdosis Tabletten zu schlucken? Und sogar dieses allsehende Auge würde dazu passen. Auch wenn sie keine Ahnung hatte, wie es auf ihren Spiegel gekommen sein könnte. Oder hatte Sascha dabei seine Finger im Spiel? Natürlich hatte sie damals die Schlösser austauschen lassen, aber er war noch zwei, drei Mal hier gewesen, um seine restlichen Sachen abzuholen. War der Junge wirklich so dreist, einen Schlüssel zu stehlen?

Karolin zündete sich eine weitere Zigarette an und versuchte, während sie den Rauch einzog, ihre neuen Erkenntnisse zu sortieren.

Zehn Minuten später war ihr Entschluss gefasst. Wo Irene von Freital war, gab es noch mehr Geld. Und die alte verbitterte Frau hatte niemanden mehr, nur ihren Enkel Sascha. Folglich wäre es ganz sicher kein Schaden, dem armen Jungen jetzt ein wenig unter die Arme zu greifen. Im Gegensatz zu ihm kannte sie sich inzwischen in allem aus, was man nach dem Tod eines Menschen beachten musste. Vor allem wenn es darum ging, das meiste herauszuholen.

Sie tippte noch schnell:

Bin in einer halben Stunde da. Lass alles so, wie es ist, und rede mit niemandem darüber.

Dann deaktivierte sie das iPhone erneut und sah hinunter auf die Straße, wo der Streifenwagen gerade zum zweiten Mal vor dem Haus hielt.

Während sie darauf wartete, dass die Beamten wieder verschwanden, zog sie sich um, trug ein wenig Schminke auf, von der sie hoffte, dass sie ihrem Gesicht ein trauriges Aussehen verlieh, und griff sich die Autoschlüssel.

Das Einfahrtstor zu der alten Stadtvilla von Irene war komplett geöffnet. Offenbar dachte Sascha mit.

Sie steuerte den Wagen in die Einfahrt, stellte ihn ab und ging zurück, um das Tor zu schließen. Danach wandte sie sich dem Haus zu, wo der Junge bereits mit betrübtem Gesichtsausdruck in der Tür stand.

Weder sie noch er konnte sich zu einer herzlichen Begrüßung überwinden. Trotzdem sagte sie gespielt betroffen: »Mein Beileid, Sascha. Lass uns für einen Moment unsere Streitigkeiten vergessen.«

Er deutete ein Nicken an und stammelte nur: »Danke, dass du da bist. Sie liegt oben.«

Karolin hatte dieses muffige Haus noch nie leiden können. All die scheinheiligen Weihnachtsfeste und Geburtstagsfeiern waren ihr zuwider gewesen. Und Theodor hatte sich reichlich Zeit gelassen, um sie in seinen Verfügungen und Versicherungspolicen als Begünstigte einzusetzen. Fast als hätte er gewusst, wie das für ihn ausgehen könnte. Folglich waren es verdammt viele Feste gewesen, die sie mit dieser Familie hatte verbringen müssen … aber damit war ja nun endgültig Schluss.

Sascha schloss die Tür hinter ihr und wies mit der Hand die Treppe hoch. Sie spürte, wie er ihr folgte. Oben angekommen, fragte sie sich, ob es diese pechschwarze Tür schon immer gegeben hatte.

Als sie zögerte, kam Sascha noch ein Stück näher und sagte: »Geh ruhig rein. Oma hat das Stockwerk ein wenig umgestaltet.«

Die Art, wie er das Wort umgestaltet betonte, erzeugte einen leichten Schauer auf ihrem Rücken. Sie schob ihre Unsicherheit weg, griff nach der Klinke und drückte die Tür nach innen auf.

Karolin wusste nicht, was sie erwartet hatte, den Vorhof zur Hölle jedenfalls nicht. Sie kannte diese Etage noch aus früheren Tagen, als es lichtdurchflutete Zimmer und einen in freundlichen Farben gestrichenen Flur gegeben hatte. Davon war nichts mehr übrig. Von den Wänden hingen dunkle Stoffbahnen und die einzigen Lichtquellen waren ein paar ausladende Kerzenständer mit dicken, ebenfalls schwarzen Kerzen. Das flackernde Licht spendete keine Gemütlichkeit, ganz im Gegenteil, es verwandelte den Flur in einen düsteren Ort.

»Weiter!« Saschas Stimme wechselte in einen Befehlston, den sie bei ihm nicht vermutet hätte. Und als sie sich umdrehen wollte, war er so dicht hinter ihr, dass sie ihn die Treppe hätte hinunterstoßen müssen, um an ihm vorbeizukommen.

Ein weiterer Laut machte ihre Verwirrung perfekt. Irenes Stimme war etwas kratziger geworden und doch war sie unverkennbar, als sie leise aus der Dunkelheit sagte: »Hallo Karolin. Schön, dass du bereit bist, wenigstens meine Leiche zu besuchen. Ich hätte Theodor damals auch gerne noch einmal gesehen, aber das wusstest du ja zu verhindern.«

»Was zum Teufel geht hier vor?« Karolin nahm ihr letztes bisschen Mut zusammen, versuchte, an Sascha vorbeizukommen, der das allerdings nur zum Anlass nahm, sie an den Schultern zu packen. Und als sie versuchte, sich aus seinem Griff zu winden, drehte er sie mit dem Rücken zu sich, hielt ihre Arme mit festem Griff und zwang sie so, Irene anzublicken.

Ihre Ex-Schwiegermutter war nicht wiederzuerkennen. Anstatt des üblichen eleganten Hosenanzugs trug sie nun etwas, das wie ein Latexanzug aussah. Ihre sonst so vorbildlich frisierten Haare waren zu einem strengen grauen kurzen Zopf gebunden und die einzige Schminke schien schwarzer Lidschatten zu sein.

Karolin konnte oder wollte sich keinen Reim auf das hier machen. Sie sah der alten Frau einen Moment in die kalten Augen und fragte mit zickigem Unterton: »Seid ihr beide verrückt geworden? Ihr hattet euren Spaß und lasst mich jetzt sofort gehen!« Mit diesen Worten versuchte sie, sich aus Saschas

Griff zu lösen, doch der Sohn ihres verstorbenen Mannes war so stark, wie es seine breiten Schultern vermuten ließen.

Nun trat Irene noch einen weiteren Schritt an sie heran, strich mit einem schweren Siegelring über ihre Wange und flüsterte: »Du hast recht. Der Tod meines Sohnes hat mich tatsächlich verrückt werden lassen. Und du hast die Sache wirklich gut vertuscht. Kein Gesetz in diesem Land hätte mir Genugtuung verschafft und du weißt ja, ich kenne so ziemlich alle Gesetze.«

»Ich habe nichts getan!« Karolin hörte, wie die Selbstsicherheit aus ihrer Stimme wich.

Die alte Frau verzog ihren Mund zu einem bösen Grinsen. »Vielleicht hast du nicht selbst Hand angelegt. Aber jemandem wie diesem Johann Pohl eine Straftat zu ermöglichen und ihn noch dafür zu bezahlen ist auch eine Straftat.«

Sie weiß von Pohl, ging es Karolin durch den Kopf, was ihren Mut weiter sinken ließ.

Irene schien ihr das anzusehen und gab ihr mit dem Handrücken eine schallende Ohrfeige, bevor sie mit völliger Gelassenheit in der Stimme erklärte: »Das reicht jetzt erst einmal. Mein Enkel ist sensibel und sollte keine Gewalt mit ansehen müssen.«

Karolin spürte mit Erstaunen, dass Sascha ihren linken Arm freigab. Allerdings nur, um ein feuchtes, streng riechendes Tuch auf ihren Mund und ihre Nase zu pressen. Der Schwindel war nur von kurzer Dauer und wurde durch ein dunkles Nichts abgelöst.

55

»Wo bleibt denn jetzt diese Richterin?« Johann war es leid herumzusitzen. Diese Polizisten stellten immer die gleichen Fragen und er gab seit einer weiteren Stunde immer die gleichen Antworten. Dabei cool zu bleiben fiel ihm leicht, da er diese beiden Brüder tatsächlich nicht kannte.

Bei Karolin Grafwinter war das zwar anders, doch zu ihr hatten sie kaum Fragen. Und auch was die junge Nina Hoffmann betraf, fiel es ihm nicht schwer dichtzumachen. Die junge Frau war damals total am Ende gewesen. Er hatte sie einmal getroffen, um die Details zu besprechen, und ein zweites Mal wegen ihres Kleinkinds. Eigentlich hatte er sich von dieser Erfahrung mehr versprochen, doch von Kindern würde er in Zukunft absehen.

Was ihm dagegen sehr viel mehr Sorgen machte, war, dass die Polizisten irgendetwas von einem Leichenfund gesagt hatten. Sollte es sich dabei um Friedrich Möller handeln, könnte es eng werden. Sein Haus und das Auto waren zwar porentief rein, doch dass er auf dem Körper des Mannes Spuren hinterlassen hatte, konnte er nicht ausschließen.

Da sich dieser Hauptkommissar Hattinger nicht zu einer Antwort hinreißen ließ, fragte er erneut: »Diese Richterin?

Kommt sie noch oder soll ich auch noch den Abend hier verbringen?«

Nun hob der Mann den Blick, sah ihn an und antwortete: »Kann ich Ihnen nicht sagen. Richter machen in aller Regel, was sie wollen, und hören nur selten auf uns.«

»Anrufen?«, schlug Johann genervt vor.

Der Beamte warf einen kurzen Blick auf seine Armbanduhr. »Wäre eine Option.«

Johann schluckte seinen Ärger herunter. »Könnten Sie das bitte tun? Ich wüsste schon gerne, wie das hier weitergeht. Immerhin sitze ich seit fast vier Stunden bei Ihnen und mein Anwalt meinte, dass ich das ohne konkrete Anklage gar nicht müsste.«

»Andere sitzen Jahre hier«, gab dieser Herr Hattinger zurück, stand aber auf und schickte sich an, den Raum zu verlassen.

Bevor er die Tür erreicht hatte, fragte Johann: »Kann ich meine Familie noch einmal kontaktieren? Die machen sich sicherlich schon Sorgen.«

»Na klar«, lautete die schlichte Antwort.

Er wartete, bis er allein war, nahm sein Handy und entsperrte es. Der Startbildschirm zeigte fünf Nachrichten, vier von Alina und eine von seiner Frau.

Da er Claudia nach den Geschehnissen der letzten Tage vorerst noch nicht mit seinem Aufenthalt bei der Polizei beunruhigen wollte, schrieb er ihr etwas von einem spontanen Geschäftsessen. Danach öffnete er Alinas Nachrichten. Die ersten drei waren noch besorgte Nachfragen, was bei ihm denn los sei. Die vierte bestand in einem Foto, das nur sehr langsam geladen wurde. Vermutlich war der Empfang in diesem Verhörraum schlecht.

Endlich, nach quälenden Sekunden, erschien ein unscharfes Bild, auf dem gerade einmal die Silhouette eines Menschen erkennbar war. Nur langsam wurde das Foto klarer, und mit jeder Sekunde verkrampfte sich sein Magen ein wenig mehr. Schließlich konnte er nicht mehr ruhig sitzen, stand auf und lief in der Hoffnung auf besseren Empfang in dem kleinen Zimmer herum. Geschlagene dreißig Sekunden später gab es keinen Zweifel mehr. Das Foto war in einem dunklen Raum aufgenommen worden und der Umriss des Menschen stellte sich als Alina heraus. Seine Tochter saß in einem hohen Sessel, der wie ein Thron wirkte, hatte eine Kugel im Mund und war mit einem dicken Seil gefesselt. In ihren Augenwinkeln und auf den Wangen schimmerte die Feuchtigkeit von Tränen und in ihren Augen spiegelte sich Angst.

Das Bild war kommentiert mit:

Es geht nur um DICH, du kannst SIE retten.

Johann murmelte: »Gottverdammt«, versuchte, nicht hilflos zu der Scheibe zu blicken, von der er wusste, dass die Kommissare dahintersitzen könnten, und tippte:

Das geht jetzt nicht. Lass sie in Ruhe.

Die Antwort kam schnell und bestand nur in einer Adresse.

Der pokert hoch, ging es ihm durch den Kopf, was ihm ein wenig Mut gab. Immerhin bräuchte er die Adresse nur einem der Polizisten zu zeigen und der Spuk würde ein schnelles Ende finden. Allerdings wäre das auch sein sicheres Ende, zumindest was seine Freiheit betraf. Der oder diejenige wusste mit Sicherheit von seinen Machenschaften. Alles andere ergab keinen Sinn. Und auf x-fachen Mord konnte es nur eine lebenslange Freiheitsstrafe geben. Wenn nicht sogar mit anschließender Sicherungsverwahrung.

Er tippte hektisch:

Kann dauern, tu ihr bitte nichts …

Anschließend setzte er sich zurück an den Tisch und begann, fieberhaft zu überlegen, wie er die Sache im Präsidium möglichst schnell beenden konnte.

Als sich die Tür wieder öffnete, wusste er, was zu tun war. Dies hier war immer noch nur eine Zeugenbefragung, der er sich im Grunde jederzeit entziehen konnte. Dachte er.

Dieses Mal war es der andere Kommissar, der den Raum betrat, das Mikro anknipste und schnörkellos erklärte: »Herr Johann Pohl. Sie sind hiermit festgenommen. Ihnen wird der Mord an Herrn Friedrich Möller vorgeworfen. Sie müssen sich ab jetzt nicht mehr äußern und können jederzeit einen Anwalt hinzuziehen. Was Sie sagen, kann vor Gericht gegen Sie verwendet werden. Haben Sie das verstanden?«

Johann spürte, wie ihm erst heiß und danach eiskalt wurde. Das Bild seiner Tochter explodierte förmlich in seinem Kopf. Ihre traurigen, angsterfüllten Augen und dieser Knebel in ihrem Mund. Dazu kam der Gedanke an Möllers entstelltes Gesicht und die Aussicht, dass man das auch seiner eigenen Tochter antun könnte.

»Haben Sie das verstanden?«, wiederholte dieser Scheißbulle, aber er verstand im Augenblick gar nichts mehr. Seine Deckung fiel einen Moment lang in sich zusammen, als er stammelte: »Ich … aber … ich kann nicht. Bitte, ich muss hier raus.« Damit stand er einfach auf und wollte zur Tür.

Das leichte Hinken hinderte den Mann nicht daran, sich ihm in den Weg zu stellen, wobei er sagte: »Bitte, Herr Pohl, Sie werden verstehen, dass ich Sie jetzt nicht gehen lassen kann.«

Der Schleier in Johanns Gehirn lichtete sich für einen Augenblick. Er sah dem Bullen in sein verunstaltetes Gesicht und fragte aggressiv: »Wen soll ich umgebracht haben? Ich kenne keinen Herrn Möller und ich habe auch sonst niemanden umgebracht!«

»Na, dann wird sich ja alles schnell aufklären«, erklärte dieser Herr Köstner gelassen, und als er noch hinzufügte: »Die Obduktion und die anschließenden Untersuchungen werden höchstens drei Tage in Anspruch nehmen«, explodierte etwas in Johann. Er kannte diesen alten Zorn, der sich nicht kontrollieren ließ. Ohne weiter darüber nachzudenken, wischte er die Hand des Kommissars von seiner Schulter und war bereits auf dem Weg zur Tür, als ihm ein stechender Schmerz in die Schulter fuhr. Keine zwei Sekunden später knallte sein Gesicht auf die Tischplatte und das leise Klicken von Handschellen ertönte.

Es war das erste Mal, dass er solche Fesseln trug, und er fühlte sich gleichzeitig beschämt und machtlos.

Seine Fassade brach erneut zusammen und jetzt trieb ihm der Gedanke an seine wehrlose Tochter sogar Tränen in die Augen. Er hasste seine Stimme schon beim ersten Wort, als er verzweifelt bettelte: »Bitte. Ich bleibe auch in der Stadt. Sie können mich jederzeit telefonisch erreichen. Aber ich muss hier raus.«

Anstatt einer Antwort führte ihn der Kommissar zum Stuhl. Ließ ihn Platz nehmen, löste die Fessel von einem Handgelenk und hakte sie dafür an eine Metallöse am Tisch. Danach sagte er mit Bedauern in der Stimme: »Diese Reaktion erleben wir hier oft. Aber Sie werden sehen, nach zwei, drei Tagen haben Sie sich damit arrangiert.« Danach ging er gelassen zur Tür und verschwand ohne weitere Erklärung.

Das Handy, dachte Johann, aber der Bulle war nicht so blöd gewesen, es ihm zu lassen. Er musste es ihm bei dem kurzen

Handgemenge aus der Tasche gezogen haben. Nur gut, dass es sich von selbst sperrte.

Er raufte sich mit der freien Hand die Haare, schloss kurz die Augen, wobei er einsehen musste, dass sich seine Optionen auf ein Minimum reduziert hatten. Ihm blieb nur, die Polizei einzuweihen oder auf seinen Anwalt zu hoffen.

Und was sollte er diesen Bullen erzählen? *Meine Tochter ist die Gefangene von jemandem, dessen Angehörigen ich möglicherweise getötet habe.* In seinem Kopf kam ein weiteres Problem dazu. Diese Polizistin hatte vorhin von einer Hausdurchsuchung bei ihm gesprochen. Was vor zwei Stunden vielleicht nur ein Bluff gewesen war, dürfte bei einer Mordanklage vermutlich zum Standardprozedere gehören. Egal wie er es drehte, es kam immer Mist heraus.

Weitere fünfzehn Minuten später war er bereit, ein umfangreiches Geständnis abzulegen. Bei allem Egoismus, Alina durfte seinetwegen nicht leiden. Jedenfalls nicht so, denn leiden würde sie sicher auch, wenn alles ans Licht kam. Ganz zu schweigen von Claudia, seinem Sohn Felix und Paulus, der sein Herrchen abgöttisch liebte.

Johann war das letzte Mal als Kind so richtig am Ende gewesen, doch die Macht seines Vaters war nichts im Vergleich zu dem, was er jetzt gerade in diesem Moment fühlte. Hinzu kam die Vorstellung einer Haftanstalt. Kleine Zellen, mit einem völlig fremden Straftäter Bett an Bett ... er wollte kotzen.

Vor der Tür des Verhörzimmers ertönten Stimmen. Was im ersten Moment wie Gemurmel anmutete, wurde schnell zu einem lauteren Streit, wobei er die Stimmen dieser drei Polizisten erkannte. Während die Beamtin anscheinend zu beruhigen versuchte, polterte dieser Kommissar Köstner regelrecht herum.

Kurz darauf wurde die Tür geöffnet, dieser seltsam gekleidete Kommissar kam herein und öffnete wortlos seine Handschellen. Erst am Tisch, dann auch an seinem rechten Handgelenk. Anschließend legte er das Handy auf den Tisch und erklärte sachlich: »Sie können gehen. Bitte halten Sie sich zu unserer Verfügung und bleiben Sie in der Region.«

Johann konnte es nicht fassen, stammelte: »Warum?«, und erhielt als Antwort nur: »Anordnung der Richterin.«

56

»Was zur Hölle hast du der Richterin erzählt?« Mike musste hilflos zusehen, wie Pohl durch den langen Flur in Richtung Ausgang verschwand. Er drehte sich zu Ruben und fragte noch einmal, mit etwas Aggression in der Stimme: »Was?«

Dieser gab sich gelassen und erklärte: »Na, das, was wir haben. Und natürlich auch das, was wir nicht haben.«

»Und was haben wir nicht?«, schnaubte Mike.

»Handfeste Beweise, die den Apotheker als Täter überführen. O-Ton von Frau von Freital war: ›Der Mann wohnt in relativer Nähe zum Fundort von Möller und das soll ihn zum Täter machen? Was machen Sie denn, wenn in Nürnberg ein Mord passiert? Verhaften Sie dann die fünftausend Menschen, die in der Nähe wohnen?‹«

»Na, ganz so ist es ja wohl auch nicht!« Mike wollte sich nicht beruhigen. Er glaubte diesem Pohl kein Wort. »Der Mann steht immerhin im unmittelbaren Zusammenhang mit unseren Mordermittlungen. Ach, und übrigens: Ich habe vor fünf Minuten den Bericht bezüglich der beiden Brüder bekommen. Es war eindeutig kein Suizid. Der Junge im Rollstuhl hat nur einmal, vermutlich aus Panik, auf unseren Kollegen vom SEK geschossen. Die beiden Kopfschüsse muss jemand anderes abgefeuert haben. Und wenn ich eins und eins zusammenzähle, kommt da mit hoher Wahrscheinlichkeit der unfreundliche Herr Pohl heraus.«

»Warum das?«, mischte sich nun Eva ein.

Bei ihr wurde Mike etwas umgänglicher: »Na, überleg doch mal. Die beiden haben ihm doch den ganzen Schlamassel mit den Tabletten und der angeblichen Geliebten, dieser Karolin Grafwinter, eingebrockt. Vielleicht hat er es irgendwie vor uns herausgefunden und die Sache auf seine Art erledigt.«

Ruben schloss für ein paar Sekunden die Augen, schüttelte schließlich den Kopf und sagte mehr zu sich selbst: »Da passt aber auch gar nichts zusammen.«

»Was denn nicht? Erleuchte uns«, pampte Mike.

Anstatt zu antworten, drehte sich Ruben in Richtung Besprechungsraum und ging davon. Mike wollte gerade wieder aufbrausen, doch Eva legte ihre Hand auf seinen Arm und flüsterte: »Lass ihn bitte. So wie ich ihn kenne, braucht er jetzt Ruhe und eine große Tafel.«

»Hm«, brummte Mike. »Und ich brauche jetzt eine Tasse Kaffee.«

Zehn Minuten später betraten Mike und Eva, jeder mit einer großen Tasse in der Hand, den Besprechungsraum.

Es war tatsächlich so, wie Eva vorausgesagt hatte. Ruben hatte die große Tafel von allen Zetteln befreit und stand nun mit einem dicken abwischbaren Filzstift davor. Er würdigte Mike nur eines kurzen Blickes, drehte sich zur Wand und sagte laut: »Wen haben wir denn alles?« Dann begann er ohne Ansage der anderen, alle Namen an die Wand zu schreiben, wobei er manchmal etwas wegwischte und wieder neu platzierte. Am Ende trat er ein Stück zurück und sah sich sein Werk an, wobei er an seine beiden Kollegen gewandt fragte: »Habe ich jemanden vergessen?«

Nun trat auch Mike vor die Tafel, warf einen langen Blick darauf, nahm den Stift und malte ein Fragezeichen an den Rand.

»Wofür ist das?«, fragte Eva.

Ruben zog seinen ausziehbaren Zeigestab heraus und erklärte, wobei er auf die Namen von Sam und Finn Hegner deutete: »Mike hat recht. Die beiden sind zwar von zentraler Bedeutung, wirken aber nicht wie die Drahtzieher dieser Mordserie. Lasst uns mal überlegen …« Nun deutete er auf den Namen des Toten aus dem See. »Mit ihm hat im Grunde alles begonnen, und wie wir inzwischen wissen, sind Sam und Finn seine Söhne. Laut seiner Nachbarin war er ein drogenabhängiger und gewalttätiger Mann, dessen Frau sehr unerwartet zu Hause gestorben ist. Wie, wissen wir noch nicht. Seine Jungs sind danach regelrecht vom Erdboden verschwunden und erst wieder in einem Heim aufgetaucht. Und wie ich inzwischen von der Heimleitung erfahren habe, hüllten sich beide in Schweigen, was die Umstände ihrer Flucht und ihrer Herkunft betraf. Danach verschwanden sie auch aus dem Heim und wohnten offenbar bei ihren Großeltern. Ob und wie lange diese dann noch lebten, können wir erst nach einer ausführlichen Obduktion sagen.«

»Rache?«, warf Mike ein. »Könnte doch sein, dass sie, als sie groß genug waren, späte Rache an ihrem Vater übten und ihn in diesem See versenkten.«

»Gut möglich, aber Spekulation«, gab Ruben zu bedenken. Dann deutete er auf die Namen von Nina Hoffmann und Friedrich Möller. »Bei den beiden wird es schon eindeutiger. Von beiden Opfern wurden persönliche Dinge im Haus der Brüder gefunden. Außerdem gab es dort das passende Tätowierwerkzeug und auch einige gebrauchte Rasierklingen.«

363

»Einspruch«, meldete sich Eva. »Unsere Wasserleiche war ebenfalls verziert, was doch wieder auf die beiden hinweist und ein ziemlich eindeutiger Zusammenhang ist.«

»Stattgegeben«, bestätigte Ruben munter.

»Bleibt immer noch zu klären, warum man Nina Hoffmann Herrn Pohl vor den Wagen geworfen hat und Möller ganz in der Nähe seines Hauses unter der Erde lag«, dachte Mike laut. Was Ruben vervollständigte: »Und die gute Karolin Grafwinter dürfen wir auch nicht vergessen. Was ist eigentlich mit der? Wurde sie inzwischen angetroffen?«

»Moment«, bat Mike, führte ein kurzes Telefonat und gab es bald darauf mit den Worten wieder: »Die Kollegen von der Streife haben mitgedacht und Ausschau nach ihrem Wagen gehalten. Frau Grafwinter war zwar weder anzutreffen noch telefonisch zu erreichen, ihr Wagen stand erst vor dem Haus, in dem sie wohnt, war aber beim dritten Besuch der Kollegen verschwunden.«

Ruben raufte sich die Haare, presste die Lippen kurz zusammen und gestand sich laut ein: »Vielleicht hätten wir Pohl vorhin doch nicht allein telefonieren lassen sollen. Was, wenn er gar nicht seine Tochter angerufen, sondern Karolin Grafwinter vor uns gewarnt hat?«

»Die beiden kennen sich doch gar nicht«, entgegnete Eva, worauf Mike und Ruben gleichzeitig »Das sagen die« erwiderten, was sie schmunzeln ließ und etwas Spannung aus dem Raum nahm.

Dieses Mal war es Mike, der etwas Bedenkzeit brauchte. Schließlich sagte er: »Und als hätten wir noch nicht genügend offene Fragen, bleibt auch noch der Aspekt, dass bei allen Opfern vorher ein Angehöriger unerwartet verstorben ist.«

Bevor jemand darauf eingehen konnte, steckte Mikes Kollege Tom den Kopf zur Tür herein und erklärte: »Mike? Ich habe eine Frau Pohl am Apparat. Hat das etwas mit eurem Fall zu tun?«

Mike nickte. »Ja, ich komme.«

Fünf Minuten später kam Mike zurück, sah seine Kollegen ernst an und verkündete: »Es wird immer mysteriöser. Das war tatsächlich Frau Pohl und sie war kurz vor einem hysterischen Anfall. Wenn ich sie richtig verstanden habe, sitzt gerade ein junger Mann bei ihr, der ihr unglaubliche Geschichten über ihren Mann erzählt. Außerdem vermisst sie sowohl ihren Mann als auch ihre Tochter. Ich habe versprochen, dass wir sofort zu ihr fahren.«

»Okay« war alles, was Ruben dazu sagte, und Eva fragte: »Ist sie in Gefahr? Sollen wir schon einmal eine regionale Streife hinschicken?«

»Das habe ich sie auch gefragt und ihre Aussage klang nicht erzwungen, als sie sagte, dass von dem Mann keine Gefahr ausgeht. Außerdem ist dieses Haus eine Festung. Wenn man unsere Kollegen nicht freiwillig reinlässt, würden wir wieder ein Spezialkommando brauchen, um da ranzukommen.«

»Also dann los!« Ruben streifte sich bereits das Holster und die Jacke über.

Dieses Mal ließ sich Mike vom Fahrdienstleiter einen stark motorisierten BMW geben und übernahm selbst das Steuer. Er kannte Nürnbergs Straßen wie kaum ein anderer und nutzte neben Blaulicht und Martinshorn auch sämtliche Ausweichstellen, um schneller voranzukommen.

Es war inzwischen nach zwanzig Uhr und die Straßen leerten sich zusehends. So schaffte er die fünfundzwanzig Kilometer bis zu Pohls Haus draußen auf dem Land in knapp unter zwanzig Minuten.

Vor dem Haus rutschte der Wagen nach seiner scharfen Bremsung ein Stück auf dem Schotter. Alle drei sprangen heraus, eilten zur Gartentür und wurden von Hundegebell empfangen. Die Tür zum Garten war nur angelehnt, und als Mike aufgrund des Hundes zögerte, rief Ruben: »Lass mich vor, der ist nicht gefährlich.« Damit öffnete er die Tür und befahl dem Hund, während er eine Geste mit der flachen Hand machte: »Platz.«

Dem Tier war das dieses Mal herzlich egal und es sprang freudig mit dem Schwanz wedelnd an ihm hoch.

»Das hat ja super geklappt«, kommentierte Eva das Geschehen, betrat ebenfalls das Grundstück und sah schon aus der Ferne eine hübsche Frau auf der Terrasse stehen, die sich immer wieder die langen Haare aus dem Gesicht strich und dabei nervös an einer Zigarette zog. Sie lief zu ihr, entsicherte ihre Waffe und rief schon von Weitem: »Frau Pohl? Wo ist der Mann, von dem sie sprachen?«

Die Frau wirkte verstört, aber nicht panisch. Sie kam Eva ein paar Schritte entgegen, wischte sich eine Träne aus dem Auge und sagte schlicht: »Er ist weg.«

Einige Minuten später saßen sie bei den Pohls am Esstisch. Frau Pohl schickte ihren kleinen Jungen in sein Zimmer und begann zögerlich zu erzählen. Doch Ruben unterbrach sie gleich am Anfang mit der Frage: »Wer war der Mann, von dem Sie sprachen? Kennen Sie ihn? Wissen Sie, wo er hinwollte?«

»Nein, ja … also nur den Vornamen. Er heißt Sascha und arbeitet bei meinem Mann in der Apotheke. Außerdem hat sich meine Tochter mit ihm angefreundet.«

»Der, dem die Medikamente untergeschoben wurden?«

»Ja, glaube ich zumindest. Die letzten Tage ist so viel passiert ...« Mike sah zu, wie die Frau das Gesicht kurz in ihren Händen versenkte, musste aber trotzdem fragen: »Hat dieser Sascha etwas gesagt, wo Ihre Tochter jetzt ist?«

Frau Pohl zog etwas Rotz hoch, schüttelte dabei den Kopf und erklärte: »Nein, kein Wort von Alina. Er sagte mir nur, dass mein Mann eine Leidenschaft dafür haben soll, Menschen langsam zu töten. Und dass er auch seinen Vater umgebracht hat. Dann verlangte er von mir, dass ich Sie anrufe und herholen soll. Als er schließlich ging, sagte er noch, dass es in diesem Haus Beweise für die Taten geben müsste. Damit stieg er auf sein Motorrad und fuhr davon.«

57

Das eigenartige Licht der Sonne, die sich flach über dem Horizont hinter einige dicke Wolken schob, jagte Johann einen Schauer über den Rücken. Während sich andere in ihren Gärten vergnügten, wusste er nicht, was ihn erwarten würde. Entgegen seiner Annahme führte ihn das Navi nicht zu einem abgelegenen Haus oder einer dieser anonymen Mietkasernen. Die alte Villa stand in einem sehr gediegenen Stadtteil von Nürnberg, wo es die Anwohner nicht nötig hatten, ihre Autos auf der Straße zu parken.

Zuerst ließ er seinen Porsche nur langsam an der Einfahrt vorbeirollen, wobei er versuchte, das Klingelschild zu lesen. Beim zweiten Mal wusste er zwar noch immer nicht, wer hier wohnte, erkannte aber einen Minivan hinter dem Tor. *Fährt diese Karolin Grafwinter nicht auch so einen Wagen?*, ging es ihm durch den Kopf. Steckte sie hinter alldem? Doch warum sollte ausgerechnet sie, die er extra noch gewarnt hatte, seine Tochter gefangen halten? Der Frau musste es genauso wichtig sein, die Angelegenheit ohne weiteres Aufsehen zu klären.

Johann sah sich um, konnte aber keine Stelle erkennen, wo er seinen Wagen abstellen konnte. Jedenfalls nicht, ohne Gefahr zu laufen, von einem Anwohner gesehen und später wiedererkannt zu werden. Er stoppte ein letztes Mal vor dem Tor und wollte schon weiter zur nächsten Nebenstraße fahren, als sich dieses öffnete.

Die Situation machte ihn unschlüssig, dann meldete sein Handy den Eingang einer neuen Nachricht. Er entsperrte das Gerät, öffnete die Mitteilung und las:

Nur nicht so scheu. Fahr deinen Wagen auf das Gelände und komm zur Tür. Deine Tochter erwartet dich sehnsüchtig.

Er richtete sich so weit auf, wie er es hinter dem Lenkrad vermochte, konnte aber in keinem der Fenster des Hauses jemanden erkennen. Unten waren alle Lichter aus und oben sämtliche Fensterläden geschlossen. *Ob er doch lieber die Polizei einschalten sollte?*

Doch der Gedanke, dass seine Alina hinter diesen Mauern an einen Sessel gefesselt auf ihn wartete, gab ihm den Mut der Verzweiflung. Er schlug das Lenkrad ein, ließ den Porsche in die Einfahrt rollen und sah im Rückspiegel, wie sich das Tor wieder schloss.

In seinem eigenen Wagen hatte er sowohl Pfefferspray als auch ein Messer im Handschuhfach. Doch der stand in der Werkstatt, wo die von Nina Hoffmann beschädigten Teile ausgetauscht wurden.

Bei dem Gedanken daran bekam er Gänsehaut, denn wer immer dort in diesem Haus auf ihn wartete, hatte keine Skrupel gehabt, eine junge Frau vor sein Auto zu stoßen. Er sah sich noch einmal in dem Mietwagen um, fand aber nichts, was er irgendwie als Waffe nutzen konnte.

In dem Moment, in dem er die Fahrertür öffnete, wurde auch drüben am Wohnhaus die schwere Holztür geöffnet. Das Licht darüber ging an, doch es trat niemand in den Türrahmen.

Auf seinem Weg hinüber lief er bewusst einen Bogen. Auf den letzten Metern konnte er so ein gutes Stück in das Haus hineinblicken. Hinter der Tür befand sich ein großzügiger Windfang, an dessen Ende eine weitere Tür ebenfalls offen stand. Allerdings war es drinnen zu dunkel und so erkannte er nichts und niemanden.

Am Haus angekommen, blieb er stehen und rief unsicherer als gewollt: »Hallo, ist hier jemand?«

Der anfänglichen Stille folgte ein beinahe sanftes, irgendwie alt klingendes »Komm ruhig herein«. Nun trat hinter der nächsten Tür eine Gestalt aus der Dunkelheit. Johann brauchte einen Augenblick, bis sich seine Augen an das schwache Licht gewöhnt hatten. Die Frau war alt, sogar ziemlich alt. Sie trug schwarze Kleidung, von der er keine Details erkennen konnte. Die grauen Haare waren streng nach hinten gebunden und in ihrem Blick lag etwas Waches. Was ihn allerdings irritierte, war der Umstand, dass ihm dieses Gesicht absolut nichts sagte. Dachte er. Zumindest für eine Sekunde, bis es ihm wieder einfiel. Es war die Alte, die mit ihrem Wagen genau an der Stelle gestanden hatte, an der der Unfall passiert war, und die vorgegeben hatte, aufs Klo beziehungsweise in den Wald zu müssen.

»Was wollen Sie von mir?«, fragte er, angesichts dieser alten Frau nun deutlich mutiger und schärfer.

Ihr Mund verzog sich zu einer Fratze. »Ich will, dass du genau das tust, was du so gerne tust. Das, bei dem mein geliebter Sohn ums Leben kam.«

»Und warum sollte ich?«, gab er frech zurück.

Die Fratze wurde zu einem wissenden Lächeln, als sie sagte: »Weil Sascha, dein Praktikant und der Sohn meines eigenen Jungen, gerade hinter deiner Alina steht. Er hält ein ziemlich scharfes Messer an den Hals deiner Tochter gedrückt und wartet nur darauf, dass ich einen Schrei von mir gebe.«

In Johanns Kopf setzten sich bei dem Namen Sascha einige Puzzleteile zusammen, aber über das Wie und Warum konnte er jetzt nicht nachdenken.

Er öffnete den Mund, schloss ihn wieder und fragte schließlich: »Wen?«

Anstatt einer Antwort forderte die Alte: »Komm erst rein und mach die Tür hinter dir zu.«

Er tat es, doch es fühlte sich falsch an.

»Wie läuft das sonst ab?«

»Was?«

»Das, was du mit Menschen tust, die andere los haben wollen. Ich habe schon so einiges über dich herausgefunden, doch es bleiben Fragen.«

»Wer sind Sie?«, antwortete er mit einer Gegenfrage. Und obwohl er keine Antwort erwartet hatte, sagte die Alte: »Irene von Freital. Richterin am Landgericht Nürnberg-Fürth.«

»Daher meine plötzliche Freilassung«, begriff Johann.

»Ja, genau«, bestätigte sie. »Ich habe alles, was mit dir und den Gebrüdern Hegner zusammenhängt, an mich gezogen.«

»Sind das die Junkies, die meine Medikamente ausgetauscht haben?«

Sie machte einen Schritt auf ihn zu, was in der Dunkelheit des Hauses durchaus bedrohlich wirkte. Auch weil er nun sah, dass sie etwas in der Hand hielt, das wie eine Waffe aussah. Nun antwortete sie deutlich leiser: »Diese Junkies, wie du sie nennst, sind in Wirklichkeit deine Opfer. Sie sind durch deine Taten in den Abgrund gefallen und nie wieder rausgekommen. Erinnerst du dich wirklich nicht an sie oder spielst du immer noch Spielchen?«

Johann sog im Moment der Erkenntnis die Luft ein, murmelte: »Fuck«, und sagte lauter: »Die beiden Jungs, die mir damals in Erlangen entkommen sind.«

»Genau. Nachdem ich Finn von einigen Straftaten freigesprochen und er Vertrauen zu mir entwickelt hatte, hat er mir alles erzählt. Die beiden Jungs haben damals durch das Schlüsselloch zugesehen, wie du ihre Mutter langsam in den Tod befördert hast. Und sie haben auch gesehen, welches kranke und perverse Ritual du an ihr vollzogen hast. Dann sollten sie an die Reihe kommen, während sich ihr Vater im Wohnzimmer betrank. Du hast den beiden deine übliche Betäubung zu trinken gegeben, aber Finn war nicht blöd und hat nicht geschluckt. Während du darauf wartetest, dass die Droge wirkt, ist er mit seinem Bruder geflüchtet. Leider war das Zeug zu stark für Kinder und so erlitt Sam eine bleibende geistige und körperliche Behinderung.«

»Bullshit«, empörte sich Johann, wobei er selbst merkte, wie wenig überzeugt er sich anhörte.

»Kein Bullshit«, erwiderte die Alte. »Sam und Finn haben sich mit mir zusammengetan, um dich und deine Auftraggeber zur Strecke zu bringen. Leider konnte ich rechtlich nichts gegen dich unternehmen. Dazu warst du zugegebenermaßen zu schlau. Aber jetzt …«, sie machte eine Geste in seine Richtung, »… stehst du hier und hast die Wahl. Entweder du vollziehst das Ritual vor den Augen deiner Tochter und gehst danach mit mir zusammen ins Gefängnis, oder ihr sterbt beide. Und auch für meine Schwiegertochter, die du ja als Auftraggeberin kennst, macht es keinen Unterschied. Entweder sie stirbt durch dich oder ich schieße ihr eigenhändig in den Kopf.«

Johann suchte verzweifelt nach einer Lösung, heraus kam allerdings nur die Frage: »Und was ist mit Sascha? Er hängt da genauso mit drin. Wollen Sie, dass er ins Gefängnis geht? Wir können das alles jetzt und hier beenden. Alle gehen nach Hause und niemand verliert mehr ein Wort darüber.«

»Halte deine verlogene Fresse!« Die Wortwahl wollte überhaupt nicht zu ihrem Erscheinungsbild passen. Doch als sie auch noch eine alt wirkende Waffe auf seinen Kopf richtete, begriff er, dass diese Frau zwei Seiten hatte. Sie verengte ihre Augen zu Schlitzen und brüllte: »Du hast meinen geliebten Sohn regelrecht eingeschläfert. Glaubst du, es interessiert mich, was aus mir wird? Und was Sascha angeht ...« Sie schüttelte den Kopf. »Er ist nicht deine Sorge. Alles, was du willst, ist, deinen eigenen Arsch zu retten.« Damit machte sie mit der Waffe eine winkende Bewegung, wobei sie forderte: »Los jetzt. Geh langsam die Treppe hinauf.«

Seine Beine wurden mit jeder Stufe schwerer. Es war, als würde man ihm bei jedem Schritt mehr Last auf die Schultern legen. Alina war sein einziger Gedanke. Jemanden auf seine Weise zu töten stellte kein Problem dar. Es war im Grunde eine sehr saubere und sanfte Angelegenheit. Sich an jemandem zu ergötzen, während die letzte Energie aus dem Körper floss, war dagegen ein Ritual, für das er mentale Vorbereitung brauchte. Und dies vor den Augen seiner Tochter zu praktizieren erschien ihm geradezu unmöglich.

»Weiter«, drängte die Alte hinter ihm, als er kurz vor der schwarz lackierten Tür stehen blieb. Er nahm seinen Mut zusammen, drehte sich zu ihr um und erklärte: »Ich will sie erst sehen.«

»Alina?«

»Ja. Ich will erst meine Tochter sehen, bevor ich irgendetwas mache.«

»Hm«, tat die Alte, als müsste sie überlegen. Sie öffnete den Mund, stieß einen leisen Schrei aus und erklärte: »Wenn ich das jetzt noch einmal lauter mache, kannst du sie ebenfalls schreien hören. Willst du das?«

Johann gab sich erneut geschlagen, drückte die Tür nach innen auf und fand sich in einem Flur wieder, der an eine Geisterbahn erinnerte.

»Weiter. Durch die Tür am Ende des Flurs.«

Er bewegte sich langsam, und als er an einer anderen Tür vorbeikam, überlegte er kurz, sich dort einfach hineinzuwerfen. Doch diese Frau hatte eindeutig die besseren Argumente in Form seiner Tochter und der Waffe in ihrer Hand. Also ging er wie ein Opfer zur Schlachtbank weiter. Am Ende des Flures folgte er ihrer Anweisung und zog die Tür auf.

Im Inneren des Zimmers war es dunkel. So dunkel, dass man die eigene Hand vor Augen nicht sehen konnte.

»Weiter«, drängte die Alte erneut. Er machte den nächsten Schritt, dann schlug die Tür hinter ihm ins Schloss und er stand in völliger Finsternis.

58

Alina saß noch immer in diesem Sessel. Sascha hatte sie seit ihrem Zusammenbruch in seinem Zimmer nicht mehr gesehen. Sie war genau hier erwacht. Ihre Gliedmaßen waren durch die Fesselung inzwischen wie abgestorben und durch den Knebel fühlte sich ihr Hals an, als hätte sie Sand geschluckt.

Diese alte Frau, die sich selbst Irene nannte, war nicht schlecht zu ihr. Sie bat sie sogar um Verzeihung. Trotzdem machte sie keine Anstalten, ihr irgendetwas zu erleichtern. Irgendwann war sie kurz hereingekommen und hatte erklärt: »Es geht um deinen Vater. Er hat schreckliche Dinge getan und ich möchte, dass du das mit eigenen Augen miterlebst. Würde ich es dir nur schildern, würdest du es mir nicht glauben, und das kann ich nicht zulassen. Ich möchte, dass er von euch, seiner Familie, verstoßen wird. Verstoßen für alle Zeit.« Danach hatte sie ein paar Fotos mit Alinas Handy gemacht und war wieder verschwunden.

Seitdem war nicht mehr passiert, als dass diese Irene vor einer Weile erneut hereingekommen war und wortlos den großen Fernseher eingeschaltet hatte, der seitdem aber nur einfach ein schwarzes Bild zeigte.

Alina war sogar ein wenig eingenickt, schreckte nun aber hoch, als sie draußen leise Stimmen hörte. Am Anfang war nur Gemurmel zu verstehen, jetzt aber glaubte sie, die Stimme ihres Vaters zu erkennen. Ihr Schrei war dank der Kugel in ihrem Mund nicht mehr als ein Brummen. Sie zog und zerrte erfolglos an ihren Fesseln. Sie bäumte sich ein wenig auf, doch die Stricke hielten ihren Körper mühelos in seiner Position.

Alina hörte ihren Vater noch ein, zwei weitere Male, dann lief ein kurzer Lichtstreifen über den Fernseher. War das die Silhouette eines liegenden Menschen, die da kurz zu sehen war? Bevor sie mehr erkennen konnte, wurde der Bildschirm auch schon wieder schwarz.

Einige Sekunden später öffnete sich die Tür zu ihrem Raum. Die alte Frau kam herein, zog einen Stuhl neben den Sessel, nahm eine kleine Fernbedienung in die Hand und setzte sich neben sie.

Nachdem sie einige Augenblicke einfach nur schweigend dagesessen hatte, drehte sie ihren Kopf zu ihr. In ihrem Blick lag eine Mischung aus Hass und Trauer, als sie sagte: »Ich wünsche das hier niemandem, aber du musst mir glauben, dass dein Vater es verdient hat. Sieh gut hin und erkenne das Monster in ihm.« Damit drückte sie auf einen Knopf und das Fernsehbild wurde langsam heller.

Die Kamera musste in einer der Ecken des gezeigten Zimmers hängen und fing den kompletten Raum ein. Alina sah ihren Vater, der um Jahre gealtert wirkte. Er stand an der einzigen Tür, an der allerdings die Klinke fehlte, und sah sich scheu um. Doch während sie bei dem, was sie nun ebenfalls erkannte, zurückzuckte, verzog er keine Miene. Im Gegenteil. Für ihn schien der Anblick der nackten Frau auf dieser großen schwarzen Liegefläche fast selbstverständlich. Er ging zu der Frau, die Alina jetzt als die Frau von diesem Foto im Internet erkannte, und prüfte ihren Puls. Danach drehte er sich einmal im Kreis.

In dem Zimmer gab es nicht viel mehr zu sehen. Neben der Liegefläche stand noch ein kleiner Tisch, auf dem zwei Spritzen und eine kleine Flasche standen, sonst war der Raum leer.

Irgendwann schien ihr Vater die kleine Kamera zu entdecken. Mit einem traurigen Blick in die Linse schüttelte er leicht den Kopf, setzte sich auf die Kante neben der Frau und machte erst einmal gar nichts.

Irene ließ dies eine ganze Weile zu, dann stand sie auf und ging zu einer Gegensprechanlage. Auch dort drückte sie auf einen Knopf und sagte laut und deutlich: »Ich verstehe, du willst deine Tochter also erst leiden hören.« Alina spürte, wie der Knebel erst gelockert und ihr dann aus dem Mund gezogen wurde. Ihre Zunge ging automatisch zu ihren trockenen und spröden Lippen. Sie schluckte schmerzhaft ihren Speichel herunter, und gerade als sie etwas sagen wollte, wurde ihr eine Art Sack über den Kopf gezogen. Ihres Sehsinns beraubt, hörte sie, wie irgendein Gerät, vielleicht eine Bohrmaschine, eingeschaltet wurde. Der Schrei kam ohne ihr bewusstes Zutun und steigerte sich, als die Drehzahl von was auch immer erhöht wurde.

Keine fünfzehn Sekunden später war der Spuk auch schon wieder vorbei und der erwartete Schmerz blieb aus. Das Gerät wurde abgeschaltet und der Sack entfernt. Irene stand direkt neben ihr und sagte zufrieden: »Das hast du gut gemacht!«

Ihr Vater schien dagegen in heller Aufregung. Er lief auf und ab, schimpfte immer wieder etwas in Richtung der Kamera, wobei Alina seine Stimme sogar leise durch die Wand hörte. Als die Alte erneut zu der Gegensprechanlage ging und sagte: »Noch geht es deiner Kleinen einigermaßen gut, aber das kann ich jederzeit ändern«, blieb er stehen und hörte zu.

»Fang jetzt an. Und wehe, du lässt etwas von deinem Ritual aus.« Die Stimme der Alten war jetzt deutlich schärfer, fast schneidend, und ließ ihn zusammenzucken.

Alina sah, wie er noch zweimal in dem Raum auf und ab ging, schließlich an den Füßen der nackten Frau stehen blieb und einen letzten unsicheren Blick in die Kamera warf. Er schloss kurz seine Augen und zog sich aus.

Danach ging er zu dem kleinen Tisch, begutachtete das Fläschchen, schraubte es auf und roch daran. Er zog die Spritze zur Hälfte auf, setzte sich neben den Arm der Frau und injizierte die trübe Flüssigkeit gekonnt in deren Vene.

Alinas Blick ging zu dem Gesicht der Frau, bei der ihr jetzt erst auffiel, dass sie die Augen geöffnet hatte und sich ihre Pupillen in Richtung ihres Vaters bewegten.

Alina schluckte. Und da sie von der Alten nicht wieder geknebelt worden war, konnte sie fragen: »Bekommt sie das, was er mit ihr macht, mit?«

Diese nickte. »Ja, das gehört zu seinem Spiel und das musste auch mein Sohn durchmachen. Ein teuflisches Mittel, das ich ihr verabreicht habe, schaltet jedes Handlungsvermögen aus, nur die Sinne und das Gehirn bleiben aktiv. Würde er die Frau jetzt aufschneiden, würde sie den kompletten Schmerz spüren und könnte sich nicht rühren oder schreien.«

Alina schluckte erneut und konnte schon jetzt nicht fassen, was im Nebenraum, nur durch eine Mauer von ihr getrennt, ablief. »Wird er sie aufschneiden?«

»Sieh zu«, lautete die schlichte Antwort und Alina wusste schon jetzt, dass sie das nicht konnte, sollte es so weit kommen. Ihr genügte es schon, ihren Vater so nackt zu sehen … und dann noch bei einer anderen Frau.

Sie fragte, ohne nachzudenken: »Wer ist sie?«

»Eine skrupellose Schlange, die meinen Jungen erst geheiratet hat und ihn dann von deinem Vater gegen Geld töten ließ. Meinen Enkelsohn setzte sie danach auf die Straße und sie hatte vor Theodors Tod dafür gesorgt, dass sie über sein Vermögen würde verfügen können.«

»Mein Vater tut das für Geld?« Alina konnte und wollte das nicht glauben.

»Nein, ich denke nicht. Ich konnte nur drei weitere seiner Opfer identifizieren, bin mir aber ziemlich sicher, dass er das Geld des einen nimmt, um andere dafür zu bezahlen, dass er das Gleiche mit deren Angehörigen machen darf.«

Alina brachte das Ganze nicht in ihrem Kopf zusammen. Inzwischen wirkte der Blick der Frau auf dem Fernsehbildschirm deutlich apathischer. Ihr Vater legte sich nun neben sie, wobei er die Seite wählte, bei der man ihn auf dem Kamerabild nur von hinten sehen konnte. Dann begann er, mit seiner Hand über ihren Körper zu streichen, was beinahe wie das intime Kuscheln eines Liebespaars wirkte. Einmal öffnete er sogar ihren Mund, strich über die Zunge und verteilte den Speichel auf ihren Wangen.

»Sie wird blasser«, hauchte Alina mehr zu sich selbst.

»Eine halbe Spritze fehlt noch«, gab die Alte kühl zurück. Und als hätte ihr Vater das gehört, löste er sich von der Frau, zog die Spritze erneut auf und drückte ihr das Mittel in den anderen Arm.

Alina hoffte, dass es bald vorbei sein würde. Die festen Brüste der Frau hoben und senkten sich immer seltener. Ihrem Vater schien das schon fast zu gefallen. Er setzte sich über sie, ließ sich auf sie herab und umklammerte den langsam erkaltenden Körper, als wollte er ihn wärmen.

Das einzig Positive war, dass er keine offensichtlichen sexuellen Handlungen an ihr durchführte. Doch Alina wurde auch so schon hundeelend. Sie erbrach sich aber erst, als ihr Vater sich irgendwann erhob, der Frau die Augen zudrückte und beinahe hoffnungsvoll zur Kamera blickte.

59

Mike brauchte weitere zwanzig Minuten zurück in die Stadt. Das alarmierte Einsatzteam wartete bereits in einer Seitenstraße, wo die Männer alle neugierigen Anwohner zurück in ihre Häuser schickten.

Da es sich um dasselbe SEK-Team wie bei den Brüdern handelte, brauchte es nicht mehr viel Absprache. Mike erklärte dem Chef der kleinen Mannschaft in knappen Worten: »Wir vermuten mindestens drei Menschen in dem Haus. Eine Jugendliche wird möglicherweise als Geisel gehalten. Ihr Vater könnte Opfer sein, und jetzt pass gut auf, das wird dir nicht schmecken ...«

Peter sah Mike angespannt in die Augen.

»... die Bewohnerin des Hauses ist möglicherweise die Drahtzieherin einer Mordserie.« Mike rieb sich nervös das Kinn.

»Und?«, fragte Peter. »Es ist nicht das erste Mal, dass wir vielleicht eine Frau ausschalten müssen.«

»Stimmt«, erwiderte Mike. »Aber es dürfte das erste Mal sein, dass es sich dabei um eine Richterin handelt. Es geht um die Richterin Irene von Freital.«

»Die alte Schachtel soll ein Mordkomplott geplant und durchgeführt haben?« Peter wirkte eher skeptisch als alarmiert.

»Sieht danach aus«, bestätigte Mike. »Aber die Hintergründe erkläre ich dir später. Wir sollten keine Zeit verlieren.«

»Alles klar!« Peter rief seine Männer zusammen und gab einige knappe Befehle.

An die Mauer, die das großzügige Grundstück umgab, wurden zwei Leitern gestellt, die erst ein Späher nutzte, um sich ein Bild zu machen. Dieser kehrte kurz darauf zurück und berichtete.

Anschließend verschwand die ganze Truppe über die Mauer und das übliche Warten begann.

»Das schaue ich mir nicht wieder auf einem Monitor an«, beschloss Ruben schließlich, stieg ebenfalls hoch und flüsterte von oben herab: »Ihr könnt mitkommen, es gibt genügend Sichtschutz.«

Kurz darauf ließen sich alle drei Kommissare auf der anderen Seite hinab in den Garten fallen und gingen dort in die Hocke. Mike ignorierte das Stechen in seinem Bein und lief geduckt hinter einen großen Buchsbaum, der in Form einer Kugel geschnitten war. Inzwischen war die Abenddämmerung der Nacht gewichen, was sie gut vor neugierigen Blicken schützte. Keine fünf Sekunden später tauchte Eva neben ihm auf. Dass sie sich ziemlich dicht an ihn drängen musste, lenkte Mike kurz ab. Erst als sie leise flüsterte: »Was siehst du?«, warf er einen Blick rüber zum Haus und antwortete leise: »Sie wollen offenbar durch ein Kellerfenster eindringen.«

Das Team war geübt darin, keinen Lärm zu machen. Sie befestigten einen Saugnapf an der Scheibe, fuhren mit einem kleinen Gegenstand über das Glas und hoben kurz darauf fast die komplette Scheibe heraus. Anschließend legten sie eine Matte über die Schnittstelle und ein Mann nach dem anderen verschwand durch die dunkle Öffnung.

Nachdem es nicht mehr viel zu sehen gab, sah Mike hinter sich und fragte: »Wo ist Ruben?«

Eva deutete zu der Hauswand, wo nur ein Schatten zu erkennen war, und erwiderte: »Er ist schneller als wir.«

»Meinst du, wir können das machen?«

Ruben deutete ein Nicken an. »Ja. Gäbe es in diesem Keller ein Problem, hätten sie einen Mann zurückgelassen.«

Noch während er das sagte, schob sich Mike etwas ungelenk durch die Öffnung und fand sich kurz darauf in einem Jugendzimmer wieder, das dem seiner verstorbenen Tochter glich. Nur dass hier eindeutig ein Junge, vermutlich dieser Sascha, wohnte.

Er half erst Eva, dann Ruben durch das Fenster, dann stiegen sie zusammen leise und vorsichtig die Treppe hoch.

Kurz vor Erreichen des Erdgeschosses teilte ihnen Peter per Funkspruch mit, dass die Lage sicher sei.

Mike trat als Erster in den Flur und rief: »Kannst du dir schenken, wir sind schon hier. Wen oder was habt ihr gefunden?«

Im selben Moment kam einer seiner Männer mit der Richterin, der Mike dienstlich schon öfter begegnet war, herunter. Die Frau trug Handschellen und war in ein ziemlich seltsam anmutendes Gewand gehüllt. Entgegen seinen Erwartungen lächelte sie ihn an und sagte: »Danke, dass Sie den Fall nicht früher aufgeklärt haben.«

Danach folgte die junge Frau, die er als Pohls Tochter erkannte. Sie starrte ihn mit leerem Blick an, hatte sich offenbar übergeben und musste von einem Kollegen gestützt werden.

»Was hat sie?«, fragte Ruben an Peter gewandt, obwohl Alina Pohl noch in Hörweite war. Doch der SEKler zeigte so viel Anstand zu warten, bis man sie hinausgebracht hatte, und antwortete erst dann: »Die eigentliche Scheiße befindet sich oben und wir haben dort auch noch ein Problem.«

»Geht es präziser?«, bat Ruben.

»Der Vater dieses Mädchens hat vermutlich eine weitere Frau getötet. Er sitzt jetzt komplett nackt in einem Zimmer und droht damit, sich mit irgendeiner Substanz umzubringen.«

»Okay«, reagierte Ruben schlicht und stieg ohne jede weitere Absprache die Treppe nach oben.

Mike warf Peter noch einen Blick zu und folgte seinem Kollegen. Hinter der oberen Tür war es, als würde man eine andere Welt betreten. Wenn die vermutlichen Taten dieser alten Frau schon nicht in Mikes Kopf passen wollten, so fragte er sich nun, welchen Absturz diese Frau durchlebt hatte. Wie weit man sinken konnte, wusste er selbst, doch bei ihr schien sich eine zweite, dunkle Persönlichkeit abgespalten zu haben.

Ein SEK-Beamter deutete wortlos nach hinten, wo ein weiterer in einer offenen Tür stand und leise redete.

Ruben und Mike folgten dem Flur. Ruben sagte leise: »Wir übernehmen«, und trat, als sich der Kollege abwandte, selbst in den Türrahmen. Mike stellte sich so hinter ihn, dass auch er das Geschehen beobachten konnte.

Das Zimmer wirkte wie eine Mischung aus Altar und Bordell. Auf einer großen schwarzen Liegefläche lag eine nackte Frau – Karolin Grafwinter. Ob sie noch zu retten war, konnten die Kommissare von der Tür aus nicht beurteilen. Atmung war jedenfalls keine zu erkennen.

Johann Pohl saß dagegen in der hintersten Ecke. Er hielt eine Spritze, die in seinem linken Arm steckte. Seine Augen fixierten Ruben zwar, trotzdem war es, als würde er durch ihn hindurchblicken. Erst als dieser bat: »Herr Pohl. Ich würde jetzt gerne hereinkommen und mich um Frau Grafwinter kümmern«, schüttelte er den Kopf.

»Herr Pohl?«, versuchte es Mike. Der Blick des Mannes wechselte zu ihm und nach einigen Sekunden sagte er schwach: »Sie ist tot.«

»Vielleicht können wir noch etwas machen«, schlug Ruben vor.

Aus Pohls Augen lösten sich Tränen. »Niemand kann mehr etwas machen. Das Mittel lähmt sämtliche Muskeln und es gibt nichts, was es aufhalten könnte.«

»Daher die vielen Herzinfarkte in Ihrer Nähe«, resümierte Ruben sachlich. Anstatt zu antworten, brachen bei Pohl nun alle Dämme. Erst jammerte er: »Alina, meine kleine Alina. Musste sie das hier mit ansehen?« Dann schüttelte er so heftig den Kopf, dass Tränen und Rotz davonflogen, und stieß dabei einen Schrei aus, der die beiden Männer vom SEK in Bereitschaftsstellung gehen ließ.

Pohl sah Mike und Ruben traurig entgegen und wimmerte: »Ich brauche das doch. Diese Energie. Sie verstehen das nicht, aber im Gefängnis wird es das nicht geben.«

Mike räusperte sich, sagte einfühlsam: »Wir finden eine Lösung«, doch Pohl erwiderte nur: »Einen Scheiß werden wir finden. Und meiner Familie kann ich nie wieder unter die Augen treten.« Damit bewegte er den Daumen und entleerte die Spritze bis zum letzten Tropfen in seinen Körper.

Ruben drehte sich in den Flur und brüllte dabei: »Wir brauchen einen Notarzt«, doch da lag Pohl bereits mit heftigen Zuckungen am Boden und stöhnte von Krämpfen geschüttelt: »Lasst mich gehen … bitte.«

60

Um Mitternacht saßen die drei Kommissare in ihrem Besprechungszimmer, wo sogar Ruben eine Tasse Kaffee vor sich stehen hatte. Schober brummelte in seiner Ecke vor sich hin, trommelte mit den Fingern auf den Tisch, starrte aber trotzdem fasziniert auf den Monitor von Pohls Laptop, dessen Rückseite ein Aufkleber mit dem Motiv eines allsehenden Auges zierte.

Habermann baute von Bamberg aus eine Remoteverbindung zu dem Gerät auf, das nun an einem externen Router hing, und steuerte dieses nun wie von Geisterhand.

Nach einer halben Stunde tönte seine Stimme aus dem Laptoplautsprecher: »Ich hab's. Schober, du kannst jetzt den viereckigen Stecker verwenden, dann seht ihr auch auf eurem Smartboard, was ich sehe.«

Schober folgte der Anweisung, trat hinter seine Kollegen und blickte, genau wie Ruben, Mike und Eva, gespannt auf das Smartboard. Dort erschien erst ein Dateibaum, dann klickte Habermann aus der Ferne auf einen Ordner und öffnete anschließend eine Datei, die Pohl mit »Timo« betitelt hatte.

Drei Filme später stand Eva auf, sagte: »Das reicht für heute«, und ging kurz hinaus. Pohls Taten folgten stets dem gleichen Schema. Seine selbst gefilmten Dokumente begannen immer damit, dass seine Opfer bereits sediert auf einem Bett lagen. Er nahm sich Zeit. Viel Zeit.

Pohl entkleidete erst sich selbst, danach sein Opfer. Anschließend verabreichte er eine halbe Spritze irgendeiner Substanz. In der Folge schien er immer wieder die Körpertemperatur des leblosen Körpers zu prüfen. Wenn dieser kalt genug war, legte er sich dicht neben ihn. Was danach kam, wirkte wie ein Liebesspiel, nur dass sein Mitspieler dieses komplett passiv miterleben musste. Nach der zweiten Spritze suchte Pohl noch deutlich mehr Nähe zu dem Körper seines Opfers. Er legte sich darauf, umschloss ihn mit seinen Armen und begleitete das Opfer so in den langsamen Tod.

Der dritte Film zeigte dieses Spiel mit einem Kleinkind, was Eva nicht ertrug. Auch Habermann hatte genug, stoppte den Film und fragte durch den Lautsprecher: »Muss ich weitermachen?«

»Nein«, beschloss auch Ruben, worauf der Bildschirm umgehend schwarz wurde. Doch anstatt endlich den Feierabend auszurufen, drehte er sich zu Mike und fragte: »Was ist mit Sascha von Freital?«

Mike zuckte müde mit den Schultern. »Keine Ahnung. Aber wir können seine Oma gerne noch einmal fragen.«

»Ja«, beschloss Ruben. »Lass sie noch einmal rüber ins Verhörzimmer bringen.«

Eine Viertelstunde später standen Mike und Ruben vor der hellwach dreinblickenden Richterin. Ruben setzte sich gegenüber der Frau an den Tisch, sah sie eine Weile einfach nur an und fragte schließlich: »Frau von Freital. Müssen wir jetzt die ganzen Förmlichkeiten wiederholen oder können wir reden?«

»Bitte«, stimmte sie zu.

»Es geht um Sascha. Wo ist Ihr Enkel jetzt?«

»Weg«, lautete die schlichte Antwort. Doch dann beugte sie sich etwas nach vorne und erklärte: »Sie können Sascha nicht viel vorwerfen, und alles, was er getan hat, unterliegt der Verjährungsfrist.«

Mike biss sich kurz auf die Unterlippe, stützte sich auf der Tischplatte ab und dachte laut: »Das heißt dann wohl, wir werden ihn erst wiedersehen, wenn diese Fristen abgelaufen sind.«

»Davon können Sie ausgehen«, bestätigte sie.

Mike musste das erst einmal akzeptieren, fragte aber: »War es das wert? Wusste der Junge überhaupt, was Sie und diese Hegner-Brüder machten?«

Frau von Freital schloss kurz ihre Augen. »Nein, wusste er nicht. Er hat seine Mutter durch Krebs und seinen Vater durch Pohl verloren. Das ist genügend Leid für ein Leben. Sascha wusste nur, dass es mir darum ging, diesen Mann zu bestrafen. Ich ließ ihn meistens in dem Glauben, dass ich nur Informationen über Pohl und die Brüder benötigte, um alle rechtlich belangen zu können. Also legte er sich auf die Lauer und machte dieses Foto von Pohl und seiner Stiefmutter, die wir mit einer von Pohls Postkarten dorthin lockten. Darauf, dem Mann eine Affäre anzudichten und gleichzeitig seiner Stiefmutter zu schaden, ist Sascha selbst gekommen. Ich schlug noch den kleinen Medikamententausch vor und so wurde die Sache zum Selbstläufer. Und das Beste daran war, dass es für den armen Jungen völlig gewaltfrei erschien. Er musste nur diesen Artikel im Internet verbreiten und das war es dann auch schon ... für ihn zumindest. Erst als er gestern Nachmittag diese Alina zu mir raufbringen sollte, wurde er misstrauisch. Doch selbst da konnte ich ihm glaubhaft versichern, dass ich Pohl durch seine Tochter nur zu einer Aussage zwingen wollte. Er wusste zu keinem Zeitpunkt, wie alles enden sollte.«

Ruben ließ das Gehörte sacken und sammelte kurz seine Gedanken, bevor er fragte, was ihn schon lange beschäftigte: »Und dieses Auge? Was hat es mit diesem Tattoo auf sich? Ich meine, das Symbolische daran ist mir klar, aber wie sind Sie beziehungsweise die Brüder darauf gekommen?«

Die Richterin nahm sich Zeit für die Antwort. Möglicherweise, um die strafrechtlichen Folgen abzuwägen. Schließlich sah sie Ruben an und erzählte: »Was es für Pohl bedeutete, weiß ich nicht. Möglicherweise hat es etwas mit seinen kranken Fantasien zu tun. Sam und Finn haben das Motiv quasi mitgebracht. Sie sahen es damals bei ihrer Flucht vor Pohl auf dessen Laptop. Und da es eine schöne Metapher dafür ist, dass wir ihn beobachten und wissen, was er getan hat, fanden wir es passend. Das Gleiche gilt für seine sogenannten Kunden, deren Verfehlungen uns ebenfalls bekannt waren. Sie sollten wissen, dass wir ihre Taten kennen.«

»Und, wo ist Ihr Enkel jetzt?«, versuchte es Ruben noch einmal, da ihm diese Erklärung vorerst genügte. Frau von Freital winkte ab: »Wir können gerne hier sitzen bleiben, ich werde aber für heute keine weitere Aussage mehr machen.«

Trotz der frühen Stunde erklärte Ruben nach einem Blick auf sein Handy: »Ich nehme jetzt den Bus und fahre zu meiner Familie. Morgen Nachmittag bin ich wieder hier und wir können den Fall aufarbeiten.«

Sein Blick ging erst zu Eva, dann zu Schober. »Will einer von euch mitkommen?«

Beide winkten ab; Schober fragte Mike: »Bekomme ich um diese Zeit noch irgendwo etwas zu essen?«

Dessen Blick ging zu Eva, die unschuldig sagte: »Mir würde ein kleiner Spaziergang durch das nächtliche Nürnberg guttun.«

»Schön«, freute sich Mike. »Dann bringen wir den Kollegen Schober zum nächsten Schnellrestaurant und danach atmen wir noch ein wenig Nachtluft.«

»Und ich bin jetzt weg«, erklärte Ruben, ließ sich die Schlüssel vom VW-Bus geben und war kurz darauf auch schon durch die Tür verschwunden.

61

Mike löste gerade die letzten Blätter von der Wand des Besprechungsraums, als er aus dem Augenwinkel jemanden wahrnahm. Im ersten Moment dachte er, dass sich mal wieder jemand in die Büros der Mordkommission verirrt hatte. Er drehte sich zu dem gut gekleideten Mann und wollte nicht so recht glauben, was er sah. Er musterte Ruben von oben bis unten, dann kam die Frage »Was ist passiert?« ganz von selbst über seine Lippen.

Eva, die bis dahin konzentriert auf ihrem Laptop am Abschlussbericht getippt hatte, wandte sich nun ebenfalls um, begann leise zu kichern und antwortete schließlich an Rubens Stelle: »Ich würde sagen, er ist mit seiner Familie unterwegs.«

Ruben zog die dünne Jeansjacke aus, hängte diese über eine Stuhllehne und erklärte sachlich: »Wenn sich die Herrschaften an meinen aktuellen Kleidungsstil gewöhnt haben, könnten wir mit der Abschlussbesprechung beginnen.«

Mike versuchte, im Kopf die beiden Bilder, die er von dem Mann hatte, übereinanderzulegen, und kam ebenfalls zu dem Schluss, dass eine Frau für diese Verwandlung verantwortlich sein musste. Er legte die Blätter auf einen der Tische und konnte nicht anders, als zu fragen: »Echt? Das war deine Frau?«

Ruben atmete hörbar aus. »Ja! Und meine Tochter. Sie sitzen gerade in der Nähe dieses Ehebrunnens in einem Café und warten dort auf mich. Vorher waren wir einkaufen und sie bestanden darauf, dass ich diese Kleidungsstücke gleich anbehalte.«

Mike sah seine Chance, den Mann etwas aus der Reserve zu locken. Er setzte einen nachdenklichen Gesichtsausdruck auf, räusperte sich und sagte fürsorglich: »Ich will dich ja nicht ängstigen, aber das ist nicht gut!«

»Was meinst du?«, fragte Ruben irritiert, wobei er kurz an sich herabblickte.

»Na ja«, erwiderte Mike etwas gedehnt. »Ich habe einmal eine Reportage über Bekleidungshäuser gesehen. Seitdem trage ich nie wieder neue ungewaschene Klamotten. Was die Verkäufer da über Umkleidekabinen erzählt haben … einfach nur widerlich.«

»Noch dreißig Sekunden«, verkündete Schober vom anderen Ende des Tisches und unterbrach damit das Gespräch. Gleichzeitig schaltete er das Smartboard ein, worauf zwei noch leere Fenster erschienen.

Während Ruben ein wenig unbeholfen an dem weißen T-Shirt zupfte, erwachte das erste Fenster zum Leben und das Videobild seines Chefs in Bamberg, Kriminalrat Winkler, erschien erst grobkörnig, dann gestochen scharf.

Keine fünf Sekunden später wurde das zweite Fenster aktiviert und Kriminalrat Kleinschrot wurde sichtbar. Dieser ergriff auch gleich das Wort, begrüßte Rubens Chef mit Vornamen und bat anschließend: »Könnten Sie sich bitte so positionieren, dass Sie alle im Bild sind?«

Nachdem die vier nebeneinander vor der Kamera saßen, blickte Winkler erst auf irgendetwas, das vor ihm lag, hob dann den Blick und sagte, typisch Vorgesetzter: »Wir sind sehr froh, dass der Fall doch keinen mafiösen Hintergrund hatte.

Wir möchten Sie aber dennoch bitten, immer auch an diese Möglichkeit zu denken. Die Probleme in diesem Bereich nehmen sehr stark zu und dürfen nicht übersehen werden.«

Eva, die den Laptop noch vor sich stehen hatte, tippte flink »Nur keinen Fehler zugeben« und drehte das Gerät etwas zu Mike, der daraufhin nur leise »Normal« murmelte.

In den nächsten Minuten beglückwünschten die beiden Kriminalräte erst sich gegenseitig und dann auch das Team zu der Aufklärung des Falles.

Anschließend lehnte sich Mikes Chef Kleinschrot zurück und fragte: »Ich weiß, dass noch weitere Ermittlungen stattfinden müssen, dennoch brennen mir zwei Fragen unter den Nägeln, auf die ich in dem bisherigen Bericht noch keine Antwort gefunden habe.«

»Welche?«, fragten Ruben und Mike gleichzeitig.

»Die erste Frage ist, wie Pohl zu seinen Auftraggebern kam. Ich meine, er wird ja kaum auf der Straße Leute angesprochen haben, ob sie vielleicht einen Angehörigen loswerden wollen.«

Ruben dachte kurz darüber nach, musste aber zugeben: »Wissen wir noch nicht.«

Beinahe im selben Augenblick wurden die beiden Videobilder der Kriminalräte kleiner und ein weiteres erschien dazwischen. Habermann machte sich gar nicht erst die Mühe, den Saustall auf seinem Schreibtisch zu kaschieren. Stattdessen sagte er knapp: »Hallo zusammen. Ich bin gerade mit meiner Analyse fertig geworden und kann die Frage beantworten.«

»Hacken Sie mich schon wieder?«, rutschte es Ruben mit dem Gedanken an sein Handy heraus.

»Aber nein. Ich habe mich nur zu dieser Videokonferenz hinzugeschaltet.«

»Können wir zur Sache kommen?«, bat Winkler, ohne dem Umstand, dass Habermann unbemerkt mitgehört hatte, Raum zu geben.

»Na klar«, sagte dieser flapsig. »Also, nach allem, was ich bisher herausbekommen konnte, hatte Pohl einige Benutzerkonten in verschiedenen sozialen Netzwerken unter falschen Namen eingerichtet. Dort hielt er sich besonders in Foren auf, in denen Menschen ihr Leid mit anderen teilen. Es gibt diese Foren für überforderte alleinerziehende Mütter bis hin zu Leuten, die sich darüber informieren möchten, wie sie ihren Ehepartner loswerden könnten, und noch vieles mehr. Lange Rede, kurzer Sinn: Alle bisher bekannten Angehörigen seiner Opfer waren in so einem Forum aktiv. Pohl gab sich erst fürsorglich und fragte die potenziellen Auftraggeber für seine gestörten Taten aus. Und wenn alles zusammenpasste und sich die Hilfesuchenden als entschlossen genug herausstellten, lenkte er die Unterhaltung immer mehr in die Richtung, dass man deren Probleme auch anders lösen könnte.« Habermann schob sich einen kleinen Keks in den Mund, spülte diesen mit einem Schluck Schokodrink herunter und fügte hinzu: »Psychologisch ging er dabei ziemlich clever vor. Den Ärmeren, wie dieser Frau Hoffmann, bot er Geld an, um ihnen den Entschluss zu erleichtern. Bei den Reichen machte er es genau umgekehrt. Von ihnen forderte er stattliche Summen. Ganz nach dem Motto: Gute Arbeit muss auch gut entlohnt werden. Ich kann mir durchaus vorstellen, dass das bei den gebildeten Leuten vertrauenswürdiger ankommt.«

»Gut«, gab sich Kleinschrot mit dieser Erklärung zufrieden, als sich Habermann zum Abschluss seines Berichts einen weiteren Keks in den Mund schob. »Und nun zu meiner zweiten Frage: Wie kam die Richterin Frau von Freital auf Pohl und seine Auftraggeber?«

Dieses Mal war es Mike, der die Hand hob, etwas Spannung in seinen Körper brachte und erklärte: »Ich habe mich vorhin noch einmal mit der Frau unterhalten. Das heißt, ich habe es versucht. Auf den ersten Blick wirkt die Richterin normal und souverän, doch in Wirklichkeit muss sie der Verlust dermaßen traumatisiert haben, dass von normal keine Rede mehr sein kann.« Mike deutete zu Eva. »Eva, ich meine Frau Lange, hat die wichtigsten Passagen der Vernehmung zusammengeschnitten, was Ihre Frage ebenso beantworten wird wie die Frage danach, wie wir die Taten von Frau von Freital einordnen müssen.«

Auf der Leinwand des Smartboards verschwanden die einzelnen Fenster und ein Standbild vom Verhörraum erschien. Eva fragte laut: »Herr Kleinschrot, Herr Winkler, sehen Sie das Bild?«, und als diese das bestätigten, startete sie die Aufnahme.

»Frau von Freital, wann und wie sind Sie darauf aufmerksam geworden, dass Herr Pohl für diese scheinbar natürlichen Todesfälle verantwortlich sein könnte?« Die Kamera zeigte den gesamten Raum. Die Richterin trug inzwischen einen Trainingsanzug der JVA, worin sie alt und zerbrechlich aussah. Sie nahm sich etwas Zeit für ihre Antwort und sagte schließlich: »Einmal durch Zufall und einmal durch Fakten.«

»Wie meinen Sie das?«

»Der Zufall brachte Finn Hegner zu mir. Man hatte ihn als Jugendlichen wegen einer leichten Körperverletzung aufgegriffen und ich sollte entscheiden, was mit ihm passiert. Bei Kindern und Jugendlichen hinterfrage ich gerne erst deren Lebensgeschichte, bevor ich in die Verhandlung gehe. Und bei unserer ersten Unterhaltung tischte er mir eine unglaubliche Geschichte aus seiner Kindheit auf. Ich nahm die Sache nicht ernst, da sich so ziemlich jeder durch seine schlimme Kindheit Strafminderung erhofft. Außerdem war seine Geschichte nicht glaubwürdig. Dachte ich damals zumindest. Er erzählte mir etwas von einem Mann, der ihn und seinen Bruder im Auftrag seines Vaters einschläfern wollte. Ich glaubte ihm, wie gesagt, kein Wort und habe Finn damals zu einer Jugendstrafe verurteilt und damit war die Sache für mich erledigt.«

»Und dann?«, hakte Mike nach, als Frau von Freital einen Schluck aus ihrem Plastikbecher getrunken hatte, aber keine

Anstalten machte, mehr zu erzählen. Sie wischte sich eine Träne aus dem Augenwinkel und sagte leise: »Dann ist mein Sohn gestorben. Einfach so. Verstehen Sie? Am Tag zuvor saß er noch an meinem Esstisch und erzählte mir davon, wie sehr sich seine Frau verändert hatte, und am nächsten Tag war er tot.«

Es folgte eine weitere Träne, dann veränderte sich etwas an der Frau. Ihr zuvor milder Blick wurde starr und ihr Gesichtsausdruck verhärtete sich.

Nach einigen Sekunden hörte man Mike fragen: »Geht es Ihnen gut?«, was bei der Richterin zu einem heftigen Kopfschütteln führte. Ihre Stimme war nun deutlich lauter und aggressiver: »Nein, verdammt. Mir geht es nicht gut. Mir geht es seit diesem Tag nicht mehr gut.«

Auf der Aufnahme war deutlich zu sehen, dass die Richterin kurz davor war aufzuspringen, aber sich noch halbwegs unter Kontrolle hatte, als sie nun beinahe brüllend erklärte: »Ich wusste von Anfang an, dass Karolin meinen Sohn ins Verderben führen würde. Und als sie mich anrief, um mir zu erklären, dass er in der Nacht einem Herzinfarkt erlegen war, hörte ich diese Überlegenheit in ihrer Stimme.«

Es folgte eine kurze Pause, in der sich Frau von Freital sichtlich zur Ruhe zwang, bis sie schließlich erklärte: »Ich ließ mir später den Totenschein zeigen, redete mit dem Arzt, der ihn ausgestellt hat, und wollte, dass eine Obduktion durchgeführt wird. Dann stellte sich heraus, dass diese Schlampe meinen Sohn offenbar völlig kontrolliert hatte. Alles, wirklich alles, von der Vollmacht bis zum Bausparvertrag, lief auf sie.«

Die Videoaufzeichnung zeigte nun, wie sich die alte Frau auf der Tischplatte abstützte, sich in Mikes Richtung beugte und endgültig schreiend erzählte: »Verstehen Sie das? Sie hat erst ihn kontrolliert und mir dann die Hände gebunden. Sie konnte meinen armen kleinen Sohn verbrennen lassen, ohne dass ich etwas dagegen tun konnte. Sie konnte über ihn und alles, was ihn betraf, über seinen Tod hinaus verfügen.«

Mike war in der Aufnahme seine Anspannung anzusehen, trotzdem blieb er ruhig und fragte laut, aber einfühlsam. »Trotzdem verstehe ich noch nicht, wie Sie es geschafft haben, Herrn Pohl als den eigentlichen Mörder zu identifizieren.«

»Sascha«, antwortete sie nun beinahe verträumt. »Der liebe Junge war noch einige Male in seinem alten Zuhause, um seine Sachen zu holen. Er spielte dieser Schlampe von Stiefmutter den lieben Jungen vor und installierte heimlich ein Programm auf ihrem Laptop, mit dem er sich Zugang verschaffen konnte. So kamen wir auf Pohl, der zwar unter einem falschen Namen mit Karolin gechattet hatte, sich inhaltlich aber schnell demaskierte. Und plötzlich ergab auch die Aussage von Finn Hegner einen Sinn. Finn schilderte mir damals fast exakt die gleiche Vorgehensweise, wie sie Pohl auch Karolin in diesen Chats vorschlug. Ich kontaktierte die beiden Brüder, gab ihnen etwas Aufmerksamkeit und Geld und wir schmiedeten einen Plan, um Pohl zu Fall zu bringen. Er sollte leiden, und zwar deutlich mehr, als er es in einem Gefängnis getan hätte. Und alle, die ihn beauftragt haben, gleich mit. Über Karolins Browserverlauf wussten wir jetzt, wie dieses Monster seine Auftraggeber fand und unter welchen Namen er sich in diesen Foren herumtrieb. Sascha wurde Praktikant in seiner Apotheke, hatte dort Zugriff auf seinen Computer und erspähte das Passwort mit einer kleinen Kamera. Und so fanden wir sie. Erst diese Nina Hoffmann, dann Möller und noch einige andere, deren wahre Identität wir aber nicht herausfinden konnten. Sie benutzten ebenfalls ein Pseudonym und Pohl scheint noch über einen anderen Weg mit ihnen kommuniziert zu haben.«

»Und die, die Ihnen bekannt waren, haben Sie hingerichtet?« »Nein, nicht ich. Finn und Sam.«

»Macht das einen Unterschied?«, fragte Mike in der Aufnahme.

Die Stimme der Richterin wurde leise, als sie fragte: »Verstehen Sie das nicht?«, dann tippte sie sich auf die Brust. »Ich habe meinen Sohn durch diesen Mann verloren.« Wieder kippte etwas in der Frau. Sie stemmte sich so energisch in die Höhe, dass der Stuhl nach hinten umstürzte, riss sich ihr T-Shirt nach oben und brüllte, während sie Mike ihre nackte Brust zeigte: »Daran ist er groß geworden. Damit habe ich ihn gesäugt. Ich liebte ihn so sehr und Karolin und dieser Pohl haben ihn mir genommen. Einfach so weggenommen.«

Eva beendete die Wiedergabe der Aufnahme mit den Worten: »Der Rest ist nur noch Geschrei.« Anschließend drückte sie auf eine Taste und die beiden Fenster mit den Kriminalräten erschienen wieder auf der Leinwand.

»Diese Brüder«, fand Kriminalrat Winkler als Erster aus seiner Starre. »Weiß man schon, wer sie erschossen hat?«

»Wir haben in Irene von Freitals Haus Munition gefunden. Die ballistischen Untersuchungen stehen noch aus«, meldete Schober knapp.

»Na gut«, beschloss Kleinschrot, während er demonstrativ auf seine Armbanduhr blickte. »Die Presse wartet und ich muss mir noch überlegen, wie viel wir von diesen Erkenntnissen erzählen können. Wir erwarten den endgültigen Abschlussbericht in zwei Tagen.« Damit beendete er die Verbindung und auch Kriminalrat Winkler verabschiedete sich.

»Was haltet ihr von einem gemeinsamen Abendessen zum Abschluss des Falles?«, durchbrach Mike die eingetretene Stille.

»Gerne«, stimmten Eva und Schober gleichzeitig zu. Nur Ruben verzog das Gesicht zu einer nachdenklichen Miene, fragte: »Läuft hier etwas im Kino, das meine Frau und meine Tochter interessieren könnte?«, und fügte hinzu, als keiner antwortete: »Ich sage euch später Bescheid. Zuerst muss ich irgendwie aus diesen Klamotten raus, mich juckt es schon am ganzen Körper.«

»Alles klar«, bestätigten Mike und Eva nach einem kurzen Blickkontakt, wobei sie sich das Lachen nicht mehr verkneifen konnten.

– ENDE –

Hat Ihnen dieses Buch gefallen? Möchten Sie informiert werden, wenn Mark Franley sein nächstes Buch veröffentlicht? **Dann folgen Sie dem Autor auf Amazon.de!**

1) Suchen Sie auf Amazon.de oder in der Amazon App nach dem eben gelesenen Buch.
2) Klicken Sie auf den Namen des Autors, um auf die Autorenseite zu gelangen.
3) Klicken Sie auf den »Folgen«-Button.

Noch schneller gelangen Sie zur Autorenseite, indem Sie diesen QR-Code mit Ihrem Smartphone oder Tablet scannen:

Wenn Sie dieses Buch auf einem Kindle eReader oder in der Kindle App lesen, wird Ihnen automatisch angeboten, dem Autor zu folgen, sobald Sie die letzte Seite des Buches erreicht haben.

Zeitfracht Medien GmbH
Ferdinand-Jühlke-Straße 7
99095 Erfurt, Deutschland
produktsicherheit@kolibri360.de

Druck:
CPI Druckdienstleistungen GmbH
im Auftrag der
Zeitfracht Medien GmbH
Ein Unternehmen der Zeitfracht - Gruppe
Ferdinand-Jühlke-Str. 7
99095 Erfurt